本书系2016年度教育部人文社会科学研究青年基金项目"中国古代城市文学在日本的传播与影响"（项目批准号：16YJC752022）成果

日本幕末儒者与江户生活

At the End of the Shogunate，Confucianism and Edo Life

徐川　著

南京大学出版社
NANJING UNIVERSIYT PRESS

目　录

绪　论

寺门静轩的《江户繁昌记》真实还原了日本江户幕府末期的市井人情，其独到的见解和极具批判性的文字赢得了众多读者的青睐。从底层的普通"町人"到具有身份地位的"旗本""大名"等，受众群体相当广泛。静轩良好的汉学功底，使他能从头到尾用汉文来编著这部前后五册的笔记小说。这部作品从微观上分析是把江户幕末繁华光景悉数尽收，作者将各阶层趋炎附势之人的丑恶嘴脸痛快地曝光调侃了一番。从宏观上说，其体现的内涵，是城市文明发展到一定高度，城市财富积累到一定程度后的社会矛盾，也就是生产力发展和生产关系发生矛盾的集中体现。无论任何时代，人们都向往城市生活。大都市丰富的物质资源无疑支撑了更高层次的精神追求，但另一方面，很多人却迷失在对金钱和物质的追求中，《江户繁昌记》的批判正在于此。本书力求另辟蹊径，通过静轩笔下的繁华城市生活，结合史实考察江户时代儒生们的生存和思想状况，探讨汉学在江户时代的发展状况，由表及里地研究并阐述《江户繁昌记》以及寺门静轩的一系列作品给我们带来的启示。

一、选题的原因与意义

世代更迭往往是社会思想向前推进的重要时期。无论是中国还是日本，"易代"过程中的文人和文学作品都有较强的社会批判性。而这其中的笔记小说，尤其是一部分城市文学，在记录人们市井生活的同时，也冲击着禁锢思想的大门。如我国的《东京梦华录》和《西京杂记》等悉数传入日本，催生了《江户繁昌记》与《柳桥新志》等日本幕末比较有代表性的作品。《江户繁昌记》受《东京梦华录》影响而作，但其表现内容和写作手法又有着深刻的日本烙印，详细研究日本江户时代的汉文"戏作"小说，能够更全面地把握汉学在日本的影响与贡献，以及汉文笔记小说在日本文学中所处地位。

彼时代的知识分子通过追忆繁华表达哀伤，或记述冶游轶事逃避现实，然而其故事陈述的背后蕴含着深刻的控诉与讽刺含义，体现出作者的批判精神。中日两国的儒生们在通过文学作品来批评时事上有共鸣，虽都是汉文小说创作，但表达手法却有较大差别。我国文学作品大都不会直抒胸臆，而是通过侧面描写"只可意会不可言传"。但江户末期的日本作家却表达得很直接，如在有关冶游的叙事上两国作家就有不同的理念。我国清代余怀的《板桥杂记》虽有大量秦淮河畔妓女的品评，但其是为了之后的故事展开作铺垫。而寺门静轩的《江户繁昌记》中对游女和嫖客的描写似乎更多地只是为了迎合读者，展示吉原一地的风流，是汉文学商业化的表现。尽管作者们身处不同国家、不同时代，但笔下的人物鲜活，所描绘的市街生动，读起来使人仿佛置身其中的感觉却相通。由此能深度了解到日本庶民，尤其是城市中"町人"阶层的实际生活状况，把握江户时代知识界的思想动向，为德川幕府中后期的研究提供更翔实的研究资料。可以说寺门静轩不仅打开了一扇通往日本幕末的门，也为中国读者开了一扇能够自我审视的窗。笔者认为对《江户繁昌记》的研究具有高度的社会及文化意义，并且超越了文学作品本身的价值。

二、国内外研究历史与现状

对于我国的笔记小说研究，国内已经有过不少著述，如《宋代笔记研究》《中国笔记文史》以及《宋元笔记小说大观》等，较为详尽地介绍和总结了我国笔记小说的概况，比较准确地把握了其发展脉络，在学术研究上达到了一定的高度。而我国学界对于日本的城市文学，尤其是日本汉文笔记小说的研究甚少，也未见相关译著。有关江户时代庶民生活方面的介绍也仅限于少数译作，包括《一日江户人》《江户日本》等。其他的学术著作及论文亦由于篇幅等原因，往往只涉及部分相关内容。《江户繁昌记》很早便已传入中国，王晓平教授《近代中日文学交流史稿》一书中的《寺门静轩和〈江户繁昌记〉》，是比较有代表性的对"繁昌记"和静轩及其作品进行分析的文章，较为概括地述说了静轩的背景，以及其笔下对俗儒的嘲讽和当时社会矛盾尖锐的体现。不过由于其篇幅有限，还未及作为课题进行深入研究。

日本方面有不少对《江户繁昌记》的作者寺门静轩以及《柳桥新志》作者成岛柳北的研究著述。日本学者永井启夫所著《寺门静轩》较为详细地考证了寺门静轩的生平，并且较为深入地分析了一部分静轩的文学作品及其思想性。其后的前田爱与山敷和男是研究这类小说成绩最为突出者。前田氏较早的一篇相关论文为发表在《国语和国文学》杂志 1973 年 8 月号上的《寺门静轩——无用之人的轨迹》(『寺門静軒——無用之人の軌迹』)；此后，他又有《艳史、传奇的残照》(『艶史·傳奇の殘照』)，对明治初期的汉文传奇体小说、章回体才子佳人小说与笔记体花柳风俗小说作了简要精辟的论述，《〈板桥杂记〉与〈柳桥新志〉》(『板橋雜記と柳橋新誌』) 一文则首次论证了清代余怀的《板桥杂记》一书对成岛柳北创作《柳桥新志》的影响。

这些前期研究已作出了很多有价值的成果，并为古代城市文学中汉文笔记小说的研究作出了探索，为后继研究者在资料和研究方法上提供了有益的借鉴。但仍存在不少有待弥补之处，而且缺乏纵深、明晰的分析和整体把握。

三、研究方法与主要内容

在研究方法上，重视一手资料的搜集和整理，采用科学的实证研究方法。通过对资料的整理、归纳和总结，笔者已对《江户繁昌记》共五册全文进行整理，展示于本书附录中。在通读原著的基础上，借鉴前贤的研究成果，全面系统地加以分析，开展研究和讨论。注重理论分析与实际作品相结合的原则，以比较文学影响研究、接受研究、跨文化研究等为基础，对文本加以分析，在实际作品中检验理论、印证理论，使作品的分析和研究具备强有力的理论支撑。同时注重将文学研究与当时的政治制度、文化背景和生产力发展情况以及相应的经济发展阶段等相结合，进行全方位、多角度、多层次的立体考察，使研究结论更具客观性和普遍性。

从内容上讲，笔者要在总体分析和把握笔记小说在我国的发展以及在日本的传播、影响后，先通过对寺门静轩身世的研究，来揭示日本幕府时代没落的武士阶级知识分子"儒者"的悲惨命运。然后通过对《江户繁昌记》以及《繁昌后记》内容的详细展示和分析，来着重研究彼时代的繁华都市生活，以及日本江户幕府末期"町人"阶层不问政治的"娱乐心态"。再结合其他旁证资料，更进一步阐释在经济发达、物质丰富的城市生活背后知识分子的心酸，揭示敢于发出自己内心声音的儒者文人，或是勇于反抗封建统治者的义士们被摧残的灵魂和悲惨的下场。

笔者将在总结和归纳现有研究成果的基础上，对前人有所涉及但未能深入研究的课题进行充分的发掘和拓展。抓住中日汉文笔记小说关系对比，以及汉学在日本的发展状况这两条主线，采用理论研究与个案分析并举、宏观把握与微观探索并重的研究方法，力求以严谨的治学态度和踏实的学术作风做到论点可靠、论证充实。同时努力开创新的研究视野，注重研究视角和研究结论的创新。

四、主要创新点

目前我国对于日本汉文"戏作"小说的研究甚少，在具体作品研究上更缺少专著。对于寺门静轩和《江户繁昌记》的研究仅限于少数论文。所以本书将大量作者背景介绍以及文献内容呈现于此，力求使学界在这方面的研究更加丰富。

寺门静轩虽是日本儒者，但能从头至尾用汉文著写《江户繁昌记》，并将汉诗文才华和其强烈的个性以及道德观表现得淋漓尽致。无论是思想精神层面还是汉文艺术表达方面，都有很高的研究价值。从其内容上考究，不光是作者借古讽今、指桑骂槐地来表达自己的政治观点和对时事的批判，静轩笔下市井生活中的各色人物栩栩如生，像是在读者面前展开了一幅立体的江户风情浮世绘。所以笔者一方面着重从体裁内容、语言文字、诗词引用、歌赋创作等方面对作品的内容加以分析研究，力求将其文学性内涵展示出来，拨云见雾，示精髓之所在；另一方面将对日本江户时代城市文学大体发展脉络进行梳理，理清中日古代城市文学与其他文学的关系，探究在古代城市文学中市井生活的描写，以及给其他各类研究带来的影响。运用比较文学的方法，做一定的跨学科研究，大到历史、政治，小到民俗、旅游等分类，使城市文学的研究更加具体、立体和丰富。

第一章 / 城市文学与时代更迭

对于文学作品的解读和分析，应该建立在对其所处的历史时代综合了解的基础上。特定的社会背景和文化导向往往在很大程度上决定文学的发展方向及特质。无论是北宋的"东京"、明末的"江南"，还是幕末的"江户"，皆是具有双重性社会特征的双重时代，只有认清各社会背景的复杂性和历史风云变化的残酷性，才能更好地理解这一时代文学作品的精神内核，所以本书尤其把幕末明治初的社会、文化状况等列在研究范畴之首，并以社会变化的研究为背景，通过寺门静轩笔锋所指，对明治维新以前儒学界的腐败、官僚商人在社会中的世态人情等做重点分析。

第一节　汉文笔记小说

一、城市与文学

中日两国都有各自的历史和不同的传统文化，在漫长的历史中，有时相互交融，有时背道而驰。虽然历史推进的节奏不同，但其发展的规律却惊人地相似。

我国东汉至宋元，连绵不断的战争以及迁都等，使全国范围内的编户不断迁徙。很多世家大族（也称氏族）或被卷入战争，或远离家乡失去原有土地被重新封地。他们通常是大地主和大官僚，凭借固有的政治、经济和文化上的影响能在新的居住地继续位居政府要津并享有各种特权。在这一点上，日本江户时代如出一辙，将军家通过武力实际控制政权后给跟随的家族封地，建立各"藩"。这一方面维护了封建统治的社会稳定，另一方面使城市开始快速发展，商业发达。我国北宋的东京汴梁、日本幕末的江户城就是两国典型的大都市代表。

前述大氏族们占据权力中心，普遍住在城市中心或周边，并拥有优势城市资源，这就为文学事业的发展创造了有利条件。"士族"可谓"士人化"的宗族，无论是我国的封建大地主还是日本的藩家大名，都属于这种士族阶层。而尊重、弘扬文学事业是其鲜明的文化品格。家族或士族文学的发展，实际上就是文化的传承。没有文化的传承，再显赫的士族最终也是以家道没落为多。故时人以为，士族子弟倘若丢弃了文化，不管其家世多么显赫，迟早会家道衰落。无论在中国还是在日本，这成为两国士族阶层的共识。

从另一个方面来讲，政权的巩固和延续，不仅需要强有力的军事保证，更需要强大的精神统治工具。我国的儒家思想就是代表，而且"不可避免"地传播到了邻国日本，并对日本社会产生了极为深远的影响。在古代，文学是思想和文化传承最直接、最重要的载体。文学修养不光是当时社会的文化风尚，并且能够成为衡量一个人社会价值的重要尺度。从这点来看，中日两国的士族们皆爱好文学，精通文学，创作文学不仅能表现出他们的高贵风雅，对其仕途也有很大帮助，所以就不难理解他们对文学的热情了。

这种倾向不单单是在宫廷和士族大家内部，城市发展必然导致普通民众生活水平的提高，"町人"的知识水平和文学素养也必定会提升。这势必促使更加平民化描写城市文化生活的城市文学兴起。生活在通都大邑中的官僚士子、文人豪侠、商贾地主、手工业者以及僧侣歌妓等各个阶层和各行各业的人物，形成了错综复杂的社会关系，流传着形形色色的逸闻趣事。他们为市井文学创作提供了源源不断的素材。

文学是文化的载体，文学作品是创作者意志的体现，大多数小说是作者内心世界的独白，夹杂着的各种评论和批判实际上也是思想传递。城市发展的复杂性也决定了人们思想的开放性，没有人口结构和思想上的多元化发展，就不会有城市的发达与繁荣。于是，一批记录城市生活的笔记小说成为我们了解当时人们城市生活状况的宝贵资料。

二、汉文笔记体小说的流布与影响

"笔记文"是一种较为大众化的文学艺术形式，起源于我国宋代。其文体不拘一格，文学样式广博，体式灵活多样，内容雅俗共赏，是极具表现力的文学形式。内容涵盖广泛，涉及政治、经济、军事、道德、社会风俗、文字、考证、时事评论、湖光山色、风土民情、志怪传说、宗教迷信，等等。

"笔记"作为独立的文体名称始于北宋。文人宋祁率先把随笔记录杂事的文章结集命名为"笔记"。宋代笔记写作极为繁荣，作者众多，且身份覆盖面广，上至达官显宦，如欧阳修、洪迈等，下至普通百姓，如孟元老，西湖老人等。① 郑宪春将其分为宋代大家笔记、宋代笔记小说、宋代野史笔记、宋代学术笔记、宋代山水园林笔记、宋代杂著笔记等几类。② 刘叶秋在《历代笔记概述》中将宋代笔记分为三大类：小说故事类笔记、历史琐闻类笔记、考据辩证类笔记。③ 本书的研究对象《江户繁昌记》中有众多都市生活的描写以及各类事件的记述，应属于都市笔记范畴。

两宋时期的作者们笔记创作繁盛，其目的也各不相同。笔记文创作内容包罗万象，形式多样。这其中有的是为了保存史料，有意述说历史，补正史之不足。如司马光的《涑水记闻》就是为撰写《资治通鉴后纪》做资料准备的史料汇集。④ 宋敏求《春明退朝录》云："每退食，观唐人泊本朝名辈撰著以补史遗者，因纂所闻见继之。"⑤ 也有为了休闲娱乐而作的，如张泊的《贾氏谭录》序中说："公馆多暇，偶成编缀。"⑥ 欧阳修《归田录》中自序曰："《归田录》者，朝廷之遗事，史官之所不记，与士大夫笑谈之余而可录者，录之以备闲览也。"⑦ 还有将师友间谈论诗文、切磋学问记录下来的，如邵伯温《邵氏见闻录》序中称："伯温早已先君子之故，亲接前辈，与夫侍家庭，居乡党，游宦学，得前言往行为多。"⑧ 王辟之《渑水燕谈录》曰："闲接士大夫谈议，有可取者辄记之。"⑨

另外一类则是作者为了向后世读者宣扬宋代的礼乐文化以及城市繁荣的生

① 张晖：《宋代笔记研究》，武汉：华中师范大学出版社，1993年，第49页。
② 郑宪春：《中国笔记文史》，长沙：湖南大学出版社，2004年，第289—429页。
③ 刘叶秋：《历代笔记概述》，北京：北京出版社，2003年，第93页。
④ 上海古籍出版社编：《宋元笔记小说大观》，上海：上海古籍出版社，2011年，第775页。
⑤ 上海古籍出版社编：《宋元笔记小说大观》，上海：上海古籍出版社，2011年，第957页。
⑥ 上海古籍出版社编：《宋元笔记小说大观》，上海：上海古籍出版社，2011年，第238页。
⑦ 上海古籍出版社编：《宋元笔记小说大观》，上海：上海古籍出版社，2011年，第601页。
⑧ 上海古籍出版社编：《宋元笔记小说大观》，上海：上海古籍出版社，2011年，第1697页。
⑨ 上海古籍出版社编：《宋元笔记小说大观》，上海：上海古籍出版社，2011年，第1226页。

活，并借以表现怀念留恋之情。如周密的《武林旧事》、西湖老人的《西湖繁盛录》以及孟元老的《东京梦华录》等。这其中尤以《东京梦华录》为代表，孟元老在其中叙写了当时东京汴梁的社会文化、民俗百态等。其中不乏一些传说志怪，笔法灵活，饱含深情，在南宋就广为流传并被不少作品模仿。除了之前说过的《西湖繁盛录》《武林旧事》以外，还有吴自牧《梦粱录》等，都有模仿《东京梦华录》的痕迹。《居易录》称《梦粱录》是"宋亡后追忆临安盛时风物，自郊庙宫殿，下至百工杂戏之流，皆具似《东京梦华录》，而文不雅驯"①。

我国唐宋以来城市规模不断扩大，城市经济发达，城市文化繁荣发展。这其中笔记小说对市井生活的描写和记述为我们研究当时的城市状况提供了宝贵的资料。宋代都市笔记是指以都城（汴梁、临安）为中心，从都市生活经验出发，以记录都市政治文化、物质文化、精神文化、民俗文化等文化要素为主要内容的笔记文，也是"士人阶层对他们失去的生活的追忆"②。

两国"易代"时期文学关系的对比研究，能够为我们提供一个回望历史的窗口。我国先有刘歆、葛洪的《西京杂记》及孟元老的《东京梦华录》，后有余怀的《板桥杂记》，此类汉文小说悉数传入日本，并对日本文坛影响卓著。进而日本派生出寺门静轩的《江户繁昌记》与成岛柳北的《柳桥新志》等汉文作品。无论是在中国还是日本，这类笔记小说都对当时以及后世的文学创作产生了深远影响，尤其是我国的这类古代城市文学传入日本，受到追捧并被广泛模仿，使当时的日本汉文学作品走向通俗，真实再现了当时的社会风貌，具有很高的社会、文化研究价值。

《西京杂记》《东京梦华录》展示了当时我国古代都城的繁华。孟元老、余怀等作者从追忆中寻找心灵的庇护所，代表了"遗民"们的"没落情操"。《江户繁昌记》作者寺门静轩恰恰也是经历了幕府末期种种动乱，为表达自由思想而被幕府流放，一生颠沛流离。《江户繁昌记》从体例和形式上是仿《西京杂记》《东京梦华录》而著，《柳桥新志》在叙事手法及思想表达方式上受《板桥杂记》影响颇深，且是步《江户繁昌记》后尘。而《东京梦华录》对后世的影响也集中体现在《板桥杂记》上。可见它们之间有着千丝万缕的联系。

---

① 王士禛：《居易录》卷十七，电子版文渊阁四库全书本。
② 周笑添、周建江：《中国古代城市笔记小说的源、流、变》，《西北师大学报》（社会科学版）1995 年第 3 期。

三、"繁昌记"的诞生

江户末期至明治初期，用狂体①汉文所作的戏作文学②曾经大肆流行。这便是描写从幕末时代到明治开化期社会激变的短篇作品集，以《江户繁昌记》为代表的"繁昌记"系列。"繁昌记"这种文学形式以饱含幽默的言辞来生动形象地描写彼时彼地的繁荣，作者或旁敲侧击，或直抒胸臆，对社会丑恶进行讽刺批判。从这一层面上来讲，"繁昌记"是报纸、杂志等新闻出版业的先驱。

"繁昌记"应是在汉文戏作文学流行影响下而产生的。首先是八代将军德川吉宗时代（1716—1745 年），唐代孙棨的《北里志》等我国"狭邪小说"作品传入日本，遂在日本产生了"游里文学"③——模仿这类文学作品的汉文体小说（初期"洒落本"）。说到洒落本，《史林残花》［享保十五年（1730 年）］、《瓢金窟》［延享四年（1747 年）］、《两巴卮言》［享保十三年（1728 年）］这些名字都非常中国化的作品，内容上更是典型模仿"对花街柳巷的风情以及不同妓女的品评"之结构，并且文中出现了很多参照中国版本的语句。但无论怎样，这些读本仍然是有正统古典文学素养的日本知识分子用汉文来创作具有戏谑风格的、描写花街柳巷的文学作品，不能否认有些奇怪的隔阂感。

另一方面，江户中期以后，用汉诗体吟咏讽刺滑稽而作的"狂诗"也开始流行，内容多是以当时都市中的名胜风景以及人文世俗为对象。比较典型的有腹唐秋人的《本丁文醉》［天明六年（1786 年）］和方外道人的《江户名物诗》［天保七年（1836 年）］等。散文方面则有像释大我的《浅草游文》［明和七年（1770 年）］那样批判天明时代并兼顾狎邪描写的"戏文"出现。可以说繁昌记就是在这样的背景下，文人们借由初期洒落本的文体加以发挥，将其中饱含的文学趣味和批判精神相结合，用以吟咏风俗而产生的。以天保三年（1832 年）寺门静轩的《江户繁昌记》初编为开端，其后又有成岛柳北的《柳桥新志》和服部诚一的《东京新繁昌记》于明治七年（1874 年）出版发行，并且当即成为畅销书。之后其影响很快扩散开来，日本各地相继出版了类似的描写当地风情的"繁昌记"。下面就是其初期的一些出版作品整理：

---

① 所谓"狂体"即带有幽默调侃性质的文体。

② "戏作"是指日本近世（1603—1867 年）中后期诞生于江户的一系列通俗小说，包含读本、谈议本、洒落本、滑稽本、黄表纸、合卷、人情本等多种文体样式。

③ "游里"便是妓院、花街柳巷之意，"游里文学"即描写花街柳巷相关故事的文学作品。

江户·天保年间：

寺门静轩《江户繁昌记》共五编［天保三年—天保七年（1832—1836 年）］

桧恒真种《浪华风流繁昌记》上·下［天保四年（1833 年）］

中岛棕隐《都繁昌记》［天保八年（1837 年）序、庆应三年（1867 年）补刻］

明治时代：

服部诚一《东京新繁昌记》［初编—六编是明治七年—明治九年（1874—1876 年），后编是明治十四年（1881 年）］

高见泽茂《东京开化繁昌志》共三编［明治七年（1874 年）］

荻原乙彦《东京开化繁昌志》初·二编［明治七年（1874 年）］

成岛柳北《柳桥新志》［明治七年（1874 年）］

松本万年《文明余志 田舍繁昌记》上·下［明治八年（1875 年）］

石田鱼门《方今大阪繁昌记》初·第二编［明治十年（1877 年）］

奥泽信行《大阪繁昌杂记》初·第二编［明治十年（1877 年）］

松本万年《新桥杂记》［明治十一年（1878 年）］

长尾无墨《善行寺繁昌记》共三编［明治十一年（1878 年）］

可以说这些作品提供了大量对于当时社会和人们思想研究的资料，让我们能一窥彼时代文人们对于时代变革以及生活环境的思考。

第二节 "遗民"情怀与城市文学

小说类作品不可避免地会体现作者的思想诉求，著书人所处的时代背景是其依托。同样的地点，同一个故事，在不同时代的作家笔下会千差万别。但有趣的是不同国家不同时代的作者们，面对身边的社会变革，其记录的方式却惊人相似。虽说历史是一面镜子，但无论多少次的对照，却都不能避免悲剧重演。历史总在轮回，只是不会简单地重复。

孟元老、余怀、寺门静轩、成岛柳北，虽时代相异，身处不同国家，但有着大体相同的文化背景和生存轨迹。笔者先介绍一下他们笔下的都市如何"繁华"，再研究是何种历史背景促成了他们进行此类文学创作，探讨作品为何会被广为流传。

一、孟元老与"靖康之变"

孟元老，号幽兰居士，其人具体生卒年月不详，对其身份也有多种推测。目前比较被认可的说法是根据《宋会要辑稿》以及苏辙等人著作，推测其是北宋保和殿大学士孟昌龄的族人孟钺，宋代文学家。无论其身份如何，从《东京梦华录》可看出孟元老对北宋都城东京相当熟悉。且他在《东京梦华录》序中说自己自幼随父亲宦游南北。宋徽宗崇宁癸未（1103 年）来到京师，居住在城西的金梁桥西夹道之南。并且《东京梦华录》所记述的基本是宋徽宗崇宁到宣和年间（1102—1125 年）东京的情况。可知孟元老的少年和青年时代都是在北宋都城度过的，不难想象其对汴梁的感情之深。

北宋时代的政治理念是重文轻武，士大夫以及儒者们位居"士农工商"之首。所以孟元老在东京汴梁的生活必然是自在逍遥。换个角度想，位居下层之人或是普通平民，也很难有时间和财力逛遍开封城的大街小巷，并且对市井人情以及各种娱乐了如指掌。东京汴梁的繁华，就是北宋国力强大、人民生活富庶的集中表现。由于王安石的变法，北宋一跃成为世界超级大国，社会进入空前的繁荣期。但中国大地似乎无法摆脱盛极必衰的魔咒。宋徽宗后期，奸相横行，朝政混乱，农民起义不断，北宋开始由盛转衰。加上联合金灭辽，直接暴露了北宋军队的不堪一击，为亡国埋下了伏笔。终于，在金大举南下灭宋的时候，宋徽宗慌忙将皇位传给儿子。在继位的宋钦宗上位的第一年，也就是靖康年间，金人围困汴梁城，最终掳走了徽宗、钦宗两位皇帝，以及其他大部分皇族，史称"靖康之变"。

北宋亡国，给知识分子的打击是巨大的。无论宋徽宗的统治多么昏庸，汴梁城始终还是歌舞升平，表面上一派祥和。但金人入侵，大肆掠夺财物自不用说，不光是无数平民女子，连皇室后宫嫔妃、宗室妇女也被带走为奴为娼。"首都人民"从天上一下堕入地狱。孟元老也随着众多中原人士一起南下，避地两浙。我们不难想象他心中对故土的眷恋，以及对当时东京的繁华被毁于一旦有多么的痛心和惋惜。故国故乡之思时刻萦绕在众多北宋遗民的心头。

由此我们亦不难想象孟元老为何要著《东京梦华录》一书了。其书首先是将汴梁城所处的地理环境和详细构造展现给我们。然后详细述说了人们的生活状态，所从事的各种工作。对"早市""晚市"甚至"鬼市"都有详尽的描述，各种艺人和"绝活儿"更是直接将读者拉入了彼时开封府的市街中。除此之外，连"都市志怪传说"也悉数尽收，不得不说《东京梦华录》为我们研究北宋的市井生活提供了非常翔实的资料。作者给我们展示了北宋东京的繁华，也将遗民情怀寄予城市生活描写中，从而让我们对当时士人们的亡国之痛有了更切实的理解和体会。

二、余怀的"反清复明"

北宋的"靖康之变"是汉民族历史上第一次真正意义上的亡国。而后的元帝国虽然曾盛极一时，版图一度扩大至欧洲，但统治不到一百年便结束。其后取而代之的明朝，统治也一直很黑暗，人民受尽疾苦。历史总有很多巧合，李自成占领北京后明朝灭亡，满族人入关再次入主中原势不可挡，其后在南方建立了大小不一的抗清政权，史称南明。这和宋朝衰败史如出一辙。然而也正是有鉴于"靖康之变"汉民族遭受的奇耻大辱，明末时期的士大夫们皆以与满族人和谈为耻，抗争是汉人的主基调。余怀就是至死不愿降清的忠烈知识分子代表之一。

余怀（1616—1696），清初文学家。字澹心，一字无怀，号曼翁、广霞，又号壶山外史、寒铁道人，晚年自号鬘持老人。福建莆田黄石人，侨居南京，因此自称江宁余怀、白下余怀。与杜濬、白梦鼎齐名，时称"余、杜、白"。余怀作品中最具代表性，流传也最广的当属《板桥杂记》。其内容是写作者在南都旧院的各种见闻。当时虽然明朝已是风雨飘摇，但金陵城却依旧歌舞升平，一派繁荣景致。余怀在《板桥杂记》中有不少狭邪描写，但实质反映出的是当时统治阶层生活的奢靡腐朽。官员士大夫身居高位而终日麇集在骄奢淫侈的环境中，怎能不贪生怕死、丧失民族气节？ 即便是学子文士也由于党争失意而沉溺酒色。[1]这样的政权又焉能不亡？

余怀明确在《板桥杂记》中说自己的叙述是"一代之兴衰，千秋之感慨所系，而非徒狭邪之是述，艳冶之是传也"[2]。所以书中虽有对妓女的描写，但主要体现的是她们不投降清军以求苟活，英勇抗节而死的气概。偌大的金陵城，繁华至极，却由于清军的南下骤然土崩瓦解，其后烧杀抢掠以及残酷血腥的剃发政策，不知又使多少无辜平民遭受灾难。回想北宋的灭亡，余怀明确说自己

---

① 李金堂：《余怀与板桥杂记》，《天津师大学报》1998 年第 1 期。

② （清）余怀：《板桥杂记》，李金堂校注，上海：上海古籍出版社，2000 年版，第 3 页。

是"效《东京梦华》之录，标崖公蚬斗之名"①，所以我们在《板桥杂记》中能寻访到《东京梦华录》的影子，比如其对南京秦淮河畔十里南岸长板桥一带的描述，给我们展开了一幅浓墨重彩的金陵风情画。这正如《东京梦华录》带给读者的是一幅动态的"清明上河图"。

明灭亡之后，面对清朝暴行，余怀不但要体味亡国之苦，还要经历丧家之痛。作为有节操的知识分子，他是不可能削发而归顺异族的。所以唯一的出路就是乔装成道士流亡他乡。我们不难想象余怀生活的窘境，在清廷的通缉搜捕下必定是颠沛流离。然而即便如此，他还经常联系各地志同道合的友人，积极谋划抗清复明的活动。但终究历史无法倒转，自郑成功围攻南京城以失败告终，抗清势力的反扑也由高潮退至低谷。直至吴三桂将南明小朝廷的永历帝杀害，明朝汉人彻底复国无望。此时的余怀也不得不接受命运，转而进行学术研究和创作。他本人拒不出仕，始终坚守遗民身份，且作品大多用的是明朝年号，堪称知识分子民族操守和气节的典范。《板桥杂记》就是他晚年的作品，在完成此作之后的第三年他便驾鹤西去。

读起《板桥杂记》，脑海中除了极尽繁华的金陵城外，映入眼帘的还有风烛残年的孤独老人；在感叹江淮名妓的香消玉殒之余，体味到的是亡国知识分子心中的酸楚与无奈。此时的城市文学中所饱含的人文情怀，也上升到了新层次。

三、幕末的寺门静轩

明治维新，这是在日本近代史上无比重要，在日本人心目中无比辉煌的时代。它改变了日本的落后面貌，从制度改革到政治体制的革新，使日本快速走上了资本主义强国之路，也使日本成为亚洲第一个走上工业化道路的国家。

日本在明治维新之前，同样有过一段封建锁国的历史。在以"将军"家为权力中心的幕藩统治下，18世纪以后，日本的封建领主制日益腐朽，生产停滞，民不聊生。资本主义萌芽在酝酿发展的过程中，和幕府统治阶级逐渐对立，矛盾加深。而当德川幕府的锁国政策也被俄国和欧美列强打破之后，日本知识分子的民族自卫意识觉醒，尤其是中国当时的鸦片战争使知识阶层大为震动，民族自强独立的意识被激发。他们开始研究魏源等人的著作，并积极地寻

---

① （清）余怀：《板桥杂记》，李金堂校注，上海：上海古籍出版社，2000年版，第3页。

求抵御外辱的谋略。①

日本历史上虽也是战争连绵，冲突不断，群雄割据的时代此起彼伏，但相对单一的民族，使其在文化思想上比较统一。日本非常善于学习并吸收汉文化，有着非常悠久的历史传统。从遣隋使、遣唐使开始，日本便醉心于当时的中国文化，政治经济文化全面向中国学习，知识分子争相竞比作汉诗文，儒家思想统治思想界，后来朱子学成为官学。这从另一个侧面折射出日本人很善于向强者学习，日本社会也能够很快速地调转船头找寻前进方向。面对西方列强的虎视眈眈，因其"旧物很少，执着也就不深，时势一移，蜕变极易"②，很快走完对西方文化"始而漠视、继而仇视、终而师视"的全过程。

寺门静轩所生活的时代是明治维新之前江户文化的"烂熟期"。德川幕府的统治将封建制文化推向了顶点。彼时代文人们终于可以摆脱一定的劳作，而一些中下层的知识分子们也能通过文艺创作来养活自己，于是乎各类思想喷涌而出。究其根本是知识分子想要在矛盾重重的社会现状下找寻新的社会秩序和出路。他们对自我文化和思想的反思自不会少，所以对朱子学持批判态度甚至是反朱子学的各类学派也应运而生。《江户繁昌记》就产生于这样一个各类思潮迸发的时代背景下。它虽然不像孟元老的《东京梦华录》或者余怀的《板桥杂记》那样直接述说亡国之痛，但透过字里行间我们能体会到的，依旧是作者对社会和民族危亡的担忧。

任何时代交替、社会变革过程中都会伴随阶级矛盾加剧，社会动荡不安，各种思潮的剧烈变化。随着幕府经济的进一步发展，也就是封建社会走入了一个新阶段之后，土地兼并和贫富差距的拉大不可避免。于是很多下层武士开始失去土地等生产生活资料。这正好为资本主义工商业的发展提供了大量劳动力，资产阶级的兴起在所难免。而日本的身份等级制度严格，商人没法改变自己卑微的地位，种种社会矛盾便逐渐积累起来，产生了各种丑恶现象。寺门静轩的《江户繁昌记》矛头直指当时尖锐的社会矛盾，对很多时事进行讽喻。特别是对失去知识分子风骨的俗儒进行嘲讽，揭露其滑稽无耻的嘴脸等，引起了广泛的社会讨论。对当时的思想界，尤其是官厅知识分子有着很大震动。这种贴近普通市民的文艺表达形式随之大受欢迎，所以其后出现了一连串的续作、

---

① 王晓平：《近代中日文学交流史稿》，长沙：湖南文艺出版社，1987年，第95页。

② 鲁迅：《〈出了象牙之塔〉后记》，《鲁迅译文集》（第3卷），北京：人民文学出版社，1958年，第283—284页。

仿作。20 世纪 40 年代,《江户繁昌记》曾被上海出版的《瀛寰琐记》转载,成为近代较早传到中国的日本汉文散文作品之一。[①]

第三节 几部城市文学的作者以及作品的关系

一、孟元老、余怀以及寺门静轩

从我国宋代的孟元老,到清代的余怀,再到日本幕末的寺门静轩,这些通过笔记小说对都市生活进行描写的作家们,都曾经生活在自己时代最繁华的都市中。孟元老的身份学术界虽有争论,但其在《东京梦华录》序中一开始就说:"仆从先人宦游南北,崇宁癸未到京师,卜居于州西金梁桥西夹道之南。"[②]彼时代的人们逃难常有,但他却是"宦游南北"。我们可以想象孟元老一定是士族出身,虽不知道他其后是否进入仕途,但可以肯定他生活是富足的。而余怀的出身,同样是"书藏万卷"的知识分子家庭。曹溶《送余澹心远金陵歌》言:"余子闽中名士族,几年移住长干曲。"[③]可以看出余怀不光生活富裕,而且是名门出身。至于江户时代的寺门静轩,虽然不是望族出身,但其父亲是水户藩主管征税等庶务的官吏,所以其幼年的生活也应该是比较富裕的。由此,可以想象这三位儒者在各自时代的繁华都市生活中必是悠然自在、各得其乐。相对丰富的物质生活给了他们学问上进取的条件,以及对自我世界反思的空间。从这一点上讲,孟元老、余怀和静轩虽然生活时代不同,但生活的轨迹却相差无几。

三位知识分子纵情于都市生活,他们虽不是社会的最顶层,却能够看到当时统治阶级奢华腐败的生活。彼时他们是上流社会公子,但也能接触到普通劳苦大众,看到贫苦之人被压迫和剥削的现实。可见在夹层中的士人们是当时社会贫富差距和阶级矛盾的重要观察者,这几位作者的城市文学作品也就成为对时代最好的记录。孟元老在我国文学界开创了这一先河,几百年后的余怀步其后尘。而日本的寺门静轩在受到我国汉文学和儒学影响的同时,接触了这些城市文学作品而受到启发,在日本汉文学界开创了基于我国笔记小说的日本"城

---

① 王晓平:《近代中日文学交流史稿》,长沙:湖南文艺出版社,1987 年,第 96 页。

② (宋)孟元老:《东京梦华录》,北京:中国画报出版社,2013 年,第 1 页。

③ (清)余怀:《余怀集》,扬州:广陵书社,2005 年。

市风物小说"文学。

孟元老生活的北宋汴梁，在金军的大举围攻下，人民遭受了难以想象的磨难。女真族的奸淫掳掠给当时的都城带来了悲剧性的一幕。其后明末余怀生活的金陵城也被异族铁骑践踏，遭受了毁灭性的打击。他们都有非常强烈的亡国之痛，并且由生活奢侈的官宦士族一下变为政府通缉的前朝"逃犯"。这样的反差用"强烈"已难以形容，其内心的痛苦用"巨大"也很难表述。寺门静轩并没有像孟元老和余怀那样直接经历异族入侵的亡国之痛，但后来他家人纷纷去世。唯一的一个同父异母的兄弟向静轩举债，他遂将自己身份卖掉而变为城市生活中的最底层武士。静轩随后仕途不顺又无法务农，从来没有过从商经验且不屑于从商，生活的困苦我们不难想象。三位文人都曾是花街柳巷的风流公子，最后却差不多都要流落街头，即使再怎样胸襟豁达，也难免会心怀伤痛。这也是他们要拿起笔追忆繁华，痛斥异族暴行，进行社会反思的直接动力。

二、《东京梦华录》《板桥杂记》和《江户繁昌记》

《东京梦华录》《板桥杂记》以及《江户繁昌记》三部作品出自中日两国不同时代的儒者之手。但无论是时代风貌、作者背景还是文字文体，它们之间有着很明显的内在联系。对比这三部作品的异同，也就是将中日两国不同时代的相似"节点"来作对照，笔者由几个方面来作分析。

从内容上讲，《东京梦华录》无所不包，从北宋的都城建设、地理情况到当时的生活习俗，上至王公贵族，下至黎民百姓，衣食住行，婚丧嫁娶甚至是志怪传说都详录其中，可以说是当时北宋都市生活的百科全书、人们行事礼法的指南。《板桥杂记》在城市情况的介绍中能够看到《东京梦华录》的影子，其篇幅也短很多，将笔墨集中在了秦淮河畔的妓家会馆上，对当时的奢华生活从多方面进行了详细描述，虽没有那么全面，却能够很好地抓住读者。此时的《板桥杂记》已将作品内容核心放在对人物的描写和故事的叙述上，应该说已经摆脱了《东京梦华录》的"记录"叙事方式而突出了人文情怀。《江户繁昌记》借鉴了我国两部笔记小说的形式，除了市井生活和人物故事的讲述外，还夹杂了不少调侃及对时事的评论。它从城市文学的角度出发，将加以润色和调整的笔记小说形式作为载体，发展成了具商业娱乐性的纪实文学。

从对城市生活的描述上讲，《东京梦华录》比较忠实地记录了作者所见到的情与景。孟元老在对汴梁城的构造和功能的描写上花了很大篇幅，这种现实主义的记录形式非常客观，并让读者身临其境。其后将普通人最平凡的生活状态通过对市集等商业活动的描写展现出来。其中各种节日活动、庆典或祭祀活动描述翔实，通过细节勾勒出了北宋都城东京的整体风貌。《板桥杂记》则明显不同于前者，余怀通过对一个阶层或者几个特定人物普通生活的聚焦——大到住所及其陈列，小到指甲及脂粉，来让读者展开彼情彼景的想象，从而使读者对时代性有比较深刻的认识。寺门静轩的《江户繁昌记》吸收了我国两部作品的经验，既有街景和各类庆典活动的展示，又有对不同阶层各种身份之人行为的描写。而静轩笔下作品中对各种人物的心理描写细腻，时而直抒胸臆，酣畅淋漓之感尤为难得。他不仅为读者展现了江户时代日本"町人"的生活状况，并且能够让大家深度体味和理解当时"町人"们的喜怒哀乐。捧起静轩的文字，带给笔者的常常是与现世相通的感触，相信通过本书的介绍，定能引起读者的反思与共鸣。《江户繁昌记》在《东京梦华录》和《板桥杂记》的基础上，为现代读者找寻到了一条能将历史与现实先撕裂再融合的文学道路。

无论是北宋的东京、南明的金陵城还是德川幕府的江户，如此繁华尽显的大都市生活中自然少不了青楼妓馆，狭邪描写更成风潮。《东京梦华录》中记录的汴梁城朱雀门外街巷以及潘楼东街巷等，是妓馆云集之地，当时被人们称为"院街"，但孟元老描写妓女的文字却少之又少。《板桥杂记》对于秦淮河畔的青楼以及旧院女子们的描写之详细毋庸敷述。余怀的目的是展现弱女子们的民族气节，借此来痛斥蛮夷之族的侵略，讽刺那些归顺清朝甚至助纣为虐的民族败类。我们的近邻日本进入文明世界也是新近之事，相对来讲于性的开放程度更大。尤其是"娱乐"的江户文艺作品中从来少不了风月情景。《江户繁昌记》为了迎合读者的口味，当然也少不了冶游狭邪的情节。其第一编中"吉原"一篇便是模仿其他记录江户吉原一地花街柳巷作品的翻版，它用汉文描述了被称作"游女"的妓女与客人间的"打情骂俏"等经典桥段，笔者在之后章节再做介绍。

三、作者笔下的狭邪

无论是孟元老、余怀还是寺门静轩，皆是望族仕儒家庭出身，兼具文学修养与仕人情怀，易代之后重名节而拒不出仕。作者们皆面对文化转型、社会变革与生活的大变动，这样的知识分子们势必要把不屈从于时风、抵抗外族入侵的精神寄托于文学作品中。几位儒者不约而同地在其中加入了狭邪描写来吸引读者，且成为他们对于感伤与旧物怀念的表达方式。《东京梦华录》中对汴梁一地的花街柳巷风物有较为详细的描述；《板桥杂记》的主人公中，几位妓女更是占据了重要位置；寺门静轩的《江户繁昌记》"吉原"一段中，不光是对吉原一地有较为详细的考察和介绍，更是将游女与客人间发生的故事详细描绘到了打情骂俏的对话和肢体动作。我们不得不承认这些冶游叙述非常迎合当时大众读者的口味，为小说普及起到了相当的作用，且为我们考察古代城市的风俗行业发展提供了不少资料和依据。其起到了何种效果，待笔者其后详述。

《东京梦华录》中对妓家的描写，比较注重客观的衣着服饰、物品陈设等。到了《板桥杂记》就基本是以烟花之地的行业性质以及妓女介绍为主。余怀写的虽不是正史，但对于妓女的背景介绍和性格语言等有着较为翔实的交代，其文字内容没有露骨的香艳描写。这都体现了我国作者对于文学创作中的狭邪只是点到为止，并不深入。但是到了寺门静轩所生活的日本江户幕府末期，文学或者其他艺术创作就要大胆开放得多。静轩在对吉原一地的描述中，参考了其他同类文学作品，在妓女和嫖客间故事的描写上着实用了不少笔墨。可以想象这对当时的读者来讲，见到需正襟危坐而习写的汉字来描绘狭邪，是非常新奇的事情。这必定能引起社会各阶层，尤其是"町人"的关注，并迅速成为舆论的焦点。静轩笔下的一句"冷脚可恶"将他一下推到了世人面前，但也成为其作品被指"鄙猥淫邪"的直接原因而遭笔祸之灾（见第六章第三节"静轩受审"）。

这里的狭邪描写是儒生们对于繁华的追忆，也是对社会环境不满的委婉表达。从繁华到衰落让知识分子们猝不及防，自己的悲惨境遇又让人无尽哀伤和惆怅。生命和性是文学、艺术作品中永恒的主题。然而若是小说中过于对狭邪进行描述，尤其是将其过分作为卖点进行商业文学创作，则背离了知识分子应通过文学作品给人以正面启迪和影响的原则。笔者不否认秦淮河畔或者吉原一地发生的故事很能够勾起人们的兴趣，但在文学创作中应把握真实，若用过多的笔墨对妓家品评大书特书，则有卖弄之嫌。

综上所述，中日汉文笔记小说作品中的冶游描写篇幅不少，这成为吸引读者的亮点，但影响并不能全部归为正面。不过这并不影响《东京梦华录》《板桥杂记》《江户繁昌记》这样的汉文笔记小说，作为古代城市文学的代表熠熠生辉。

第二章 / 寺门静轩

第一节　寺门静轩的身世

一、静轩居士寿碣志

本章笔者着重介绍日本幕末儒者寺门静轩。想要理解静轩的作品，我们要先了解他生活的时代；想要体会作者的心境，我们则要全面地了解他的家人、朋友、家族背景等。静轩虽家门衰败，但身上却有着不同于普通落魄书生的气度。对家人重情义，对朋友更常常是倾囊相助。造就静轩这种性格的，显然不仅仅是儒家思想的影响。是什么样的家庭，又是什么样的家庭出身造就了静轩呢？我们在他的一系列文学作品中可以找到线索。

寺门静轩（1796—1868），幕末儒学家。名，良。字，子温。通称，弥五左卫门。别号，克己、莲湖。静轩从小由其母养大，在十二岁的时候失去了母亲，转年父亲也去世了，后来和外祖父母一起生活。由于是妾所生，没有权利继承父亲的官职和家业，在十九岁的时候不再领取水户家的俸禄。之后拜在折衷派儒者山本北山之子山本绿阴门下钻研学问。期间住在上野宽永寺劝学寮中，学习佛典和汉学并接触了我国性灵派诗风的汉诗。文政十三年（1830 年），水户藩的新藩主德川齐昭为了振兴藩政，曾发起了广纳贤才的"仕官"活动，即招收有高知识水平的武士就任官职，来侍奉藩主和大名。此时的静轩心怀抱负，多次上书自荐却一直得不到回复，甚至亲自到藩邸门前请愿。折衷派学者对当时被奉为"官学"的朱子学是持批判态度的，所以只能无果而终。静轩无奈之下为了糊口，曾在江户驹达吉祥寺门前町（今东京丰岛区附近）开办私塾，称克己塾。他的经历可以说是江户时代典型浪人儒者的写照。

静轩生于宽政八年（1796 年），卒于庆应四年（1868 年）三月二十四日，享年七十三岁，是幕末文坛中非常具有代表性的一位儒者。相传其是茨城县筑波郡石塚村人，那里应是他父母的家乡，静轩是土生土长的江户人。他自己也曾说过"幸为江户人，非田舍汉"。青年时代便有很好的文学素养，曾和多位汉学家学习汉学。经历一番磨难和努力后，静轩在学问上终有成就，收徒授学，家道渐渐好转，生活也不再那么困苦了。天保三年（1832 年）著书《江户繁昌记》，至其后数年共著五编。书中提到他曾经住在浅草新堀附近。静轩兴趣多样，社会交际面也很广，才能脱颖而出。所著《江户繁昌记》是体现了他的汉学功底和文学才能的代表作。但由于此书对"俗儒""腐儒"的辛辣讽刺，而被当权者定为扰乱风纪之书，作者于天保十三年（1842 年）七月被定罪流放。《江户繁昌记》在稍后容笔者详细介绍。静轩终究没能以儒者姿态站上当时的政坛，在思想界也是广受排挤。后来便削发自称"非儒非佛"为"无用之人"，自命风流云游四方。从武州秩父①流浪到上毛②一地，其间经常在文人学者家借宿。从《静轩文钞》两卷和《静轩诗钞》一卷中可以窥见他的足迹。嘉永二年（1849 年），五十四岁的静轩住在向岛某处，著写了《江头百咏》，在友人的劝说下为自己写了"寿碣志"，并在他死后被刻在了石碑上，放置于浅草的桥场总泉寺。

静轩在安政三年（1856 年）的时候游历东海道在京摄住过半年，其间著有诗稿《赖肩瓦囊》，其后在安政六年（1859 年）游历新潟，寄宿数月期间又著《新斥繁昌记》。静轩在里面详细记录了当时社会艺人们的状况。从此点来看，颇有《白门新柳记》的趣旨，而这也是区别于《江户繁昌记》的最大之处。静轩博学多才，兴趣广泛，作文章更是信手拈来。在新潟这一"娱乐"之地，稍下功夫就有现在专业新闻记者的素质。或许正是这样的静轩，才能成就如此的"繁昌记"。汉文所做的"繁昌记"，无论其他儒者如何蔑视其为"游戏文章"，骂静轩如何沉迷于"汉学魔道"，从纯粹的汉学角度来看，凭学问和文章，足以称得上大家。静轩深谙经学，他的大部分成就也是拜经学所赐。青年时便奉读经典，其后又广涉历史。步入晚年之后更是转入对日本历史的研究，曾精读《古事记》等重要文献。静轩被幕府流放期间曾回过江户城，居无定所。晚年时候他在五洲大理郡吉见村胃山的豪农根岸氏家中住过一年多，于庆应四年三月二

---

① 武州秩父：古代日本武藏国地方，今埼玉县西北部秩父地区。

② 上毛：群马县古称。

十四日（1868年4月16日）去世，享年七十三岁，被葬在了根岸氏家族的墓地中。静轩有一子一女，儿子夭折，女儿嫁入根岸氏家族。

说到不穷不儒者，静轩的确很有个性，他步入晚年后，自营生圹，在生前就给自己写了碑文。对静轩身世比较完整全面的文献记录，也正是出于他的《静轩居士寿碣志》。被收录于文集《江头百咏》中：

> 适来者，夫子时也，适去者，夫子顺也。其去未可知，其来莫非有事也。事之成者，必有功于家于国于世，而大则可庙，小则可志。物亦有用乎人，而后铭，人而无用奚志焉。静轩居士老矣，渐将去乎顺。……乃志曰：居士以宽政八年生于江户。育外家河合氏，幼怙恃见背，既长不谨放纵，家道顿寒，始改志读书，稍觉有所会，遂游四方。文政年间归江户投旧主上书，书入不报。慨然谓今儒虽贱，夹书送生，庶几不辱先人，褐衣以终矣不负旧君也。乃就宅下帷，从游稍集。及天保八年以戏著婴宪，不得复以儒立于世。于是髡发毁形，不儒不佛，遂为无用之人，流移局促，席不得暖。今宜死，然未死，不知他年将转何地沟壑也，且树此存之于江户。家谱曰：祖广濑长门守讳义本，系新田左中将五世孙。长门君正长三年入三井寺而终焉。其子讳义行，东下属佐竹氏，改寺门世住水户云。父讳胜春，母田中氏，生母河合氏，居士名良，字子温。作文时年五十有四，嘉永二年也。①

这一段详细记录了静轩为自己所作碑碣志的缘由。而开头的"适来者，夫子时也，适去者，夫子顺也"一句是借用了《庄子》中的语句，表达了静轩的豁达，直接佐证了静轩与老庄思想的共鸣。笔者每每读到碑碣文字，总觉有些凄凉，透露出了静轩的无奈，夹杂些许遗憾。"流移局促，席不得暖"是静轩诉说自己的窘迫，"今宜死，然未死，不知他年将转何地沟壑也，且树此存之于江户"是对未来的不确定，颠沛流离的生活不知道要延续到何时至何地。后面继续写：

> 居士友，志摩小滨大海书志后，曰："子温以戏著得谤，因以被罪。盖冶长缧泄，于子温无伤也。昔者崔浩作史被杀，韩愈上表被窜②。文字引祸，明贤犹

① 寺门静轩：《江头百咏》，江户：克己塾，1850年，第21—22页。
② 窜：贬谪、放逐。

有。子温虽然踏祸机止锢仕途,免杀于窜,亦圣代宽典。在子温,则当感戴恩惠之深而已矣,亦何恨焉?但其志,子温自撰,则其美事卓行皆隐而不言,盖嫌其涉矜伐也。以大海所见,子温奇士也,义士也,清白寡欲之人也。盖其先人有二子。没时长者承家而子温尚幼,以别业附子温母以养子温,子温长母氏没,而其嗣父为仕者有故去邦。子温悼其宗绝,而伯兄沦落难立,慨然卖其业,所得之金尽献诸兄以为衣食之资。而己则一钱无私,恃以一双绷缑刀剥落垢敝者随身而已。子立孤苦,人之所不能堪。而子温则能处此点,无恨色。呜呼,世之以利为心者,锱铢不慊,则骨肉仇视,况其他乎。使其见子温所为,则不羞死者几希矣。子温始从田口氏学,后寄食山本绿阴氏学作诗,遂入宽永寺读史书。其间与故斋藤陶皋、石井绳斋、芳川波山、中村橘园及予大海辈缔交。诸子皆长于子温若干年。而诗酒之会,议论纷错,排阃古今,子温不在皆不乐。盖其天资颖敏而谦虚悫实,自有使人倾写者焉。后予就仕于国,而子温下帷于都下,名声稍著。陶皋之没,其父老而无所依,子温养之终身。其与朋友交而有终始,他亦多类此者矣。予之再东也,陶皋、橘园已没,而绳斋、波山亦皆相续物故于其藩,独予与子温未就木耳。予长于子温,有间则先子温去者必矣。予不能志于子温,而子温志于予者,亦可预知矣。虽然志于子温者,外予其谁也,宜及今志之。而子温既已自作,则予任幸得解矣。乃取其遗于志者录以附后。"①

此番记述很明显是之前提到的静轩友人小滨大海所写。他是静轩的挚友,对静轩做了比较全面客观的评价。友人们将静轩比作崔浩、韩愈,为他愤愤不平。而后面说静轩免于被杀只是流放,应当感恩戴德了,一方面是劝他,另一方面是表达对幕政的不满,自讽自嘲。另外要特别提到,静轩虽然清贫一生,但是对朋友慷慨相助,能够供养朋友的父亲直至为其送终,实在难得。除了这里所讲的,还有其他不少慷慨事迹。比如静轩后来见到同父异母的兄弟生活十分落魄,随即慷慨解囊。除了这里说的供养亡友之父外,还对朋友难以维持生计的子孙施以援手,把自己所有的钱都奉献了去。②

二、静轩之名的由来

我们想要了解静轩的人生,必将先从他的幼年期和青年时代经历说起。无

---

① 寺门静轩:《江头百咏》,江户:克己塾,1850 年,第 23 页。
② 礒ケ谷紫江:《墓碑史迹研究》(第五卷),后苑庄,1935 年,第 575 页。

论是武士还是町人，农民还是富贾，都须依附于时代发展，由时代造就。他们不仅深受时局影响，也在不断改变着时代，和命运抗争。要了解寺门静轩的个性，我们先从寺门姓氏的源头来追溯。

　　名为"那珂川"的河流从那须①深山中发源，在黑矶、鸟山②两地间流淌而过，后经水户流入大海。大河川流，水户上游五里右岸渐深处，有一名为"石塚"的村落。而这里便是有着高墙大院与大片田地的大户人家——寺门家的一方故土。说其"故土"，是有缘由的。寺门家是并入八幡太郎源义家③的新田义贞④之一裔，新田义贞的第六代武将广濑长门守义本后来在大和的宇陀郡，侍奉"宇陀三将"⑤之一的秋山氏⑥。彼时代，南北朝余灰未尽，地方武装势力小规模冲突还时有发生。当时，奈良的一乘院、大乘院⑦的两门跡⑧和伊势的国司北畠氏发生战争，史称"正长之变"。当时依附于北畠氏的秋山氏败北，广濑义本也随即溃败逃至三井寺⑨。

　　三井寺又称园城寺，是属天台寺门宗的总本山寺，自古以来就被认定为日本四大古寺之一。在天武天皇亲手赐赠"园城"的匾额后，便开始称为"长等山

　　① 那须：日本现栃木县东北部，那珂川上游一带。
　　② 黑矶、鸟山：均为栃木县北部旧那须郡的地名。
　　③ 源义家（1039—1106）：日本平安时代后期的著名武将，河内源氏嫡流出身，通称"八幡太郎"或"八幡太郎义家"。源义家在前九年之役、后三年之役中成功镇压了安倍氏和清原氏等虾夷败战豪族的反乱，之后在关东乱事中亦大显神威，被白河法皇誉为"天下第一武勇之士"。源义家致力于士族地位的确保，成为武士的领袖，其言行处事也树立了武士道的典范。但后来由于白河法皇怀疑源义家对奥州怀有野心，加以院政派当权，刻意削弱关摄公卿派及源义家的武力，因而势力日衰。官至正四位下加允升殿，大正年间追赠正三位。
　　④ 新田义贞（1301—1338）：幼名为小太郎，正式名为源义贞。为镰仓幕府末期至南北朝时期名将，河内源氏一族，新田氏第八代当主。曾经辅佐后醍醐天皇，任左马助、播磨守、越后守、左卫门佐、左兵卫督、正四位下左近卫中将，灭亡镰仓幕府。但后被足利尊氏打败，自刎而死。明治十五年（1882年）明治天皇赠正一位。
　　⑤ 宇陀三将：日本南北朝时期的三位武将，分别是"秋山氏、沢氏、芳野氏"。
　　⑥ 秋山直国（？—1615）：战国时代至江户初期的武将，秋山宗丹的次子，大河国秋山城（后改为宇陀松山城）的城主。通称次郎。官职右近将监（佩刀负责保卫皇宫的三等官职）。
　　⑦ 大乘院：奈良时期四大寺庙，也是平安时期七大寺庙之一的兴福寺下属的，被称为"兴福寺两门跡"的两个子院。
　　⑧ 两门跡：由皇族或贵族担任的特定寺院中的主持，相当于大名。
　　⑨ 三井寺：位于日本大津市别所，为日本天台宗寺门派之总本山，与称"山门"之延历寺相对而称寺门。山号长等山。通称御井寺、三井寺。

园城寺"。虽然是比叡山延历寺①的别院，但早在正历四年（993年）便开始和延历寺抗争。和当时的延历寺被称作"山门（さんもん）"相对应地，称三井寺为"寺门（じもん）"。两寺无尽的争斗不断扩大化。寺门静轩的姓氏就由这个"寺门"的训读"てらかど"而来。广濑义本逃出三井寺后，由于受到三井寺的救助和庇护，为了感恩则将姓氏改为寺门。当时的义本有一儿子名为"扫部介义行"，千里迢迢来到关东，侍奉于佐竹氏②。

随着时间的推移，关原之战的到来不仅成了日本历史的转折点，也深深影响了佐竹氏家族。当时的佐竹氏当主是第十九代的佐竹义宣，关原之战中没有加入德川家康的东军，也没有加入石田三成的西军，最终落得减封，也就是领地削减，由常陆水户五十四万石减封并转封至出羽秋田二十万石。于是当时未能带走的家臣和一些不愿意前去出羽秋田的家臣仆人等便留在了常陆。这其中便有寺门家的先祖——寺门胜赖。胜赖留在了常陆石塚，并使寺门家在此延续香火百年。

三、静轩的家人

此后的寺门家族第十代，出了一位颇有才识并且心怀抱负的人物——弥八郎胜春。为了施展抱负，胜春将家里交给姐姐打理，自己进入水户德川家作为家臣"奉行"。胜春在二十岁出头的时候还未能得志，在负责调查整理年供征收信息的部门"郡方大吟味方"中任职，雌伏十数载。后来于宽政八年（1796年）被赐予"步行目付次座格"③之顶戴，由此从临时雇佣而"转正"。其后便进入了"郡方大吟味方"的上级单位"大吟味方"④工作，并且于转年就被提拔为"藏奉行格"⑤。在这段仕途比较顺利的时期，胜春也再度婚配。他的第一任

---

① 比叡山延历寺：日本天台宗山门派大本山。北衔比良山，南接滋贺山，属近江国滋贺郡，跨山城、近江二国。又作日枝山、日吉山、秤睿山。略称北岭、睿山。模仿我国浙江天台山及山北四明山，别称天台山，最高峰别称四明岳。

② 佐竹氏：日本武家之一，本姓源氏。家系是清和源氏的一支，与河内源氏联合，是以新罗三郎义光为祖先的常陆源氏嫡流。与武田氏代表的甲斐源氏是同族。通字是"义"。

③ 步行目付：也称"步仕目付"或"徒目付"，负责当时人力财务支配等监督的任务，类似现代的审计工作。"座格"是幕府时期的官职，次座格也就是"座格"级别的副官。

④ 吟味方：又称"吟味掛"或"吟味役"，是在"奉行"的领导下负责调查、信息收集等工作的官职。

⑤ 是在"勘定奉行"（相当于现在的财务总管）的领导下进行财务工作的官职。

妻子早逝，第二任妻子和第一任妻子都是当时常陆国①的笠间藩牧野家的家臣之女。在胜春还没得顶戴之时生了嫡男弥八郎胜躬。在其后十三年升至"步行目付次座格"之后的宽政八年（1796 年），由其妾河合氏生育了庶子，这就是静轩。

　　静轩的母亲河合氏葬在了"两国回向院"②，素姓无从可考。两国回向院在两国桥的东面，可以想象其应该是在茶屋或者小料理店工作的一般女子。弥八郎胜春初见便纳其为妾，当时河合氏的双亲也还健在，所以能共同照顾她与她的儿子。这对胜春来讲是个不错的选择。当时的城中武士取笑由乡下出差来的武士们是"浅葱裡"。江户的下层武士阶级穷困潦倒，但是又不能失了颜面，于是便用胡葱木棉替代羽绒塞到衣服里，尤以乡下来的武士居多。他们对于吉原这样的地方也只能远观不可亵玩，常常是彷徨其外、品评其中，这也就成了"浅葱裡"的另一个被取笑的特征。胜春由于职务关系经常往来于水户和江户间，当然也是这"浅葱裡"的一员。操着比较浓重乡音的胜春，却能纳江户女子为妾，实为不易。

　　视实际情况而调整需要征收年贡的数量，是胜春这样的"官员"公职权力范围之内的事情。所以除了从属于藩主或者大名们而所得的"体制内"财政播发的俸禄以外，灰色收入也是大家心知肚明的。胜春在这方面的所得自然不难想象，要不也无财力纳江户女子为妾。胜春有了第二个儿子（也就是静轩）之后，不得不考虑其母子的未来。庶子是无权继承家业的，所以胜春为他们买了姓氏为河合的"御家人株"③。这应该就是静轩生母姓氏的由来。虽然成为御家人，但是静轩和母亲还有外祖父外祖母一样还是住在町屋之中，也就是没有离开市井生活环境，是地道的江户城长大的町人。

　　静轩的人格有些复杂，人生道路也很坎坷。他常常会很矛盾，对人生很无奈，但又是热爱生活的，这也在其文学作品中有不少体现。如何理解静轩的个性，我们还得从他年少时候的经历说起。在他十二岁时，也就是文化四年（1807 年），母亲去世了。转年十三岁的时候，父亲也去世了。父亲由于工作的关系经常来往于水户和江户之间，自然没有充裕的时间来陪伴静轩的成长。而

---

　　①　今茨城一带。

　　②　现位于东京都墨田区两国二丁目的寺院。山号诸宗山，正称诸宗山（也称国丰山）无禄寺回向院。在墨田区本地区域内也被称作"本所回向院"。

　　③　日语中称"株"的买卖，也就是平民以成为养子的身份获得"御家人"的地位。

母亲则一介女眷，不难想象静轩受外祖父母的影响应该不小。彼时代的日本老
人对孩子的教育是较为传统的。那么具体到静轩，以及一直是平民百姓的外祖
父，肯定是从静轩记事起就不断强化他是武士之子的身份意识，让他勤勉于学
问，不断磨砺剑术。可静轩的身世是无法改变的，母亲身份的卑微容易成为同
龄人拿来开玩笑的笑柄。这对幼年的静轩或多或少会产生负面影响。当时对于
叛逆的静轩来说，外祖父母也就是靠着母亲生活的普通町人而已，不见得能有
多少敬爱之情。而母亲去世后，更不太可能听从外祖父母的忠告了。他就像是
断了线的风筝，无心向学，更不愿意练习剑术，整日无所事事挥霍青春，荒废
了时间，进而误入歧途。静轩当时所住的两国桥地方不仅留有不少吉原遗风，
更是其开元之地。静轩青少年时期也是放荡不羁，结交各路朋友，其中必定是
有好有坏。虽说是调皮捣蛋的事儿没少做，但总归没去打家劫舍。也就是这
样，静轩才有机会看尽江户的繁荣，以及浮华背后的各种社会矛盾和社会底层
町人的心酸。想必这样的生活经历，也是他创作《江户繁昌记》的重要原因之
一。文化十年（1813 年）九月，也就是静轩十八岁的时候外祖父去世了。其后
的文化十二年（1815 年）十一月，也就是他二十岁的时候，外祖母也去世了。
虽不能说对外祖父母有多少眷恋，但毕竟是亲人，家人的逝去势必会对静轩的
心理和生活有不小的影响。二十岁的年纪，身边就没有了家人，对静轩来讲也
许不能说是痛苦，但寂寞的心境是难免的。他也开始意识到了不能总像以前那
样打打闹闹，人生应该开始有新的选择。而就在这时，静轩未曾谋面的同父异
母兄弟——弥八郎胜躬不请自来。

　　静轩的这位哥哥胜躬，在十九岁的时候获得"顶戴"，成了水户德川家的
"徒侍"——不能骑乘的下级武士。因为当时幕府的"参勤交代"制度，也就是
诸大名要定期来江户帮助幕府主政，所以会经常往来于江户和自己领地之间。
像水户德川家这样和将军德川家有亲戚关系的"亲藩大名"，领地离江户又很
近，后来便要求作为"定府"，长期居住在江户。胜躬也跟着父亲在江户落下脚
来，并且很快就迎娶了江户普通町人医生的女儿为妻。但父亲在胜躬二十六岁
的时候去世了。转年，他二十七岁的时候，妻子也去世了。胜躬生性软弱，并且
沉溺于享乐，虽继承了顶戴，但根本无心从政或攀爬仕途。于是在他三十一岁
的时候便从水户家不辞而别了。

　　此时胜躬的母亲也已不在人世，所以和静轩互为父母双逝的兄弟。他拜访
静轩之时，已是从水户家出走两年后的事儿了。胜躬的积蓄应该是都花完了，

便想起向静轩来借钱。他已继承家业，自然得了不少父亲的遗产，这么快就将积蓄花光，胜躬"败家"的速度可想而知。静轩是聪明之人，手头也不会有那么多现金，自然不会如此轻易就帮助他。但静轩最后还是把钱给了胜躬。根据小滨大海所说："子温悼其宗绝，而伯兄沦落难立，慨然卖其业，所得之金尽献诸兄以为衣食之资。而己则一钱无私，恃以一双绷缑刀剥落垢敝者随身而已。"①很有可能是静轩把父亲给他买的"御家人株"，也就是御家人身份卖掉换了钱。这对静轩来说等于是放弃了现有相对稳定的生活。没有了武士的身份，也就没有了生活上的经济来源，静轩的生活必定越来越窘迫。要说是把所有的钱都给了同父异母的哥哥，多少有些夸张。但静轩做出此决定，应是想借此机会来改变自己。对哥哥的帮助明显有意气用事的成分，可联系到此前静轩的经历，或许是他想通过对这位兄长的帮助来弥补一下自己对去世亲人的愧疚之情。那么这之后静轩又该如何开始新的生活呢？他选择了通过做学问来立足的道路。

第二节　静轩的学问与才情

从《江户繁昌记》我们可以看出静轩的汉学功底深厚，字里行间能读出他对自己的才学非常有自信。此外，静轩还善作诗，能绘画，通书法。虽然书法和绘画技艺达不到江户时代同类艺术的最高水平，但从《静轩戏墨》中的"墨竹帖"等书画作品来看，其山水画技艺手法相当娴熟。所以无论是在当时日本国学界还是文学界，静轩堪称近世一杰。正是因为他有如此的汉文学素养，寺门静轩在儒者中有着一定的知名度。虽有才学，却终不得志，所以他才要著《江户繁昌记》一部"以解遣闷"。这一节笔者就来分析介绍一下静轩的学问之路及他的才华与情趣。

一、静轩的学问

静轩的学问之路，还得从他少年时代接受的教育说起。在当时的幕末江户，旗本家的孩子、富裕阶层的子女或者儒生们的后代，都是跟着父辈长者们在家学习做学问。而广大御家人的孩子，则和町人的孩子们一起学习。这种学

---

① 寺门静轩:《江头百咏》,江户:克己塾,1850 年,第 23 页。

习机构在江户用日语被称作"手习指南所"或者"手迹指南"，关西以及其他地方或被称作"寺子屋"。静轩应该也不例外，和其他玩伴们在这样的"私塾"中接受了启蒙教育。

当时日本的私塾先生们教授各种技艺和学问。由于幕府时代崇尚儒学，课程中对四书五经的讲述自然少不了，尤以《论语》《孟子》为先。静轩少年时聪明好学，对知识渴求，四书五经烂熟于心。他年少时就有要通过学问来安身立命的想法。后来静轩也研习过剑道，但他所生活的时代已经很难以剑道养家糊口，更别说出人头地了。所以静轩经历了不羁的青年时代，将钱给了同父异母的哥哥之后，还是选择了学问之路。遗憾的是他虽然接受儒家思想教育，学问做得也很好，但是后来并没能实现自己的抱负，而被"体制"排斥在外。这和静轩后来的求学之路是紧密相连的，说起他的求学，我们先要了解一位名为山本北山的江户儒者。

说起山本北山，笔者先要介绍一个当时的历史事件：一场打乱了日本学界和思想界前进步伐的社会政治运动，即由幕府发动的"宽政异学之禁"。元禄时期的商品经济快速发展，催生出了很多商业巨贾，客观上推动了生产力的发展，生产关系做出调整的要求愈来愈强烈。其直接作用就是威胁到了幕府统治的基础——身份等级制度。从学术界和思想界来看，朱子学被立为"官学"，在幕府初期适应了社会发展，为幕政的稳定作出了一定贡献。不过随着时代的前进，学术和思想的进一步前行，催生出了日本阳明学、古学等学术派系。而以林家官学为代表的朱子学派走向衰颓。朱子学内部也开始出现分化，学术逐渐趋向疏离，并出现了对朱子学的质疑，这是幕府将军所不能允许的。18世纪末期，幕府断然于宽政二年（1790年）六月三十日，针对幕府直辖学校昌平簧，以及官吏擢用考试，实施"异学之禁"，并任命柴野栗山、尾藤二洲、冈田寒泉改革学政，弹压禁止程朱学以外的学派。

以"异学之禁"为导向复兴朱子学，向来被认为是执政者主导学术复兴的举动，但实质上是幕府对异学的强制压迫。"宽政异学之禁"以来，朱子学派以外的异学各派，如阳明学、仁斋学和祖徕学等都普遍遭到弹压。对"异学之禁"的反对声浪也一直没有停歇过，从地区上来讲以伊藤蓝田、户崎淡园、皆川淇园、细川平洲、吉田篁墩、赤松沧州最为激烈，不断向"宽政三博士"之一的尾藤二洲抗议，为异学禁压的解除始终努力不懈。另外就是非常有名的，包括山本北山在内的"异学五鬼"——龟田鹏斋、山本北山、市川鹤鸣、丰岛丰洲、冢田大峰五儒的极力反对。

山本北山也是土生土长的江户人，他出生于富裕的武家阶层，十五岁开始研究经学，尤其是《孝经》。北山说其学问是"孔子学"，认为孝经是孔子意图传承最重要的书籍，二十二岁时著《孝经集说》两卷。他对训诂学、性理学、伊藤仁斋的古义学及荻生徂徕的古文辞学都有研究。由于家境殷实，收藏了很多珍稀古籍，山本北山在下谷区金杉町的住所被称为"孝经楼"。他自幼爱好文学，善诗文，广泛涉猎百家之书，非常博学。在兵法、天文、历学甚至医学方面都有考究。才思敏锐，性格刚直，不屈服于人，被称为"儒中之侠"，是宽政时代至文化时代的大学者。在学问上，他对荻生徂徕的古文辞学持强烈的排斥态度。这也是静轩后来对徂徕学这样的古学派持批判态度的缘由。

静轩久仰山本北山之名，欲拜在其门下。但遗憾的是当静轩来到山本家的时候，他已于三年前的文化九年（1812年），六十一岁时去世了。北山的儿子山本绿阴秉承衣钵，虽然名气不如父亲，但也继承了北山学派的遗风。静轩虽有些无奈，但依然供上礼品拜在了山本绿阴门下。师兄小滨大海是山本北山时代的门人，他一心向学，对世间人情冷暖没有很深的体会。而静轩恰恰相反，有过叛逆，饱尝人间酸甜苦辣。静轩在当时的广大门人中曾相当受欢迎，但身为师父的绿阴和静轩却不那么亲近。虽说绿阴也比较博学，但很多学问却只知其一不知其二。名气虽不小，但在学术上的造诣并没有那么深厚。有家父的光环照耀其宗祠，不知有多少学者围着他如众星捧月一般。在静轩看来，山本北山折衷学者的侠气在绿阴身上已踪影全无，无非俗人一个。这样的环境使静轩对江户的儒者圈子有了更深层次的认识，对阿谀奉承的嘴脸亦有切肤的体会。笔者认为这也是促成静轩后来著《江户繁昌记》的原因之一。

二、兴趣广泛的静轩

静轩实则多才多艺。经学、典籍、诗文、书画之外，才能还体现在很多其他方面。例如他在剑道修行中就颇有建树。静轩的剑道是基于名为"知新流"流派的剑术。此流派的最大特点是以右手握刀，但须竖起食指。静轩在孩童时代看过的"绘草纸"中曾有这样竖起食指挥刀的图画，当时就对此产生了兴趣和疑问。当他终于开始潜心"知新流"剑术研究以后，发现竖起食指的握剑方式确是可行的。且竖起食指能将其他指力收紧，空出来的一部分掌心能够使动作更加灵活，应该是比完全紧握刀柄更具优势。虽不能说此方面是无人出其右，但至少说明静轩在剑术上曾潜心研究，颇有造诣。由此看出静轩可以找到各种能引起他兴趣的新鲜事物，引导着他尝试向不同方向前行。

从静轩的交友上看，各类儒者，由僧到俗，从上至下，友人甚多，其中更有商人寥寥。亦有当时知名的本草学家坂本纯庵，是赫赫有名的坂本浩雪之父。纯庵是纪州①人，出江户而创业，后成名。然后由于其父母年迈，终辞退所有门徒，率十众家人归故里尽孝。自认为在世间论才艺、学问、文章而无所仰慕的静轩，却唯独对于纯庵返乡一事表达出无比的羡慕与称赞，曾在送别时作序赠之。这也从侧面佐证了静轩受儒学思想影响之深。并能由此看出尽管静轩的精神世界是非常丰富的，但年幼时便和父母分开却是他的终生遗憾。静轩虽然也曾年少轻狂，但本质上他不是玩世不恭之人，对待学问非常认真。

日本江户时代知识分子们作汉诗成风，儒生们所作汉诗亦成为衡量其汉学水平高低的标杆。静轩也有不少汉文诗作，其中不乏高水平的作品。他滑稽戏谑的文笔下虽有不少狎邪描写，但字里行间流露出的文人气度不凡，学识广博颇有大家风范。静轩所作诗词涉及的题材较为广泛。例如静轩被流放后居无定所，八年间换了七个住处，特别有感而作的汉诗：

> 天公不与卖山赀，仍向尘寰守敝帷。
> 流水年从驹隙过，转蓬身逐鹊巢移。
> 把舟作宅虽仅免，种竹于窗岂暇为。
> 犹幸清时文易卖，妻孥啜粥不啼饥。②

此诗道出了静轩心中的惆怅，时间像流水一样逝去。多年的流放生活让他居无定所，虽没沦落到头无片瓦只能住在船上的境地，但绝不是丰衣足食生活无忧。过去的书香门第或大户人家都喜欢种竹子，而静轩说自己种竹不是因有空闲而观赏。他虽没明说竹子的用途，但笔者认为应该是用来加工做生活用具的。静轩唯一庆幸的是还能写些文章卖来换钱，妻子儿女能喝上粥食不至于因饥饿而哭泣，道出了他内心的一把辛酸。

另外，好友小滨大海也为《江头百咏》作序，提到："子昔日戏著，人犹争求之，况此诗，论意奇拔，语气峻爽，间又警世讽人者。刻之赠友，非啻无不可

---

① 纪州藩人。纪州藩：江户时代今和歌县和三重县南部藩，也称纪伊藩。
② 坂井松梁：《先哲丛话》，东京：春亩堂，1913 年，第 308 页。

也，人复必争买之。则数百之金，立可至也。果然，先生能以其半，分我否。居士笑而不答，乃录其语，并译数首而还之。"①可见友人小滨大海对这本诗集的评价之高，以及对静轩诗作的推崇。笔者在此仅抄录几首。首先语气俊爽的确有不少，如静轩在清爽的秋夜，观雾气缭绕在江上，抬头看到天上的银河，作诗一首：

> 江心月涌浪如银，旋看绿云遮桂轮。
> 波影乍明还乍暗，无心云恼有情人。②

此诗才情可叹，一副江上的银河之景仿佛跃然纸上，而最后一句"无心云恼有情人"更是触动读者。本应是欣赏风平浪静的江景之夜，心头却有无数挂念，引起共鸣。还有警世讽人的，如下一首：

> 我无大道以生财，讲舌支饥抑拙哉。
> 画饼堪嗤徒饱眼，米船逐次上栏来。③

这是静轩的自嘲，同时讽刺米商屯米。他说自己没有本事去"生财"，只能靠着一张笨嘴给别人讲经授课赚钱以充饥。这边穷困得只能画饼充饥，那边却是米船不断从河中游过。这是静轩对商人囤米，和幕府改革的各种新政不但没有使米价稳定，反而使价格暴涨，民不聊生的委婉批评。由此可以看出静轩的知识分子风骨，身具忧国忧民的儒者责任感。

三、幸为都市人

静轩所著《江户繁昌记》以一般平民市井生活的描述为主。他自幼年起一直在江户市井中浸润，街坊邻里仿佛一个大家庭。我们可透过静轩描绘的情境，回到幕末江户街巷中大到祭祀参拜，小到街边妇女闲聊的一幕幕场景。字里行间流露出静轩对都市生活的熟悉和眷恋之情。能有如此的情感表达，与其出身直接相关。笔者曾考证静轩的父亲是乡下人，但他是"江户子"，即土生土

---

① 寺门静轩：《江头百咏》，江户：克己塾，1850 年，第 1 页。
② 寺门静轩：《江头百咏》，江户：克己塾，1850 年，第 14 页。
③ 寺门静轩：《江头百咏》，江户：克己塾，1850 年，第 6 页。

长的江户城市民。静轩一直自诩为都市人，而他对身份认同的表达也有些戏谑。我们由静轩观别人对骂有感而发的文字可以感受一二：

> 江户丁男相骂以伧父。混堂中例称伧父，互谢短。田舍人常谓予曰："观江户人，幼必怜悧，及长渐愚。"予甚以为然矣。予幸生江户，而不受伧父骂。不幸生江户，而渐愚。遂老，呜呼。①

"伧父"意思是粗鄙之人，尤其说村夫，也就是乡下人。用我们现在的话说，就是两个在江户城的成年男子互相骂对方是"农村来的大老粗"。话虽简单，折射出的是社会发展到一定程度后，城市和农村的差距增大，由此产生不同阶层的身份认同。静轩听乡间的"田舍人"常说，生在江户的城市人，年幼时候看着怜悧，但随着年龄的增长反而越来越愚笨。对这种说法静轩持赞成的态度，说自己生在江户城幸与不幸皆有。一方面，静轩觉得不会被人骂为"伧父"皆因生在城市；另一方面，随着年龄的增长，他又觉得自己确实是渐渐变得愚笨，所以感叹自己就这样老去。城市的发展丰富了人们的生活，也使生活在其中的人们谋生变得更难，人们追逐利益无法自拔，若思想活跃又会受到弹压。故静轩通过这一骂，对自己城市人的身份也自嘲了一下。

静轩终究无法一辈子"躲"在江户城中，后来被流放至广袤的农村大地。这对一名出生并生长在都市的知识分子来讲，是非常艰辛的事情。于是静轩面对自己的境遇又有自嘲为门外汉的一段文字：

> 头驴可知矣，向世喝追蝇。爱水故来尔，断尘则未能。文人门外汉，沙鸟眼中朋。幽独江楼晚，烹茶迟月升。我以彼为门外汉，彼亦必以我为门外汉。顾不止文人，世亦措我于门外，天亦措我于门外。所以半世流落不得安居。然不为门外汉，则何以得纵情于山水。天盖阳外之，而阴内之，赐亦多哉。独所恨者学不能升堂，终老于门外，是可叹也。②

我们可以将"门"理解为通向学问、通向仕途，以及通向江户城的路。静轩想通过钻营学问进而走上仕途之路的梦想彻底幻灭后，便决定通过手中的笔来

① 寺门静轩：《江头百咏》，江户：克己塾，1850 年，第 18 页。
② 寺门静轩：《江头百咏》，江户：克己塾，1850 年，第 2 页。

讥讽趋炎附势的商贾俗儒，以警醒世人，而偌大的江户城却不能给他容身之处。所以静轩笔下的"彼"代表了不止一重意思。"文人""世""天"都将他拒之门外。这无疑是非常让人气馁的，静轩在这里充分表达了自己的无奈。而后的文字展现出的却是静轩性格豁达的一面，虽然不能进入仕途，但是能纵情于山水，凡事有得必有失，唯独感叹不能施展抱负。

那么静轩面对如此的困苦和人生中的不幸，心境又是怎么样的呢？ 我们可以从《江头百咏》中记述的一小段他和门生们的对话来窥见一二：

> 先生遇事之后，困踣屯蹇，极常酸苦，意谓当憔悴不支。何料眉宇更伸，胸界益阔，康健如故。吾辈不胜欣胜也。静轩笑曰："人生行客，天地遽庐，第与兄等乐一日而已，绝无忧闷色。"①

这段对话发生在静轩刚从北越②回来的时候，是他与从秩父③来的松本文斋、从越后④来的小松春山一起喝酒举杯的情景，当时正好定稿《江头百咏》一书。于是便在书中记录下了他与朋友们的对话。"遇事"是指静轩因《江户繁昌记》惹官司而被流放。大家猜测他在此之后的流放生活肯定是很困苦的，然而看到的静轩和想象中的完全不一样：眉宇之间并无疲惫不堪的神情，反而看上去胸襟开阔并且"康健如故"。朋友们倍感欣慰，非常高兴。而静轩的回答也同样豁达，说自己觉得人走到哪里都可以是家，能够和朋友在一起饮酒作诗甚是欢乐，绝对不会有忧闷之情。

我们从这里不仅可以看出静轩良好的心态，并且能解读出他在儒者圈中的号召力和影响力。朋友们表示如此的同情与关心，也说明幕末的一部分知识分子对他本人是给予支持的，对静轩的遭遇持同情态度。

---

① 寺门静轩：《江头百咏》，江户：克己塾，1850年，第4页。
② 北越：指现在日本福井县至新潟县地区。
③ 秩父：日本今埼玉县西部地区。
④ 越后：日本现新潟县地区。

第三节 《静轩痴谈》

一、批判与荒诞

上文提到《江户繁昌记》是静轩中年时代对幕末江户市井的描写，并对当时的俗儒腐儒进行了深入骨髓的讽刺和批判。也是因为这部书他被流放出江户，很久之后才历尽波折暂归故里。而静轩会由此改变其批判的眼光和个性么？ 以他的一身儒者傲骨是不会的。经历各种磨难反而促使静轩的思考更加深刻，笔下的文字也更加戏谑，让人读来先是付之一笑，后是为之一振。在详细考察《江户繁昌记》之前，笔者想先来剖析一下静轩在其晚年所著《静轩痴谈》中收录的一些诙谐文字。

从《静轩痴谈》这部作品中，我们能够比较全面地了解静轩的文学个性及兴趣。批判性自然是始终贯穿于静轩笔墨。有趣的是静轩晚年的许多文章和想法在诙谐之外看似荒诞。笔者觉得一方面是静轩耿直的性格使他不能无视幕末的动荡，而另一方面随着年龄的增长和阅历的丰富，他对很多事情的思考和关注点也有了很大变化。表面上看是一些联系不大或者对历史和现状的突发奇想，但回味起来却有深刻思考在其中。静轩在这个阶段面对自己想表达的东西，显得更加游刃有余。我们先看《静轩痴谈》自序中，静轩依然我行我素的个性，直言不讳地表达了强烈的批判，将所处之世喻为秦政之时：

> 昔者，秦政焚经自以为知，而天下万世以为痴。天下万世以为痴，然自以为知者，惧仁义害于己也。吁，秦政知仁义存于经，而不知仁义存于天地间，莫我之与人不存焉也。经可焚矣，道可焚乎？是其所以为痴人也。予常谓：有先秦焚书者，孔子黜坟典，斥九丘、删诗、条礼，岂不焚之乎。孟子塞杨墨之言，而开圣人之道，亦火之也。乃此则焚之者也，彼则不焚之者也。然而秦政亦不得不谓知者有焉，何也？彼意除六经外，其言不仁义无害于己。而世亦不仁义视之，则其书举委灰久矣，由是言之，谓之知人不亦可与。后来著本，随出随灭，不待火也。况乎戏本不过一管烟耳。嗟夫，秦政焚书自以为知，而天下万世以为痴，如此者使秦政复起，岂烦祝融。然则静轩可谓天下万世之痴又痴者矣，

是所以为痴谈也。①

静轩在此借对秦始皇焚书一事的评价，来隐喻当时幕政的愚昧。静轩认为秦始皇焚书是绝对的"痴"，自己就像当时的孔孟之道，但即使像自己这样的"知"被"痴"所排挤，秦政还是照样"復起"。所以最后说自己才是"天下万世之痴又痴者"。个中无奈与自嘲，引起广大底层儒生的共鸣。

其后又有《虱》一章节，充分体现了静轩对汉籍和中国典故的精通。他先写自己常常看到乞丐在身上找虱子吃，估计能用来充饥。《席上腐谈》中曾记录"虱阴物，其足六，北方坎水之数也。行必北首，验之果然"②。虱在中国古代实为风雅之物，而日本国人对待它的看法却有所不同，认为身上要是有虱子那必是奇耻大辱。中国古籍《墨客挥犀》中曾有记载：

> 荆公、禹玉，熙宁中同在相府。一日同侍朝，忽有虱自荆公襦领而上，直缘其须。上顾之笑，公不自知也。朝退，禹玉指以告公。公命从者去之。禹玉曰："未可轻去。辄献一言以颂虱之功。"公曰："如何？"禹玉笑而应曰："屡游相须，曾经御览。"荆公亦为之解颐。③

荆公便是王安石。静轩认为王猛扪虱而谈的故事尽人皆知，所以皇帝就更应该知道了，岂能不笑话王安石。随后又引用《潜确类书》中"虱一名丹鸿《谈苑》，虱不南行阴类也"④，还有《酉阳杂俎》中说"取病者虱于床前，可以卜病。将差，虱行向病者，背则死"⑤。《邵氏录》中有"除虱法，吸北方之气，喷笔端，书'敛深渊默漆'五字，置床帐间"⑥。《南楚新闻》中有："唐司空李蠙，始名虬。赴举之秋，偶自题名于屋壁，经宵，忽睹名上为人添一画，乃成虱

---

① 寺门静轩：《静轩痴谈》（卷上），东京：文昌堂，1875 年，第 1 页。

② 俞琰：《席上腐谈/颖上语小》，上海：商务印书馆，1936 年，第 1 页。

③ 赵令畤、彭乘辑、孔凡礼：《唐宋史料笔记丛刊：侯鲭录·墨客挥犀·续墨客挥犀》，北京：中华书局，2002 年。

④ 贺长龄：《皇朝经世文》（第三编卷四）《学术四广论》，北京：学苑出版社，2014 年。

⑤ 原文为"相传人将死，虱离身。或云取病者虱于床前，可以卜病。将差，虱行向病者，背则死"。

⑥ 戚嘉林：《寄园寄所寄》（卷七）《禽兽》，合肥：黄山书社，2009 年。原文："吕晋伯云：'除虱法吸北方之气，呵笔端，书敛深渊默漆五字，置床帐间，即除，此理不可晓。'"此书记录其出于《存余堂诗话》，但并未在此书中找到此文。另，《邵氏录》为何书不详。

字矣。蟎曰:'虱者蟎也。'遂改名蟎。明年果登第。"①《清异志》中有:"扬州苏隐夜卧,闻被下有数人齐念《阿房宫赋》,声急而小,急开被视之,无他物,惟得虱十余,其大如豆。杀之即止。"除了以上有关虱子的奇闻外,静轩还读到用百部根煎汁涂于衣物上可去虱,并且亲自证实。笔者觉得,静轩写日本人都以有虱子为耻,就是为了强调大家都不懂虱子。这个王安石髭须上跑出来的虱子让天子和大臣们忍俊不禁的故事,被静轩用来暗示中国的皇帝懂虱之风雅,而日本的天子和王公贵族却不懂,以此表达他的无奈。另外,在人们所熟知的这则故事中,还有一位名为王禹玉的人物。他作诗为王安石解了围,间接为自己后来的仕途之路做了铺垫,官至中书舍人②。结合静轩当时的处境,多次请愿想要回"水户德川"本家施展抱负,主政者却无知到连"虱之风雅"都不懂,那有识之士怎能出头呢? 这表达了知识阶层对当权阶级的讽刺及不满情绪。

　　通过静轩的笔墨,一位睿智而又言辞犀利的儒者形象愈加鲜明起来。其人的博学和幽默,让身处现代的读者们亦为之赞叹。很遗憾对于静轩本人的文献记录并不丰富,但我们能想象一下静轩高谈阔论的样子,应是情感极为丰富,话语富有感召力。静轩眼中看到的、耳朵听到的,全都可以被他用作文学素材调侃一番。且不说《江户繁昌记》,就是各类随笔,也写得有滋有味。笔者觉得其人定是思维灵敏口才不俗。比如在《讖③半断》一篇中,静轩在某处看到算命的招牌上写着"吉凶半断"。开始觉得很可笑,但是又仔细想想,确实"半断"要比"判断"更合适。日本有谚语"当たるも八卦、当たらぬも八卦",意思是说猜到了也是八卦猜不到也是八卦,就是说算命有时候准有时候不准。随即静轩便说,若是"半断",则人一进一出本来该收钱三十二文,是不是应该减半收十六文才合理呢? 这显然是他对世事的小小调侃。 但其后笔锋一转,矛头直指当时的统治阶级。静轩说中国古代用卜筮来判定国家大事,实为不易。所以《书经》中谈到"卿从、筮从"④等方法来判定,并且卜筮是官职。《礼记》中也

---

① 唐尉迟枢撰。

② 相当于现在的专职秘书长。

③ "讖"是预知、预测之意。

④ 这里说的《书经》就是《尚书》,出自"稽疑"一段,原文为:"择建立卜筮人,乃命卜筮。曰雨,曰霁,曰蒙,曰驿,曰克,曰贞,曰悔,凡七。卜五,占用二,衍忒。立时人作卜筮,三人占,则从二人之言。汝则有大疑,谋及乃心,谋及卿士,谋及庶人,谋及卜筮。"

谈到卜筮本来能定民之疑①，圣人定其为天道以治民之器。而《易》本不是用来卜筮的书。于是静轩觉得真要卜筮，也就是"半断"吧。

其实说起占卜，研究《易》中真正有道理的部分，才能做到遇事而不惑。孔子说过："五十以学《易》，可以无大过矣。"②过去平民用蓍来占卜孩子的吉凶，也成为统治愚民的方式。而后世卜筮师不但不能为人解惑，大多开始迷惑人心，儒者皆厌之。但卜筮之人中亦有见多识广者，多隐于世外。如静轩笔下的一个故事，说有一位先生为一儒生算命，看了掌纹之后便说其是位儒者，儒生很是吃惊，问他如何凭借掌纹就能断定自己的身份。答曰其有推翻乡绅豪强之掌纹。字里行间渗透着静轩对统治阶级的不满和对幕政的批判。卜筮代表着当时社会上的丑恶政治势力，读者一看便知。

这些随想体现出了静轩的博学多才，尤其是对汉学的深刻理解与思考，也充分展现了他的睿智和幽默。静轩的笔墨能让相同境况的儒生们先产生共鸣，进而自我解嘲。我们无从考察他是如何想起这些荒诞故事的，但肯定脱离不了时代背景及其生活经历。

二、静轩的汉文化之情

从静轩对《礼》《易》颇有见地的讲述，可以看出他对于经典的理解非同一般，且对于各类汉籍涉猎广泛，在江户时代末期，是思想上非常独立的儒者。说到汉学，静轩能用汉文著书自不用说。其人虽笔锋幽默，治学严谨，但也自嘲偶尔有看走眼的状况。比如他有名为《莲中》的一篇文字。静轩说"连中"一词在日语中是同伴的俗称，指众人合力起事。在寺庙佛像开账时，大家都要在供奉香火钱的信封表面写上"㿻负连中"这几个字。偶然看到一人写的是"莲中"，还以为是写错了，不禁捧腹。后来看到金圣叹的《念佛三昧》中写到"一花一世尊，非算数譬喻之所能及"，那必然也是取莲花彼此相连而生之意，所以故意将"连"写成"莲"，真是颇费了一番心思。于是静轩自责地说，笑话别人还是因自己见识太短，像这样轻易嘲讽他人之事应引以为戒。这样一语双关甚至一语多关的汉字词汇，亦始终贯穿在日本的语言文字历史发展中。时至今日，这样词语妙用做成的广告牌，在日本的大街上依然随处可见。这也是汉字

---

① 原文出处："卜筮不过三，卜筮不相袭。龟为卜，策为筮，卜筮者，先圣王之所以使民信时日、敬鬼神、畏法令也；所以使民决嫌疑、定犹与也。"

② 《论语·述而》载："子曰：加我数年，五十以学《易》，可以无大过矣。"

为东亚文化发展所做的重要贡献。

除了对汉字和汉文学的研究，从静轩在《静轩痴谈》的一些随笔中，亦可以看出他对中国文化的深入理解与思考。其中《酒》一篇便是静轩在酒观上的一些看法。开篇说酒对年少者恐有害，而年长者视其为"美禄百药"。又说少年之冶游、争论之起等也大都以酒为媒，尤是胆小者醉后骄慢失仪，愤世而骂人。之后还详细介绍《彷园酒训八则》，笔者先将原文抄录如下：

临风寄调，对月高歌，穷巧搜奇，衔杯雅谑，是曰清酒；
珍馐罗列，灯火辉煌，错落觥筹，笙歌杂踏，是曰浓酒；
亲朋杂集，雅俗无分，四座喧呼，言多市井，是曰浊酒；
尊残烛冷，童仆萧然，举盏长谈，不饮不散，是曰淡酒；
肆筵设席，侍从如云，博带峨冠，恭而多作，是曰苦酒；
红袖偎歌，青衣进爵，软玉温手，浅酌低唱，是曰甜酒；
勉强开尊，主多各色，欲留无味，欲去不能，是曰酸酒；
苛政森严，五官并用，惊心注目，草木皆兵，是曰辣酒。①

静轩对于其中的"浊淡苦辣"比较厌恶，最爱甜酒却不得，浓酒费时耗力易烦躁。唯清酒得其所好，且颇喜独酌。他引用陶渊明的"引壶觞以自酌，眄庭柯以怡颜"以及苏子美读《汉书》为"下酒物"自饮，还说王敦边饮酒边敲玉唾壶而至其碎裂以及毕卓偷酒丢官等皆是独酌所使。静轩提到虽有梅圣俞的"且独与妇饮，颇胜俗客对"，但他认为即使是和老婆喝酒也是麻烦之事。《周礼》中"酒正"辨四饮之物②，二曰医，医为酒之原名。所以静轩认为酒可养人，而对于"以酒养生会败事害身"的说法，他则认为简直愚蠢至极。可以看出静轩颇喜欢独酌，既是独酌，清酒也不会清淡。无论静轩的酒观怎样，单从其引用的众多中国名人典故来看，我们很难想象这是一位异国作家的文字，可见汉学和中国文化已融入了其血液，也足以证明他对中国文化，尤其是汉诗文典籍的博学。

① 张茂：《檀几丛书·彷园酒评》，上海：上海古籍出版社（影印），1992年。
② 《周礼》谓天官所属有酒正，为酒官之长。酒正掌酒之政令，以式法授酒材。凡为公酒者，亦如之。辨五齐之名。一曰泛齐，二曰醴齐，三曰盎齐，四曰缇齐，五曰沈齐。辨三酒之物。一曰事酒，二曰昔酒，三曰清酒。辨四饮之物。一曰清，二曰医，三曰浆，四曰酏。

静轩对中国文学的阅读甚广，理解颇深，对汉文学更是无比热爱。才思之敏捷让人羡慕，其刚正不阿的性格更是让我辈钦佩。静轩自始至终都生活在贫困中，一生没有摆脱浪人的身份。他曾经说"味噌の味噌臭きは味噌に非ず、儒者の儒者臭きは儒者に非ず"。"味噌"是我们熟悉的用豆类做的大酱。这本是日本的一个谚语，翻译成汉语是说：有大酱味道的大酱不是真的好大酱；其后一句的意思则是看上去像儒者的人不是真儒者。一方面是静轩的自嘲，另一方面则是在嘲讽当时一些看似是儒者的"俗儒们"。在静轩心中，不贫穷的儒者不是真儒者。同时，他对于自己讲学授课以糊口的看法是：人若生活富足没有任何不满，则不会愿意走上讲台。心酸之余，这也是他为了讽刺自己的境遇而讲的玩笑话吧。静轩最终没能成"仕"，终生为浪人，也未领取过任何俸禄。在《静轩文钞》卷下的《题文文山正气歌》一篇中说到"予亦终身不屈于斗升，虽不足称男儿，不为妾妇之道"①，这是静轩以其浪人儒者之身而清高自傲。笔者觉得若说静轩的一生相当精彩，那应该也得益于他一介贫儒浪人之身。也正因为他是浪人，才能使笔下文字饱含对社会的批判和对世事的思考。静轩在日本近世文学的最后一页，留下了浓墨重彩的一笔。

三、睿智幽默的笔锋

我们透过《静轩文钞》，可体会到静轩对世事独到的见解与学术气质。他兴趣爱好广泛，笔下文章幽默风趣。静轩一生几经沉浮，但从未失去知识分子的操守。从根本上讲，他主张砥砺名节、尊王贱霸、保持庄重。静轩讽刺笔墨中的观点标新立异，个性强烈，他以独特的视角观世事、品人生。如在《静轩痴谈》名为"自鸣钟"的篇章里，静轩表达了对钟表的不喜。先是说《檐曝杂记》中记录了傅文忠公的儿子经常把钟表戴在身上，并且连侍者也大多都佩戴钟表。虽然这是为了增强时间观念，但有一次天子出御，大队人马已经出发了他却依然耽误了时间，实为大不敬。在静轩看来，这是对物品的过度依赖而使人变得不用心，只想仰仗别人而不是靠自己，若如此还不如不要钟表为好。静轩觉得倘若卯时有事情要办，那寅时出发即可。提前定好辰时的事情，卯时半刻着手，万事提前准备便不会出差池。如此，大家还买那么贵重的钟表有何意义呢？静轩觉得士大夫须买两件东西——武器与文集。对于农民锄锹是必备之物，佩鸣

---

① 寺门静轩：《静轩文钞》（卷下），东京：克己塾，1874 年，第 30 页。

钟实则无益，是上不了台面的不雅之物。这些观点看来虽有些极端，但说得有条有理，想必钟表在他眼里也是一种束缚，是无法使人逍遥自在之物吧。这对于想要游乐于世的静轩来说，如此批评一番，虽是特立独行，但是完全能够理解。

静轩的情趣有很多独到之处，作品中总能看到幽默调侃的笔锋。他仿佛有一种将任何事情都能用睿智和幽默表达的能力。世间的各种苦难，通过静轩笔下的润色，再悲伤的故事也会透出黑色幽默。比如对于饥荒的描写，在"饥馑"一章中，他先是痛斥不少商人为了牟利反而希望饥年的到来，应该受到天谴。然后说自己有幸住在城市中没有挨饿，但是在没人注意的角落里却不知死了多少勤恳劳作的农民，又有多少人流离失所只能以野菜果腹。随后静轩笔锋一转，谈到世人常调侃，说一般人死后变成幽灵抬起的手掌是向下的。但饥年的饿死鬼，手掌却是向上的。静轩认为应该是饥民没有饭吃，乞讨时就在这种抬着手要食物的状态中饿死了。虽是笑话，但读起来让人心中颇为酸楚。之后又说起奥州地区人们用蕨菜充饥以救荒。大家虽能吃蕨菜活下去，可过去的伯夷、叔齐①吃了蕨菜却死了。静轩觉得是因为伯夷、叔齐不懂吃蕨菜的方法，中了碱毒死的，如此正好成就了他们"不念旧恶"的美名。这一"轻描淡写"看似无意，但应是出于有心。当时的幕政将"朱子学"定为官学，而伯夷、叔齐的事迹正代表了儒家推崇的仁义礼孝。大将军德川光圀爱读《史记》，尤其敬慕伯夷的气节，后来光圀据孔子评论伯夷、叔齐所说的"求仁得仁"将伯夷、叔齐的木雕像安置在堂内，并将其命名为"得仁堂"。而此时的静轩一直未能得到幕政的青睐，眼中所见又是幕政的种种荒唐，故在这里调侃一下吧。且不说应怎样评价历史，但这确实表达了相当一部分不得势知识分子的愤懑。

四、狐与叆叇

静轩对新事物的看法，有一篇关于狐狸和眼镜的描述，甚是有趣。首先在《叆叇》②一篇中静轩说现代人的精力可能不比古代人，古时有萤雪之苦一说，我们倒是可以站在古人的角度上想象一下当时刻苦钻营学问的情景。如

---

① 伯夷、叔齐是商末孤竹君的两个儿子。相传其父遗命要立次子叔齐为继承人。孤竹君死后，叔齐让位给伯夷，伯夷不受，叔齐也不愿登位，先后都逃到周国。周武王伐纣，二人叩马谏阻。武王灭商后，他们耻食周粟，采薇而食，饿死于首阳山。

② "叆叇"一词是指浓云蔽日或云雾缭绕的样子，也指眼镜。

匡衡的凿壁偷光，要是现在租住在别人家里，怎么可能随便凿人家墙呢。且不说房东不能同意，不受隔壁邻居的责备才怪呢。另一方面来讲，在江户若换一盏灯，收集相当的萤火虫要比买灯油难得多，不是富人的话怎么能有资源和能力做到呢？ 由此静轩再从古籍开始引出了对眼镜的考察和介绍。他说穷书生们都是抄书来看，殚精竭虑。刻板印刷始于中国周朝显德年间①。日本是在元久②年间，法然上人③的《选择集》④最初开始尝试了刻板印刷。而到了足利氏时代前后，五山文学的禅录诗集开始用活字版印刷。如此，现今已是各类书籍随处可得，就算眼神不太好的人也能配眼镜，看书的自由度已经大大提高，效率倍增。《方州杂录》中有记载孙景章说过"以良马易于西域贾胡，其名曰僾逮"⑤。还有《隋园文集》中也提到"眼镜，明代以前极为贵重，或颁于内府，或购于贾胡。非有力者而不能得。今遍则天下，本来外洋之物，以玻璃制，后于广东效其式以水晶制，更出其上"。又有瓯北诗云"相传宣德年，来自番舶驾，内府赐老臣，贵值兼金价"⑥。

通过静轩的描述，我们可知江户时代的日本，眼镜已是随处可见，以百钱可买。而眼镜未普及时也有幽默故事。相传有都会之人将其送与僻乡之汉，村中初见，大家围观而品评。有的说应该是算命的用来将两手掌纹一并观察以卜算的"天眼镜"，有的说是涂在达摩⑦眼睛周围的玉白粉，有的说是见了光被晒干瘪的幽灵，更有甚者说是牛郎织女当年遗忘的东西。后来村长说：大家不要无端猜测，必定是和眼睛有关之物，不要取笑城里人。两国不是有个商店叫

① 显德（954—960年正月）是后周太祖郭威开始使用的年号（显德元年正月）。
② 元久（1204年2月20日至1206年2月20日）是日本的年号之一。后鸟羽上皇实施院政。土御门天皇为彼时代天皇。
③ 平安朝末期至镰仓前期的僧人，净土宗的开祖。
④ 法然上人应九条兼实公的愿望于建久九年（1198年）春，根据净土宗的宗典《选择本愿念佛集》著写的佛教典籍。
⑤ 赵翼：《陔馀丛考》，武汉：湖北长江出版集团，2010年。原文："古未有眼镜，至有明始有之，本来自西域。张靖之《方州杂录》云：'向在京师，于指挥胡豅寓见其父宗伯公所得宣庙赐物……'景章云：'以良马易于西域贾胡，其名曰僾逮。'又郎瑛云：'少尝闻贵人有眼镜，老年人可用以观书……'"
⑥ 摘自赵翼诗歌《咏眼镜》："横桥向鼻跨，功赛补天罅。相传宣德年，来自番舶驾，内府赐老臣，贵值兼金价。初本嵌玻璃，薄若纸新研，中土递仿造，水晶亦流亚。始识创造智，不尽出华夏。"
⑦ 日本的一种传统不倒翁娃娃。

"四目屋"①吗，听说咱们这儿有个"二目屋"，赶紧派人去那里问问知不知道这是什么东西。这个故事写出了乡下人的见识有限，但也可体会出生活在繁华都市之外人们的可爱。从对眼镜的叙述来看，静轩对物品由来的考据也饶有兴趣。在阅读大量汉籍的基础上，他对各种新鲜事物有着独到的见解，叙述风格幽默，让人读来不会感到乏味。尤其是从静轩对"凿壁偷光"的讽刺，能看出他绝不守旧，是一位思想活跃的新儒者。

《静轩痴谈》卷下开始便是《角力》一篇，最后写到了九尾狐，然后便引出了关于狐狸故事的感想，紧接着有想法奇特的《狐之话》一篇，笔者在这里简略介绍。静轩首先说过去江户城的王子稻荷②附近时至每年除夕，都会出现很多狐火，堪称奇观。狐狸是有灵性的动物，所以《周易》《诗经》和《礼记》中均有相关述说。静轩则认为中国狐狸总体来讲应该比日本狐狸伶俐。《夜谭随录》等书中就有各种关于狐狸的小说和故事，尤其是玄狐最有灵性。《左传》中也有不少狐狸附身于人蛊惑人心的记述。但是在日本却有人附在狐狸身上的故事，静轩认为这在中国文学中是绝对找不到的。

故事说有一位猎人在某地客栈，遇一客人想让他帮忙猎狐一只，并承诺给他可观的报酬。猎人大喜，随即在森林中寻找数日，不得。眼看就要到除夕之夜了，突然在一棵树下发现了一只正在午睡的狐狸。不料由于太过欢喜一下子慌了神让狐狸跑了。猎人回到家后其是悔恨无以解忧，以致夜不能寐。随后的夜里，一只狐狸出现在猎人家附近功德院主持的梦里。狐狸拜倒在地上说它被一猎人附身甚是痛苦，希望能可怜可怜它给予救助。和尚开始并没在意，但转天晚上又做了同样的梦，遂觉得很不可思议，便来到猎人家里询问。猎人笑着回答像他这样的粗人怎么可能有本事折磨狐狸呢。和尚却一直惦念此事，于是给了猎人相当的钱财作为酬金，让他还债过年并置办些衣物过冬。猎人不胜欢喜，当即把猎狐的事抛到脑后去了。而后，狐狸又来到和尚的梦里俯首谢恩。如此真乃奇谈，静轩亦感叹："奇是为奇也，《中庸》有'至诚感神'③和'致中

---

① 江户城非常有名的性用品商店。
② 东京都有王子稻荷神社，古代被称为岸稻荷，稻荷是荒川流域的镇河之神。
③ 真挚诚恳的心意感动了神仙，感动了上天。

和，天地位焉'①之说。人凝一念于一处，至狐受苦，实为奇说。而世人为求神佛灵验想尽办法供奉祈祷，和至狐于苦皆为同理。"②

静轩对于狐又讲了另一个故事：在下总州佐仓城③附近的地方有一人懂"惑狐"之术，之后将其术传授于子，遂受到远近各地饱受狐害村镇的邀请。所到之处皆能诱得狐狸并带回家中绞杀，剥皮以求生计。由于能附身狐狸而猎狐，家中不断有访者。静轩说，像这样人之怨念附身狐狸的故事在中国小说中也是没有的。他将狐狸尽是被人猎杀的故事抛给世间的读者们，希望大家思考究竟是狐狸作孽还是人邪恶。面对强大的人类，狐狸当然是弱者，那为何又有狐狸蛊惑人心呢？静轩没表示他到底作何感想，但能看出其人不光深谙"正统之书"，也曾大量阅读各类中国小说杂记等文学作品，尤其是广泛涉猎各类笔记小说。相信也正因此，静轩才能在随笔中引用如此丰富的故事。

我们从掺杂了静轩人生轨迹的种种文章诗作中，读到了静轩的爱与恨、快乐和哀愁、欢愉及感伤，而这一切皆源于一部《江户繁昌记》。静轩从此走上文坛，但也彻底改变了他的人生轨迹。那么这到底是怎样一部畅销书呢？笔者在下一章中一探究竟。

---

① 中庸之道的主要内涵。《礼记·中庸》："喜怒哀乐之未发谓之中，发而皆中节谓之和；中也者，天下之大本也，和也者，天下之达道也。致中和，天地位焉，万物育焉。"聂文涛注：喜怒哀乐没有发作失控（此言不因个人情绪而左右正见），叫作中；喜怒哀乐情绪表现出来的时候，都恰到好处，叫作和。君子能够做到中，是天下最大的根本；做到和，天下才能归于道。君子的中和如果做到完美的程度，天地都会赋予他应有的位置，万物都会养育他。

② 寺门静轩：《静轩痴谈》（卷下），东京：文昌堂，1875 年，第 4 页。

③ 千叶县佐仓市。

第三章 /《江户繁昌记》

第一节　写作背景

《江户繁昌记》开创了幕末"繁昌记"类笔记小说之先河，是江户时代汉文纪实文学的代表。寺门静轩性格俊迈磊落，所做诗文以文采见长，在江户名声郁然。静轩著书立说讽刺追求利禄的龌龊俗儒，天保年间的这部"奇书"大骂官儒，使他聚讼于一身，后被流放出江户。《江户繁昌记》有初编至五编共五册。具体成书时间学界意见不统一，但于天保三年至六年（1832—1835 年）刊刻发行应该是没有争议的。①

幕末的江户城，人口众多，商业十分发达。资本主义工商业快速发展，大商人和商业团体不断发展壮大，资本主义兼并的趋势愈加明显。德川幕府治下的 19 世纪中后期米价飞涨，是资本主义经济危机的集中表现。各派势力轮流上台进行改革，虽不断打击商人屯米赚取暴利的行径，但收效甚微。究其根本还是封建体制已无法跟上资本主义的快速发展。加上官商勾结的行径普遍，自然灾害频发，社会矛盾加剧。也就是在这样的社会背景下，静轩著《江户繁昌记》一书，在对市井生活的描写中，夹杂类似"戏作"的各种风俗描写以博读者一笑。但其本质，是要表达对当时社会丑恶现象的批判。

初编序中静轩是这样说的：

　　天保二年五月，予偶婴微恙，不能危坐执圣经。稍翻杂书，于闲卧无聊中

---

① 寺门静轩：《评释江户繁昌记》（卷上），东京：聚荣堂，1921 年。

以遣闷焉。如此旬余，一日者慨然抛卷而叹曰："近岁年少不丰，百文钱才贸数合米。然穷巷拥疴浪人，犹获不饿而卧游乎图书丛内，顾得非太平世俗，如天德泽之所致也哉。"因思都下繁昌光景，锁眶忆之。幼时所观今日所闻，百现萃于病床上。随书随思，更钞枕边所有杂书中堪记之事。又以遣闷，渐集为卷，乃题曰《江户繁昌记》。然予原不属意于雕虫，且病中一时作意所笔，安能足细写其光景以鸣国家之盛。但虽文拙，虽事鄙，偶存好事家之手，得证江都三百年于今之系萃之一二乎？千百年后则足矣。若夫所取诸今日，或使读者亦笑以遣其闷于无聊中也耳。嗟斯无用之人而录斯无用之事，岂不亦太平世繁昌中之民耶？

江都系萃中，鸣太平之无过二时相扑，三场演剧，五街妓楼。相扑则虽属于戏，盖古人尚武之所由起，其来旧矣。乃今士人喜之，亦仍弯弧跃马嗜武。余意所在，则其是非，彼此同日之论也。然其摸忠孝之情，扮礼义之状，使观者感激奋而泣者，是演戏本色。予尝谓不泣乎忠臣，库弟四回、盐治氏诸士别城之条者亦非忠臣也。如妓楼者，陷奸盗大牢狱，洗忧闷一乐海，所关亦大，则外武而喜焉，淫而感焉，乐而溺焉，其咎何在？ 非彼之罪也。[1]

先说一说这"正襟危坐"。在江户时代，读汉文或儒学相关的这类"圣贤书"时，需要先整理衣襟，端正坐姿，庄重地阅读，半躺着看书是不行的。对静轩来说，一届儒者即使遁入世俗已久也不应例外。他说自己罹患病难，正值江户时代已经进入"烂熟期"顶点的天保二年（1831 年）五月。虽然不是重病，但也无法"正襟危坐"的静轩自是不能读"圣贤书"了。之后静轩说自己只能翻翻像洒落本一类的杂书来"遣闷"，缘由笔者介绍其生平的时候提到过，是因无法进入幕政体制发挥学问才能。藩政改革为江户时代末期的年轻人创造了阶层流动的机会，苦心于学问即有可能被"藩家大名"选中成为"御扶持"，便能安身立命，参与政治或扬名于世。但这样的机会是很有限的，静轩便是这些苦于终不得志，生活在郁闷之中的儒生一员。自文政十一年（1828 年）以来，天灾频繁。特别是九州、中国地区饱受暴雨侵袭。文政十二年（1829 年）三月江户遭遇大火，烧死两千八百余人。这部《江户繁昌记》出版的天保三年（1832 年）正值全国各处都为歉收而苦，持续的粮食供应不足导致江户城中出现了饿

---

① 寺门静轩：《江户繁昌记》（初编），江户：克己塾，1832 年，第 1 页。

殍。再加上暴乱时有发生，奸商垄断囤米牟利，米价暴涨。[①]幕府官僚们违背经济规律强行将商人的米分给饥民以求稳定社会，一系列打压米价的措施严重影响了经济秩序，政局更加动荡。所以静轩说自己在这样的"乱世"中能不忍饥挨饿，还能"卧游图书丛内"，讽刺不是太平盛世中享幕府恩泽又能是什么呢？故他把所著之书命名为《江户繁昌记》。

此前的日本文学意境中，一说到汉文，就是庄严肃穆，甚至威风凛凛的感觉。而儒家教义的汉文学作品，更是谨严敬重的代表。日本三百多年前的享保时代开始，就陆续出现了用汉文所写表现卑俗内容的作品。正是在这样给人威严感的汉文和"俗"内容的调和下，酝酿出了作品中渗透着的独特滑稽和谐谑。如此写作风格，被称为"汉文戏作"。"洒落本"以其游里文学的内容，是这方面的代表。但对于静轩来说，基于他序中说"幼时所观今日所闻，百现萃于病床上"又"原不属意于雕虫，且病中一时作意所笔，安能足细写其光景以鸣国家之盛"，只随便写写"游里"显然是不够的。要想千百年后让读者还是能够"遣其闷于无聊中"，那必然要将大都市江户城三百年的"繁萃"都凝缩进来。静轩一生阅汉籍无数，对汉文诗作的热爱以及汉学功底之深厚，堪比一流儒者。既然政治上无法施展抱负，学问上又怎能甘心做个三流学者，必然是要将平生所学通过这部"繁昌记"展示给广大读者，让大家知道这世上还有一个"寺门静轩"。

第二节　相　　扑

一、力士相争

开篇便是"相扑"，而为何要以相扑的描述来打开这次"江户之旅"呢？可以想象，若是直接进入游里文学，对日本读者来说似乎像是早餐吃鳗鱼饭，太过奢侈油腻了些。而说起江户时代的繁荣，人们首先能想起来的，最具代表性的应该就是相扑了，所以静轩提笔：

---

① 高须梅溪：《江户时代烂熟期》，东京：早稻田大学出版部，1992年，第550页。

櫓鼓，寅时扬枪，连击达辰。观者蓐食而往焉。力士取对上场，东西各自其方。皆长身大腹，筋骨如铁。真是二王屹立。努目张臂，中分土豚，各占一半蹲焉。蓄气久之，精已定矣。一喝起身，铁臂石拳，手手相搏。破云电掣，碎风花飘。卖虚夺气，抢隙取胜。钟馗捉鬼之怒，清正搏虎之势，狻猊咆哮，鹰隼攫鸷，二虎争肉，双龙弄玉。四臂扭结，奋为一块。投，系，捻，骎，不啻斗力斗智斗术。四十之手，八十之伎，莫不穷极焉。行司人，秉军扇，左周右旋，判赢输。而观者之情，悦西爱东。胜败未分之间，飝飝为愤，徒张虚势。发冲头上手巾，手捏两把热汗。扼腕切齿，狂颠不自觉焉，扇扬矣。一齐喝采之声，江海翻覆。各抛物为缠头。自家衣着净净投尽甚矣。或至于禠傍人短褂。①

由清晨寅时櫓鼓不停敲击开始，直至辰时，人们很早就吃了早餐来观战。两位力士的争斗被写得生动形象、惟妙惟肖。虽很短的几招几式就能决出胜负，但其力气之大、场面之激烈、人心之振奋，令人叹为观止。从裁判"行司人"的专注，到观众们情绪亢奋的描写，让人仿佛身临其境。由开始到分出胜负，描写中虽有夸张，但文字连贯一气呵成，很是过瘾。其后又写道：

雷、方二神，角力于上世云者貌矣，其实不可稽焉。垂仁帝七年，野见宿祢②当麻蹶速蒙诏试力。盖以此为之祖，而圣武帝遣部领使广征天下力士，且如文德帝斗名，虎善雄之力，以定储嗣于赢轮中，其伎之盛可从知矣。尔来士人名此伎者，世不绝焉。然国家骚乱，何暇及之。盖亦平世余事尔。河津右泰、俣野景久、畠山重忠、和田义秀等较力，并在于赖朝公治之日。织田、丰臣二公，设此观之，亦见于无事之时。今世所谓劝进相扑者，起于后光明帝正保二年，山州光福寺僧，缘官殿再建，设此伎场。江户则先是明石志贺之助者，乞命始行之于四谷盐街。实宽永元年也。后，宽文元年创建劝进相扑，岁时相续，繁昌臻于今云。③

第二段是静轩对相扑历史的认识和介绍。静轩所说"雷方二神"应是《古事记》中所说的建御雷神和建御名方神。相传两神在出云国相互手抓手进行摔

---

① 寺门静轩：《江户繁昌记》（初编），江户：克己塾，1832年，第2页。
② 野见宿祢：垂仁天皇时代相扑力士。
③ 寺门静轩：《江户繁昌记》（初编），江户：克己塾，1832年，第2页。

跤比试力气，以建御雷神的胜利而告终。这被看作日本相扑的起源。后来在
《日本书纪》中有第十一代垂仁天皇在 642 年为接待百济国使者，召集宫廷卫
士举行相扑竞赛的记录。另有奈良地区一个叫麻蹶速的人蛮勇霸道，天皇招来
出云的勇士野见宿祢与其进行相扑比赛，野见踢倒麻蹶，麻蹶肋骨被踢断且腰
椎断裂而死。日本相扑界把此次对阵视为相扑初战，并把野见宿祢奉为相扑的
祖神。其后圣武帝时代大兴相扑运动并广招天下力士。而文德帝以相扑比赛立
储君的故事也广为流传。文德帝的两个儿子惟乔亲王和惟仁亲王争夺皇位的继
承权。惟乔派出纪名虎，惟仁派出伴善雄进行比赛，最终善雄获得了胜利。而
惟仁亲王成为后来的清和天皇。此故事出于《源平盛衰记》，真实性虽有争议，
但可以说明相扑运动在日本社会中的影响之大、地位之重。进入镰仓幕府时代
以后，相扑也开始有了新的转变。初代将军源赖朝就是相扑的忠实爱好者。当
时非常有名的武士河津祐泰、俣野景久、畠山重忠、和田义秀也都从事相扑运
动。随着时间的推移，相扑越来越成为一门被观赏的竞技活动，其名亦被称为
"上览相扑"，且运动员的身份也不仅仅限于武士，以相扑为职业的"从业者"
开始出现。到了中世末期，织田信长、丰臣秀吉、丰臣秀次等当时的最高权力
拥有者也对相扑运动偏爱有加，来自各地的相扑选手被招至幕府进行比赛、排
名。相扑已经彻底成为给将军观赏或提供娱乐消遣的职业比赛运动。尤其是丰
臣秀吉的外甥丰臣秀次曾有过招募百人相扑的记录，可见相扑运动的悠久历
史，并深受日本各阶层的推崇。

二、相扑的种类与由来

静轩随即又说到"劝进相扑"。"劝进"一词本身是为寺庙神社或者桥梁道
路的修建、修缮来募集资金之意。其后的劝进相扑如静轩所说，是以其艺术观
赏性招揽人们为公共事业捐款的活动。关于其起源，一说是宽永二十一年
（1644 年）山城国爱宕郡的田中村，有干菜山光福寺的主持宗圆，为了重建镇
守八幡宫而进行的劝进相扑活动。转年的正保二年（1645 年）六月又进行了十
天的活动，被记录在了《古今相扑大全》中。而江户时代的劝进相扑，也就是静
轩提到的明石志贺之助的故事在《古今相扑大全》中也可找到。明石志贺之助
的相扑活动是在 1624 年（宽永元年），但其后在庆安元年（1648 年）二月二十
八幕府下令禁止了劝进相扑。直至十几年后的宽文元年（1661 年），芝居、能、
相扑等才又开始恢复活动。

静轩在《相扑》一文中继续写道：

> 明和间，妇人相扑大行。与赵宋之世，上元或设此戏同一奇。而闻近日两
> 国观物场瞀者与妇人角力，可谓更奇。①

根据静轩所说，日本在明和年间（1764—1771 年）也出现了女相扑，而且
我国宋朝就早有此风。相扑曾是我国宋代深受统治阶级喜爱并且拥有广泛群众
基础的体育娱乐项目，流行极为广泛。《梦粱录》卷二十的《角抵》一篇中有对
于宫廷中相扑表演的记述：

> 角抵者，相扑之异名也，又谓之"争交"。且朝廷大朝会、圣节、御宴第九
> 盏，例用左右军相扑，非市井之徒，名曰"内等子"，隶御前忠佐军头引见司所
> 管，元于殿步诸军选膂力者充应名额，即虎贲郎将耳。每遇拜郊、名堂大礼、四
> 孟车驾亲飨，驾前有顶帽，鬓发蓬松，握拳左右行者是也。遇圣节御宴大朝会，
> 用左右军相扑，即此内等子承应。②

"内等子"为相扑手一种，属军头引见司所管。他们中的佼佼者往往要在
大殿上当场表演，除了获得皇帝的赏赐外，有的还被分配到诸州郡军府，充当
管营军头。相扑不仅是公众娱乐不可缺少的项目，而且常常被安排为压轴节
目。《东京梦华录》卷九"宰执亲王宗室百官任内上寿"载：

> 第九盏，御酒，慢曲子。宰臣酒，慢曲子。百官酒，三台舞。曲如前。左右军
> 相扑。下酒，水饭。簇饤下饭。驾兴。③

又如《梦粱录》中"宰执亲王南班百官入内上寿赐宴"也有相同记录：

> 第九盏进御酒，宰臣酒，并慢曲子。百官，舞叁台。左右军即内等子相扑。

---

① 寺门静轩：《江户繁昌记》（初编），江户：克己塾，1832 年，第 3 页。
② 吴自牧：《梦粱录》（卷二十），《四库全书·史部》影印版，第 15 页。
③ 齐丽华、李媛编辑：《东京梦华录》，北京：中国画报出版社，2013 年，第 184 页。

下酒，供水饭，簇饤下饭。宴罢，群臣下殿，谢恩退。①

不光是在宫廷中，民间的相扑运动更是盛行，在城市中有瓦市相扑，和日本的劝进相扑类似，是一种商业性的艺术表演，颇具特色。在《梦粱录》的卷二十"角抵"中曰：

> 瓦市相扑者，乃路岐人聚集一等伴侣，以图手之资。先以女数对打套子，令人观睹，然后以膂力者争交。若论护国寺南高峰露台争交，须择诸道州郡膂力高强、天下无对者，方可夺其赏。如头赏者，旗帐、银杯、彩缎、锦袄、官会、马匹而已。顷于景定年间，贾秋壑秉政时，曾有温州子韩福者，胜得头赏，曾补军佐之职。杭城有周急快、董急快、王急快、赛关索、赤毛朱超、周忙憧、郑伯大、铁稍工韩通住、杨长脚等，及女占赛关索、嚣三娘、黑四姐女众，俱瓦市诸郡争胜，以为雄伟耳。②

这里描述的比赛过程，是先由数对女相扑手或女艺人上场表演打套子，令人观睹，然后由膂力高强的相扑手上场比试。当然，这些功夫了得的相扑手们在台上的表演越精彩、对抗越激烈，越能博得观众们的喝彩，让人大饱眼福。胜者所得奖励也颇为丰厚，更有甚者能借此机会登上仕途之路。

静轩所说的应该就是此女相扑。这些女相扑手与男相扑手一样，身穿短袖无领的服装，袒胸露腹，由此遭到一些文人士大夫的非议。宋仁宗时代女相扑深受民众所爱，每当有演出的时候东京城常常是万人空巷。北宋仁宗嘉祐七年（1062年）的新年，宋仁宗也率众臣嫔妃等一起来观战女相扑，颇有名气的赛关索、黑四姐赤膊上阵，表演精彩，博得一阵阵喝彩，宋仁宗也是看得出神。但转天司马光便写了奏章《论上元令妇人相扑状》：

> 右臣闻今月十八日圣驾御宣德门，召诸色艺人，令各进技艺，赐与银绢。内有妇人相扑，亦被赏赉。臣愚，窃以宣德门者，国家之象征，所以垂宪度、布号令也。今上有天子之尊，下有万民之众，后妃侍旁，命妇纵观。而使妇人裸戏

---

① 吴自牧：《梦粱录》（卷三），《四库全书·史部》影印版，第2页。
② 吴自牧：《梦粱录》（卷二十），《四库全书·史部》影印版，第16页。

于前，殆非所以隆礼法、示四方也。陛下圣德温恭，动遵仪典。而所司巧佞妄献奇技，以污渎聪明。窃恐取讥四远。愚臣区区，实所重惜。若旧例所有，伏望陛下因此斥去，仍诏有司严加禁约，今后妇人不得于街市以此聚众为戏。若今次上元，始预百戏之列，即乞取勘管勾臣僚，因何置在籍中？或有臣僚援引奏闻，因此宣召者，并重行谴责。庶使巧佞之臣，有所戒惧，不为导上为非礼也。①

从这一奏议中我们可以看出女子相扑不仅深受民众的喜爱，而且获得了统治者的青睐。也正因为如此，司马光的奏议被仁宗搁置一边，未获批准。②日本则从江户时代的职业"大相扑"开始，从座头相扑中派生出了女相扑。然而日本官方对女相扑却一直是持禁止态度的，直至现在也没有太大变化。不过有些讽刺意味的是，日本文献中的最早相扑运动却是女相扑相关的记录。《日本书纪》中曾有过这样一段对雄略天皇十三年（469 年）九月的记述：

秋九月。木工猪名部真根，以石为质。挥斧斩材，终日斩之，不误伤刃。天皇游诣其所，而怪问曰："恒不误中石耶？"真根答曰："竟不误矣。"乃唤集采女，使脱衣裙，而著犊鼻，露所相扑。于是真根暂停，仰视而斩，不觉手误伤刃，天皇因啧让曰："何处奴，不畏朕，用不贞心，妄辄答。"仍付物部，使刑于野。爰有同伴巧者，叹惜真根。而作歌曰："阿拖罗斯织，伟傩谜能陀俱弥，柯该志须弥傩幡，皆我那稽摩，拖例柯柯该武预，阿拖罗须弥傩幡。"天皇闻是歌，反生悔惜。喟然颓叹曰："几失人哉。"乃以赦使，乘于甲斐黑驹，驰诣刑所，止而赦之。用解徽缠，复作歌曰："农播拖磨能，柯彼能矩卢古磨，矩罗织制播，伊能致志傩磨志，柯彼能矩卢古磨。"③

故事和一名叫真根的木工有关，他手艺相当好，用斧子在石板上劈木头，从来不会伤及斧刃。某日天皇到访，问及此事，真根的回答很是自信。于是天皇找来宫女，脱了衣服只穿"犊鼻"进行相扑比赛。"犊鼻"即"裈"，就是只用

① 司马光：《司马光奏议》，太原：山西人民出版社，1986 年，第 62—63 页。
② 徐吉军、方建新、方健、吕凤棠：《中国风俗通史·宋代卷》，上海：上海文艺出版社，2001 年，第 743 页。
③ 饭田武乡：《日本书纪通释释》，东京：内外书籍，1930 年。

布条遮挡私处。真根注意力被吸引，一不小心劈坏了斧刃，天皇便责难他说大话，要处罚他。其他工匠听说后觉得很可惜，便作歌表达惋惜之情。天皇听后有所醒悟，随即让人快马加鞭赶去救真根于刀下并赦免其罪，后又作诗表达悔悟之情。此时所说的相扑，和后世的相扑应该是有区别的，但不难看出这里的相扑描写实际上透露着对年轻女性胴体的观赏，亦为日本"褌一丁"文化的始祖。

三、儒者与相扑

通过之前静轩的介绍，大家对江户时代相扑比赛的情景应该已经有了大体了解，读者亦不难想象女相扑进行表演活动的场景了。但这只是静轩所想表达的内容吗？ 仅仅这些显然是不够的，在后来的《新释江户繁昌记》中被略去的部分才是静轩真正想说的话，笔者摘录如下：

> 去年，予于某家见拟相扑者流先儒姓名编号，登时言之为奇，而顷者又见拟之今儒名字。嗟夫，愈出愈奇！然未闻今儒中一人有金刚力者。但至其卖名射利之手，不止四十八十。假虎威，张空力，舞狸术，收虚名，鹰隼攫物，狡猊哮世，唯出死力以求世间喝彩之声。周旋米之缠头，纷纷于是乎抛焉。至其下者，别出书画会之手段，奔走使脚，左搏右抢，屈腰握沙，叩头流血。依四方君子之多力，才救土豚缘之窘，是谓之荷裈儒云乎。呜呼，谁能卓然秀出，有古豪杰风，而外不挫于物，内不愧乎天，出维持世教金刚力者，盖有之矣？我未之见也。[1]

静轩所说的将儒者之名按相扑排位的形式所编"奇书"，据笔者查证应是指天明八年（1788 年）刊行的《学者角力胜负评判》。翻开被称为"番付表"的一页，可以看到正中写着"蒙御免"三个字，这是劝进相扑被解禁后，政府允许从事相扑运动人员的象征。这里录的却是儒者文人之名：东大关是熊泽蕃山，关胁是荻生祖徕，西大关则是新井白石，关胁为伊藤仁斋，[2]其后还有对他们的评述。那时候的"大关"就是相扑的最高地位。可以想象当时在学问方面一说到

---

① 寺门静轩：《江户繁昌记》（初编），江户：克己塾，1832 年，第 3—4 页。
② 国书刊行会编：《德川文艺类聚》（卷第二十），东京：国书刊行会，1914—1916 年，第314—315 页。

大学者，首先是京都的伊藤仁斋、江户的荻生祖徕，他们也各有自己独特的学说和研究方法。但是至静轩的时代却逐渐偃旗息鼓了。那时候静轩看到相扑这样的评判就不禁称奇，故之后著《江户繁昌记》时他必定是要提到这以儒者之名编排的"番付表"①，且要连连称奇。

虽说如此，真正的儒者应该是什么样子呢？ 在静轩看来此时代至今没有一位能有"金刚力"②的儒者。反倒是卖个名头来赚钱的伎俩，和相扑相比，手段又岂止四十八十。"假虎威，张空力"则是说现在学者出世往往要借助依附于有名的学问世家，空有一个名头还要卖弄自己在学问上多么有"威严"，靠像"狸猫"一样的骗术浪得虚名。没什么本事还非要装出来像鹰隼一样捕猎，说不出什么高深的话语还要像猿猱一样咆哮一番。为了博得世人的称赞争个你死我活，俗话说就是连吃奶的力气都使出来了。大名们选门客也并不是通过学识多寡来选拔，只是根据自己的想法喜好来挑选文人。在根本不知道学者的学识水平和能力的情况下，只根据道听途说就来判断其好坏。正如观赛者们将"缠头"扔给胜利的相扑一样，当权者随便抛给这些所谓的"儒者"大笔奖励。而更有卑劣之人，借助"书画会"来赚取钱财。他们邀请到非常有名气的文人墨客，亲自到场为其书画颂扬，授其顶戴，从而将书画售出牟利。

靠这个来营生的人甚是不少。他们为了开这样的"书画会"，四处奔走，左拉右扯，不停地鞠躬求情，甚至不惜跪地磕头。手握两把黄沙，把头都磕出血了也在所不惜，正如赛场上的相扑。像这样要靠别的儒者之力来拯救自己于"土俵"边缘的人，在相扑世界中被称为"裈担"，也就是只能负责给大关送遮羞布的最底层相扑。写到这里，静轩长叹道，又有谁能卓然秀出呢？ 古代豪杰之风，不会被外物所侵扰，内心始终忠实于道义。能够秉持公道宣讲儒学，真正挑起儒学"大梁"的有"金刚力"之儒者，到现在也没有见到。

静轩笔下的批判甚是犀利，毫不留情地写出了俗儒们各种毫无节操可言的行径，揭露了他们追求功名利禄背后的龌龊行为。时至今日，我们身边仍然不乏这样假儒者的嘴脸，于是乎不光彼时代有同样境遇的知识分子们，现今的众读者若是看到静轩的文字，也定会大呼过瘾。

---

① 此处没能找到原文献，在斋藤月岑所编著的《武江年表》中可以找到相关记录。由国书刊行会于大正元年所出版的第 237 页中记述有：现在の文人墨客諸芸人、又諸售物等を角力に取り組、甲乙を記せし物はやる。

② 指寺庙门口的"仁王"塑像，被冠以"金刚力士"之名。

第三节 吉 原

一、吉原的由来与发展

相扑写过之后，另外一个能代表江户"繁昌"的职业便是游女了。古今中日的文人墨客们对冶游的描写甚是乐此不疲，那么静轩笔下的繁昌光景又是如何呢？ 我们不妨边读边讲：

> 庆长之初年，娼家仅三所，一在曲街皇荣师六，一在镰仓岸，一在大桥仓营豪鹤骛挫者。其他自伏见夷街、奈良木辻坊后来者，各所散居。十七年庄司甚右卫门者，上书请合散为一，以开一大花街。元和三年，官始准其乞，赐一地方，于今茸屋坊旁。开辟功成，以其鞭芦覆篑之故，名曰芦原蘯。而自大桥移往者，取系江都繁华之意，改曰江户坊辑务。自镰仓岸来者，住其第二坊。自曲街者，缘初从京师至，曰京坊。其后来者，在其第二坊。或谓之新坊。后明历三年八月，因命徙于今地角坊者，京桥外角坊之旧名，而堺、伏见二坊者，由自其地方来者多之名云。①

这一段简单介绍了吉原的由来。庆长之初是说德川家康进入江户"开幕"的初期，娼家妓馆的数量极少。但是随着武士阶层的兴起、江户町人阶层的不断壮大，吉原一地日渐扩展。在《吉原大全》一书中可以找到静轩所说的几个地点出处，当时为了振兴江户，则把京都的六条、骏府的弥勒町、伏见的夷町、奈良的木辻等悉数迁到了江户。后面所述，是一名叫庄司甚右卫门的"游女屋"老板于庆长十七年（1612 年）做的请愿活动。由于幕府集权建立的需要，对江户城进行了不少改造，牵涉到商业，庶民等的频繁迁移和重新安置。这当然也影响到了数量众多的娼家妓馆。于是由庄司甚右卫门发起向幕府的请愿活动，要求设立统一的营业制度。最主要的三条是：客人最多过夜一晚，被骗做娼妓的妇女经调查后要送回原籍，不得包庇一切罪犯和犯罪行为。幕府政府随

---

① 寺门静轩：《江户繁昌记》（初编），江户：克己塾，1832 年，第 4 页。

即受理了请愿，并于五年后，也就是静轩所说的元和三年（1617年）批准设立了"游廊"。根据静轩所述是在叫"葺屋坊"附近的地方，应该就是现在东京中央区人形町二丁目附近。自此，"游女屋"的经营等正式受到了幕府的批准。

随着江户城规模的不断拓展，各大名们的"官邸"也在不断扩建，越来越接近吉原这一风俗之地。于是幕府于明历二年（1656年）十月要求吉原迁址至浅草寺附近。伴随迁址的是一系列风俗业整顿活动，但主要是为了应对火灾。不过这种相对的隔离，反而使火灾发生时无法进行及时救助。转年的明历三年（1657年）正月发生了史上非常有名的明历大火，随后这些游女屋便一起迁到了新址，位于现在东京台东区千束，当时被称为新吉原。静轩所说的二坊、京坊、角坊等就是现在的江户町一丁目、二丁目，京町一丁目、二丁目，角町等。大致最主要的有五条街，此时大家逐渐恢复了吉原的叫法，也被称为"五丁町"。

二、"繁昌"尽现

究竟当时的吉原有如何一番繁昌之景呢？ 我们继续来看静轩的描述：

> 五街楼馆，互竞佳丽，三千娼妓，各斗婵妍。一廊繁华，日月盛昌。三月栽花，七月放灯，八月陈舞，是为三大盛事。友人学半《咏花》一联云："梁阁筵醅密雪下，巫山梦暖浓云凝。"予"赋灯"云："青烟却逐兰盆节，红烛写成元夕春。"其他五度佳节，不直为观之美，例有格式云。若夫暮霭抹柳，黄昏灯上火，各楼银烛如星，铉声鼓人。四角鸡卵，世未之见。此境晦夜亦开圆月天。娼妓陈列就位。大妓正面，小妓分坐于壁于篱阑。游人鱼贯，渐蚁附格子外。意指目击，品鸾评凤。有惮而远望者，有押而近窥者。穿疏交臂，喃喃密语者，情即谈情也。授管吹烟，吷吷艳话者，痴妹弄痴也。醉步浪浪，丫鬟拥前，帮间押后，噪而过者，大客上楼也。洛神出水，天女坠空，姿仪整齐，严不可亵近，徐徐莲步来者，名妓迎客也。有放歌而去者，歌曰："思兮我不思兮子，欲使思我兮无理。"①

"五街"所说的便是五丁町，也就是吉原。"互竞佳丽，三千娼妓"明显是

---

① 寺门静轩：《江户繁昌记》（初编），江户：克己塾，1832年，第4—5页。

借用了白居易的《长恨歌》中诗句"后宫佳丽三千人，三千宠爱在一身"。"三月载花"是指中央大道仲之町大量的盆栽樱花。而后七月的盂兰盆节茶屋各家会竞相挂出精心准备的灯笼来"争奇斗艳"。"八月陈舞"说的是被称为"俄"的演绎形式。"俄"日语读作"にわか（niwaka）"，是江户时代的艺人们在街上即兴表演，有男有女，包括歌舞伎、能、滑稽剧、杂子方等艺术形式。可见当时吉原的热闹程度非同一般。静轩的一位朋友作《咏花》，其中说到"梁阁筵酣密雪下，巫山梦暖浓云凝"，意思是亭台楼阁堪比梁孝王①的宫殿，筵席正欢之时细碎小雪飘落而下②。巫山云雨入暖梦来。"巫山云雨"是《文绚宋玉·高唐赋》所记述过怀王游历巫山高唐时，晚间梦到与仙女一夜销魂的故事。静轩也随性作诗来描写当时的灯景，他形容灯烛飘出的青烟仿佛在追赶着盂兰盆节的脚步，明亮的灯火照亮了街道，仿佛中国的元宵灯节。其他五度佳节是说另外五个在吉原非常热闹的节日，有正月期间挂门松的活动，女儿节，端午节，七夕和当时江户独有的赏菊花节。不单单是为了向客人们展示，这些都是游女屋例行要进行的活动。

我们再来通过静轩的描述细细体会一下吉原傍晚时分的街景。暮色遮住了垂柳，各家门口点燃了行灯，各楼银烛仿佛天上的繁星。传统的"三味线"曲声此起彼伏。日本有俗语说，若是能见游女真情或是长了四条腿的鸡蛋，那在晦日就能看到月亮。静轩自然是没见过长了四条腿的鸡蛋，可他觉得吉原此情此景定能使晦日献出圆月天③。江户时代的"游廓"妓馆，大都在屋檐下有木栅栏，将屋邸与外面隔开。妓女们在"橱窗里"，像笼子里的金丝雀一般与客人隔栏相视。级别高的妓女坐在正中，低的分坐在两边。游人鱼贯而行，不一会儿就像蚂蚁一样聚集过来，开始打量格子内的风景，并且不断地品味评判。初来乍到的有所忌惮而远观，熟客们则挤在近处仔细窥探。更有甚者已是和妓女双臂交错，喃喃细语谈情说爱起来。还有的将自己的烟管抽上一口然后交给对方也吸一口，以此表示亲爱之情。这边年长些的姐姐带刚入行的妹妹，窃窃私

---

① 西汉梁孝王刘武,西汉时期的贵族,与馆陶公主、汉景帝同为窦太后所出,汉文帝嫡次子。《史记·卷五十八·梁孝王世家第二十八》："孝王,窦太后少子也,爱之,赏赐不可胜道。于是孝王筑东苑,方三百余里。广睢阳城七十里。大治宫室,为複道,自宫连属于平台三十余里。"

② 出自谢惠连的《雪赋》："岁将暮,时既昏。寒风积,愁云繁。梁王不悦,游于兔园。乃置旨酒,命宾友。召邹生,延枚叟。相如未至,居客之右。俄而未霰零,密雪下。"

③ 此句发自《五元集·享》：いさよひも心つくしや十四日、名月や金くらひ子の雨の友、闇の夜は吉原はかり月夜哉、月出て座頭傾く小舟かな、人音や月見と明す伏見艸。

语，那边喝醉似的脚步，丫鬟在带路，帮间跟随其后，这场景是贵客上楼。还有如洛水女神者，姿色仪容干净整齐，庄严不可亵玩，缓步仿佛从天而降，是名妓亲自出来迎接客人。另有唱着"思念，却不见君想我，无法使君惦念我"这样的歌谣而远去者。笔墨至此，虽没去过彼时的江户城，但吉原的一派繁华景象已经在读者们的脑海中清晰了起来。

三、游女情

如此繁华之中，又有着怎样的故事呢？ 静轩继续写道：

> 有交颈立谈者，一人曰："我怀二铢银，兄向言有三铢，合弟一铢，通计才一方半金，金少人多。顾安急辨，不妨明晓吾宜遣游矣。"众议一决，相携而去。大凡游于兹境者，有愚而溺色，达而喜情。使威取媚，买兴爱痴。或黠而挟数，赚他掠物，以此自好者，此为贼。车载万金，取兴于人意表，不使气一点挫乎脂粉者，如此即豪。豪乎贼乎，达也兴也，虽不道学之极，亦吾落魄生辈非所得而知也。凡事自非履其域情不至矣，如何善画其光景。此是稗史本翻译。[1]

有脸贴脸交谈之人，一人说道："舍弟有二铢银子，刚刚兄说有三铢，加上我的一铢，能凑上一方半金，虽是钱少人多，但一时半会儿也没别的办法。不如先去，明早我留在那里等兄去筹钱回来接我。"两人一拍即合，相携而去。这段故事的细节如此清晰，很有可能是静轩的亲身经历，但他并未交代结局。可以想象，若是其兄来接他，那定是完美的结局，可若是没能来接他，将是多么尴尬的境况。静轩是由外祖父母抚养长大，这种事情若是要亲人来买单的话，也实在是无法见人了，所以不会被他写进繁昌记里去，故笔者推断结果是后者。从一个侧面展现了静轩年少时的不羁，也曾沉迷于冶游之事。然而他也只是这吉原百态中的一个罢了。

凡游于此地者皆是沉溺于女色，好游里情趣之徒。有的是通过威吓来使游女献上谄媚，只图一时消遣。有人则是骗情骗色又骗财，是为贼。还有家财万贯之人，花钱来做些不寻常之事，内心却不易被女色迷惑，是为豪气。然而豪也好贼也罢，却都不是艰苦道德主义之道学[2]代表。静轩自述像他这样的穷书生

---

① 寺门静轩：《江户繁昌记》（初编），江户：克己塾，1832 年，第 5 页。

② 这里的道学即朱子学。

是无法理解的。如此,对吉原一地的情景描述应是静轩自己的一些亲身体会和体验,甚至是基于他本人的真实故事有感而发的描写。我们都知道无论是在中国还是日本,文学作品中从来都不少对游里情趣、狎邪等的描绘。在日本江户时代的町人文学中此种倾向尤甚,但鲜有如《江户繁昌记》这样的纯汉文作品。日本19世纪之前的汉文创作,基本都是经学、正统儒学或朱子学等汉学相关的文章。而能够有这样才学之人,一般都是比较有名气的"博士",在幕政或大名家族中有一席之位的儒者,他们又怎么会去做这样的尝试呢? 静轩一介浪人之身,仕途的不得志,反而使他思想上彻底不受束缚,创作随心所欲,自由酣畅。他用汉文来写狎邪,正是叛逆精神的体现,亦是一个引起世人注目的途径。静轩生活的德川幕府时代不缺为正统思想歌功颂德的人,而敢于对幕政提出质疑的知识分子寥寥无几。静轩汉文创作狎邪的大胆尝试,是在文学创作上迎合町人的文艺审美情趣,引起了大家关注,同时为其后的各种讽刺批判和犀利言辞做铺垫。在考察静轩笔下一众丑陋俗儒的嘴脸之前,我们且先随着静轩的思路,看看他笔下这段妓女与客人间的打情骂俏,可谓日式汉文狎邪"戏作"小说的经典代表:

> 有人按曲闻其声不见其面,词云:"雪满楼兮夜将中,衾如冰兮寒威雄。梦里不觉相抱着,如胶如漆交二弓。金屏障尽护寒密,犹是生憎户隙风。"水调雅淡,真使人肉飞。兰房香气芬馥,灯影暗黯。六曲秋江图屏里,鸳鸯一双,相依在三蒲团上。妓从容谓曰:"君宜少说话。"郎曰:"小子不解谈话。"妓曰:"亦欺人耳,君多有手段?"郎曰:"加脚才四本。"妓星眼流波,曰:"可憎矣。"纤手,一捻他去。时有侪娟过户外曰:"今夕何夕,取此乐事。"妓微笑应之曰:"何等言语,不曾入耳。"旋缘筒吹烟,火光泼起,偷眼熟视郎面目于火光中,自家先餐了一番,遂叫他餐一口,曰:"请且一睡。"自起褪郎上袍,把衾被之,玉臂早已在郎枕下。曰:"想君家必当有佳偶在?"曰:"良缘未遇。"曰:"然则不知何楼有昵人约亲?"曰:"家君严矣,不得纵游,如何有此事。不如姑舍之,谈子情郎样子,令予听之。"曰:"三千世界,有谁一人悦妾,且悦人者,妾亦不敢,然特有一人。"曰:"可羡哉!愿听其名字。"妓哂不答,郎复曰:"云云言之何妨。"妓有顷曰:"不是别人,即君也尔。"郎胸悸,故笑曰:"妙骗人。"曰:"决无伪矣,然如妾者,君岂顾耶?"曰:"休谦,如君当世佳人。"曰:"唯唯十分调弄。"曰:"否。落花如有情,流水奈何无心。"曰:"诚然乎。"曰:"请誓言。"曰:"虽假犹可喜。"曰:

"其言即假。"曰:"真矣。"曰:"试焉。"早引一脚插入他双藕股间,妓曰:"冷脚可恶。"①

　　这一段描写,是静轩基于其他非汉文游里文学进行的"汉译"并润色所做。首先是引用《倾城卖二筋道》中《东之床》一篇中开头部分。"有人按曲闻其声不见其面"说的是卷首的最后一句:"折節、隣座敷にて藤吉がメリヤス。"这里的曲声就是指"メリヤス(meriyasu)",是歌舞伎下座音乐"长唄"的一种,这种乐曲的风格富于变幻,悠扬缠绵中包罗哀伤与惆怅,富有内涵。演奏的艺人藤吉,指的是男艺人荻江藤吉。在静轩的描述中,旁边屋里有名的藤吉演奏着他非常经典的曲艺,这应该是日本江户吉原的经典背景音乐。其后的场景,也出自《东之床》,正文开首写道:"雪の夜中の冷たくて、初手は隔てていつとなく、枕と枕、顔と顔、意地の悪さの透間から、あれ邪魔をする夜寒の風と、襟と襟とを掛け合いおふて、勤めも恋もう打越して、真実こもりし冬の床。"简单用寒风来做拟人叙事的场景,甚至有些直白,但是经过静轩的汉文润色,却使人脑海中模糊的轮廓变得异常鲜明,充分展现了汉文的魅力。

　　静轩继续写到,三味线的琴弦逐渐低缓下来,让人听得入神。闺房内香气芬芳,灯光昏暗,画有秋江图的六折屏风后,鸳鸯二人相依偎在三层的蒲团②上。这段缠绵场景描写后,就是二人的对话了。静轩在这里引用的是山东京传的洒落本《倾城四十八手》中的桥段。出自一开始的"しっぽりとした手"③一篇,原是写妓女和一位非常年轻的客人间的对话。静轩将其译成汉文,并做了润色。于是一篇"有情有义"的"娘与情郎话"便呈现在大家面前。虽是花街柳巷无真情,但无论是谁读了此桥段,都会不禁心驰神往。而这段源于"しっぽりとした手"的汉文"译作",从其题目中的"しっぽり"一词也可看出些端倪。静轩的这种汉文戏作手法产生了强烈的反差感,给当时的读者以深刻印象。

　　妓女与客人的对话中满是妒忌与责怪之情,打情骂俏之间眉目传情,暗送秋波。欲拒还迎间窗外其他游女路过打趣。静轩笔下的春宵一刻让读者仿佛身临其境。日本民族对性的态度本来就比我国开放得多。尤其是江户时代,娱乐

① 寺门静轩:《江户繁昌记》(初编),江户:克己塾,1832年,第5—7页。
② 地位高的游女所用垫子是三层叠在一起。
③ 日语"しっぽり"是情意绵绵之意。

至上的风潮在大城市中兴起，各地都少不了建设"游廓"。随着商品经济的发展，人口的流动速度加大，像北海道这样以前荒无人烟的寒冷地带，明治初期，政府甚至特地设立风俗街来吸引人口入住。相对静轩笔下游女与客人的含情脉脉、花前月下，实际上大多数游女的下场是非常悲惨的。江户末期现代医学还未传入，很多游女患了梅毒，鼻子烂掉，或者死于流产。再有名的"花魁"，也有年老色衰的一天。吉原一地附近不受幕府承认，在管辖之外的私娼泛滥，从业者多是被贩卖的妇女或是无法在吉原笼络到客人的下层妓女。这些现实显然太过残酷，不适于写进《江户繁昌记》中。无论在中国还是日本，纵情于风月场所的男人多是薄情郎，妓女们为了生计更是无尊严可言。正如静轩的描述，游女会故意讨好客人甚至表现出吃醋的心情，为了留住客人或是让其第二次来拜访，使尽浑身解数。此段文字满足了男人对女性的一切向往，但对方不是深闺大院的小姐，而是吉原专陪男人作乐的游女。读者们亦知道游女情更薄，即使这样客人也要花钱来买几句假话和片刻男欢女爱，让人读后唏嘘不已。静轩笔下的这对妓与客，就是繁华江户城人情的缩影，在商品经济的大潮下，人情渐冷，但有钱即能买来情感和尊严。当然读者们并不一定都这样去理解，不同阶层的人解读方式会完全不同，这也是静轩的汉文戏作魅力，能引起话题成为人们津津乐道的谈资。

后面的另一个故事是根据《倾城四十八手》中另一篇"見ぬかれた手"所编译而作：

桥打三更，阖楼就眠，只闻打棒戒火声。有客辗转不睡。长等短等，叹吁欠伸，以百算之。炉火已灰，就灯食烟，才遣无聊。几拈返魂草，未招得其人于彷佛中。乍闻长廊上履声远远，跫然渐近。意欹娼来到，急蒙衾装睡。何意足音失之邻房。而后，气愈清，眼愈明。起如厕者两回，已数尽漏声，又算当值之日数。想彼忆此，耳边复上跫然之响。思此跫是也，依前假睡。而开户入者，楼丁来加注灯膏也。奇货再赝，难耐。怒气涌上，突起披衣而出。始知小妓熟睡于屏风外。径将烟管微抢其腋。妓犹在梦中，口内含糊曰："谁耶？可厌！喜助丈，勿为。"客喝醒。妓摩挲拭目，视此模样，错愕言曰："君将何之？"曰："且归。"曰："君归，然不报，我罚不轻，请且住。"将走报之间，恰好大唱（娼）来到，衡气，不少动曰："呵呀，主何为？"客气急矣。曰："吾归吾归，若腐娼，我复何言？我用吾脚归，谁敢道不字！"娼扯住不肯放，曰："诺，主欲归宜归，但少留，我将奉一言。"客听得怒气稍杀，不觉被挽还坐。娟不忙不慌，徐徐说出，曰："过日约，今而后待主不复以客，言犹在耳，喝忘之之速。"遂探其怀，夺夹袋、烟具，曰："今夜豫期，遣他人后，缓缓与君同梦。且有肝要说话，然君短见不察个长策。却翻风波。吁，为男子者，强气胡为若此？"已解其带，又褫其上衣。客于是乎身软如绵。然口犹刺刺道归，娟頼尔曰："噫，挑人耳。"一力搂取，咬他肩头。客叱曰："勿戏矣，若住则喝为。"娟低声曰："如是尔。"遂卒相抱为一块。时报寅棒子声，揎揎。①

这一段同样写出了妓家游女为了留住客人的心机。夜班也同样是客如流水，熙熙攘攘，些许嘈杂。客人烦躁情绪愈来愈烈，终于忍不住爆发，吵闹着要走。唤醒在睡梦中的小妓，却让其三言两语间化解了怒气。窗外打更，已是寅时。面对这样"繁昌"的夜晚，静轩如是写道：

> 或云近世繁华渐涸，不复昔日也。予甚惑焉，盖此境盛衰可以候江都盛衰，所系亦大。彼则由此流焉，其源益盛而其委渐衰者，必无之理。抑洪流外溢，有所漏而然耶？物情古今一辙，舍此乐国而何适？呜呼，人岂厌生于天上，而愿陷于地狱也？盖习繁华之言耳。②

到天明年间（1781—1789年），宽政改革依然没能挽救幕政的颓势，反而使社会矛盾更加激化，以失败告终。当时在吉原一掷千金的米商们也受到了打击。客人的消费能力大不如前，所以很多人转入地下更便宜的"私娼"。但在静轩对吉原的描述来看，却不是这样。所以静轩也表示了"疑惑"，说道："吉原就是一面江户盛衰的镜子，和江户的繁昌有着莫大的联系。吉原之繁荣就是江户的繁荣所派生的。故吉原有如此热闹的景象，那江户就没有不繁华的道理。说大家转入地下私娼，可能是江户繁华过了头，惠及大众罢了。不对，有吉原这样的天堂，为什么还要去如地狱般的私娼之地呢？　应该是大家生活在繁华中已经习惯了，所以也就感觉不出来繁华了吧。"这是静轩对江户"繁昌景象"不折不扣的嘲讽。幕府的封建统治已经无法适应商品经济的发展。官商勾结，民不聊生，又岂能有繁荣昌盛。饥荒、火灾等天灾人祸折磨着贫瘠土地上的日本

---

① 寺门静轩：《江户繁昌记》（初编），江户：克己塾，1832年，第7—8页。
② 寺门静轩：《江户繁昌记》（初编），江户：克己塾，1832年，第8页。

人民。像静轩这样的儒生不得志，除了朱子学，其他学派都被视为"异学"而被禁止。静轩看到这些却无能为力，更无法施展抱负，其心情是可以想象的。

第四节　千人会

一、富签

接下来我们看看静轩笔下的创作主体——江户市民，有着一番怎样的生活情境。静轩对"千人会"的描述，给了我们详细的参考：

> 札楮二牌，札为原牌，楮为影牌。其数一千。一楮值若干钱，预克日月，四散鬻之，酿若千金。至期盛原牌于匣中。匣上有孔。锥刺出之。百番为额。以原照影，以一大酿，付之于弟一番者，余酿分赋。九十九番，各自差。国语名之曰富。谚云："乞食人家富落来。"嗟夫，天道，毕竟以有余补不足，贫人得之暴富，盖此其所以名。予浅学未识，汉土亦有此事，何如名之。且曰千人会。然闻近来札数倍徒，处置此前细密殊极。自非买习者，固不易辨识，则毕竟此名，不当此名。[①]

"千人会"是江户时代的一种为了寺社塔堂的修缮，通过类似现代彩票形式来融资的活动。当时被称为"富签"。这与前面说过的"劝进相扑"一样，都是"劝进"的一种形式。但不可避免有赌博性质，使得其只能在政府允许的范围内组织活动，文政、天保年间尤为盛行，天保五年（1834年）的时候曾经有大小七十座寺庙组织卖"富签"。这种活动在明治维新以后被禁止。但民间自己组织的"暗富签"却一直没有停止过，而且规模越来越大。这样的背景下，静轩描述了当时的所见所闻。

买彩票的人拿到的是被称作"札"和"楮"的两张彩票，一共一千组。"札"是木片，被放置于抽奖的盒子中。买家持有的"楮"是纸质的，两张写有一致内容。一楮值金钱若干，定下开奖的日子后就四处贩卖，也有穷人一起合

---

① 寺门静轩：《江户繁昌记》（初编），江户：克己塾，1832年，第10—11页。

买的情况，总之能够聚敛不少钱财。到了开奖的日子，则将原牌"札"放在匣子中。匣子上有一孔，用长锥子刺进去，扎到木牌后取出，一共取一百次。抽签后人们则拿着"楮"去兑奖。第一名奖金最高，其余的名次则是分享剩下的奖金，其他九十九个号码奖金各有不同。当时的日语称之为"富"。也有谚语说"乞食人家富落来"。静轩不禁感叹道，这是有余钱的人来补贴穷人，而穷人若中头奖得之便能暴富，所以被称为"富"吧。有意思的是，静轩发现这并不是日本独有的，在古代中国就有类似的"行事"了。据清代赵恒夫的《寄园寄所寄》卷一中记载：

> 近时邑无赖子，邀百人作百子会，人出银二两，摇骰子，点多者先收，每月一应，八九年乃毕。冀其不能终局，先收会者得图赖之耳。然犹未为巧。江西有一僧创千佛会，人出银一钱投木柜，摇点多者得百金归，不必复应。往来行人，图侥幸，二三日即聚千人，僧则利其每一会得抽分数金耳。后令闻之，惧惑众，村僧乃止。（《明升集》）①

这一段记录了当时江西的一名僧人创建了"千佛会"这样一种抽奖形式。静轩很有可能是受此启发，而将此篇命名为"千人会"。他由此听说当时一次开奖的彩票数量已经远远超过了一千"札"，甚至有几倍之多。且中奖的形式也出了很多新花样。要不是常买的熟客，一下子都闹不明白。所以虽然说是叫"千人会"，但岂止千人。

二、命悬一"签"

这"千人会"又是怎样一番激动人心的场景呢？ 我们来看静轩的描述：

> 谷中感应寺、目黑泰叡山、汤岛菅公庙，谓之都下三富。本日殿上先安一匣于两楹间，阶下施闲，不许阑入。人群渐涌，喧哗汹汹。检点使至，警卫备奸。既而千人并起，倒匣，鼓底，点牌以纳焉。擂鼓报警，僧读诵般若经。盖祓之也。乃一人出，执锥剿匣。未举，喧哗寂矣。大风暴止。观者眼张胸悸。而弟一牌早在吏人之手。扬言其目。刺至三牌，风复渐起，涛还稍涌。且刺且呼，百番而止。

---

① 戚嘉林：《寄园寄所寄》，合肥：黄山书社，2009 年。

谁知儿郎赎女郎之约,所恃在怀中一牌。万人肚里之算,凑堕于一人之手。南阮暴富,北阮益赡。十年佣作之泯,一旦享锦归之荣。昨日典镜之妇,今日戴瑁瑢之饰。钱如泉,金如块。既庶矣,富之哉。三富之外,今乃倍至数十所云。①

感应寺在天保四年（1833 年）改名为天王寺。目黑泰叡山说的是龙泉寺,也叫"目黑不动"。汤岛菅公庙则是供奉菅原道真的天满宫,也叫汤岛天满宫。这三个寺庙的"富签"是规模最大、人气最旺的,每月有两次开奖。

根据文字叙述,我们想象一下当时寺庙中的情景:几千人头攒动,摩拳擦掌在焦虑中等待着开奖。回廊远处,戴黑色披肩帽子的寺社神主以及大检使、小检使②缓步走来。正殿之上,两柱之间挂着写有黑字"富"的横幅。下面则是漆黑的摇奖箱。神主走到箱子前停住了脚步。这时候从殿后又走来三位着袴服的司仪,抬着同样被漆黑的簸箕,里面装着堆成小山一样的木牌。另外有属下两人跟着一同进到大殿之上,将匣子盖打开,二人合力端起并将匣子口朝向众人,四下展示以确认里面无有异物。证明完毕后将其放回原位,三位司仪将所有的札牌倒入其中。属下二人继而关上盖子,不停地摇动并发出哗啦啦的声音。而后,其中一人开始敲击太鼓,台下观者万籁俱寂,有如风暴骤止,个个瞪圆了眼睛手中捏着一把汗。寺内僧人开始吟诵般若心经,以保平安除怨念。诵经过后,出一僧侣着黑色僧衣身披菊纹白图案的袈裟,站于匣子正后方,右边是穿袴衣③的男子。僧侣用襻带④以交叉状十字形将袖子绑起,挺身直立,手握漆成红色的长柄锥子,对准黑匣的孔一下子刺进去。刺到礼牌时能听到闷响一声,继而径直抽出锥子,站在一旁穿袴衣的男子将戳中的札牌取下大声念出上面写的汉字号码。到了第三牌后,人群又开始骚动起来,比之前有过之而无不及。奖牌念一次人们就叹一番,直至最后第一百牌,奖金一百两的"富"被揭晓时,人群的叹惜声变为悲鸣甚至不甘心的惨叫。

又有谁会知道,年轻男子为吉原游女赎身之约,就系于其怀中的一牌。而万人心中所算肚中所想仅能落入一人之手。中国古代有"竹林七贤",其中有阮籍和阮咸二人。《晋书》卷四十九,列传第十九《阮咸传》中记述说:"咸与籍居

---

① 寺门静轩:《江户繁昌记》(初编),江户:克己塾,1832 年,第 11—12 页。
② 神主是主持寺社内祭祀活动的神官。检使则是负责府内日常工作的官职。
③ 武士的宽肩礼服。
④ 日本人劳动时挽系和服长袖的带子。

道南，诸阮（其他亲戚）居道北，北阮富而南阮贫。"静轩在这里将参与"富签"的有钱人比作北阮，将贫者比喻成住在道南边的阮籍与阮咸。意在说穷人通过这种活动而暴富。辛苦劳作十年的"奉公人"，一朝中奖便可衣锦还乡。昨天为了生活连随身佩戴的镜子都不得不去典当的女性，今天就能有奢侈的珠宝首饰来装点自己。钱如泉水般流入，金子大的如块状。如此人潮，不正是江户的"繁昌"所在吗？ 静轩应是受孔子思想的影响，《论语·子路篇》中记录孔子说道：

> 子适卫，冉有仆。子曰："庶矣哉！"冉有曰："既庶矣，又何加焉？"曰："富之。"曰："既富矣，又何加焉？"曰："教之。"

孔子想到先富民，然后进行对民众的教化。静轩虽没有提到后面的教化，但我们不难看出他想表达的意思。静轩是土生土长的江户人，观其景致，无论男女老少、贫富贵贱都对此"富签"之事极为狂热。除了"三富"之外，其他还有类似数十所寺庙有此活动。这难道是富民之路、文明之路吗？

三、此狂奔非彼狂奔

这场戏中知识分子又是怎么样的表现呢？ 静轩看尽繁昌各色，揭开了儒生们的心理面纱，调侃了一番：

> 咄咄怪事，近年有追昏狂奔叫过者，如呼如叱。予初不解其为何物，既而闻之，是报场中今日所刺弟一牌之目也。一字四钱，鬻之为生。其狂奔者，以速报争先耳。晚间一走，百钱之赢，足以买一升米。呜呼，一日活计，取之一刻中。岂得不叫而奔也哉？予今日屡空，豪气稍摧，乃意吾亦插书狂奔于世者。然一日之走，计不足赊升米，而终年衣食于浮屠间，则佛缘之不薄，宜薙染逃佛，袖募缘簿，就年来所识，乞南镣一片之怜，以少息狂奔之劳，且以修后生冥福也。又思不如修书画会，以且救一时缓急。左思右想，踌躇冈者久矣。忽恍然奋曰："野语有之，砍取劫盗，武士之习。况其食力。薙染未晚，修会鄙事尔。与其折腰帖尾，曝面于千百人，宁为偷昏里面，不令人知为谁，而叱之鬻之之事简气傲也。何是此狂奔，非彼狂奔。将为彼狂奔。"而羞涩未果，仍苦此狂奔，自知不足

为真豪杰,而卒老于狂奔。①

　　静轩觉得很是奇怪,近些年来在黄昏日暮时分,总有人在路上狂跑着大喊大叫。他开始不知道是怎么回事儿,后来听说是为报道场内中头奖的"富"牌子上的字号,这是当时衍生出来的另一种赌博。并不是报给买了"富签"的人,而是其他围绕中头奖的字号来进行赌博的人。《宽天见闻记》中有记载,当时被称作"话四文",也就是把头奖的内容写在一张纸条上,每张卖四文钱。想要赚钱,必须抢在别人前面将消息带回去,所以都是一路狂奔呼喊边跑边卖。像这样日落时分奔跑一次,能赚百文钱,足以买米一升。静轩于是感慨道:这一天的生计,跑这么一趟就有了着落,怎么能不使人狂奔呼喊呢?

　　静轩打量了一下自己,感觉这样身无分文的状况很是让人气馁。这里"屡空"一词的使用值得推敲。《论语·先进篇》中记录孔子说过:"回也其庶乎,屡空。赐不受命,而货殖焉,亿则屡中。"是孔子对颜回学问道德接近于完善,却在生活上常常贫困而深感遗憾。同时,他对子贡经商投机致富感到不满。在孔子看来,这是极其不公正的。静轩在这里说自己"屡空"的窘境,其实也是为像他一样的知识分子鸣不平。投机中奖之人不用劳作即可富贵荣华,像他这样怀揣圣贤书狂奔于世的读书之人,从早忙到晚,挣的钱也不足以买一升米。甚至为头奖奔走呼号一番所赚之财都比读书人一天的营收多得多,静轩借此来讽刺世事。

　　静轩年轻的时候就在宽永寺的劝学寮中生活过,其后又在驹迂吉祥寺的门前创办过私塾。当时静轩还在浅草新堀端(现在东京台东区藏前四丁目)的西福寺附近居住,通过给寺庙的僧侣讲授儒学而受到接济。所以静轩说自己和"浮屠",也就是佛祖很有缘分。不如干脆削发剃度,遁入空门,袖子里装着募缘簿②,找他熟悉的地方四下走走。若能乞来些钱财,也就不用这么辛苦地跑来跑去了,还能为后生修来些冥福。静轩又想要不也来办"书画会"以解燃眉之急。左思右想,踌躇郁闷了很久,恍惚间突然想明白了:"人家都说,武士还能抓盗贼来自食其力呢,现在就入佛门还太早,办'书画会'也实在是丢人之事。与其在那么多人面前点头哈腰,还不如趁着傍晚昏暗把脸遮上,旁人也认不出是谁,继而奔走狂呼赚钱来的有气魄。谁说像我这样穷困潦倒的书生就只能夹

────────────────

①　寺门静轩:《江户繁昌记》(初编),江户:克己塾,1832 年,第 11—12 页。

②　为寺庙捐赠者的名册。

着书四处奔波，不能通过卖'话四文'来赚钱呢？ 我就要这样奔走呼号来养活自己！"可真是到了想做的时候，静轩却抹不开面子，自觉害臊得不行。最终还是只能通过书生的狂奔来营生。这实际上也是对被儒学浸染很深的贫穷知识分子心理最真实的写照。静轩自知不是真豪杰，也就只能这样终老。

最后静轩继续写道：

> 一日与二三子共讨论《书洪范》，至"初一曰五行，次二曰敬用五事"等语。偶为邻婆所伫听。便突入，中之曰："今日之目何善？"予等骇然，不知口所措。因叩之审此，相视一笑已。后阅国史，瓜生保将拔还杣山城，思得同志者。而偶闻邻宫有人问答。曰："重画、中黑，孰美？"曰："中黑哉，三鳞废二画兴，则代之者非一画而何？"保听得心窃喜焉。予读至此，独自失笑。意使邻婆闻之，亦以为何如？
>
> 顷者入市，见肆头挂数个招牌，题曰松竹梅、曰花鸟风月，曰何，曰何。中有"智、仁、勇"三字，问之亦千人会标识耳。予慨然叹曰："三德之义大矣也哉。盖逆亿今日所刺目何，而屡中者，智也。典衣卖剑，不算明日生计如何者，勇也。不中自悔，不怨天者，仁也。"然予未知予说稳当不？[①]

可见"富签"是多么地深入人心，连不识字的老太婆只要听到有数字，都要问问是不是和中签有关。而松竹梅、智仁勇也都成了"富签"票面上的文字。静轩居然能找到这其间的联系。他说经常能中奖的是有智慧，卖了衣物宝剑也要赌一把的是勇者，而没中只是独自懊恼不怨天尤人的是仁者。静轩这样的儒生不可能不知道《中庸》的"智、仁、勇三者，天下之达德也"。而孔子曰："好学近乎知，力行近乎仁，知耻近乎勇。知斯三者，则知所以修身；知所以修身，则知所以治人；知所以治人，则知所以治天下国家矣。"这是静轩不折不扣的讽刺。此"富签"中的"智、仁、勇"和孔子所说，差之何止千里。又怎么可能通过这些来"治人"，进而"治天下国家"呢？

这一篇可说是静轩对自己心理层面上非常细腻的表达，也代表了当时一批像他一样的知识分子的无奈：读书无用，还不如人家跑一趟传个消息生活来得富裕轻松。本就没有武士那样与生俱来的行事作风，也不愿意做那些假儒者们

---

① 寺门静轩：《江户繁昌记》（初编），江户：克己塾，1832 年，第 12—13 页。

办"书画会"一样丢人现眼的事情，没到活不下去的程度但也不愿意出家，靠什么来养活自己？ 教人识字读读书罢了，拼命授课又能赚到几个钱？ 屡屡劝说自己想通了要豁出去赚钱，却又总是放不下知识分子的脸面。这种复杂的心理折磨，不光是彼时彼地知识分子的窘迫，此时此地读来，依然扣人心弦，感触颇深。

第五节　书画会

一、遍地是"先生"

前文中静轩几次说到的"书画会"又是怎样的一番情景呢？ 我们接下来一探究竟：

> 当今文运之昌，文人墨客，会盟结社。而人苟风流，胸中有墨，才德并具者，一与盟众推拜先生。声流四海，沟浍皆盈。油然之云，沛然之雨，靡人不钦慕矣。予虽不得与盟，亦尝列末筵者数回，如其盛事，略观而尽焉。其地多以柳桥街万八、河半二楼。[1]

彼时代的文人们会包下整间大的料理餐厅聚会，现场挥毫泼墨当即售卖，很多"嘉宾"到场，众人一齐协力组织活动。从宽政时代开始内容和形式变得越来越丰富，不单有酒席，甚至请各种各样的艺人助兴。其情景正如静轩所描述：文运昌盛，文人墨客们结成各类联盟，创办文艺社团等。而胸中有墨，兼具才能和德行，能风流一时者，常被众人推崇为"先生"。笔者看来也就是类似现在参加各种活动拿到各类奖项，就能被称作"老师"的现象。

而后静轩引用了《孟子·离娄章句下》中孟子解释君子观水的话："源泉混混，不舍昼夜，盈科而后进，放乎四海。有本者如是，是之取尔。苟为无本，七八月之间雨集，沟浍皆盈；其涸也，可立而待也。故声闻过情，君子耻之。"意

---

[1]　寺门静轩：《江户繁昌记》(初编)，江户：克己塾，1832年，第21—22页。

思是说：水从源泉里滚滚涌出，日夜不停地流着，把低洼之处一一填满，然后继续向前，一直流向大海。如此水不枯竭，奔流不息。孔子所取的，就是它的这种特性。试想，如果水没有这种永不枯竭的本源，就会像那七八月间的暴雨一样，虽然也可以一下子灌满大小沟渠，但没一会儿就会完全蒸发。所以，声望名誉超过了实际情形，君子就会感到羞耻。这又是明显讽刺当时那些俗文人假文人。其后又引用了《孟子见梁襄王》中说过的话："天下莫不与也。王知夫苗乎？七八月之间旱，则苗槁矣。天油然作云，沛然下雨，则苗浡然兴之矣！其若是，孰能御之？今夫天下之人牧，未有不嗜杀人者也。如有不嗜杀人者，则天下之民皆引领而望之矣。诚如是也，民归之，由水之就下，沛然谁能御之？"将被拥戴为"先生"之人比作王，将拥戴者比作苦于苛政盼仁政的普通人对其钦佩与崇拜。虽有些夸张，但如此互相吹捧的情景，甚是滑稽。

静轩说他自己虽没被邀请"入社"过，但随着山本绿阴先生倒是参加过几次，坐在末席，对于这样的"盛事"还是有些经验的。他所说的柳桥街万八、河半二楼是当时江户神田川和隅田川河口两岸开的料理茶屋。河上架设一桥名为"柳桥"，故称为柳桥街。而"柳桥"旁边便是江户最繁华热闹的"两国桥"地区，静轩对"两国桥广小路"再熟悉不过了。当时料理茶屋如此集中的盛况，在成岛柳北的《柳桥新志》初篇中有述说：

> 酒店隔三里，腐店隔二里，此是荒村僻邑之人家。当今大都内，陋巷小衢，犹十步一店百步一楼，松江之鲈，杭州之酒，可坐而食饮。况繁华如斯地者乎。酒楼之伙，亦冠于都下。曰川长，曰万八，在桥之北。曰梅川，曰龟清，曰河内，曰柳屋，在桥之南。平三也，深川也，草加也，皆张帘于米泽街之侧。而柏屋、中村、青柳三楼亦咫尺隔水耳。其他若丸竹、若松、何泉佐、小松亭小店子肆，指不暇偻也。[①]

柳桥左岸"万八"说的是料理茶屋——万屋八郎兵卫，"河半"便是河内屋半次郎。可见当时两国桥地方的餐饮业有多么的发达。

二、豪华奢侈"拍卖会"

静轩嗤之以鼻的"书画会"又是一番什么样的情景呢？他接着写道：

---

① 成岛柳北：《柳桥新志》（初编），东京：奎章阁，1874 年，第6—7页。

先会数月,卜日挂一大牌,书曰"不拘晴雨,以某月某日会请四方君子顾临"。且大书揭先生姓名。于是乎莫人弗知有先生于世。盖与汉朝及第放榜之事略同。荣可知矣。观者聚焉。摩肩累踵,指点曰:"某画人也。某诗人也。某儒流。某书家。彼插花师始宣名也。此清本氏女初上场也。"伫立仰牌,又如法场读罪人加木一样。

未会之间,先生鸡起,孜孜奔走之务。高门县簿,莫不敢往。亦不省内热之恐。①

几个月前就已经将举行的日子定好了,选一良辰吉日在门口挂一个大牌子,上面写:"无论是晴天还是下雨,都请各方君子于某月某日大驾光临。"并且将"先生"的名字故意在牌子上写得很大,于是乎这位"先生"的名字马上传遍四方。类似我国汉朝科举考试的及第放榜,是件光宗耀祖的事情。这种规格的"书画会"当然要请一些艺人来助兴,比如长呗、净琉璃、三味线等。他们的名字也会一同写在看板上。于是大家兴趣盎然,看板前众人摩肩接踵,对着感兴趣的艺人名字指点着说:"某画家,某诗人,某儒者,某书法家,还有某插花艺术家也来助兴啊。这次还有清本的氏女第一次登场。"清本氏女应是当时歌舞伎中清元节流派中的女艺妓。成岛柳北在《柳桥新志》初篇艺妓相关的叙述中也有提及。第十四页中这样说过:"大妓所职,弦歌也。其技有长呗,有富本,有常盘津。而清元居多。"可见当时为了吸引眼球的花样繁多。人们伸长了脖子向前看的样子,犹如在刑场探着头看要执行死刑人的名单一样。

到举行"书画会"那一天之前的日子里,"先生"都要起得非常早,四处奔波造访为自己造势。静轩的文章中总能看到庄子的风格,这里就是典型之一。《庄子·达生》中的一篇《田开之见周威公》中说道:"有张毅者,高门县簿,无不走也,行年四十而有内热之病以死。"这个叫张毅的人,凡是高门甲第、朱户垂帘的富贵人家,没有一个他不去登门造访晋见参拜的,结果活到四十岁便患内热病死了。而这些"先生"们呢? 一样没有哪个"高门县簿"是他们不敢去的,静轩讽刺他们也不好好想想,一点儿也不怕得内热病。如此言辞犀利,用现代流行的话来讲,就是"先生"们为了出名也是蛮拼的。举行"书画会"当日又是什么样的情景呢? 我们接着往下读:

① 寺门静轩:《江户繁昌记》(初编),江户:克己塾,1832 年,第 20—21 页。

当日，先生仪装曲拳，俨然坐上头。坐后施阑居案，计人二位，簪笔守簿。乃宾主相揖，恰如贺客拜年于曲铺头。有掌剑者。有管饭者。酒监茶令，并手在职。

客渐糜至。主人左接右应。其拜寿金，推让不暇。岂惶献酬。客互为主，举杯相属。聘名妓数名，充傧佐酒。调弄纷谑，无丝竹管弦之娱，一笑一杯，亦足以发醉狂。红拂认李公于稠人中，周顗取问答于醉舌上。

红毡数席，画地设场，诸先代登焉。只见纸上龙走，笔下凤翥。腕中有神，指头有鬼。一抹之墨，万金难购，寸素之丹，千载可传。观者倾堵。人之争乞，坐中，指可掬矣。

净妆冶服，艳发射人者，所谓近来流行女先生是也。纤手拈笔，唇墨成态。人丽毫灵。众宾围绕，蚁附蝇着，随谢随乞。严师在傍熟视，亦不得令其守"无别"之教，不手亲受授。

酒流骰崩，喧嚣雷轰，尘埃云蒸。千筵坐间，寸无虚白。然主人之心，犹望一铢之滴助盛会之海。杂踏渐收，楼头可烛。千人徇曰："卜，不及夜。"醉客不得已而起。①

举行"书画会"的当天，先生着正装双手攘拳，正襟危坐于正座之上。他身后是用帷帐围着的商家用来记账的桌子，桌前坐两位将笔插在头发上做簪子的会计，等待着记录宾客赠送礼品礼金的情况。随即主人和客人相互作揖行礼，尴尬情景有如大年三十晚上还要来当铺典当的人们不期而遇，假惺惺地相互拜年。服务人员也不少，有帮客人管理武士刀的，有做饭的，端茶倒水的各色小役们各司其职。

静轩又写大批客人渐至，主人则是左右不停行礼忙得不亦乐乎。客人们悉数拿出礼金，主人收入囊中之前还需推脱几个来回，应接不暇。主人虽忙得不可开交，但不忘敬酒。客人们也逐渐进入状态，互相寒暄碰起杯来。此时艺人和艺妓们也悉数登场，助酒兴陪客人。席间有说有笑，虽不能拨弄丝竹管弦，可是推杯换盏间，兴致越来越高昂。静轩将此场景比喻为隋朝红拂女在众多宾客间寻找李靖大将军，醉客们都如晋周顗一样，越是酒醉辩论起来越滔滔不绝。

---

① 寺门静轩：《江户繁昌记》(初编)，江户：克己塾，1832年，第22—23页。

几块红毛毡铺好的席位被安排在场地正中，诸位先生轮流上场。纸上祥龙飞腾，笔下凤凰起舞。手腕指尖犹如神鬼之势，一笔黑墨万金难买，一点丹红可流传千世。这样的描述，亦是静轩极为夸张的讽刺。大伙儿一拥而上目睹其风采，个个伸出手来争抢着要买。

浓妆艳抹，着华丽和服艳丽照人者，是最近非常流行的女先生。纤纤玉指执笔，红唇抿笔，姿容艳丽非凡世之物。宾客们团团围绕，像是蚂蚁苍蝇一样黑压压一片。无数次谢绝，又无数地被宾客乞讨墨宝，于是挥毫泼墨不停。《礼记·郊特牲》中说："男女有别，然后父子亲，父子亲，然后义生，义生，然后礼作，礼作，然后万物安。无别无义，禽兽之道也。"在此被静轩引用。女先生的老师表情严肃地在一旁监视，也无法令其守住"无别"之教，个个借故摸女先生的手。静轩所描述的宾客岂止是"无别"，简直与禽兽无异。

筵席已是散乱不堪，喧嚣有如雷鸣，尘埃泛起如云雾。偌大的房间被挤得水泄不通。而主人的"先生"心境，自然是希望哪怕再多来一个人也好。此时天色已晚，人群将散。《左传·庄公二十二年》中说："公曰：'以火继之。'辞曰：'臣卜其昼，未卜其夜，不敢。'君子曰：'酒以成礼，不继以淫，义也。以君成礼，弗纳于淫，仁也。'"所以卜昼卜夜用来形容整天整夜，昼夜相继，宴气无度，即没有节制不分昼夜地饮酒作乐。店员和帮忙的人以此来劝还没走的宾客不能再醉于此处了，酩酊大醉的宾客才不得不跟跟跄跄爬起来四下散去。

这几段文字绘声绘色地将"书画会"呈现在我们面前，声情并茂，吵闹嘈杂的一个料理茶屋跃然纸上。而对于"书画会"的火爆场景，静轩也不是唯一的描述者，曲亭马琴在其日记中也有过述说，《马琴书翰集成》中对万八楼"书画会"有过很详尽的描述：

十四日ハ早朝より尤美日にて、一朵の雲一吹の風もなく、地上ハ洗ひ流し候て、四時比より、草履にて歩行たやすく候ひキ。是全く天助ならん抔、人々申候て、歓び候ひキ、抑、十三日の風雨、右之通りニ候ひし故に、世話人等もあやぶミ候歟、膳ハわづかに三百人前あつらへ候処、出席の賀客七百余人、世話人その外を加へ候てハ、八九百人集会いたし候故、万八にてハ庖厨大さわぎいたし、亭主ハ飯をたき、女房・媳婦、膳椀の洗かた抔いたし、家内一同食餌のいとまもなく、終日立はたらき候よし。万八主人、始て飯たきをいたし候とて笑ひ候よし、後に聞え候。されども、馴たる事とて、あつらへ候ハ三百人前候処、八九百人前の膳椀を、よくも間ニ合せ候もの哉とて、人々感じ候事ニ御座候。

……御存もあるべく候、万八楼ハ柳橋第一の大楼にて、中座敷四十畳、前後三十畳、并ニ十畳も二間有之、通計百十畳あまりの座敷へ来客居あまり、後にハ縁頬へ立出て、膝を合せてをるもあり、下座敷へも大勢罷在候故、立錐の席も無之候ひキ。二十年来、如此盛会ハなしと、万八楼主人申候よしニ御座候。昔年、天民と誰やらと組合候て書画会の比、五六百人の来客あり。又鵬斎が一世一代の大会のときも、六七百人出席いたし候へ共、此度のハなほまされりといひしよし、異日払金を受取ニ来候折、万八の手代の話也と云。①

［十四日的朝阳尤其美丽,天上无一朵云一丝风,地面有如洗过一样干净。临近四时开始,已可穿草鞋步行。此乃上天相助,人心欢喜。另外,经十三日风雨,只有右边街道能通行,给工作人员带来不便。虽然只准备了三百人左右的饭菜,但出席的宾客已有七百余人,加上服务人员,集会总共有八九百人。厨房忙得不可开交,亭主亲自烧饭,老婆儿媳要跟着不停地刷碟子洗碗。大家连吃饭的时间都没有,一整天都不得落座。万八楼的主人边烧饭边指挥大家忙碌。就算是已经非常熟练的工作,能调动起三百人参会,供应八九百人的餐具,还是令人惊叹。

……如大家所知,万八楼是柳桥第一大楼,中坐席四十叠,前后三十叠,并且还有两间二十叠的房间。算起来总共有百余叠接待来客。除此之外还有客人屈膝坐在楼梯间下,包括会场楼下的房间也是挤得水泄不通。二十年来如此盛会除了万八楼无二。过去曾有书画会来客五六百人。鹏斋(应是龟田鹏斋,江户时代书法家)一世一代的大会也曾有六七百人同时出席,加上这样规模的宴会,万八楼要找专人负责去收费用。］

借曲亭马琴的描述,我们可以了解到这类宴会的规模,如此盛况甚至我们现代人也不容易做到。由此可见当时江户城的繁华和商业的发达,高度的社会化分工,能顺利组织这样规模的活动实在难得。

---

① 柴田光彦(神田正行编):《马琴书翰集成》(第四卷),东京:八木书店,2002 年,第 221 页。

三、吮痈舐痔几千辛

"书画会"的一切静轩都看在眼里,而心中又是如何评价的呢? 他化名为"翔鸿先生"作诗一首,"赞"曰:

> 神著卜霁否之晋,杨柳桥头车马纷。楼上供张亦全盛,风流一日别占春。
> 佳宾蔼蔼鼎将沸,猬集蝇屯又蚁群。岂忍风僝与雨秋,吮痈舐痔几千辛。
> 掷来珠玉各差等,抬出杯盘同一般。敛金友擢饫金友,掌酒人抡恶酒人。
> 红毡几席分蓁局,绦陈丹青皆卓荦。禽翰花翻痴恺之,云狂烟涡醉张旭。
> 有人大笺请众毫,辐辏名家归一毂。苏竹米山岂容易,钟楷怀草固难赎。
> 夜光明月空拳求,龌龊何遑问麦菽。其他吃茶又瓶花,花说中郎茶卢陆。
> 俄兮侧弁傚舞中,百枝喧嚣借灶鬻。灯烛点来闹热醒,邯郸恰是黄粱熟。
> 君不见墦间酒肉祭祀馀,昏夜乞哀谄又谀。未知妻妾相向泣,施施外来骄且娱。
>
> 昏夜乞哀犹可忍,白日乞哀若为腼。耻之于人尤忒矣,利奔名走为君愍。①

从诗中可看到为了办一场"书画会","主人"需要花费多少心思。先是要占卜天气,挑个不下雨的好日子。柳桥附近车马纷纷,这里不是真的有马车经过,而是形容人流喧闹往来。各楼都在准备即将开始的宴席。文人们在这一日超凡脱俗,附庸风雅。往来嘉宾们虽是个个儒雅和谐,但会场早已人声鼎沸。人们像鼠、蝇、蚁一般聚集过来。除了忍受风雨,其辛苦甚至堪比"吮痈舐痔"。大家虽然所赠贺礼数目各异,但饭菜却是不尽相同。来帮忙记账的一定要找不在乎钱的富贵朋友,而负责酒水的则要找讨厌喝酒的人。铺上红毡将坐席像棋盘一样分开,无论书法还是画作都超绝出众。花鸟之绘让顾恺之②看了也痴

---

① 寺门静轩:《江户繁昌记》(初编),江户:克己塾,1832 年,第 23 页。
② 顾恺之(约 345—406):东晋画家,出身士族家庭,字长康,小字虎头,晋陵无锡(今江苏无锡)。画家,绘画理论家,诗人。顾恺之博学有才气,工诗赋、书法,尤善绘画。精于人像、佛像、禽兽、山水等,时人称之为三绝:画绝、文绝和痴绝。

迷。有如云烟倾泻而下的神来之笔，恰似酒醉后的张旭①。有人手持一大张纸请"先生"墨宝，诸名家也是围凑上前来。苏轼的竹子、米芾②的山水这样的名作怎能如此轻易地得到。钟繇③的小楷、怀素④的狂草这样的书法作品更是千金难求。来参会的人是想徒手带走如月光或明月般的珍品，真是不知羞耻。龌龊地走来走去，不问水平高低见了哪位"先生"都要让其为自己作书画。另外还有会场主人精心准备的茶道和插花艺术展示。客人们则一边欣赏玩味一边讨论袁中郎⑤的插花和卢仝、陆羽的茶道。《诗经·小雅·宾之初筵》中形容宾客醉酒后跳舞：侧弁之俄，屡舞傞傞。这里的宾客也差不了多少。诸"先生"各显神通会场热闹非凡。已是傍晚，灯火渐上，喧闹渐消，犹如邯郸黄粱梦的醒来一般。

接下来静轩引用了《孟子·离娄下》的故事。其第三十三章中说道：

> 齐人有一妻一妾而处室者，其良人出，则必餍酒肉而后反。其妻问所与饮食者，则尽富贵也。其妻告其妾曰："良人出，则必餍酒肉而后反，问其与饮食者，尽富贵也。而未尝有显者来。吾将良人之所之也。"蚤起，施从良人之所之，遍国中无与立谈者。卒之东郭间，之祭者乞其余，不足，又顾而之他，此其为餍足之道也。其妻归，告其妾曰："良人者，所仰望而终身也。今若此！"与其妾讪

---

① 出自杜甫的《饮中八仙歌》："张旭三杯草圣传，脱帽露顶王公前，挥毫落纸如云烟。"张旭（生卒年不详），字伯高，一字季明，汉族，唐朝吴县（今江苏苏州）人，开元、天宝时在世，曾任常熟县尉，金吾长史。以草书著名，与李白诗歌、裴旻剑舞称为"三绝"。性好酒，据《旧唐书》记载，每醉后号呼狂走，索笔挥洒，时称张颠。说明他对艺术狂热爱好，被后世尊称为"草圣"。

② 米芾（1051—1107）：自署姓名米或为芊，芾或为黻。北宋书法家、画家，宋四家之一。曾任校书郎、书画博士、礼部员外郎。山西太原人，祖籍安徽无为（今安徽省无为县），迁居湖北襄阳，后曾定居润州（今江苏镇江）。书画自成一家，枯木竹石，山水画独具风格特点。在书法上也颇有造诣，擅篆、隶、楷、行、草等书体，长于临摹古人书法，达到乱真程度。

③ 钟繇（151—230）：字元常。颍川长社（今河南许昌长葛东）人。三国时期曹魏著名书法家、政治家。钟繇在书法方面颇有造诣，是楷书（小楷）的创始人，被后世尊为"楷书鼻祖"。钟繇对后世书法影响深远，王羲之等后世书法家都曾经潜心钻研学习钟繇书法。与东晋书法家王羲之并称为"钟王"。南朝庾肩吾将钟繇的书法列为"上品之上"，唐张怀瓘在《书断》中则评其书法为"神品"。

④ 怀素（725—785）：唐代人，字藏真，僧名怀素，俗姓钱，汉族，永州零陵（湖南零陵）人。幼年好佛，出家为僧。他是书法史上领一代风骚的草书家，他的草书称为"狂草"，用笔圆劲有力，使转如环，奔放流畅，一气呵成，与唐代另一草书家张旭齐名，人称"张颠素狂"或"颠张醉素"。

⑤ 袁宏道（1568—1610）：字中郎，又字无学，号石公，又号六休。汉族，湖广公安（今属湖北省公安县）人。万历二十年进士。著有《瓶史》十二篇，既是优美的散文，也是艺林奇葩。该书从鉴赏角度论述了花瓶、瓶花及其插法。对日本华道（即插花艺术）有着深远影响。

其良人,而相泣于中庭。而良人未之知也。施施从外来,骄其妻妾。由君子观之,则人之所以求富贵利达者,其妻妾不羞也,而不相泣者,几希矣![①]

　　故事是说齐国有个一妻一妾住在一起的人家。她们的丈夫每次出门,必定是酒足饭饱之后才回家。妻子问同他一起吃喝的是什么人,他回答都是有钱有势的人。妻子告诉他的妾说:"丈夫每次出去,总是酒足肉饱后回来;问他同谁一起吃喝,他就说都是有钱有势之人,可是从来没见有显贵的人来拜访,我打算暗地里察看他到什么地方去。"第二天一早起来,妻子暗中跟着丈夫到他要去的地方,走遍全城没有一个站住了跟他说话的。最后走到了东门外的一块墓地中间,见他跑到祭坟的人那里,讨些残剩的酒菜吃。没吃饱,又东张西望上别处去乞讨,这就是他吃饱喝足的办法。妻子回家后,把情况告诉了妾,并说道:"丈夫,是我们指望终身依靠的人,现在他竟像这样!"说罢同妾一起嘲骂丈夫,在庭中相对而泣。而丈夫还不知道,得意扬扬地从外面回来,向妻妾摆架子。在君子看来,人们用来追求升官发财的手段,能使他们妻妾不感到羞耻,不相对而泣的恐怕很少。所以静轩觉得,操持"书画会"的"主人"就和故事的主人公是一样的。举办这种"书画会"来赚钱,犹如去墓地乞食。妻妾知道了在背后相对而泣,自己却还洋洋自得地回到家里摆架子。对静轩来讲如果是晚上蒙着脸去卖富签的"话四文"还能忍,但"书画会"这种在大白天公开的"乞食"行为绝对让他羞愧难当无法接受。《孟子·尽心上》说"耻之于人大矣",即羞耻对于人来讲关系极大。而像这样的为名利奔走,各时代皆有,又岂止"书画会"这一种形式。

　　诗中多处引用我国的故事典籍,在描绘书法画作的时候也皆以中国名家为比喻,可见静轩对汉文学和中国文化的精通。此外,也充分说明了汉文化对日本文化发展的影响。诗中有对"会主"以及各类宾客的生动描写,将这些俗儒们互相阿谀奉承,互相恭维以达到一己私利的嘴脸,刻画得入木三分。首先说想要请些名家大腕来参加"书画会",光是忍受风吹雨打肯定是不够的。静轩的"吮痈舐痔几千辛"一句道出了他们是何等"忍辱负重"。"吮痈"是出自《汉书·佞幸传》邓通为文帝吮吸痔疮的故事:

① 宋涛编:《四书五经》(卷一),沈阳:辽海出版社,2009年,第195页。

文帝尝病痈，邓通常为上嗽吮之。上不乐，从容问曰："天下谁最爱我者乎？"通曰："宜莫若太子。"太子入问疾，上使太子龂痈，太子龂痈而色难之。已而闻通尝为上龂之，太子惭，繇是心恨通。①

说的是一天，文帝的脓疮突然发作，红肿流脓，溃烂不堪。文帝痛得钻心，整天伏卧床上，哀号不已。一帮御医药开了不少，文帝吃了却不见疼痛稍减分毫，最后竟痛得晕了过去。邓通在旁急得抓耳挠腮，一见文帝竟然昏死过去，心里想："皇上要是就这么死去，往后我可到那儿去报答他呀？不如现在我就用嘴巴替他把脓血吸出，也算是对他临死前的一点孝心吧！"于是也不知道他哪里来的勇气，竟一下子扑到文帝身上，也不管那脓血有多污秽腥臭，就张开嘴巴对着文帝身上的烂疮就吸。说来也奇怪，邓通才吸了几口，文帝的疼通便减了几分，竟悠悠地醒了过来。邓通又吸了几口，然后伸出舌头，往疮口里舔了几舔，文帝竟觉得一下子疼痛全消了。等他舔完，文帝扭过头一看，见是邓通，大受感动，心想关键时刻又是邓通对自己最忠心，总算不负对他的一番提拔和宠爱。之后几天里，邓通又给他吸了几次，文帝的疮慢慢好了起来。一天文帝问邓通："你说天下谁最爱我？"邓通说："那自然是太子。"这时正好太子进来问安，文帝便叫太子来给他吮疮。太子无奈，跪在榻前，对着文帝溃烂脓疮，勉强把嘴巴凑上去，还没碰到疮口，竟一个恶心，呕吐起来。文帝见了大不高兴，太子只好怏怏退出。后来太子听说邓通曾为文帝吮疮，大为愧恨，从此记恨在心。

而"舐痔"是出自《庄子·列御寇》，讽刺了势利的曹商：

宋人有曹商者，为宋王使秦。其往也，得车数乘。王说之，益车百乘。反于宋，见庄子曰："夫处穷闾厄巷，困窘织屦，槁项黄馘者，商之所短也；一悟万乘之主而从车百乘者，商之所长也。"庄子曰："秦王有病召医，破痈溃痤者得车一乘，舐痔者得车五乘，所治愈下，得车愈多。子岂治其痔邪，何得车之多也？子行矣！"②

意思是说：宋国有个叫作曹商的人，为宋王出使秦国。他前往秦国的时

---

① 平安秋、张传玺主编：《汉书·佞幸传》，上海：汉语大辞典出版社，2004 年，第 1846 页。
② 孙海通译注：《庄子》，北京：中华书局，2007 年，第 367 页。

候，得到宋王赠予的数辆车子，秦王十分高兴，又加赐车辆一百乘。曹商回到宋国，见了庄子说："身居偏僻狭窄的里巷，贫困到需自己编织麻鞋，脖颈干瘪面色饥黄，这是我不如别人的地方；一旦有机会使大国的国君省悟而随从的车辆达到百乘之多，这又是我超过他人之处。"庄子说："听说秦王有病召请属下的医生，破出脓疮溃散疖子的人可获得车辆一乘，舐治痔疮的人可获得车辆五乘，凡是疗治的部位越是污秽，所能获得的车辆就越多。你难道给秦王舐过痔疮吗，怎么获奖的车辆如此之多呢？你走开吧！"

从静轩引用的这两个故事，可以看出他对极力举办"书画会"这些俗儒的讽刺，以及内心的极尽鄙视。

令笔者较为感兴趣的，是诗中还有"喫茶瓶花"之人。这里提及的袁中郎是我国明朝袁宏道。他所写的《瓶史》，又名《袁中郎瓶史》。是我国对于插花艺术的全面介绍，于 17 世纪中叶传入日本，对日本的插花有着非常深远的影响。袁宏道举万历进士，历任苏州知县、顺天府教授、国子监助教等职。但他无意于仕途，欲以栽花莳竹为乐，可是因邸居狭隘，迁徙无常，故不得已将兴趣转移至插花。①这样的经历难免会与静轩产生共鸣。唐代卢仝著有《茶谱》，被世人尊称为"茶仙"。他的《七碗茶歌》在日本广为传颂，并演变为"喉吻润、破孤闷、搜枯肠、发轻汗、肌骨清、通仙灵、清风生"的日本茶道。《唐才子传》卷五中记录：

> 仝，范阳人。初隐少室山，号玉川子。家甚贫，惟图书堆积。后卜居洛城，破屋数间而已。"一奴长须不裹头，一婢赤脚老无齿。"终日苦哦，邻僧送米。朝廷知其清介之节，凡两备礼征为谏议大夫，不起。时韩愈为河南令，爱其操，敬待之。尝为恶少所恐，诉于愈，方为申理，仝复虑盗憎主人，愿罢之，愈益服其度量。元和间月蚀，仝赋诗，意讥切当时逆党，愈极称工，余人稍恨之。②

说卢仝是范阳人。最初隐居在少室山，号玉川子。他的家极其贫困，只有图书堆积。后来以占卜选择住在洛城，只有破屋几间而已。有一仆人留着长胡子，不用头巾裹头；一奴婢也光脚，且老掉了牙。终日苦吟，靠附近僧人送米维持生活。朝廷了解到他有清高耿介的节操，共两次以周到的礼节召他为谏议大

---

① 舒迎澜：《古之〈瓶史〉与今日插花》，《园林》2002 年第 7 期。
② 李立朴译注：《唐才子传全译》（卷第五），贵阳：贵州人民出版社，1994 年，第 291 页。

夫，他都没有出仕。当时韩愈做河南行政长官，欣赏他的节操，很尊敬地对待他。卢仝曾经被恶少恐吓，向韩愈诉说。韩愈要为他评理，卢仝考虑到不法之人会恨韩愈，不想再追究此事，韩愈更加佩服他的度量。元和年间，逢月食，卢仝赋诗一首，意在讥讽当道宦官结成的党羽，韩愈非常赞赏其文辞精巧，却引起旁人不满。这样的性格和生活经历都与静轩非常相像。日本人对卢仝推崇备至，且常常将其与"茶圣"陆羽相提并论。陆羽不只是出身贫寒，还是一名弃婴。在他的《陆文学自传》中写自己："字鸿渐，不知何许人，有仲宣、孟阳之貌陋；相如、子云之口吃。"虽然用语诙谐，但实属无奈。貌丑和结巴也就罢了，"不知何许人也"一句实在让人同情。我国封建社会，研究经学坟典被视为士人正途。像茶学、茶艺这类学问，被认为是难入正统的"杂学"。陆羽与其他士人一样，对于传统的中国儒家学说悉心钻研，深有造诣。但他又不像一般文人拘泥于儒家学说，而是能入乎其中，出乎其外，把深刻的学术原理融于茶这种物质生活之中，从而创造了茶文化。静轩深谙汉文学，对这些名人与经典自是了然于心。可以想象其实静轩认为自己就是"喫茶又瓶花"的一员，所以他想起袁中郎、卢仝、陆羽又怎会只是巧合呢？

静轩的友人看到他的诗作后也赋诗一首，被静轩收录到最后：

> 友人李蹊戏嘲之曰："乞食境界募缘簿，方便相传继法灯。利钵名衣别有道，人间呼作在家僧。"
>
> 扇面亭某父子风流相承，并闲会仪，达其格式。以故谋集会者，皆先就质。兰亭西园，每月集会，与有力焉。所著《江户诸名家人名录》二卷，行于田舍。①

朋友李蹊诗中，嘲讽这些所谓的"先生"们拿着募缘簿，如僧人托钵行乞。就像乞食僧代代相传一样，这些文人也将"书画会"做成了"传统"。想得名利，不用像僧人那样身披袈裟托钵行乞或云游四方讲经说法，只需要办"书画会"就可以了。有人戏称他们为"在家僧"。李蹊生平无从可考，在《静轩诗钞》中有一首《哭友人李蹊》。虽不了解此人，但其诗作与静轩的情趣有异曲同工之妙。由此也就不难想象和静轩一样看不惯这种行为的知识分子绝不是少数。

---

① 寺门静轩：《江户繁昌记》（初编），江户：克己塾，1832年，第23页。

"人间呼作在家僧"可谓点睛之作。而善于组织"书画会"的扇面亭某父子，每月都要举办聚会。其所做的《江户诸名家人名录》，也成了文人们初来江户的"拜会指南"。不难想象这种风气是多么盛行。

第四章／上野劝学寮中的静轩

第一节　上　　野

一、上野史考

静轩曾在上野附近生活和学习，这段经历对他影响很大。他曾住在上野宽永寺劝学寮中，跟随"学头"学习佛典和汉学，其间接触了我国性灵派诗风的汉诗。静轩的佛缘由此而起，对于儒佛两道有了更深层次的认识。这也使静轩能够开始从不同立场，以及更多社会阶层的视角，来审视当时的社会状况，进而通过文学创作为我们展示江户城的町人百态。要了解静轩身处这一时期的思想状况，我们先要从《江户繁昌记》初编最后的《上野》一篇说起：

> 上野 亭名忍冈；治平以后，藤堂侯邸焉；宽永二年，芳岑觉城。
>
> 山曰忍冈，水曰忍池。山虽不甚高，水虽不甚广，江都中，山水相射者，除此少有，可不爱哉？山多樱树，水出芙蓉。赤城红雾，锦城锦绣，都人之游，春秋尤为盛矣。予好胜之僻，尝赁居湖滨。课业之暇，兀坐煮茶，玩风光于楼栏外。春之明媚，秋之惨憺，昄云抹霭，早晚之变，莫不领略。①

静轩笔下的"上野"就是现日本东京台东区上野公园一带。他先是对上野背景做了简单的介绍。上野古时被称作"忍冈"，其名字的由来有几种说法。静

---

① 寺门静轩：《江户繁昌记》（初编），江户：克己塾，1832年，第37页。

轩在这里引用的，是德川家康在幕府开幕之后，将这一地方分封给了伊贺上野的藤堂和泉守高虎①一说。说上野地形和藤堂家在伊贺的上野②非常相似，故起了这个名字。但在《江户名所图绘·五》中，德川家康入府之前的"小田原北条家分限账"中就有了"上野"这一地名，所以这种说法后来被否定了。③静轩其后所说"宽永二年，今为灵域"是指宽永寺。上野在宽永年间被收为公有，成为天海僧正的慈眼大师效仿京都为了固鬼门而修筑的比睿山延历寺，在江户上野修建了"东比睿山"，也就是山号"东睿山"的宽永寺。该寺宽永二年（1625年）落成，成为德川将军家的祈祷之所——菩提寺。

"山曰忍冈，水曰忍池。"是说上野的山，和不忍池比邻呼应的一番景致。这里开始便是静轩对上野情景体验的一番描述。在静轩看来，虽然山不算高、水池不算宽广，但这样山水相映生辉，在江户是很少能看到的。上野山上的樱花十分有名，所对应的则是"不忍池"中的芙蓉——莲花。春天的时候有如赤城山④一样的红雾缭绕，秋天则如锦官城⑤那般秀美。所以江户的人们都是在春秋时节来赏玩。静轩说自己也是对此非常偏爱。而"常赁居湖滨"就是静轩说自己青年时住在宽永寺的劝学寮，课业之余的闲暇，经常端坐于窗前煮茶，欣赏楼栏外的景色。春天的明媚，秋天的萧寂，夕阳斜下云雾归山，从早晨至暮色，所有的景致都收于心胸。在对上野的介绍中，静轩表达了对其青年时代美好时光的怀念。

二、诗赋中的荷花

这样难得的情境，自然少不了要吟诗作赋。静轩随笔记述了一些相关

---

① 日本战国时代、安土桃山时代及江户时代的武将和大名。父亲是近江国土豪藤堂康高。先祖本来只是农民，于1570年以下级"足轻"的身份跟随浅井长政参与姊川之战，由于斩下了敌军的数个头颅，开始崭露头角。之后成为浅井长政的下属阿部闭贞的家臣。后来浅井氏灭亡，在津田信澄的介绍下，成为织田信长的家臣。在贱岳之战、九州征伐和对朝鲜战争中立下了相当的战功。

② 伊贺上野是位于三重县西部和四面环山的伊贺盆地北面的"城下町"（以诸侯的居城为中心发展起来的城镇）。城内布局状如棋盘，市内的武士住宅、寺町完好地保留着往日的面貌。这里还作为伊贺派忍者的发祥地而闻名遐迩。

③ 日野龙夫校注：《江户繁昌记·柳桥新志》，东京：岩波书店，1989年，第56页，注25。

④ 在浙江天台西北，为天台山南门。因山上赤石屏列如城，望之如霞，故名。

⑤ 古代成都的别称，也可简称为锦城。在三国蜀汉时期，因成都蜀锦出名，成为蜀汉政权的重要财政收入，蜀汉王朝曾设锦官和建立锦官城以保护蜀锦生产，锦官城的称呼由此产生而声名远扬。后世也常以锦城和锦官城作为成都的别称。

诗赋：

当时，咏樱云曰：

不是晴云不雨云，云容犹仍云不分。

粉松抹杉西又东，云乎云也云气氲。

始则淡红终浓白，子细看来凝成纹。

轻风一日吹不散，微雨三更润得芬。

想见杨妃卯时醉，新浴洗醒红尚薰。

友人长山一绝曰：

一面春山花四围，云容雪色影稀微。

雪云休拟诗人眼，雪是易消云易飞。

予咏连云：

万顷秋如画，一时花绣成。

梦游香积国，思绕锦官城。

疏雨不无趣，微风尤有情。

静中见动意，翠盖露珠倾。

先辈金浦题壁云：

风涟欺急湍，云树叠遥峰。

真实景也。十年前，西面一带，绿湖筑堤，绿湖构亭。酒炉茶灶，闹热沸腾，今现为一新繁昌堤矣。墨水樱花皆重瓣①，上野则并单瓣，重瓣②浓，而单瓣③淡。予戏评之曰："墨水之花，似吉原娟。上野之花，似深川妓。"一友僧批曰："把琉璃界④花，比脂粉娟妇，非气类也。"因更寻所比，而偶忆古徘歌人咏樱花："且女哉且男哉"之句，乃言曰："风姿潇洒，容光淡泊，上野花似芳坊冶郎。"僧笑曰："莲花似六郎。"盖或可也。⑤

如果说静轩在描写其他地方的"繁昌"之景，都是含有讽刺，或者为嘲讽

---

① 原作"千葉"，据批校及早稻田藏另一本改。
② 原作"千葉"，早稻田藏另一本作"重弁"，此据批校改。
③ 原作"一葉"，早稻田藏另一本作"單弁"，此据批校改。
④ 指"药师如来"，宽永寺的本尊，也被称作琉璃光如来。
⑤ 寺门静轩：《江户繁昌记》（初编），江户：克己塾，1832年，第37—38页。

世事而作铺垫的话，那么在上野的描述中，却是流露着怀念以及欣赏的真实感情。诗文中尽是对上野风景入情入画的描述。友人的歌赋，静轩自己所作的诗文，对眷恋感情的表达没有一丝吝惜。十年前不忍池的西面各类亭台楼阁相继建起，酒家茶社热闹非凡。可以与隅田川的樱花一较高下。但上野的樱花又有不同。与文人们称为"墨堤"的隅田川堤岸上所种"八重樱"①相比，上野生长的是白色"五弁樱"②。虽不是那么浓重，但一缕"淡薄"之色或许更讨人喜欢。两地樱花各有其特色，静轩用吉原之娼和深川之妓来作比喻，还遭到了寺庙僧人的说教，带些责备地说，怎么能把佛寺之花比作脂粉娼妇呢？ 于是静轩又绞尽脑汁来找恰当的比喻，结果想到了一位俳人的俳句"且女哉且男哉"。也就是其美丽不仅限于用来形容女性，年轻男子的飒爽英姿，年轻美貌，也好似樱花。笔者觉得静轩是将上野的樱花比作坊间众多做男妓的美男子，这一比喻可谓大胆新奇。而僧人其后一句"莲花似六郎"更是将此对话的"戏作"情趣推到了极致。六郎说的是武则天的宠臣张昌宗。《则天武后如意君传》中说"六郎面似莲萼之态"，而后又咏诗云其花容之身曰："朝罢金轮出正阳，诏书火急报春光。 花中谩有千红紫，不及莲花似六郎。"这部《如意君传》是现存的明朝艳情小说之一，寺院的僧侣却能读到此书，如此看来江户文化是有相当"开放性"的，另外也证明了幕末江户的文学商业化，促使大量中国书籍流入日本。想必静轩听到此句后，定是会和僧人相视大笑一番吧。但若再揣摩一下，武则天后期执政的飞扬跋扈、荒淫无度和暴戾无纪在这部书中有深刻的描写。而张昌宗兄弟独揽朝政大权，贪赃枉法，所做残忍之事令人发指，最后落得千刀万剐的下场。这小小一池莲花在静轩心里也许就是当时江户外表"繁华"的写照。我们没法考证僧人的身份，但出自僧人之口的玩笑话语却是意味深长。

三、赏花

花团锦簇需人赏，静轩对于赏花的情景是这样描写的：

> 方花时，上观音台，真为驾云游帝乡之想。灵场一点，屠沽绝秽，虞人才借筵席，卖香煎汤而已{小字注}。人皆提行厨，携瓢酒而适。嗟乎，存古人俭素之于

---

① 樱花的一种，别名"丹樱"，花朵大，白色至深粉红色，数朵丛生，悬垂开放，花瓣多而密。

② 五片花瓣为一朵的樱花名称，或为染井吉野樱。

今繁昌世界者,此外少睹。尝览古画,游人悬衣代帐,盛按丝竹。今不复见有此事。呜呼,见驾古人真率色乎,奢靡世间之今日,不可言奇乎。然如繁华杂踏,盖非古人之所及也。秋入湖面,幅员数里,看芙蓉不看水。碧伞叶上,红白相绣。真美锦,真彩云。游人星言凤驾。蓬莱亭仙液,卯时取温,莲寿亭莲饭,丙夜炊熟。庖丁照烛调羹,声妓晓粧候聘。但有禁,不得泛采莲舟,令蒿水溅妓衣。予徒为豪客韵士憾之耳。残秋惨惨,尤足畅幽情。友人栎斋,尝试败荷云:"红衣翠盖总凋衰,于雨于风难自持。惨惨愁容何所似,班妃秋扇赋成时。"凄怆可想。①

《庄子·天地》中有"乘彼白云,至于帝乡"之说。那么花开之时,登上清水观音堂,也就能够感同身受了吧。上野的游玩时间在当时是有限制的,且严禁喝酒。一般住在"长屋"的下层民众也都敬而远之。所以上野赏花的环境非常好,妇孺皆去。虽然茶店不少,仍有很多自带酒水的游客。静轩感叹,这繁昌世界中古朴之人越来越少。古画中游人们都是穿小袖子衣服,边弹三味线边赏花,如今哪还能见到这番景致。静轩看到江户的人们这般奢靡,实在称奇,更觉如此的繁华杂沓,古人也未必能体会到。秋天一到,宽广延伸数公里的湖面,皆被遍布的荷花盖住了。如斗笠的荷叶上点缀的荷花红白相间,宛如刺绣般。真如美锦,如彩云。《诗经·鄘风·定之方中》中就有"星言凤驾"一说,这里游人们也大体如此,为了观荷花绽放,披星戴月驾车赶来。名为蓬莱屋的料理店中,卯时②开始烫酒,酒香四溢,仿佛仙境中的琼浆玉液。莲寿亭用荷叶包裹米饭,在子夜③炊熟。厨师点着蜡烛来调理粥羹,歌姬舞女们在拂晓时分开始化妆,准备接待客人。唐代诗人裴虔余有《柳枝词咏篙水溅妓衣》一首:"半额微黄金缕衣,玉搔头袅凤双飞。从教水溅罗裙湿,还道朝来行雨归。"又有南朝梁简文帝萧纲所作的《采莲曲》一首:"晚日照空矶,采莲承晚晖。风起湖难渡,莲多采未稀。棹动芙蓉落,船移白鹭飞。荷丝傍绕腕,菱角远牵衣。"无不道出了湖面莲花中少女泛舟采莲的情志。只可惜不忍池不允许有人来摘莲蓬。

静轩尤其为那些不能享此乐趣的文人墨客们遗憾。深秋时节,荷花颓败,一片萧瑟,却可充分享受寂静悠然之情。友人也来为败荷作诗一首,说其红花

---

① 寺门静轩:《江户繁昌记》(初编),江户:克己塾,1832 年,第 38 页。
② 早上五点至七点。
③ 原文"丙夜"即子时。

绿叶全都衰败了，风吹雨打已难维持，如此的惨淡愁容像是什么呢？ 汉成帝的宠妃班婕好失宠后就是在此情此境中作有《团扇歌》一首："新裂齐纨素，皎洁如霜雪。裁作合欢扇，团圆似明月。出入君怀袖，动摇微风发。常恐秋节至，凉意夺炎热。弃捐箧笥中，恩情中道绝。"主人夏天的时候离不开的团扇，到了秋天却弃之一边。繁华如荷花，人情如团扇，世间没有永久。

第二节　宽永寺祭拜

一、"迁座"与祭拜

静轩在劝学寮的这段时间，已然将上野四季风景刻画于心。除了浸润于风景之外，静轩思想上的重要转变也是在此期间。上野的风景描写只是一个引子，宽永寺的情境才是静轩着墨的重点。他写道：

> 奇妙顶礼，开山大师好方便，一月轮流，三十六房为宝帷座所。灵验之新，都人群参，殆无虚刻。护摩之烟，压煨薯灶，赛钱之雨，撒傩鬼豆。一日亿兆善男信女，贯鱼膜拜，白佛言。咸诉其衷肠。[1]

根据东叡山宽永寺开山慈眼大师的遗言，要将慈眼大师与平安时代慈惠大师的画像，在三十六坊塔头中每个月交替供奉，也就是进行"迁座"[2]的活动。僧侣们要抬着两位大师的画像，将其运送到各坊安放、供奉。本来是寺内活动，和外人没有太大关系，但是不可思议的是江户人逐渐参与其中并将这一活动重视起来。大家纷纷到场，人流如潮，就像庆祝节日一样热闹。在佛画像前祭拜的人们已经是围得水泄不通，撒的钱和豆子就像下雨似的。无数信奉者鱼贯而行顶礼膜拜，向佛祖诉说衷肠。静轩自然是见了无数次这样的场景，却还是有些不可思议，所以开头用了"奇妙顶礼"一词。之后便将笔墨重点放在了这些善男信女身上。通过"一少女"真诚的祷告，还有"少年""一士人""一医生""一商""武人""一壮男"等的愿望，以及他们背后的故事，勾勒出了江户

---

① 寺门静轩：《江户繁昌记》（初编），江户：克己塾，1832年，第38—39页。
② 迁移灵座；移柩安葬。

町人百态：

一少女赛十二文钱，闭目合掌曰："此一四钱，愿双亲状健，百年长寿。此一四钱，愿产业多赢，日来涎着金簪玉栉，连唐纻丝带，不日买得。如此一四钱，则伏愿，所爱倡某万福。"

少年探囊，抛一块钱，曰："去年所狎娼某，悦某过实，情义已见，全无疎意。慈亲，不知其如是。兄弟，不知其如是。宗族不知。朋友不知。皆谓：'某，被彼骗。'昨谏今争，蚊虻纷纷，烦耳衡心。愿为除此烦恼。今乃相思所结，玉颜研研，立见之于前，舆见之于轵。于人于物，莫见而不为玉颜，莫遇而不为玉颜。宗族亦玉颜也。朋友亦玉颜也。所仰尊像亦彷佛玉颜。其既若是。奈何回思，奈何夺志。愿快使之生生为夫妇。"

一士人，在少年后，泥首请曰："仆年来望进职，不厌风雨，不避寒暑。高门悬薄，莫不走而候。非如书画会，一时奔走之苦之比也。贿彼媚此，百方买援。今则财尽力尽，气尽精尽。然而职尚未少进，禄尚未少加。呜呼，万一若此而死，死难死，生难生，悬于生死中间，犹如见投缳人。大师亦惟少怜。"

一医生前，拜曰："生，自幼学医，无论《素问》《灵枢》，徧涉群书，特读《伤寒论》，反复有年。一旦豁然，得诸心，而别开一只眼。叔和挽入，汰得了了。一部《伤寒》，今复见仲景真面目。然举世愚蒙，以为：'门之不高，术亦不精，衣之不美，药亦无验。'吾有济世之具，世，待我，以导引针治之间。殊恨，人间无传愚之药。且挽近，兰方医者辈出，举夷狄之方，加之人间病之上。岂不人性异牛性乎？以此治彼，奈何不贼人命。佛如有灵，使此只眼明之于天下，而济度世愚也。则天上、地狱，亦应少间。"

一商进，拜曰："某所期，常期不可期之事。自非借大师冥助，如何十成一。近日，买米数千包。愿米价一时踊贵。前者，计处置某物、某事，以敛其征，已疏于官。冀允命速下。所画垦田，所构脱摇会，是亦速就。且所与千人会，每月甲乙数楮，尽畈于母。买数所千金街地，筑数十外宅，朝啜八百善之羹，夕食惠美须庵之膳，穿萨摩上布于夏，披古舶哆萝于冬，百事如意，万端无妨，四支强健，肾火益炽，愿死犹有命。"

武人顿首，言曰："仆，生好武，驰马试剑，右武教全书，左武门要鉴。甲越二流兵学，今，穷其奥。门徒三千，中，达诀者七十余人。日相与讲筑城布阵之事。常恨，不幸生于太平之世，不得秉羽扇，数天文，驾四轮，麾三军，八门遁甲，施之于事，遂卒死席上而已。今老矣。渐悟前言之非。愿天下太平，四海无事，不见羽扇四轮之劳。近日，折节从儒生某，受七书讲义，顾二流奥义，全在其围范中。吾称秘诀者，其实如屁。然立誓诬神，年来，传此屁，收许多银两。纸上空谈，傲然欺世。今而思之，神战汗出。自知罪重。闻忏悔灭罪，愿佛救斯罪过，子孙繁昌，终弥勒之世，浴太平之泽。是望是望。"

　　一壮男，身大衣薄。跪白："近日运恶，赌偶出奇，叫奇遇偶。或更奇偶间出，所射不中。今涉旬月。百物典尽，卖家鬻妻。犹多所负。伏愿，佛力一臂之助，令好目十日连出。若如此而已，不杀越人于货，则经于沟渎，莫知之也。"①

　　少女为双亲祈福，为将来能有美好的生活而祷告。少年则是为情所困，欲求一妓而不得，家人朋友不能理解，甚是苦闷。士人则为了升官四处奔走送礼，但始终未能晋升，求生不得求死不能，感叹自己的悲哀。医生则说自己终于在传统医术上有了进步，而世人却愚昧。西方医学由荷兰人首先带入日本被称为兰学。种牛痘之事让这位医生着实想不通。②商人借助米价暴涨牟取暴利，且并不满足，还要继续利益输送，官商勾结，推高米价牟利。他们生活已经富足甚至奢靡，但依然不满足，还想要身体健康、延年益寿。习武之人则是来佛祖面前为自己年轻时候恨不生在乱世的想法忏悔，现已弟子三千儿孙满堂，希望太平永驻。另一位壮汉好赌，欠债无数已经到了要卖妻为娼的地步，希望佛祖保佑其后能赢钱，而不至于去做杀人越货之事，只求找个僻静之地自我了断。几个来烧香拜佛的人，出身不同，社会地位不同，性别不同，年龄不同，却囊括了当时大部分町人的心态：不安，不甘心，贪婪，忏悔，自欺欺人，等等。静轩虽称此为繁昌世道，但和乱世又有什么分别呢，他将下层民众生活的疾苦和无奈化身于这几人。只有无法左右自己命运的时候，人才会求助于神佛，象征意义不言而喻。但这些还都是静轩为下文"一宿儒"的出场所做的铺垫。

二、幕末儒学界

　　静轩为什么要在这一编结尾处安排"一宿儒"出场呢？ 他在这里写的并不是自己的故事，却是他的影子。此儒生出身和静轩有很多相似之处，选择了不同的人生道路。在说这一儒生的故事前，我们不妨先从当时静轩在学问上的流

---

① 寺门静轩：《江户繁昌记》（初编），江户：克己塾，1832 年，第 38—41 页。
② 静轩对种牛痘是持批判态度的，这也是静轩本身所处时代造成的局限性。

派以及日本学界的状况讲起。这其中也有决定了静轩不能走入水户德川家一些决定性的因素。

德川幕府为了维护统治，将朱子学奉为"官学"。在日本传播朱子学的鼻祖是藤原惺窝（1561—1619），而真正受到德川幕府重用的则是他的弟子——儒者林罗山（1583—1657）。林罗山严奉朱子学教义，强调"君君、臣臣、父父、子子"的伦理秩序，为德川幕府的集权统治提供了有力的思想武器。于是，朱子学便顺理成章地成为江户时代的官学，而林家也因此获得了官学世家的正统地位。

到了德川幕府统治的中期，随着社会经济的发展，各阶层之间的流动性不断增强，人们逐渐开始怀疑朱子学中将人社会地位固化的学说。作为对朱子学的反对，一些新的学说开始出现，其中最主要的就是阳明学派和古学派。

首先说阳明学派。程朱理学讲"格物致知，格物穷理"，也就是任何事情都要穷究事物的原委、道理。当然这在实践中是非常困难几乎不可能的。所以在朱子身后二百五十多年的时候，出现了王阳明的王学学派，也称阳明学派。阳明学派认为朱子学在实践中是不可能达成的，所以主张将"心"的地位提升到"理"之上，也就是"心外无理，心外无物"。这种"心即理"的思想强调"知行合一"，也被称为"陆王心学"，虽然和"程朱理学"都是出自儒学，但实际上是相对立的。从经学史的角度来看，王阳明的心学理论是对长期占据学术霸主地位的程朱理学强大的冲击，甚至可以说它就是朱子学的天然反对派。由于王阳明本人立德、立功、立言，是罕见的在事功和学问上都取得伟大成就的人物，具有非凡的人格魅力和社会影响力，所以他的心学学说也在其身后得到了广泛传播。在明朝中后期，阳明心学一时为世人所热衷，严重动摇了程朱理学的统治地位。我们邻邦日本思想史的发展中，儒学的道路似乎如出一辙。阳明学在日本也被发扬光大，并且培养了一批如大盐平八郎、佐藤一斋乃至佐久间象山、吉田松阴、西乡隆盛、伊藤博文这样的改革志士。

再谈古学派。古学派最主要的代表人物是山鹿素行（1622—1685）。这个学派主张应该摒弃以朱子学为代表的中国宋代儒家学说的束缚，要从先秦时期的古代儒学经典中寻找适合日本社会现实的理论依据。而古学派中又有两大学派：一个是荻生祖徕创建的古文辞学派，另一个是伊藤仁斋的古义学派。荻生祖徕认为武士应该处于社会统治地位，町人则应该是处于被统治的地位，幕府末期的町人阶层从商独占了经济市场，武士阶级却过着穷困的生活，是宾主颠倒的现象，因此他提倡废除货币经济，压制町人，制止町人独占市场。这充分体现了徂徕的复古思想和以武士为中心的封建思想。古义学派的创建者伊藤仁斋认为，孔门以仁为宗，仁的本质就是爱。他的道德观以仁为核心。他所讲的道是为人之道，认为"圣学"就是王道，王道就是仁义，这是儒家传统的学说。他赞成孟子关于人性本善的说法，反对宋儒把人性分为本然之性和气质之性。伊藤、仁斋重视教育和实践，不作烦琐的考证，曾用通俗说理的方法注释儒家的经典。

这些学派都有历史局限性，相互对立的同时被其他学派和学者质疑。于是对所有学说都产生怀疑，并且希望取各家之长的一个学派出现了，这就是日本江户后期兴起的一种儒学派别——折衷派。原则上讲折衷派并不能说是一个学术派别，应该说其是对当时主张取前人诸学说之长处，对短处持批判态度的一类折衷主义学者们的总称。其普遍的特点是对朱子学派、古学派和阳明学派持批判态度，但他们也会从中吸取某些观点。折衷学人们或根据对古籍和经书等的解释，或在这些解释上参酌后世各派儒者学说，以考证方法从中吸取共同点，排斥某些相异之处。其代表人物是片山兼山和井上金峨，后由井上金峨的门生山本北山和龟田鹏斋等人继承。

第三节　宿　　儒

一、考证一派

在笔者看来，彼时代的儒者们对于朱子学的实践一筹莫展，朱子学探究"理"的极致进而成为圣人，但其本身具有唯心主义的一元性，对于日本学者们来说追求成为圣人显然是不可能的。所以大家必须找到别的学问之路，这也是基于儒学，脱胎于朱子学进而各派林立的根本原因。如前所述，静轩就是拜在了山本北山的儿子山本绿阴门下。他一开始就是抱着对山本北山的仰慕与敬佩之情而来，所以必然也是赞同"折衷"想法的学者之一，对朱子学持批判态度。折衷学者们刻意避开了一些"天道人伦"等高远的解决不了的问题，而针对某些层面的研究深入开来。日本民族的个性和喜好本身就是先从小的地方，从一个点开始，再由点及面地扩大和深入。所以在朱子学分化中，折衷学者的出现也是其民族性的一种表现。折衷学者里不乏"追时俗""奉考证"之人。所以静轩对一宿儒的描述，想必是对考证学者当时状况的写照：

> 一宿儒来，再拜稽首，捧一纸祭文。辞曰："某月某日，某，百拜，谨以青铜十二文之奠，祭于当山两大师灵。某，生右文之世，幼读儒书。经史百家固也。小说、杂史略览无余。然以此糊口，言行，不得不龃龉。追时俗奉考证。思，所谓书中鱼耳。《大学》《中庸》，徒辨异同，剽窃杂钞，暗合之说，载满大车。诚意正心，置诸度外，中之为中，不省何如。幸收虚名，周旋米足以代耕锄。今，执牛耳于都下，廪有腐粟，庖积余蔬，犹愧屋漏，欺己。更广财府，更大门闾，卖骄取威，脚力未病，故驾肩舆；卖名致货，无益刊书，终不改初。老不死，乖"在得"之戒，巡走公门，苦引衣裾。每思之，惭愧迫身，居不安居。孔子面前，自知莫罪可纾。冀大师垂慈。周旋救予。"①

静轩将儒宿的祭拜娓娓道来。虽是在佛祖面前，念的却是为神灵所写的祭文。静轩说这一儒生从小就读儒书，经史百家烂熟于心，并且广泛涉猎各类小说、杂史。这与静轩的经历如出一辙，可是此宿儒为了生活，无奈只能说一套做一套。世间的多数儒者皆为此样，他也不例外，并且追随世俗而奉考证学。对于读书做学问，只能是将《大学》《中庸》这样的经典徒劳地作对比，观点也都是剽窃和抄袭别人。哪怕是有些正确的观点，也是侥幸碰到的。像这样的事情数不胜数。这确实是很多学者当时学问上的真实写照，不这样去"奉考证"也就很难在当时的学术环境下立足。

在静轩看来，这显然是对时势的妥协。而静轩在创作繁昌记时，内心中最为批判的也是这种知识分子的软弱和屈服。其后所说的"诚意正心，置之度外"则更加明确地表达了他对复古考证学的反对和批判。具体说到这两部经典，静轩其实已经在批判的同时表达出了自己的观点。"诚意正心"是出自《大学》的八条目：格物、致知、诚意、正心、修身、齐家、治国、平天下。"八条目"的中心环节是修身，格物、致知是修身的外部途径，诚意、正心是修身的内在前提，齐家、治国、平天下是修身的更高一个层次的自我实现。而宿儒将诚意正心置之度外，那再怎么格物致知也无法做到修身，齐家治国平天下就更无

① 寺门静轩:《江户繁昌记》(初编)，江户:克己塾，1832 年，第 41 页。

从谈起了。中庸之道的主题思想是教育人们把自己培养成为具有理想人格，达到至善、至仁、至诚、至道、至德、至圣、合外内之道的理想人物。那么中庸的"中"说的究竟是何境界？ 考证学者却对这些最重要的东西没有思考，置之不顾，更没有对道理和真理的追求。

静轩批判考证学的观点已经表达得相当明确了。那么儒生的命运和心态又是怎样的呢？ 他继续说自己幸亏是能落个虚名，成为大名宅邸的客人，领受些奖赏，也算是能养活一家老小，不用费心尽力于耕作之事了。他在当时江户的儒者间已是中心人物。家中所藏谷物多到吃不了，并且有些已经到快腐烂的程度，厨房中的菜品数不胜数。但仍是心中有愧于神明而常常独自忏悔，这无非是自欺欺人罢了。①出人头地后便大肆敛财藏于宅邸，还要讲排场翻修自家大门，待人接物更是骄蛮不可一世。还没到腿脚不灵便的时候就开始坐轿子让人抬着走，靠着卖自己的名声赚钱，净是写些没什么用的书刊载赚钱。此后的祭文中引用了两个《论语》的典故，一是《论语·宪问篇》中孔子骂其旧友——鲁国的原壤，说他"幼而不孙弟，长而无述焉，老而不死，是为贼"，也就是骂他年幼的时候不讲孝悌，长大了也没什么出息，老而不死，真是个祸害。这是比较少见的孔子骂人的言辞，在这里被静轩引用来说宿儒一直没什么大改变，是老而不死的祸害，可见言辞的犀利。一是出自《论语·季氏篇》的"戒之在得"。孔子曰："君子有三戒：少之时，血气未定，戒之在色；及其壮也，血气方刚，戒之在斗；及其老也，血气既衰，戒之在得。"说老年以后气血衰弱，要戒除贪欲。而宿儒却没能尊圣人之教诲，老了以后仍然贪得无厌，不停奔走于权势者的公门宅邸，辛劳受苦。每每想到这里，甚感惭愧，羞愧得无处容身。《老子·八十章》说"甘其食，美其服，安其居，乐其俗"是美好生活的一个标准，而这位宿儒即使在自己的住所也感到无法安居。可见其对自己良心上的谴责之深。

至此，宿儒自知在孔圣人面前已经无法得到原谅了，所以只好来求佛祖怜悯自己，帮忙找圣人说说情，希望能得到救赎。身为儒家子弟不能修身养性，反而来求佛祖保佑，这在静轩看来是不可理喻的。他通过这一宿儒，将当时的一些腐儒随世俗而动，攀附权势，软弱无能，自欺欺人的嘴脸赤裸裸地展现在了读者面前，批判性不言而喻。而这儒者荒唐至极的做法并不是故事的完结，

---

① 出自《诗经·大雅·抑》中的"相在尔室，尚不愧于屋漏"一句，屋漏是指屋顶漏而见光，暗中之事全现，喻指神明监察。

后面一僧侣的出场使情节达到高潮，讽刺性达到了顶点：

> 言未毕，一僧，从旁低声言曰："贫道亦佛家罪人。众善不奉，诸恶妄作。不如法者，极多。便知，大师面前，亦莫罪可纾。因欲乞救于孔庙。然未知，夫子亦能垂慈否。请问，为之如何？"先生顾，应之曰："吁，圣庙严矣。不辄许僧侣入。子，如之何哉？且道不同不相为谋，我躬不阅。岂惶恤子。"相视大息而去。①

可见幕末的江户城町人中不光是儒者，佛家子弟也是一样，心浮气躁者不在少数。静轩笔下的这位僧人堕入俗道，而后内心受到谴责，自觉没法面对佛祖，转而想向孔圣人来求情。如此玩笑也，荒唐也，不可理喻也。儒者只能回答他道不同不相为谋，已是自顾不暇，又怎能有颜面去孔子面前为别人求情。只好相视叹息继而离去。同是在幕府时代，江户市井中非常具代表性的两个人物，一位是知识分子界的"精英"，另一人是宗教信仰领域"典型"，却都"不务正业"，成为江户商品经济发展洪流下，在浮躁的繁昌世界中被世俗了的文化符号。

二、"观物师"与"见世物小屋"

至此静轩还不忘自嘲一番，一位友人看到了他的文章，过来打趣。看似是二人的玩笑话，但深入体会，却饱含知识分子的心酸：

> 友人川口氏来，就案上读繁昌记。哂曰："篇中赛大师一医生者，岂得非写我耶？"予曰："何必然也。仆固不与卖门卖衣，卖媚卖药者交，则所识医流，并是只眼先生，岂为独写兄乎？但因兄所著《断痘发挥》《伤寒复古》等书言之，兄只眼为殊大耳。因思，兄不欲为当今居世之医者，甚快矣。然以此为之，终身或无术之可施。世间少具眼病人。如我只眼何。不如以此大只眼，鬻之观物师。必得万金。便安着兄之一生，而仆亦沐余泽也。"相视大笑，莫逆于心。嗟乎，此大都会内似者何限，篇中曰士曰商曰僧曰儒，皆以情推而已，岂必有其人而模之乎？以似责之，居士将无辞。②

---

① 寺门静轩:《江户繁昌记》(初编)，江户：克己塾，1832年，第41—42页。
② 寺门静轩:《江户繁昌记》(初编)，江户：克己塾，1832年，第42页。

　　静轩的一位从医的朋友姓川口，读到静轩的繁昌记，开玩笑地问是不是在说他。静轩则回答说自己从来不和那些表面上看起来衣着光鲜、卖弄医术靠卖药赚人钱的医者交往，认识的都是见多识广、对医术有见解的先生们，所以又怎么会是写他呢。静轩在这里不光恭维了朋友，顺便半开个玩笑地夸奖了自己。之后他用眼睛的大小来比喻学问的多少，说越是有学识的人则眼睛越大。不具备鉴别医师水平能力的大多数庸人都像没有眼睛。能写出《断痘发挥》和《伤寒复古》这样的书，那友人川口的眼睛就不是一般的大了。川口兄不屑于和当今医师同流合污，静轩甚是敬佩。当今能够有眼识医师者更是寥寥无几。所以长期这样下去，友人岂不是没有施展医术的地方了。那还不如用这两只大得出奇的眼睛，到"见世物小屋"去卖艺，肯定能赚不少钱。

　　由此引出"见世物小屋"，即静轩所说"观物师"这一江户时代特有职业，从业者专门通过展示奇异之物来满足观众好奇心理的一种表演形式赚钱。其多是通过畸形人的表演和一些平时不常见的，甚至含有恐怖变态情节的表演来博得观众的惊叹，满足人们的猎奇心理。时至今日，仍然有"见世物小屋"的运营者在日本各地进行演出。虽然人数很少，但基本保留了职业传统。和在江户时代一样，这些"兴行师"①们一般在日本各地的庆典或节日，于类似我国庙会或大的自由市场等地，以搭台建屋招揽客人观看表演的形式赚钱。如果硬要找相似的职业来比较，很像是我国的杂耍卖艺。有"见世物小屋"进行活动的"祭り"②或是"缘日"③之时，场景类似我们的北京天桥、天津的"三不管"、上海的大世界以及南京的夫子庙。和我国的杂耍艺人一样，日本的从业者们也是植根于民间，埋头于底层町人大众的娱乐。"见世物小屋"的表演规模各异，大到堪比欧洲马戏团，小到几人左右的团体。大团体的表演是很少见的，一般是十人左右的团体进行各类表演。

　　近年来"见世物小屋"虽然已几乎绝迹，但其发生发展以来，一直和日本的文化艺术有联系。从室町幕府直至江户幕府初期，日本一直有在神社或寺庙领地进行临时剧场的搭建以及各类艺人表演的"劝进"活动。开始是一些看图

---

　　① "兴行"一词在日语中是"演出""公演"之意。故将进行"见事物小屋"表演的主持人称为"兴行师"。

　　② "祭り"意指祭祀庆典活动。

　　③ "缘日"旧时是为佛祖庆生和祭拜的日子，近代以后普遍指为寺庙神社进行祭拜的活动日。

猜谜，僧人讲经以及各类教化有关的文艺形式。其中手球、陀螺和高跷等娱乐活动曾非常流行。手球日语作"手鞠"或"手毬"，源于我国蹴鞠，7 世纪左右传入日本，如今已成为日本女性非常喜爱的新年娱乐活动。陀螺在日本被叫作"独楽"，论其起源，有大陆传入说，亦有本土所生之说，无论其最早的形式如何，这种大众化文娱活动的发生和发展与我国的陀螺应是有联系的。日本的艺人们用陀螺进行各种表演，比如让陀螺在扇子的立面上、细绳上或是武士刀的刀锋上旋转行走，博得大家的喝彩或赞叹，是各阶层民众都很喜爱的演艺形式。另外就是庆典活动中踩高跷的表演，日语一叫"高足"，另一名字和我国的传统叫法一样同为"竹马"，其表演很能带动现场气氛，也很有中国特色。

除了表演形式受中国影响，日本很多世界知名的传统艺术表演也源于"见世物小屋"。日本三得利美术馆①所藏的《四条河原图卷》中，有对江户时代初期京都四条河原附近民间艺人们的描绘。最显眼的就是"女歌舞伎"及"若众歌舞伎"的表演，还有净琉璃等艺术表演形式。我们知道女歌舞伎的演员主体是"游女"，因为其在演出的同时也从事卖淫活动而被幕府取缔。其后剧团换用年轻貌美的男子扮女装进行表演，不料男性演员的私生活相较于女歌舞伎堕落得有过之而无不及，不久也被禁止演出。可见歌舞伎的发生发展，直至现在成为日本国粹的艺术之路是曲折的。"见世物小屋"在其初期起到了至关重要的传播普及作用。其他如净琉璃、"能"等艺术形式也不例外。

回到静轩这里，他劝友人还不如去"见世物小屋"卖艺赚钱，显然是在玩笑中讽刺现世对知识阶层的不公。我们不难看出这亦是静轩内心的独白，他觉得真正有学识有理想的学者，无法被人们认识和发掘出来，更别提想施展抱负了。像他们一样不愿随世俗之流者，为了讨个生计，还不如去找"观物师"卖艺赚钱。这当然是自嘲，更是对幕府知识界的莫大讽刺。说到这里二人相视大笑，莫逆于心。静轩随即感叹道，江户这一大都会中，相似的情况太多了。他之前所说的士商僧儒等人，也都是笔下代表性的角色，并不是真实存在的。静轩发出声明：大家大可不必模仿，要是真有人受此影响也去同流合污，所有的责难静轩皆领受。这是静轩内心的失望，他似乎已不想且再也无力为自己辩解了。

---

① 即"サントリー美術館"，位于日本东京都港区。

三、《五山堂诗话》与"放屁论"

初编就此完结了么？ 不，显然还不过瘾。静轩还要表达一下自己的愤恨。他接下来要大骂的，是当时非常有名的诗人菊池五山①，以及其作品《五山堂诗话》。

说到诗话，日本汉诗在我国诗歌的影响下不断发展。隋唐时代遣隋使遣唐使将大量中国书籍和文献带回日本，历代宫廷贵族以至官僚知识分子等都醉心于中国文化。我国的诗歌更不必说，日本将中国诗歌统称为"汉诗"，从《诗经》《楚辞》开始，在历史长河中，日本文人们大都是接受者。当然，日本的知识分子并不仅仅满足于阅读和欣赏，醉心于此并且模仿创作汉诗的诗人及作品层出不穷。例如最早的汉诗集《怀风藻》和晚一些被称作敕撰三集的《凌云集》《文化秀丽集》《经国集》等，皆是日本知识分子们努力学习创作汉诗文的成果结晶。进入江户时代以后，儒学的推行与发展，使得江户时代的汉诗文创作在日本历史上进入了发展最快的时代并且逐渐达到顶峰。当时的武士阶层掌控权力，上至幕府历代将军家，下至官厅儒者等，都以汉文修养高低和能否作汉诗来衡量文学素养的高低。汉诗尤其成为男子必备的教养，所以从小就开始读四书五经的知识分子不在少数，静轩就是典型之一。本书中提到的林罗山、伊藤仁斋、荻生徂徕等尽管是静轩批评的对象，也都是汉诗文很有造诣的儒士学者。

江户时代大部分的官僚是武士阶层，而随着江户城不断扩大和人口增长及商业繁荣，普通城市庶民的文化，即町人文化发展也随之加速，其影响面和受众数量很快提升，并且逐渐超越了士人阶层的正统汉学。那么为了迎合江户后期町人们以娱乐为主的精神生活，某种程度上汉诗文推广也有了商业化的需要。一时间各种形式的汉诗出版物层出不穷。其拉近了普通人和学问的距离，但也遭受到了一些传统学者的抵制。菊池五山的《五山堂诗话》就是在这样的时代背景下诞生的。《五山堂诗话》一开始是为了宣传当时流行的清新性灵派诗集而刊刻发行的。山本北山曾强烈批判以荻生徂徕为首，模仿甚至抄袭我国性灵派诗风的古文辞派，提倡从传统唐诗的束缚中解脱出来。于是之后逐渐形成了更加注重现实主义的清新性灵派诗风，在当时极为流行。

---

① 菊池五山(1769—1849)：名桐孙，字无弦，通称左太夫，号五山，也称娱庵。江户时代后期的汉诗人。

《五山堂诗话》不断介绍新的诗人和刊载诗歌的同时，菊池五山将自己的一些很经典的文学批评和作者简介也加了进去，进而使其成为江户时代非常成功的商业化运作出版刊物。菊池五山发掘了不少名不见经传的年轻诗人，这也给了当时爱好汉诗的知识分子们一条谋生之路——只要汉诗作得好，起码能通过文学创作糊口。《五山堂诗话》成了当时汉文学和汉诗爱好者们非常重要的信息披露刊物。但事情的发展往往不随人意。在从文化四年开始至静轩撰写繁昌记的天保年间一共刊行了二十多年。由于《五山堂诗话》在文坛的影响力和号召力越来越大，很多人开始花钱让菊池五山来介绍自己，五山也接受了这些"捐赠"充当自己的"稿费"。据说在天保二年间，金额最高达到了十五两。这在静轩眼里显然是不可理解的，是沾满铜臭必须被严厉批判的行为。于是便有了静轩笔下一段虽粗俗但看后大呼过瘾的文字：

篇中收录友人诗赋，皆系吾所臆记者，非其得意之作也，何也？如初告知，恐其不许采录故尔。且吾无辞藻，固不能笔削一字。则非如当今有名诗人某集中，从钱之多少琢磨加光金玉者也。

而或闻金玉暗带铜臭，予乃试借其集嗅之，果信矣。及嗅至小传中，文高意深处，臭气尤甚。奇哉！久之终闻水虎屁气，予乃掩鼻而叹曰："水虎亦水物也，水原生金。彼臭，变之此臭固不为无理矣。"抑富哉，此都繁昌，辑斯屁气，以鸣太平，今犹续为梯子屁，未知最后一屁何时放了。

近世物价渐贵，浴汤钱十文，今益二文，屁价亦然。然未闻其所益，一首加几银。但闻今年众屁中最放一大屁者，捐十五金。呜呼，使炮家者流闻之，彼必言如以此费放之于我，有可能粉一大敌船。嗟，屁亦太平之物，而且放此等大屁辈，除此都外恶见有数，都下繁昌可嗅而知者是也。①

这里静轩笔下的"屁"是从平贺源内②《放屁论》一文而来。平贺源内博学多才，自幼学习医学和儒学。后来游历长崎，学习荷兰语以及油画等西方语言、艺术还有地质学等科学技术。他在日本传统俳句、戏剧和净琉璃的创作方面都很有

① 寺门静轩：《江户繁昌记》（初编），江户：克己塾，1832年，第42—43页。
② 平贺源内(1728—1780)：通称源内，也作元内，讳国伦，字子彝，画号鸠溪，俳号李山，戏作笔名风来山人，净琉璃笔名福内鬼外。江户时代中期非常活跃的本草学者、地质学者、兰学家、医生、戏作家、净琉璃作家、俳人、油画家、发明家等。

建树，是当时思想比较开放的知识分子代表之一。安永年间的江户艺人将放屁融入三味线曲艺，不仅能模仿乐器，还可以模仿狗吠鸟叫水车等声音组成乐曲，很受普通百姓的欢迎。平贺源内见过之后对其大为称赞。但当时尊儒家思想，以武士为统治阶级主体的幕府时代，将这种不雅之事进行编曲创作再展示于人的表演，在伦理道德上是不被允许的。所以只能在"见世物小屋"这样低级卖艺的场所满足一下人们的猎奇心理。所以同为武士出身的平贺源内这一言论自然招致责难。然而他以一部《放屁论》予以回击。说屁虽不如屎尿那样可以肥沃土壤，但和现在的学者只能抄抄别人的诗文，俳句作者都模仿芭蕉①，医者连感冒都治不好，茶艺者的茶看起来如粪土一样等相比，有艺人能用心琢磨将屁编曲，苦练演艺来娱乐大众，这岂不是有意义多了。平贺源内的性格和思想相当开放，以这种"俗"的方式回击了保守派儒者。

静轩自然不会错过这样精彩的批评，受此启发进而将《五山堂诗话》比作屁也是完全有可能的。并且他说这不是一般的屁，是充满了铜臭气的屁。又说河童在水里放屁，五行上讲金生于水，所以也就可以理解了。静轩实则骂那些花钱买名头的人是放屁河童，讽刺中透着幽默睿智。他还将连续出版的《五山堂诗话》比作放"梯子屁"，也就是连续不断地放屁，看到这里相信读者们也是哭笑不得。静轩揭露说当时刊一首诗需要十五两金子，让炮兵听了都瞠目结舌。幕府花十五两金买弹药可以粉碎一艘敌船了。但他话锋又一转，说这是在和平年代，有人花钱去放屁这等事情也就是江户才有吧，闻一闻此屁便可知江户之"繁昌"了。读完此段话语，捧腹之余，相信大家亦能体会出贫穷却又一身傲骨的静轩心中那五味杂陈了。

对于静轩来说，写作不是问题，如何刊载让广大江户人能够阅读并且理解他才是关键。也确实有友人关注，看了以后赋诗一首。原文这样写道：

> 茂杏君题斯篇曰：
> 皎骨未容蒙世尘，贫窭守节德亲珍。
> 穷肠不写离骚恨，彩笔翻鸣盛代春。
> 掷地应听金石响，开厨恰看丹青新。

---

① 松尾芭蕉（1644—1694）：江户时代前期的俳谐师，出生于现日本三重伊贺市，通称其七郎、甚四郎。名忠右卫门宗房。他将俳谐艺术完善，创立了极具艺术性被称为"蕉风"的俳句风格，是日本史上最有名的俳谐师之一，被后世称为"俳圣"而享誉世界。

凌云赋就知音少,为惜无人起隐沦。

赏誉过情,居士赧惭不悦。君乃笑曰:"亦所谓水虎屁耳,奈何累德。请奉累德之戒。"曰:"戒哉,子。勿颁此收钱,为书画会人,香豆赋僧一般样子。"①

名为茂杏的友人赋诗一首称赞静轩的繁昌记,但静轩生怕自己的繁昌记变得世俗化、商业化,觉得友人的诗"赏誉过情",面红耳赤有些不悦。友人打趣安慰静轩说自己的诗也不过如河童的一"屁"罢了,不会牵累静轩的德行,还请居士严奉累德②之戒。可见静轩在大家心中的形象非常耿直,并不是随便撰文写诗挣钱或攀附权贵之人。文末他明确表示再怎样也不能为钱财而丢失自尊,告诫朋友千万不能以此题诗来赚人钱财,就像"书画会"或者僧人赠檀家纳豆③那样。

《上野》是静轩在《江户繁昌记》初编中的最后一篇,表露的感情是真挚的。其中充满了对"劝学寮"时代的回忆,赏风物和友人吟诗作赋,也许是静轩人生中最快乐的一段时光。但天下没有不散的筵席,学成之后必然要有用武之地。朋友们相继开始了自己的仕途或是执教生涯。静轩自然也有自己的想法,不能空有一身学问而无用武之处。究竟是怎么样的经历让静轩彻底对当时的政治失望,进而激发他著述《江户繁昌记》的呢? 下一章笔者先要介绍一下静轩生活时代的官场生存状态,以及幕末儒生们想要走上仕途之路的艰难,还有底层知识分子们生活上的困苦与精神上所受的折磨。

① 寺门静轩:《江户繁昌记》(初编),江户:克己塾,1832 年,第 43 页。
② 出自《庄子·庚桑楚》:恶欲喜怒哀乐六者,累德也。意思是说憎恶、欲念、欣喜、愤怒、悲哀、欢乐六种情况,对德行有损。
③ 赠给民家纳豆并换取捐赠是有些江户时代僧人用来索取钱财的方式之一。

第五章 / 仕途门前

第一节 米 价

一、幕末的危机与改革

　　静轩生于 18 世纪末日本宽政年间，其后文政至天保的不到三十年，是静轩学有所成直至思想成熟的重要阶段，也是幕政发生剧烈变革的时代。当时的幕藩体制是以武士阶层为代表的将军家为最高权力机构，下属各"大名"家统治各藩为主要形式的封建政治构架。藩政大名们有自己的封地，统一向幕政缴纳供奉——米。这样以缴米的数量来进行身份地位划分的制度叫作"石高制"。也就是根据土地的大小来决定上缴年贡的多少，进而体现出大名们所处的不同政治阶层和社会地位。这种封建制有利于当时将军家对全国藩主的管理和控制，且易于最高权力机构将"加封""减封""转封"等政治措施的实施进行量化。所以武士们所领的俸禄也是实物米。当时的封建社会也是按照"士农工商"来划分社会阶级的。所以生产米的农民地位相当高。但江户的发展，是城市化的过程，是町人庶民手工业者的发展，其实质是商品经济的发展。武士们领到了俸禄米，想要到市场上去换取其他所需物品和生活资料，最简单的方式就是通过货币兑换。幕府时期的货币经济发展很快，18 世纪起米的产量大增，由此影响了"石高制"为主体的社会阶级划分，社会秩序随即出现问题。米增产会直接促使米价下跌，武士阶层的利益受到极大影响，下层武士生活穷困潦倒。但米价涨的话普通民众的生活又会受到很大影响，所以幕政的境地开始变得愈加困难起来。

在此背景下德川幕府开始进行体制改革，被称为"幕政改革"。其代表主要有三大改革，分别是"享保改革""宽政改革"和"天保改革"。静轩的少年时代受到宽政改革的影响，见证了"天保大饥荒"。 青年时代的静轩在山本绿阴门下做学问时正值宽政改革过后不久。宽政改革是辅佐第十一代将军德川家齐初期的幕府老中①松平定信②主导的经济改革，主旨是打压商人和商品经济，强调农民的重要性。其做法过于强硬，而且商品经济的发展是历史的选择，一味地抑商重农反而更加激化了社会矛盾，招致商人、广大农民和上层武士阶层的不满，以失败告终。

德川幕府中后期各藩的情况也不甚良好。彼时代藩家大名们各统一方土地，有自己独立的管辖权和行政能力。在幕府治下社会矛盾重重的背景下，上层武士阶级腐化堕落，向商人借钱成为常态。幕政债台高筑，将军家管理的中央财政千疮百孔。当时的"参勤交代"③制度需要大名们定期前往江户，而且是完全自费，这在很大程度上刺激了江户的经济发展，却大大削弱了各藩的经济能力。货币经济也在不断渗透各藩领地，加上米价下跌，从而实质上使各藩的收入大幅减少。另外就是饥荒火灾等天灾人祸使得各藩的额外支出骤增。但这样的情况下，各藩的执政阶层，内部却开始模仿大将军家武士们的生活方式，奢靡成风。与此同时，在江户城和大阪城，町人和农民们的暴动时有发生，幕藩体制开始动摇。各藩大名为了自己统治地方的稳定，保存藩属地的利益，不得不开始进行藩政改革。

二、克己塾

藩政改革自然需要有能力有学识的知识分子担当重任，这期间静轩的很多同窗和朋友找到了机会进入大名家担任官职，为改革出谋划策。而各藩为了培养自己的下一代接班人，让年轻人承接学问，也在藩政改革的同时开始广纳贤

---

① 江户幕府以及各藩的职位称呼。是将军直属的统辖国家政务的常设职务，由大名时代德川家的"年寄"称呼演变而来。宽永年间被正式命名为"老中"，其中"中"是敬称。老中的最低俸禄是两万五千石，达不到这一标准的被称为"老中格"。各藩也称自己的"家老"（武家家臣团的统领，主持政务）为"老中"。

② 江户时代中期的大名，老中。陆奥白河藩第三代藩主。定纲系久松松平家第九代当主，江户幕府第八代将军德川吉宗之孙。

③ 亦称为参觐交代。是日本江户时代一种制度，各藩的大名需要前往江户替幕府将军执行政务一段时间，然后返回自己领土执行政务。

才设立学校，以教授儒学和念四书五经为主，同时学习其他学问。静轩身边当然也少不了这样的人才。首先是小滨大海，静轩在《静轩文钞》中有一篇《小滨先生墓志铭》，介绍了其身世和经历：

> 先生讳大海，字子洋，姓小滨氏，号清诸，又号朴斋。志摩人，后徙伊势山田乡。文化纪元先生年甫十五，游学江都，三年还。又游京师。从北小路，天锡。先生受业，留者七年，遂西游到长崎。其十三年丙子复来江都。下帷售业。及文政乙酉，士志摩候，乃归。志摩天保己亥，从公于江都，遂移住邸中……①

静轩简单叙述了小滨大海的经历，这也是一位年轻时云游四方，后传道授业的儒者。小滨大海被鸟羽藩志摩三万石稻垣对马守招致麾下，于文政八年（1825 年）创办了藩校“尚志馆”。另一位友人芳川波山也是江户时代的文化人物。芳川波山是常州潮来人，幼时被称为神童。十四岁便拜在山本北山门下，北山去世时他十九岁，后来便游历京师、摄津、长崎等地。文政八年（1825年）的时候三十二岁的芳川波山回到江户，在转年的文政九年（1826 年），受林述斋推荐而被招致“忍藩”松平下总守开设的藩校“进修馆”聘作侍讲②，在藩学振兴上很有建树，影响力颇大。③此二人和静轩年纪相仿，崭露头角也都是在三十岁左右的黄金年龄。以静轩当时要强的儒者心理来看，他不可能不受影响。

小滨大海将自己在吉祥寺门前的私塾托付给了静轩，虽是陋屋，但静轩从这里开始了一段教书生活。静轩当时的师傅山本绿阴之父山本北山，是非常著名的折衷学者井上金峨之徒。井上金峨也曾在吉祥寺门前进行过授业说书，非常受欢迎，每日列席百人以上。静轩虽然学问也做了不少，但似乎没有那么大的亲和力，只能勉强养活自己。他自然不会满足于这种状态，遂产生了搬家的念头。后来静轩又将私塾转让给了当时年轻的学者佐藤牧山④，牧山时年二十五岁。之后静轩来到了江户郊外名为三浦坂的地方开办了“克己塾”。

---

① 寺门静轩：《静轩文钞》（卷下），东京：克己塾，1874 年，第 41 页。
② 侍奉君主读书为其讲义的官职。
③ 寺岛裕：《史迹的武州忍町》，东京：武藏野史迹研究所，1942 年，第 52—53 页。
④ 佐藤牧山：名楚材，字晋用，通称总右卫门，号牧山、雪斋。尾张国中岛郡山崎村枇杷首人。

三、长屋之"表""里"

在克己塾的这段日子，是静轩人生的转折点，也是他思想最大的转变期。静轩在这里下定决心要上书藩政，进入大名家"仕官"，他也是在这里饱受挫折而心灰意冷，并且开始了《江户繁昌记》的写作。当时的静轩是怎么认知自己的浪人身份，他作为一个町人生活的"观察者"又是怎么描述底层民众的呢？在《江户繁昌记》的第三编最后一篇《里店》中，静轩做了详尽的述说。尽管他没有明确提及自己，但对其中一"浪人"的刻画，明显是"上书"未果的自画像。"里店"应该就是静轩对自己当时所生活环境的描绘。下面就让我们来看看克己塾处在怎样的环境中，第一段上来就是对"长屋"的描述：

> 八百八街，连背坊新道，纵横曲折，并建里店。五家一轩，十舍一梁。至剧里店结五十为一部。牙房相对。中间通道，谓之路次。一井同汲，数厕同便。一区画地收粪，一条开沟流秽。庆吊相通，出入共门。一门备百不虞。俚歌所谓路次六限，例趁酉牌上钥。儒释工商，纷杂赁居。炊饭之烟，朝来云凝，鼓雷之声，晚间雷轰。爰写一里店，略示其一偏。万里店可推矣。①

所谓"长屋"是日本江户时代最具特点的普通"町人"居住的木制建筑，广泛分布于江户城的商业聚集区和城郭附近。一般是一层或者两层的木质结构，长度几十米甚至上百米，中间有墙隔成数个独立的房间。不仅供普通人居住，还兼具防御工事的作用。静轩所说的"八百八街"很明显不是实际数字，而是一个程度之多的比喻，据文政时期的统计，江户城当时共有大约一千六百五十条街道。②这类建筑有"表""里"之分。"表"一般是面向街道进行商业买卖的店铺，"里"则是背对"表"而建的。处在"背坊"位置通过"新道"③将家家户户连接起来。很多的里店长屋错落而建，犬牙交错间的通道被称为"路次"。大家共饮一口井水，数个厕所公用，划定一个区域统一处理粪便和垃圾，一般还有沟渠排废水。婚丧嫁娶之事都是邻里一起帮忙。出入长屋都在一个玄关大门，从自家出来需经过走廊。所以若出了什么事情，将大门一锁就无人能随便

---

① 寺门静轩：《江户繁昌记》（三编），江户：克己塾，1832 年，第 33 页。
② 日野龙夫校注：《江户繁昌记·柳桥新志》，东京：岩波书店，1989 年，第 337 页，注 22。
③ 即小路。

进出了。当时有民间歌谣称"路次"有"六限",也就是酉时(晚上六点)要锁门这样的规定等。接着静轩又说"儒释工商,纷杂赁居",是指长屋附近各行各业人员情况复杂。

如笔者前述,静轩曾搬到"三浦坂"一地。"坂"就是有坡度的小路之意。据考察①其位于现日本东京台东地区"谷中"的一丁目四番与二丁目二番之间,是一条由西南向上至东北,颇具江户风情的街道。路右侧是临江寺和宗善寺的隔石垣,左侧是各类民居。江户时代,这条小路两侧绿荫环抱,将这里和城市的喧嚣隔离开来。据记载,其是幕藩时代三浦志摩守的产业。"三浦氏"是美作国(今冈山县北部)真岛郡胜山的两万三千石大名。初期被称作胜山藩,后来庆应时代改称真岛藩。据说宽永十年(1633年)的时候三代将军德川家光来王子村狩猎,不小心被野猪袭击,被当时初代藩主三浦正次所救。由于此功绩,便在归来途中将谷中地区赐予了他。三浦坂附近有寺庙、武家宅邸、幕府小吏住所以及普通百姓之家。各色人等均可见到,静轩也租住了一间长屋,并开办了私塾,即"克己塾"。在这里他见证了町人们生活的酸甜苦辣,接触到了町人百态。于是静轩将一些"典型"町人形象做了文学处理,通过《江户繁昌记》展示于人,使我们不光可以看到长屋的"里店",也能一窥江户町人生活的"里面"。

四、饥馑

"克己塾"附近江户百姓们的日常生活被静轩搬上了汉文学舞台,我们先看他笔下的江户僧人和尼姑:

> 日影近午。乞钵僧归。揖邻尼,曰:"妙闲姊,归早。"尼返揖曰:"方才脱鞋,今日钵米何如?"曰:"少少少。因米价翔踊,不唯米少,钱亦从少。闻葬礼强饭,亦无投乞儿。可叹噫矣。"曰:"闻奥羽北越,皆被水患。然天下言之,盖十之一。犹喝这样贵。"曰:"全系米贾之为。非实米少也。邻儒尝言:'无三年蓄。日国非其国。'官置粟仓,盖为此尔。粟仓之建,今已四十年。虽有尧水汤旱,府下民庶,决不至饿。是我贫民,所以今日浴赈给。一人言之,十日才支,不知,御仓所出,一日几何万钟。大也矣哉,德政。闻初,奸商私漕数万包于上方,事觉下狱。

---

① 山野胜:《东京历史漫步江户的坂道散策》,东京:三浦坂(台东区),第28页,第八回。

令其漕返之。其他占谷,今亦并见没。严哉,刑也。快快。尧舜之仁,民从之。巨
商大贾,今皆归厚,彼米,此钱,莫一人不义赈。妙妙妙！人气时雍,天气从美。
想知,明岁有年。逆祝逆祝,遇贼绚索。都人今食麦啜粥。好,此小凶,使人始悟
粟粒之贵,追悔昨日之奢。渐趋侈靡,太平之习。贫道发愿。庶使都人麦粥之
俭,用诸平生。"①

他们聊的仍是米价,背景应是对江户时代影响颇深的天保饥荒。僧人住在
长屋,但长屋并不属于寺院,所以他们是一些专做法事以化缘谋生的"编外"
人员。这一"尼"的身份性质也差不多,这一僧与一尼皆是当时佛教的最下阶
层。二人化缘一天都没有什么收获,据僧说甚至连葬礼也不分发米食了。尼觉
得世道有些过分,随即道出自己的想法。她听说奥羽北越患了水灾,对于全国
来讲虽不过十分之一,但为何米价就受如此大的影响,变得奇贵。当时的天保
大饥荒,从天保四年（1833 年）左右开始,持续了将近七年,几乎是历史上持
续时间最长的饥荒。起因一是当时的农业生产技术非常落后,另外赶上水患和
天气异常,连续凶年。饥荒在天保五年至天保七年的这三年间最为严重,饿死
者无数。静轩在《静轩痴谈》的《饥馑》一篇中说的也是天保饥荒。部分原
文是:

運気候ヲ争ヒ買ハ、何ノ為ナリト不審シガ或ハ聞ク、大槩ハ米ヲウリ
カヒスル、慾心ノ為ナルヨシ、嗚呼慾心ノカギリナキ、一身ノ利ノ為ニ天下
ノ飢饉ヲ望ムニ至ル、天誅オソルベシ、凶荒ホド憐ナルィハナシ、己未、丙
申ノ二耗ニ、百姓ノ餓死幾萬ナルヲ知ズトィフ、吾輩無用ノ者ハ、都會ニ住
スルヲモテ、幸ニ餓ヲ免カレ、国家ニ用アル農民ニテモ、僻隅ニ住ルモノ
ハ、溝壑ニ轉死ス、誠ニ惜ムベク憐ムベシ、奧州ノ民ハ、葛ノ根ャ蕨ノ葉ャ、
松ノ皮マデ食フニ至タリシト云……②

（大家争先恐后抢着买米,不知怎么回事就有灾害的传言,大概是为了哄
抬米价。可叹这样利欲熏心,人心欲望无限,为了一己私利而盼天下大饥馑,
实在是该受天谴。凶年至,己未、丙申两年饿死百姓不知有几万人,吾辈无用

① 寺门静轩:《江户繁昌记》(三编),江户:克己塾,1832 年,第 33—34 页。
② 寺门静轩:《静轩痴谈》(卷上),东京:文昌堂,1875 年,第 25 页。

之人，住在都市而幸免于灾荒。国之农民住在偏僻之隅，横尸沟壑，实在可惜可怜。听闻奥州以蕨菜、葛根、松皮为食……）

他在这段话中骂奸商利欲熏心，为了赚钱而期待饥荒的到来，该受天谴。后又说己未和丙申两年，也就是天保六年（1835 年）和天保七年（1836 年）饿死的百姓不知有多少万人。静轩觉得自己很幸运，像他这样的"无用之人"能生活在城市而不用忍饥挨饿，但对国家有用的农民们却饿殍遍野。有些地方以葛根和蕨菜充饥，甚至不得不吃松树皮，惨状可想而知。

之后静轩借僧人之口对米价飞涨做了解释，他认为并非米不够。静轩引用了我国儒者曾经说过的话：若国家无三年粮食储备，那国家就不成国家了。这是出自《礼记·王制》的"国无九年之蓄曰不足，无六年之蓄曰急，无三年之蓄曰国非其国也"。其后僧人口中所说已有四十年的"官置粟仓"是江户时代非常重要的改革实践。静轩所作"繁昌记"是在天保年间，向前推演四十年的话正好是宽政时代。彼时松平定信主导的宽政改革影响深远。其中最重要的财政改革之一，是被称为"七分积金"屯米制度的建立。

"七分积金"就是将当时社会运营的管理费——町入用，进行开支节俭，政府把省下费用之中的百分之七十，以储存米的形式逐年积累的财政制度。所谓"町入用"就是维持政府和领主等权力机构以及其他各级团体组织、经营个体等进行正常管理和运营的财务支出费用。制度建立之初，幕府政府将自 1785 年（天明五年）至 1790 年（宽政二年）上半年共计五年的总财政收入进行计算，1791 年（宽政三年）起将"町入用"支出进行独立核算，再结合削减各类财政支出的政策改革，计算出"町入用"中总共能够节省的部分，将其中的十分之七拿出来，于宽政三年（1791 年）初开始进行"七分积金"制度的运转。最初是在江户的"江户町会所"设置了名为"围籾藏"的十二个仓库进行储粮。

僧人将天灾比作"垚水汤旱"①。然而在这样的灾祸面前，江户町人倒也不至于忍饥挨饿。根据《武江年表》记载，幕府在天保三年（1832 年）进行大规

---

① 古代"尧帝"时，水患横行。相传尧父为帝喾，母为陈锋氏女。帝喾乃黄帝曾孙，在位七十年。由于海河流域水患横行，后迁都山西。《尚书·尧典》说"尧之时洪水为患为甚"；《寰宇通志》说"尧时上游之水无所痒，壅而四出"；《晋乘搜略》说"尧时黄水为患，震及帝都"等，皆说明当时水患横行。"汤旱"是说汤王即位不久便发生大旱，汤王为了求雨而自愿献身祭祀的故事。汤王即"商汤"，是商代的开国帝王，儒家、道家、墨家经典中皆提及的华夏圣人之一。后世一般都称其为"商汤"，其中的"商"字指朝代名，"汤"是其名。

模的救助活动，施米于饥民。①一人虽只能领到十天的口粮救济，但米仓一天的支出又何止几万钟。②在"乞钵僧"看来，这显然是了不起的"德政"，之后他还赞扬幕政改革。天保三年（1832年）七月幕府禁止米商将米运送至他国，八月发布针对藏米屯米的禁令，由此开始惩治违反禁令的米商。不少人被收监，所藏的米也被政府没收。于是如僧人所述，众多米商调转船头开始将米送回江户，很多富裕的町人亦开始救济穷人，这简直是睦邻友好之典范，天公看了也该作美，转年定是丰年。僧人觉得和谐美好之世就此到来，那岂能不让人拍手称赞。另外他还说这次的饥荒正好让大家认识到耕作收获的不容易，反思一下之前奢侈的生活，戒掉浪费和大手大脚的恶习。话到这里，僧人于是发愿，希望江户町人们都能够勤俭持家，以备未来不时之需。但事实果真如此吗？

第二节　长屋一隅

一、娱乐的江户

僧尼的对话，给读者带来好一番和谐感受。政府发放救济，町人友爱互助，给人一种太平盛世不过如此，只是遇到凶年的错觉。若真是盛世，那凶年反而不是坏事，正好有机会能让政府进行更多的仁政改革，让民众更加勤俭节约，邻里互敬互爱。这应该也是江户城中比较有代表性的言论之一，这种看法的缘起无从考证，但能够流传开来，说明即便是风雨飘摇的幕末，持僧人这样想法的守旧民众依然不在少数。静轩自然不会客气，但他并没有直接批评或是驳斥这些自欺欺人的想法，却通过另一种更讽刺的方式引发读者深思：

> 忽闻间壁有声："歇歇歇，全道僧，陋谈休为。米价虽贵，非百两买一升。悸悸勿为。烦烦烦烦。莫适而非论米价。如予，世有饥馑，我无饥馑。有酒则足。朝亦既倒五合。痛快痛快。米之有无，我不管。不闻乎芝翫优人之上方。留别一场，惊天闹地。飙顾连中醵之，一夕百金，一日千两，千两千两，两两两。成田不

---

① 日野龙夫校注：《江户繁昌记·柳桥新志》，东京：岩波书店，1989年，第186页，注1。
② 日野龙夫校注：《江户繁昌记·柳桥新志》，东京：岩波书店，1989年，第186页，注3。这里所说单位应该是"升"，但具体量有多少说法不一。

动,比之无炎,水天宫较之莫影。入则啜粥,出则赈之芝翫。是江户人所以为江户人,孰道,俭约俭约。楚人遗弓,人拾之。抛千掷万,毕竟不之天地外。如汝等,不知世有大算计。口气腐儒样,动说俭,陋陋烦烦。"忽听路次头,铎音锵锵。盖神道者流,还昼膳也。①

　　静轩笔下这位邻居非常不客气, 也可能是酒醉尚未清醒之时的一番话, 好似一盆凉水从和尚头顶浇到脚面。这位房客先是对僧尼讨论米价显得极不耐烦, 说即便米贵, 也没贵到百两一升。且像他这样爱喝酒的, 没有米也照样活得很好。何止是好, 反而是更快活, 所以米多少和他无关。邻人觉得让大家勤俭, 其实没用, 非常有名的歌舞伎者, 一场演出, 惊天动地。邻人所说艺者应该是中村歌右卫门四世, 又名中村芝翫。据《续歌舞伎年代记》记载, 天保四年九月的时候, 此艺人前往大坂之前在"中村座"上演狂言作为告别演出。堺町两侧插满了为其饯别的旗子, 甚至有大名亲自题字的看板, 其他各类饯行送别的礼物堆满了他"芝居小屋"的门前, 多到无法记述的程度。②用醉客的话说, 就是"一夕百金, 一日千两"。不动明王背上的火焰也无法与之相比③, 去水天宫参拜的热闹劲儿④也不值一提了。即使在家喝粥, 也要花钱去凑这个热闹, 这就是江户人的性格, 谁说要节约。就像楚王遗失了弓箭一样, 捡到的还是楚人。⑤那花出去的万千金银, 也还是留在江户。最后骂说像他们这样的僧尼是不会明白的, 这世间还有更大的计算轮回。张口就说节俭, 语气像是腐儒, 让人受不了。

　　此一番言语, 表面上看甚是过分, 实则骂得畅快淋漓。不难想象, 这位相当随性的嗜酒邻居, 就是静轩内心的代言人。而江户人对于歌舞伎艺人不计成本的狂热和对娱乐的极端推崇, 仿佛就是幕末社会真实的缩影。世人让自己麻木于娱乐恰如醉汉让自己麻木于酒精中, 大家都不去想世间的痛苦, 得过且

①　寺门静轩:《江户繁昌记》(三编),江户:克己塾,1832 年,第 34 页。
②　日野龙夫校注:《江户繁昌记·柳桥新志》,东京:岩波书店,1989 年,第 186 页,注 21。
③　寺门静轩在《江户繁昌记》的"游园会"一章中将火患再起比作不动明王归来。
④　增上寺裏手的久留米藩主有马玄藩头家祭祀着水神,允许普通市民参拜。每月的五日是"缘日",参拜者甚多,很是热闹。
⑤　出自《孔子家语·好主》:"楚王出游,亡弓,左右请求之。王曰:'止,楚王失弓,楚人得之,又何求之!'孔子闻之,惜乎其不大也,不曰人遗弓,人得之而已,何必楚也。"在这里是强调花出去的钱也在世间流转,亦有其作用。

过，并且自得其乐。若将这位让人不爽的邻居直接换作静轩来看，正是这样的无所作为与无奈，使他只能去买醉。在静轩看来，人们各种对米价的讨论已经听得厌烦了，暂时的救济无非只是延缓了社会矛盾的激化。大部分人醉心于娱乐，毫无社会责任感可言。像僧人这样假惺惺地编织着不可能实现的美好愿景来自欺欺人的愚民，让静轩更无法接受，必须借着酒劲儿大骂一番以吐心中不快。

二、底层庶民的生活

江户普通町人生活又是怎样一番情景？ 静轩借长屋里妇人们口中的家长里短，为我们揭开了江户城底层百姓生活的一角：

> 数牝一团，负儿抱稚，喧哗林立于井边。适见鱼商担鱼叫过。牝等呼住，叩值。商便卸担倒尾，言："这般老大，一贯钱外，一文难减。"一牝道："食御救米身分，一贯难上牙，如遇捡饭箩司至，何以应之。八百则食。"推论数番，值定刲血。作脍作炙。恰好小厮叫酒，牝颐命曰："趁早提一樽来。"恰好闻得吹角鸣铙，叫声饧饧。牝等皆付儿四钱，遣买。
>
> 于焉乎环坐相依，大椀仰醇。阿松道："大屋_{富家广厦}那话，朝来早出。不知何之。"阿梅道："闻往戏场，阿松娘不识知乎？彼向人言：'使儿仕某侯家。'诞诞。其实某商外妾，且不似侯妾面目。那幸皙白，藉皙掩丑。如使他黧，也没三分颜色。然看他自悦，骄慢越度。非公家落胤也。到底大屋之女，大笑大笑。"松使手言："低之，声高，恐达。"梅反目言："叱何管？ 其样毋畏。算钱借居。要大屋者，我辈所役。名主^{闾长也}亦我佣之也。彼宜畏我，我喝畏彼。"松道："闻否，本乡婆婆，卒果免身_{本乡元坊商妻年七十，免身于天保四年}，岂不生憎。稀有稀有。千古奇孕，桓武以来未闻。想所生儿，不鬼则天狗。"梅道："蹴人疗病，不亦锻冶坊天狗童乎？ 那童亦怪。毒庵老言：'天狗与人杂居，纵治病，殆无人魔之别。妖莫甚焉。'不说不已药卖。唯妬童子脚。但如然，那天童，不独蹴疾。可谓亦踏医面。好笑。"阿竹道："那典铺老婆，不颊高与。每遇混堂，鼻以应人。叱叱。五一三六，店无表里，何容贵贱？ 要以有我贫彼生活。百钱，征四文外，捐利也，时贷也，年中供奉，皆自此方。咄，何扬气。脐下，沸茶_{音铺}。那寺社亦然_{寺社奉行近}。看人如看犬，常言治癫病，治癫病_{癫癫天章}。然彼药笼亦没有。寺社者寺社也，药笼不持_{僧医}。是不那辈之谓乎？"喧哗方酣，主人担空篮归。牝叫："如何早归？"夫道："今日造化高，一饷卖

清,赢亦不少。因为卿买鲭。"出一箨苞,放在妇前道:"一浴归。"妇道:"先操一
汲往。"夫便提军持出。①

　　几位赁居于长屋的妇人抱着孩子在井边闲聊。这可能是江户普通市民生活
最平凡也最具代表性的一幕了。聊天时还要备些小菜小酌一番。俗话说酒壮怂
人胆,喝了酒之后妇人们便开始口无遮拦。阿松和阿梅调侃起"大屋"及其
女儿。

　　所谓"大屋",就是长屋的管理者,负责各类长屋的房屋租赁以及大小事
务。"大屋"并非长屋的所有者,各地的大名和大地主等是实际的资产拥有者。
"大屋"不过是为"房东"们打理资产的管理人罢了。女房客阿松看到"大屋"
总是一大早就出门,闲聊间故意问起不知道他去干什么。阿梅很自然地接过话
茬,说可能是去"戏场",还说"大屋"告诉邻里他让自己的女儿在某大户人家
侍奉。静轩将阿梅塑造成了好打听的典型长舌妇。据阿梅了解,大屋的女儿是
去做了什么商人的外妾,而且不是大商人的妾。当时的江户盛行纳妾,静轩在
繁昌记"外妾"一段中有所叙述。外妾在江户时代地位卑贱,在被称为"侧室"
的小老婆地位之下。阿梅又对其容貌进行一番品评,最后调侃她连个大户公家
的私生女都算不上,不过是个长屋"大屋"的女儿罢了,平时一副"骄慢越度"
的姿态,甚是可笑。阿松还是有些顾忌的,赶紧让阿梅小点儿声,怕被人听到。
此时阿梅正聊得来劲,也或许是酒力上头,还要进一步自我解嘲。说大家有什
么好怕的,都是花钱租房,长屋的"大屋"不过是给她打工服务的,这条街的管
理者"名主"也不过是帮佣的角色罢了。阿梅觉得没理由怕"大屋",对方应害
怕自己才是,摆出一副穷人当家做主的架势。

　　接下来阿松又把话题转到一位"本乡"老妇人怀孕的事儿。据《藤冈屋日
记》天保四年中的记载,本乡的飞脚平右卫门之妻,在天保四年（1833 年）其
七十一岁高龄时发现怀孕八个月②。这等奇事自然是静轩笔下妇人们嚼舌的绝
好题材。阿松说此事甚是让人心生嫉恨,实在是稀有,千古奇孕。她觉得这种

---

① 　寺门静轩:《江户繁昌记》(三编),江户:克己塾,1832 年,第 34—36 页。
② 　日野龙夫校注:《江户繁昌记·柳桥新志》,东京:岩波书店,1989 年,第 188 页,注 8。

怪事，桓武天皇①开始到现在都没听说过，想必生下来的不会是人，不是鬼就是天狗。说起天狗，阿松又接过话题，说在锻冶坊②听说有叫"毒庵老"的江湖郎中，带着个"天狗童"行医，说只要被童子脚踢便能治病。这等不正经卖药却蛊惑人心的江湖郎中，还不赶紧让那童子踢他脸给他治治病才好，真是可笑。笔者没有找到故事出处，但明显是嘲讽愚昧的迷信。

这两则故事是静轩笔记小说中较为典型的搜奇类叙事，我们能读出静轩是唯物倾向的作家，尤其是对"天狗童"的故事持批判态度。他用这种方式对江户人的无知迷信和易受蛊惑进行调侃，以求在娱乐文字的背后启迪民众。神鬼过后，仍少不了对身边各种人物的品评。长屋有"表"和"里"，买卖人自不会少，也就常有生活条件好些的町人商贩来来往往。于是静轩借名为阿竹的妇人说起"表"屋典当铺的老板娘。

从阿竹口中可知，这位老板娘见了谁都是一副高高在上的样子，混堂洗澡的时候头抬起来用鼻子看人。阿竹觉得像她们这样的平民与当铺老板娘相比，就像赌博得点数的五十一或者三十六，半斤八两。虽说有"表""里"之分，但住的还不一样都是长屋，哪有什么贵贱。阿竹心中觉得不平的，是同一屋檐下，当铺却要靠对他们这样贫困的底层町人放高利贷来赚钱，除了借百钱要给四文利息外，还有捐利③、时贷④、年中供奉⑤这些，在他们身上赚的钱可是不少。这里阿竹用了一个日本俗语"脐下茶沸"来表达她对当铺老板娘的不屑一顾。意思是说笑得让人小肚子不停抽动，就像煮茶沸腾的样子，甚是夸张。随后又说到寺社，"寺社"在日语里发音类似"儒者"，阿竹说寺社之人治癫痫。"癫痫"的发音在日语中很像"天下"，意思即儒者说要治理天下。当时又有"医者仅为医者，不持药箱"的民间歌谣⑥。结合起来便能明了这是静轩借阿竹的嘴来讽刺宿儒仅有儒者之名，嘴里喊着要治理天下，却像医生不带药箱去治

---

① 桓武天皇，生于天平九年（737 年），卒于延历二十五年三月十七日（806 年 4 月 9 日），日本第五十代天皇，在位年自天应元年四月三日（781 年 4 月 30 日）至延历二十五年三月十七日（806 年 4 月 9 日）。

② 现东京千代田区附近。

③ "捐利"也叫"天引利息"，就是在借贷的时候从借款总额中提前将要支付的利息扣除，将剩下的钱贷给借款人。

④ "时贷"也叫"当座贷"，是短期不限时间的利息相当高的高利贷。

⑤ 借款人除了换本金和利息外，为了讨好当铺，年节时还要送些钱财礼物。

⑥ 日野龙夫校注：《江户繁昌记·柳桥新志》，东京：岩波书店，1989 年，第 189 页，注 27。

病一样，滑稽可笑。

从房东"大屋"之女到怀孕老妪，从天狗又聊到当铺，几位妇人各吐心中不快，虽都是笑话和蔑视的口吻，但背后仍隐约有一丝悲哀。这些底层町人无力去改变社会地位，在无奈的生活中只能以这种方式来遣闷。不管嘴上将那些大屋儒者医生们怎样贬得一文不值，生活终归是生活。当丈夫买鱼归来，她们立即回归现实的主妇角色。前后对比差异之大、变化之快，给人滑稽感的同时让人感叹。笔者觉得同是出身于江户市井的静轩，特地用"岁寒三友"的松、竹、梅来称呼这三个具有代表性的妇人，其内心对于底层町人的情感，还不应仅仅用同情来形容。这种认同感和无奈感的传递，已然跨越了时空。

三、盲人

江户城中的底层町人又是如何营生的呢，静轩以盲人按摩的业者为例，向我们揭示了江户城中身患残疾的底层町人生活状态：

> 间壁二盲人，方觉。伸一伸曰："官市名何时辰？"曰："昨之今时。"曰："舍舍，昨夜何如，有获乎？"曰："有有，造化大高。出则径按了二肩，出则又破呼，连摩四脚。出即呼，其家逆旅。五肩六脚，偷手略按，归就寝。东方已白。"曰："予熟睡不知汝归。汝连夕好运。其而往二三年内，捡按瞽可取。"曰："舍之，汝辩佞，善屈善忍。妙取人意。思如汝必捡按。豫买祝酒。"曰："叱。休调。"曰："闻汝近多周旋家。须勤须勤。如士人谒抬举，不唯善屈。且苦人事。我曹比之，十分利害。我出身全因他人钱。"忽听小婢推户。曰："恕恕。"曰："奚自？"曰："自横坊堺铺。火急，请贵疗。"曰："不亦家娘苦癫软？"曰："不然，家丈从场所还，瘟疾偶动。"曰："诺。先去，随即至。"官问曰："堺铺谁？"曰："那日算赁商耳。"偶簧鼻孔，低昂嗅空。曰："佳馨佳馨，谁家命鳝炙。"又倾耳朵曰："好响，河漏匣送来。"猛听得外面刮喇，风波人起。盲等周章待走。会一商至，一担两个修匣，匣外画书金山寺醋名。曰："休骇，休走。今日表面酒店始开肆，乃卖索人来要钱也耳。"

> 只见一个个，一样打扮，负箱荷伞，喧杂归至，一同揖主人。主人道："列位劳矣。"又见一手下走还。主道："今日牌数几许？"手下蹙眉曰："又从昨减，今番骆驮不复如前番，甚没景气。"作者按也，所谓山师者，盖是。原来无常产。药也，菓

子也,劝物开帐,相时出业,乘变下手。这般商卖,都下繁昌亦可见。①

盲人群体,绝对是社会底层中的底层。然而江户时代的盲人们却能有不平凡的出路——盲官。盲官始于仁明天皇②之子仁康亲王③。仁康亲王年轻时就双目失明,皈依佛门之后召集了一些盲人,并教他们管弦、琵琶、诗歌等。仁康亲王去世以后,辅佐他的两位盲人被分别授予"检校"和"勾当"两个职务,之后便延续至德川幕府。但到了江户时代已经发生了很大变化,江户城的盲人们已经有了组织,并且内部有很细化并严格的等级制度。在隶属于寺社奉行权限管理下,从最高职位的检校开始,顺序有别当、勾当、座头等七十三个等级。当时盲官组织具有相当的影响力,最高级别的总检校可以受到将军接见,几乎和大名们平起平坐。这样的盲人组织自然需要经营,他们几乎垄断了江户的三曲演艺、针灸按摩等行业。又因赚钱较快,很多盲官亦开始放贷给贫穷的御家人、旗本和町人等。后来盲人们靠金钱来买卖官职进行升迁也被默认,大兴卖官鬻爵之风,要做到最高位的检校所花费总金额要七百一十九两之巨。江户后期放高利贷者甚多,围绕盲官群体也产生了很多社会问题。

这就是两位盲人交谈的背景。目前他们还只能靠给人按摩和针灸理疗来养活自己,但最终目标一样是出人头地。名为宫市的盲人忙活了一晚上到天亮才回来,起床后和同屋的另一个盲人聊天。显然宫市的活儿不少,累到转天一早最后只能应付一下了事,钱应是赚了不少。同屋称赞他这样努力用不了两三年就能当上"检校"。而宫市也听说同屋最近经常出入大户人家,于是鼓励其力争上游,争取受到权贵的赏识提拔。所以他们出人头地不光要靠拼命干活儿,还要花钱。如此这般努力,就一定会前途光明吗? 正在这时候,大户人家的丫鬟来请室友去看病,宫市问是谁家,室友说是放高利贷的。可见大部分所谓的"大户人家"不过是此等人也,真正的权力阶层固不是那么容易接触到的。有求自然必应,他打算马上出发前往。然而随后登场的人物却使人心头一紧。

正要出门,闻见烤鳝鱼的味道,然后听到外面有送外卖的脚步声,以为是送荞麦面的。突然又是一阵骚乱,风波大起。两人想到定是出了不好的事情,

---

① 寺门静轩:《江户繁昌记》(三编),江户:克己塾,1832年,第36—37页。

② 仁明天皇:弘仁元年(810年)至嘉祥三年(850年),平安时代初期的第五十四代天皇,讳正良。嵯峨天皇的第二皇子。

③ 仁康亲王:天长八年(831年)至贞观十四年(872年),仁明天皇的第四皇子。

也想赶紧躲避。脚还没来得及迈，一名商人提着写有"金山寺"的匣子进来了。他拦住二人，说今天有长屋"表"店的酒店开业，所以为了卖东西求财而来。卖什么东西会让大家避而不及甚至是骚乱呢？ 江户时代的建筑基本为木制，极易发生火灾，为了救火而建立起的消防组织被称为"卧烟"。其活动资金来源之一，就是将一文一个的铜板穿成串，用绳子系好做成叫"钱缗"的东西来贩卖。①当然所卖的金额要高于"钱缗"本身的价格，所以基本上都是强买强卖。尤其是遇到新开张的商店会成为他们强行推销的借口。里店中的房客们自然成为被"勒索"的对象。

静轩没说最后两位盲人是不是被强行消费了，话题转到他们不光卖"钱缗"，也经营"见世物小屋"。 这里所说的"牌"，应该是"香具师"根据营收给老板的抽成。一众人中有一个被管事儿的叫住，问营收情况。其面露难色说不太好，比昨天又少了。原因是有别家找来骆驼展示，把客人都吸引走了。根据记载，文政四年（1821 年）有从长崎进口由波斯来的两匹骆驼，被带到江户两国桥地区的"见世物小屋"展示，非常受欢迎，静轩应是借用了此事来进行杜撰。②由此看来幕末的江户城虽没到强盗横行的地步，但底层町人受到的盘剥着实不少。

静轩将这些专做投机生意的人称作"山师"。原本是指买卖矿山的商人，但是运气成分比较大，如同赌博。这些卖药、卖点心、做"见世物"、开账等生意的人没有自己的本钱，什么流行能挣钱就干什么，投机取巧骗人钱财罢了。静轩于是感叹这就是江户当时商业的"繁昌"，而此等繁昌也就只能见于江户城。这番描述的用意不难理解，城市的发展、商业的发达促使贫富差距的扩大，拜金主义横行，欺凌弱者的事情层出不穷。静轩身处这样的都会生活，看到物欲横流背后人们生活的艰辛，又岂能无动于衷。

---

① 喜田川守贞:《守贞谩稿》(生业・下)，卷之六，1837 年。
② 日野龙夫校注《江户繁昌记・柳桥新志》，东京:岩波书店，1989 年，第 190 页，注 21。

第三节　水户德川家

一、上书自荐受辱

　　静轩说了许多别人的故事，他对于自己的定位是怎样的呢？　静轩借一浪人之口，道出了自己虽努力却无望，终在仕途上受挫的遭遇。静轩以底层的浪人儒者听闻当时的君主英明好学并被大家称为明君复出的故事，将自己曾上书某位"执事"自荐的过程引出，娓娓道来。他在文中加了小注"韩氏幽灵"，是指我国唐代韩愈的故事。韩愈一生仕途之路坎坷，多次参加科举考试失败。后来中进士之后参加博学宏词科考试，屡次失败。期间曾三次给宰相上书也都未能收到回信，后来又曾三次到当权者家拜访，也均被拒之门外。静轩自觉和他的经历有很多相似之处，也是多次上书无果，亲自登门拜访也被拒之门外，所写文书石沉大海。这进一步印证了静轩笔下的浪人就是他的自白。浪人为来催债的大屋所念的文书草稿即静轩对自己仕途之路的总结和自白。

　　我们可以在《静轩文钞》中找到与这里的"上书"草稿内容几乎相同的一篇文章，名为《上执事某书》。静轩究竟是给谁上书，又是想从哪里进入仕途之路呢？　我们先来看看他"上书"的内容。第一封上书内容写道：

　　某顿首再拜，谨奉书执事某左右。夫人之思旧者，情也矣。理也矣。贤乎、愚乎，孰得不眷恋于此也哉。禽鸟无知，其归犹寻旧巢。人而忘旧，非情也。非理也。则非人也矣。生深山穷谷，而与水石麋鹿居而游者，一日，闻都下繁昌。兴曰："盍适。"其来往数年，仅尝大都会土之风味，便谓："故国者陋矣。丈夫开业，弘术，出身显名，舍此何之。"不遂定终焉之志也，盖少矣。然而虽其人既已贵，其家既已富，莫为而弗成，莫思而弗遂，身体强健，子孙繁滋，气盈神王乎？然犹弗动一点思旧之情，于触事感物之际也，盖亦决不能矣。况乎其贫且病者，情之所然也。理之所然也。且人之求主，而避昏就明，盖亦情也矣。此亦理也矣。伊尹负鼎，邹阳背淮，理之所然也。情之所然也，鸟犹择木栖焉。人而不择，斯戾理，反情。非人之所为也。某亦人也。鸟之不如乎。安为独戾理反情，忘旧就昏之为。虽某不似，亦饰固陋之心，于东西于南北，未必可言仕难求也。然

尚不之，然尚不干。俛三十年来不俛之首，屈一万余日不屈之膝，谒之于执事
之门者，区区之情，欲就旧与明，而不为戾理反情之为也。①

　　静轩在此篇上书中表达了很强烈的想要进入藩政施展抱负的意愿。一上来
先表明了自己是思旧之人，"旧"说的是哪里呢？ 静轩指的是他父亲曾经"侍
奉"过的水户藩。他随后又说，连禽鸟都知道寻找旧巢，那么人怎么能不寻故
土呢？ 静轩举了个例子，说一直在山石间与麋鹿一起生活的人，也就是意指生
活在偏远山间乡下的人，听说有江户城这样的繁华之地，肯定是要来看看的。
这样从乡下到城市多年往来之后，大多数人必会是向往大都会的生活，且都抱
定主意要在城市扎根下来以求出人头地。不过就算之后有了显赫的地位、富足
的生活，心想事成，身体强健，子孙满堂，成为气如神王般的人，也难免看到旧
物会有乡愁。更何况贫弱有病之人，于情于理都不可能不怀有思乡之情。如果
说人要求主（选择可以跟随的君王），那定是要避开昏君而选明君。

　　静轩在此借用了两个典故：一个是我国商代伊尹曾背负鼎俎去见汤王，借
说调理餐饭之事来进言②；另一个是我国西汉时期的邹阳投奔梁孝王之事，故说
良禽择木而栖③。静轩随即表达他绝对不会做"忘旧就昏"之事。并说他之前一
直是不屑于仕途的，但如果真想出仕，东南西北无论去哪里都不是难事。只是
至今没做过"仕官"，也没想过要去"仕官"罢了。但这次为了辅佐故乡的明
君，甘愿低下从出生到现在三十年不曾低下之头，弯曲从生下来到现在一万多
天都不曾屈过的膝盖，亲自登门拜访执事，只是为求理而不背于情。从这第一
封上书来看，静轩确实表达了很强烈的进入水户藩的意愿。但字里行间透露着
的却是儒者的过度自信，甚至是有些自大的口吻。

二、"养子"输出

　　信读到这里，我们不禁要问，究竟当时发生了什么样的事情，让这样孤傲
不屑于功名利禄的静轩产生了如此强烈想要进入仕途的愿望，但为什么却又屡

---

　　① 寺门静轩：《江户繁昌记》（三编），江户：克己塾，1832 年，第 39 页。
　　② 出自《史记》卷三《殷本纪》：伊尹名阿衡。阿衡欲奸汤而无由，乃为有莘氏媵臣，负鼎
俎，以滋味说汤，致于王道。或曰，伊尹处士，汤使人聘迎之，五反然后肯往从汤，言素王及九主
之事。
　　③ 出自《左传·哀公十一年》，孔子说："鸟则择木，木岂能择鸟。"后因而有"良禽择木而
栖，贤臣择主而事"之说。

屡失败呢？ 静轩对涉及的人物皆没有指名道姓，但我们却可结合历史从中看到一些端倪。第二封"上书"以及静轩在之后所写的"祭文"，为我们了解他从何时起参与"仕官"并开始上书提供了一些线索。若仔细研读，则不难了解当时的社会背景以及静轩的心境。

我们先回顾一下之前静轩为自己所写《静轩居士寿碣志》中的一段话："文政年间归江户投旧主上书，书入不报，慨然谓今儒虽贱夹书送生……"提到"旧主"，从时代背景的分析和静轩的介绍，不难看出说的是当时水户藩的大名。静轩友人中村菊园也为我们提供了佐证信息。菊园为静轩的《太平志》所撰序中，开头便说："寺门子温者，予忘年益友也。乃翁尝仕水府权用有功……"① "水府"即水户藩无疑。想要确定这位当年水户藩最高权力者的身份并不难，静轩自己所作序文最后注明时间是"天保甲午"，也就是天保五年（1834年）。所以静轩上书必定是在这之前。距离静轩创作《江户繁昌记》时间上最近的水户藩大名，便是德川齐昭。德川齐昭于文政十二年（1829年）十月接替其兄长成为水户藩大名。故静轩上书应是在转年的文政十三年（1830年）三月之前。当时的水户藩是怎样的状况，静轩是基于什么样的判断而极力参加"仕官"运动的呢？ 我们需先从当时接过水户藩大名之位的德川齐昭及成为权力争夺手段的"养子"制度说起。

提到水户德川家，其第二代"当主"②德川光圀是众所周知名望最高的水户藩主。封建世袭制度无法保障权力皆由优秀家族成员继承。身负众望的德川齐昭能成为水户家第九代当主，也因为第八代当主德川齐修是位非常凡庸的领导者。德川齐修几乎不理藩政，将大小政事交给其他老臣们处理。在他治家的第十三个年头，即文政十二年（1829年）一病不起。德川齐修没有子嗣，所以继承人便成了问题。理论上应选一个和他有血缘关系的兄弟或者兄弟之子，但江户时代有养子制度，这就使事情变得复杂起来。所谓"养子"，就是将亲戚家或是完全没有血缘关系的孩子过继到自己家里。在没有子嗣的家庭，养子继承家业是普遍现象。而这种制度也就成了权力争夺，或某些大家族间接扩大影响力的一种方式。

---

① 寺门静轩:《太平志》,江户:克己塾,1834年,第1页。
② 日本将土地的主人,大家族的领导者也叫作"当主"。

当时的德川幕府十一代将军德川家齐就是养子出身。德川家齐是从"御三卿"①之一的"一桥德川家"来到将军家做了养子。幕府第十代将军德川家治的两个儿子纷纷夭折，一桥德川家当时的第二代当主一桥治济抓住机会，让自己仅八岁的儿子德川家齐进入了将军家，并且使其于十四岁时候继承了将军之位。一桥治济不光是在将军家有着强大的影响力，其血脉也延伸到了"御三家"②的纪州德川家和尾州德川家。宽政五年（1793 年）的时候德川家齐想尊封自己的父亲一桥治济为"大御所"。但是此称号只能封给幕府已故的将军，所以当时的"老中"松平定信极力反对。为此德川家齐和一桥治济一起罢免了松平定信。这件事情足可说明"养子"制度对幕政的影响之大。德川家齐是幕府列位将军中，妻妾成群子嗣甚多的一名。继而正好可以将其子送到别的藩家或是非常有权势的家族中做养子，借此产生影响力。女儿则可以通过婚配来达到相同的目的。这是非常有效的政治渗透，很多将军家"输出"的养子后来都成为重要家族的继承人。我们且按照年龄排比，列举德川家齐送出的比较有影响力的养子：

菊千代　　纪州德川家　（成为十一代当主）

虎千代　　纪州德川家　（十代当主家养子，早逝。后继者菊千代）

乙五郎　　因州鸟取池田因幡守家

银之助　　作州津山松平越後守家

直七郎　　尾州德川家

德之佐　　石州浜田松平右近将监家

民之助　　越前松平左进卫权中将家

松菊　　　阿州德岛蜂须贺阿波守家

纪五郎　　武州川越松平大和守家

周丸　　　播州明石松平左兵卫家③

---

① 御三卿：指田安德川家、一桥德川家和清水德川家。这三家和早前创设的御三家相同，都是作为德川幕府将军继承人之列选。这三家的当主都是从三位，相当于"卿"的官位，所以被合称为御三卿。姓氏其实都是德川，而田安、一桥和清水的通称，其实是取自离其住宅所在地最近的江户城城门名称。

② 当时除德川本家外，拥有征夷大将军继承权的尾州家、纪州家、水户家三支分家（德川御三家）。

③ 佐藤雅美：《江户繁昌记》，东京：讲谈社，2007 年，第 126 页。

　　以上皆是大将军德川家齐的儿子，也就是一桥治济的孙子。如此看来"御三家"中唯独没被一桥家染指的，只有水户德川家了。之前说过彼时的水户家第八代当主德川齐修没有子嗣，则理论上对一桥治济派养子来讲非常有利，是将军家掌控水户藩的绝妙机会。德川齐修尽管生性懦弱，但在养子的问题上却没有妥协，拒绝了将军家的提议。一桥治济是一位野心家，他虽不在将军之位，但论及对当时幕政的影响力，实在将军之上。一桥治济当然不会这么简简单单地就放弃对水户家的控制，一直虎视眈眈。可天不遂人愿，衰老是人最强大的对手。一桥治济毕竟只是一介凡人，他于文政十年（1827 年）二月撒手人寰。此后德川家齐也就放弃了送养子去水户藩的计划，他把预备送去水户家的三个儿子，如之前所做列表中的松菊、纪五郎和周丸，一并送到其他名门中做了养子。

　　权力斗争必然不会这么简单结束，继承人问题在水户家内部也产生了对立。德川齐修一共有四个同父异母的兄弟，一位去世得很早，另两位分别被送去了支藩做养子。还剩下一位叫"敬三郎"的弟弟。从顺序上来讲，应该是敬三郎即位。但一桥治济没有善罢甘休。他在世时虽没能把将军家的儿子送进水户家做养子，但还是安排了德川家齐的一位名为峰姬的女儿作为正室嫁给了水户藩大名德川齐修。峰姬是将军家的嫡系，她一方面为了笼络水户家的人心，将敬三郎的长女收为养女。另一方面，为了表示对水户家的敬意和重视，进一步拉近水户家与将军家的关系，想要把将军德川家齐的另一名在御三卿之一的清水家做养子的儿子"恒之丞"招来做水户家的"婿养子"。这是给敬三郎推荐上门女婿，但最终没能如愿。幕府的最高权力者将军家，未能阻止水户藩的敬三郎——德川齐昭，继承藩家大名之位，可以说是幕末政治的一大转折。寺门静轩的儒者情怀使他对幕政的关心自不用说，其父又曾是水户藩的公职，水户家能反抗一桥家对幕府名不正言不顺的独裁专治，必定使他心中为之一振。且不光是静轩，对于大部分江户的知识分子来讲，皆如心中的死水中投入一颗石子，激起涟漪。故笔者觉得有必要在此多费些笔墨，介绍一下德川齐昭及当时水户德川家的情况。

　　德川齐昭是第八代水户当主德川齐修的弟弟，原名敬三郎。和齐修相比，敬三郎天资聪明，善于雄辩，眼光独到，行事作风坚决，从不拖泥带水，是一位不简单的人物。所以年轻时就被水户家作为继承人看好。敬三郎年轻时，早已被选好了做养子的去处，但就是迟迟没能送走，被德川齐修刻意留在了身边。

水户家后被追谥为"武公"的第七代当主德川治纪，在青山延于所著的《武公遗事》中有对敬三郎的这样一段话：

> たとひ何方の養子を相成とも、御譜代大名へは参り不申候様に心得可申候。譜代は何事か天下に大変出来候へば、将軍家にしたがひをる故に天子に向ひたてまつりて弓をも引かねばならぬ事なり。これは常に君としてつかうまつる故にかくあるべき事なれども、我等は将軍家いかほど御尤の事にても天子に御向ひ弓をひかせられなば、少も将軍家にしたがひ奉る事はせぬ心得なり。何程将軍家理のある事なりとも天子を敵と遊され候ては、不義の事んれば、我は将軍家に従ふことはあるまじ。①

> （无论成为谁家的养子，都不要去谱代大名家。如果天下出了什么大事，谱代大名就必须跟随将军家向天皇开弓。所以你一定要牢记在心，我等决不能做向天子开弓之事，现在只是仕奉将军家罢了。无论将军家再怎么有理而要与天子为敌，我们也不能跟随将军家做不义之事。）

可以看出武公心里很明白，不想让敬三郎去做谱代大名的养子，因为一旦继承了大名家业，就不得不完全听从于将军家。他亦认为即使现在侍奉将军家，但天子（也就是天皇）依然是天子，如果有一天将军家和天皇决裂，就是再忠心于将军家，也不能跟随将军做有损于天皇的事情。究竟是天子皇权思想的左右，还是水户家治纪对将军家，或者说是对一桥治济始终不信任，我们不得而知。但水户家和将军家这样的对立应不是偶然的。或者说德川幕府统治集团与地方势力，表面上是封建地主阶级权力共同体，但实际上为了各自的利益，暗地里钩心斗角，有很多不可调和的矛盾。江户城则是当时这种状况的缩影，表面繁荣下实则暗流汹涌。

德川幕府应对这些对立，在统治时期有各种削弱大名势力的政策。加之天灾人祸、严重的通胀等，也使各藩的财政出现问题。所以 19 世纪中后期，日本社会从幕政到各藩政都谋求变革。当时的水户藩也不例外，围绕着改革，权力内部有两股势力的分化。一派是以当时的老臣榊原照昌为首拥护峰姬的势力，

---

① 塚越芳太郎：《读史余录》，东京：民友社，1901 年，第 378 页。

他们想让将军德川家齐在清水藩做养子的儿子清水恒之丞来继位，这样就可以获得将军家的青睐，受到赏赐，以摆脱财政危机。另一派则以年轻一代为代表，想通过藩政改革来壮大自己的少壮改革派。静轩自然强力支持后者，但受限于无水户家的身份，无法在政治上施展抱负。空有学问却在激烈变革的时代中无法挺身而出，其心中的焦急和郁郁不难想象。

三、水户藩的改革

静轩笔下亦有"复见某君"，是指水户藩非常有名的第二代当主德川光圀。他是水户家改革派的代表人物，奠定了水户德川家成为幕府强藩的基础。由德川光圀发起编纂的《大日本史》对日本史观影响延续至今。尽管其最终完成出版已经是时隔二百五十年后的明治时期，但为了完成此项事业，当时的水户藩倾其财力之所能，并设立"史馆"机构广招人才，专门负责编纂事业。那时的改革派代表们几乎都出自史馆，如非常有名的藤田东湖、会泽正志斋等人。改革派在当时最重要的事件影响，就是在水户藩大名德川齐修死后，直接到江户向将军"越诉"①，推举敬三郎成为水户的新当主。在静轩这样的知识分子心中，此等行径无异于"壮举"。

静轩通过其父，自然对水户藩多有了解。之前所说改革派的藤田东湖之父藤田次郎左卫门，是史馆总裁立原甚五郎的门人，他是出身于水户城边平民区的一位估衣商人。而上一段提到同为改革派的会泽正志斋则为藤田次郎左卫门的门人，其父亲会泽与兵卫曾是"郡奉行"下属的小史，与静轩之父寺门胜春是同僚。②不难想象静轩可以从不少渠道听说水户藩改革派的事情。水户老臣榊元照昌联合峰姬推举将军的儿子恒之丞来做养婿并最终继承水户家藩主之位的计划，遭到了改革派的强烈抵制而一直未能实现。改革派大都在较年轻时就被提拔进入史馆，是富有智慧和血气方刚的青壮年一代。在他们看来若是恒之丞继位，那水户藩最终只能沦为将军家的附属，结果必定是腐朽的保守派元老继续作威作福，藩政改革不会有希望。德川齐修虽然不是成大事之君，但他对水户家之后的命运看得比较明白，在死时留下的遗书里特地指认敬三郎为"继嗣子"，即藩政"当主"的继承人。这也为改革派最终赢得斗争胜利奠定了基础。

一桥治济在静轩这样的儒者们心中，是不折不扣的幕政独裁野心家。在前

---

① 跳过正常的诉讼手续，直接向更上一级的裁决机构上诉。
② 佐藤雅美：《江户繁昌记》，东京：讲谈社，2007年，第128—129页。

述对幕政一系列的操控下，一桥家实际控制着将军家以及大多数御三家和御三卿的政务。在幕政矛盾重重的状况下，不可能不受到其他藩家的抵制，但基本都以妥协和失败告终。水户家的敬三郎能够受到改革派的追捧，并最终违背将军家的意愿继承了水户家成为第九代当主，这无论对于水户家本身，还是当时幕末的政治环境，无异于一颗重磅炸弹。曾被蔑称为"史馆侍"的下层武士，向老臣和腐朽的上层权力挑战并赢得了斗争的胜利，极大地鼓舞了中下层的年轻儒生们。这一事件也成为水户德川家拉开改革大幕的标志。敬三郎成为当主，改名德川齐昭，首要做的就是着力于藩政改革，重用史馆出身的改革派武士。在德川齐昭推行的新政面前，水户家朝野上下倍感期待，人心沸腾。由此为推动，各藩也都纷纷开始藩政改革，广招人才。如我们之前所说静轩的两位同门——芳川波山和小滨大海都分别作为最早一批帮助设立藩校的知识分子，投身于不同地方的藩政改革中。

静轩自然是坐不住的，尤其是他"本家"水户藩的改革正值用人之际，更让我们这位笃信儒者须"治国，平天下"的静轩产生了强烈的"仕官"意愿。静轩本身就是折衷学者，反对复古的考证学等，各种思想上契合，必定使得静轩想要发挥自己的才干，投身改革来"尽显其能"。不过静轩没能如愿，期待越多失望也就越大。本来非常有信心的静轩却遭到了冷落。我们继续看他《上执事某书》中的第二封：

> 前日上书后，待命子日之长，一刻信为三秋之思。于今三十日，犹未得宜得之命。是所以不俟宜俟之命也。顾执事之意，为时犹不可耶？今则朝庭兴废继绝，将有为之秋。岂曰不可而可欤，抑犹疑某为人耶？请自白之。某，弱冠前，放达不羁，不择所交。太平之世，虽未至劫人掠物，可为之恶，亦莫不为。然一旦改志、励志以来，行顾言，言顾行，廿年孜孜如一日者，乡曲所知也。知识所见也。鬼之所瞰也。天之所鉴也。又盖执事所略闻而知也。请幸不疑焉。若今日而不举，万劫卒莫可起之理矣。某则蹈东海之波，饮恨死而已。伏冀哀此情，察此理，蒙一言之荐。呜呼，使朝庭继绝而共天职，某立身而食天禄者，实在执事一出入息之间也耳。是以犯罪忘愚，今复敢进此言，亦惟少垂怜焉。惶惧无已。①

---

① 寺门静轩：《江户繁昌记》（三编），江户：克己塾，1832年，第39—40页。

　　静轩说自己上书以后三十天都没有音信，每等一刻如隔三秋。当前水户藩正值用人之际，而他至今未得到应有的回复，所以又写了这第二封上书。静轩解释让别人传话怕对他有误解，所以亲自登门以求自荐。我们说他自大也好，过度自信也罢，静轩在等待中焦急的心情表达得很直白。静轩继而要重新介绍一下自己，说他在"弱冠"，即二十岁之前，放荡不羁，交友不慎，误入歧途。之后"改志"于学问，并且二十年孜孜不倦如一日。"乡曲"就是指水户藩，说他这等好学，故乡之人都知道，有识之士都能看到，且神鬼皆知，先祖在天之灵也看在眼里。静轩又说执事应该听说了他的事情，如果此次无法得到召见，此后将不再问世事，宁愿像鲁仲连一样①，蹈海愤愤而死，这显然是夸张的说法。于是静轩又说"执事"肯定是明察秋毫之人，藩政改革是奉天命而为。所以他是否能够侍奉天命，仅在"执事"一呼吸间就能决定。

　　如此，我们可以看到静轩想投身于藩政的迫切心情，及他对自己学问的自信。静轩说他从"弱冠"到上书想要仕官之前，有二十年如一日的刻苦读书，那么他上书的年龄应在三十岁至四十岁之间。《江户繁昌记》的创作始于天保二年，所以推断上书是在此之前，也就是静轩三十七岁之前的事情。再加上我们对水户藩政改革和德川齐昭继位的了解，能推算出静轩上书是在文政十三年，也就是 1830 年。静轩生于 1796 年，按照实际年龄来看，此时他已经三十五岁，正是人生中年富力强，并且最有自信的年纪。想想静轩身边并不比他强的"同窗"们也都顺利投身藩政改革，以其桀骜不驯的性格，写出这样的"上书"也是情理之中。可满心抱负的静轩却始终"书入不报"，最终被拒之门外。这对以儒者自居的他来说，等于宣判了仕途上的死刑。静轩在上书中表现出的自尊心和自信心遭受了无情的碾压，这对一位年富力强的武士阶层儒生来说，是何等羞辱，此时彼岸的我们或许不难理解。

---

　　①　出自典故"鲁连蹈海"，《鲁仲连邹阳列传》中齐国鲁仲连为救赵的一段话中说："彼秦者，弃礼义而上首功之国也，权使其士，虏使其民。彼即肆然而为帝，过而为政于天下，则连有蹈东海而死耳，吾不忍为之民也。所为见将军者，欲以助赵也。"表达了鲁仲连绝不屈服于秦国的决心。

第四节　浪　　人

一、窘困儒生与房东

静轩在《里店》这一章节的前半部分，为大家描述了非常典型的江户长屋的町人生活。他的"克己塾"就开办在这样的长屋之中，所以笔下的人物虽为虚构，但应是基于生活的艺术加工。僧尼的自欺欺人，普通妇人的调侃，盲人的无奈和被各种"骚扰"等，博读者一笑之余略感沉重。笔者通过《上执事某书》介绍了静轩与水户藩的纠葛，这封"上书"又作为他笔下一位身居长屋"浪人"的内心独白。静轩在《江户繁昌记》中通过部分狭邪描写抓住读者，又塑造了很多人物形象来讽刺权力阶级。而第三编最后的这位浪人，则是他的文学自画像，是对江户底层知识分子的真实描写。静轩终于将自己的经历融入了《江户繁昌记》，所以他在描写这位浪人儒者形象的手法上与之前明显不同。通过静轩的"上书"我们了解到他是心怀抱负的儒者，却最终没能进入仕途。究竟他在长屋中的生活是怎样的，在奔向仕途的过程中有何经历，甚至曾受到怎样的羞辱呢？　让我们来透过静轩的化身——这位蛰居在长屋的底层武士，来感受一番：

　　路次穷处，最后一户，有一浪人住焉。有邻德孤，户闃灶寒，酒厮鱼商，认得不过及此所。独见大屋屡来责宿钱。今日亦踵，伍长自外问："先生在乎？"生曰："在，在，请入座。"伍长上席，从容言曰："果知，所约宿赁，今日辨了。"生曰："未矣。"长少作色，而不言。有顷，曰："君不誓乎，今日决辨。今日而未，抑何日算得。延日延月，延至今日。今日而未，地主面前我更妆何一句？我进退亦谷，噫！"生搔首，曰："仆实无辞，然君子之穷^{正大}，借令延十年，偿决不欠一文^{曰然平能然平}。所不信者，犹有如皎日。"长曰："君皎日，予素照知。但奈地主，不亦苦乎？"生默矣^{四时行焉万物成}。长沉吟，有间，曰："君皎日，知者则知，世间难通。为君筹之，无如出仕。虽小禄云，禄则有力。予姻族女子，现奉仕君旧藩，且侍医某，亦予旧知。岂不好因缘乎？此手请援，饥寒或救。君如少屈，予亦从宜赞成。"

　　生少作色，曰："休，休。厚意诚可拜，奈平生所学。外贿、内谒，死亦难为。

枉尺直寻,古贤戒之。如见内之疚有欺己,三百,虽免宿钱责,一生遗憾,万劫难消。人间万事,天天命命。不知命,无以为君子。守命乐天,此间着多少妙味^{葇蔈}^{菱葭}。"①

这一浪人虽然也住在长屋,但和普通人明显有区别。子曰:"德不孤,必有邻。"②而静轩却说他"有邻德孤"。看来是一位将自己故意区别于一般町人,非常孤傲的浪人了。他窗户总是紧闭,也没有什么做饭的炊烟。卖酒卖鱼肉的商贩都认得这里,大家都绕着走。经常来拜访的就只有长屋的管理人"大屋",且一来就催缴房租。如此看来浪人的境地十分窘迫。这天"大屋"又来催房租,他倒也并不躲避,将对方请进屋来直接说自己还是没钱。"大屋"显然已经催过多次,他却是一拖再拖,总说之后某天交,但一次次不守信,这次还是一样。浪人虽没钱,但是嘴上却不能失了颜面。他为自己辩解,说君子就是欠了十年的钱,到有钱的时候也一分不少要还,不信的话"皎日"③照心。但是说到底还是没钱给房租,"大屋"很是郁闷,但又无奈。说这浪人的心如皎日他也知道,可地主要房租,这让他可怎么办才好。

这下说的浪人也无言以对。不过"大屋"也给浪人想了办法,说他家里的亲戚有一女子,正在浪人过去从属的"旧藩"工作,过去还是侍医。要是浪人稍稍委屈一下,他可以帮忙运作。若能结此姻缘,也就不用过这么清贫的生活了。听了此一席话,浪人这回面露不快了。此人一副儒生傲骨,明显是静轩的化身,绝不可能在这种情况下答应婚事,当然是要严词拒绝。像这样巴结别人,背后还要低三下四讨好老婆以达目的的事儿,静轩打死也不会干。如此曲折自己换取利益,自古君子避之而不为。他要是答应了让自己内心愧疚自欺欺人的这门婚事,虽能解决一时困难,定会一辈子都没法原谅自己。人间万事有自然的命运和规律。静轩借用了孔子在《论语·尧曰》中有关"三知"的话:"不知命无以为君子。"就是说君子要折服于自然内在的规律,以安身立命。然后又引用了《易经·系辞上》中的"乐天知命",也就是要乐观地对待自然趋势,知晓命运不可更改。如此一来,便可尽得人间美味。静轩对美味做了小

---

① 寺门静轩:《江户繁昌记》(三编),江户:克己塾,1832 年,第 37—38 页。

② 出自《论语·里仁》,意思是有道德的人是不会孤立的,一定会有思想一致的人与他相处。

③ 出自《诗经·王风·大车》:"谓予不信,有如皎日。"皎日就是明亮的太阳。

注——菜羹麦饭，何等讽刺与自嘲。静轩在此第三编的序中，实则表述过此观点了。在序的最后，说自己在继续创作《江户繁昌记》的过程中：

> ……一夕者掷笔大哭，还拾笔大笑，且笑且哭，终幡然改曰："不知命，无以为君子也。"平生所学其此而已。哭之亦不知命也，笑之亦不知命也。圣人之道，可笑笑之，可哭哭之，则吾哭之不省分也，吾笑之不畏命也，乃守分焉，安命焉，乐天而记。①

静轩这里所表达的依然是对命运的无法掌控，虽然知道君子须"知命"，但他无论是受到挫折而哀伤还是遇幸事而欢乐，哭笑间皆捉摸不透命运。静轩说自己哭的时候没法自省看清命运，笑的时候也看不清命运，现在终于安分守己，乐天知命了。"乐天知命"出于《周易·系辞》，静轩表达了对命运无常的哀叹。

二、伯夷叔齐与亡父祭文

"大屋"定不会这么想，自是觉得房租都缴纳不了的浪人，有何自尊可言，于是笑话他：

> 长哂曰："如君天命，我未肯解。以予所思言之，穷手可下之所，极足可容之地，屈可屈之首，折可折之腰，屈屈折折，然而弗成矣，斯之谓命欤。袖手俟命，想不然矣。伯夷叔齐我不与也。"②

在"大屋"看来，静轩的这股傲气他是无法理解也不愿意理解的。他认为，只有穷极所有手段，能低头就低头能弯腰就弯腰，能做的都做了如果还是不行，那才是天命。像伯夷叔齐这样的人他是看不上的。大屋所说即是江户商品经济大潮下典型的拜金主义。静轩心中也明白町人谋生的不易，这种想法很自然。但浪人，即静轩心中仍然有一份儒者的操守，认为所谓的"努力"绝不是这等委屈求荣之事。不服气溢于言表，肯定要有一番争论：

---

① 寺门静轩：《江户繁昌记》（三编），江户：克己塾，1832 年，第 1 页。
② 寺门静轩：《江户繁昌记》（三编），江户：克己塾，1832 年，第 38 页。

生亦哂曰："俗论俗论,世间如君,概以为叔齐无用于世。大非矣,殊不然矣。千载之下,使顽夫廉。其有用也,不止一世。士不用,则亦若是而已。且如仆繁昌太平之民,就为夷齐之行,决不至夷齐之饿。勿烦尊虑。且君言,仆袖手。丈人不悉,仆亦可为之分尽焉。不独依内竭已。闻今君英明好学。世言明君复出。仆乃前者再上书执事某鬅鬙。书入不报鬊鬌。遂立门抗疏,不报。草木现有。"便就机上抽一草文示之曰："是第二书,我读君听。"①

在静轩看来,伯夷叔齐功在千秋,怎么可能仅为一世表率。他借用孟子说过的"闻伯夷之风者,顽夫廉,懦夫有立志",即听闻了伯夷高风亮节行事风格,再贪婪的人也会变得廉洁,软弱的人也会变得意志坚强。这般影响也传递到了静轩这样的日本儒生身上。对他们来说,伯夷叔齐不光指明了精神节操应有的方向,更是精神支柱。静轩认为,士人若不能受之以用,则只是如伯夷叔齐般将此精神传承下去罢了。不过像他这样在"繁昌太平"之世的儒生,就算如此,也不至于饿死。所以"大屋"大可不必为他担心,他也在通过自己的方式尽其所能,但实在不能同意"大屋"所说。我们不难看出房东催缴房租,实则是静轩为了引出对自己潦倒状态的刻画而安排的情节。他一方面生活窘困,已经无力支付房租;另一方面以儒者自居的精神却容不得半点儿让步。字句之间能体会出他对于像"大屋"这等依附于地主阶级"小吏"的轻蔑不屑,但也对自己的窘境感到尴尬或些许懊恼。这就是幕末失去土地和身份的下层武士们真实的生活写照。这一知识分子形象能够在静轩笔下跨越时空,好似突然现于我们身旁,是同为汉文化圈内各国奉儒家思想知识分子们现实境遇上的重合与思想上的共鸣。

我们且继续往下看静轩和"大屋"的对话,以及他后面为亡父所写的祭文:

曰："某既如是,犹为未下手耶。犹为未容足耶。若是而如此,仆于是乎浩然,知莫与为。草莽期死,箪瓢乐道,笑而止焉。乃去岁者谒先茔于故国,为文谢之。有祭文,我读君听。"长谢曰："好好好,吾过矣,莫读可也。"生曰："如何然? 以此证之,不可不读。不可不听。听,听。"更恭捧一纸,读下曰："不肖某,誓首再拜,奉祭于先考某府君之灵。某尚孩。君以病归老于本国。某以鞠于舅

---

① 寺门静轩:《江户繁昌记》(三编),江户:克己塾,1832 年,第 38 页。

氏之故,不得与共从。某尚提矣,赴至告凶。然千里之路,三尺之童,舅氏之私爱,星行不容。生离别,卒为死离别乎。呜呼,哀哉。恩情永终。某,已长矣。闻之于亲戚与知识。君气温度大。克孝于家,与人交忠。其出而仕,特辱某庙之知,禄位暴崇。以职在钱谷,故奔命四方,善交大贾与豪农。鞠躬当公之家之急。于官于事,不为无功。嗟夫,君而有斯不肖之子。岂某氏之余福,鏊乎君躬耶?某局量褊浅,愚且侗。虽好读书,道未有所通。不孝于家,无用于世。三十余年之今,独极一身之穷。然其不自量,庶几立身起宗。此心难死,每思之冲冲焉。闻今君贤,世称复见某公。某便以为继绝兴废,宜在其初政也。去年三月,立门抗疏,恭诉愚衷。书入不报,命乎,时之难逢。”

长,又欠又欠,又言:“后文犹长乎?”生言:“仅数句,且少勉之。”曰:“清朝岂谓有人掩明乎?顾系吾蕾蕾也耳。志虽不成,不肖之事毕矣。果知昼锦之荣,卒无以慰神之襟胸。便忍耻于故国,不敢丑身之龙锺。来祭以此言,而清酌是供焉。伏冀在天之灵,释愠愍愚曰:‘不肖之子,犹善守饥寒,不忝祖先者,才有不与人子同。’惟慈是眷,翻然下于苍穹。”[1]

化身为浪人的静轩,自然要反问“大屋”的观点,说难道这不算努力过吗?但即便努力过了,他仍然落得如此结果。最终静轩想开了,不与此类人为伍,宁愿死于草莽间,后半生打算像孔子所说的颜回那样,一箪食一瓢饮,住在陋巷[2]。浪人说自己去年曾回过故土拜祭先祖之墓,也就是静轩曾祭拜自己父亲,还写了祭文,且硬要给这位“大屋”念来听一听。

祭文的前半段静轩详述了自己的身世,这和他给自己所写“寿碣志”中的内容是一致的。然后介绍了其父寺门胜春在水户家供职,兢兢业业勤勤恳恳的事迹。最后则是责备自己,虽然读书多年,却不能进入“正途”,有愧于祖宗家业。已是三十多岁,却还是“无用之人”,并且一贫如洗。静轩在祭文的最后部分,说“闻今君贤,世称复见某公”,如笔者之前所分析,这位“某公”即水户家的德川光圀。后面又说“某便以为继绝兴废,在其初政也”。“初政”就是指水户藩的新“当主”德川齐昭。而“去年三月,立门抗疏……”说的就是静轩直接去水户家臣门前上书,却始终未能被召见的屈辱。

---

① 　寺门静轩:《江户繁昌记》(三编),江户:克己塾,1832 年,第 40—41 页。
② 　出自《论语·雍也篇》中孔子的话:子曰:“贤哉回也,一箪食,一瓢饮,在陋巷,人不堪其忧,回也不改其乐。贤哉回也。”

这一段"祭文"是静轩对自己之前想要进入仕途一展抱负，但最终未能如愿总体过程的叙述及无奈情感的表达。我们不禁要问，静轩饱读儒书，学问不浅，但为何上书无果，直接拜访也是"书入不报"，被拒之门外无疾而终呢？难道水户家没有能慧眼识真的人吗？我们仅从静轩的文字中很难找到直接线索，但从宏观上当时水户家学问的派别来分析一下，能够看出一些端倪。

由水户家第二代当主德川光圀所提倡并推行的编纂《大日本史》事业，几乎贯穿了此后水户德川家的家史。其对日本史观的发展影响至今，对水户家的政治生态和权力结构也起着非常重要的作用。编撰《大日本史》最主要的思想基础是儒学，尤其是以朱子学史观为代表的儒学历史观。幕府政权建立以后，急需寻找统一思想的工具，而儒学的尊卑观念对于维护幕府统治正好适用。所以儒学，尤其是朱子学成为"正学""官学"。其后出现了一大批出身于草莽的儒学者，其中不乏思想大家。水户家德川光圀时代为了编撰《大日本史》而设置的彰考馆，特地请我国的朱之瑜，也就是朱舜水来做宾师。《大日本史》在名分论等的思想基础下，编纂鼓吹"尊王一统"，这在描写神宫皇后的《后妃传》以及描述大友皇子的《本记》中都有体现。① 所以水户家不仅仅是在学问上崇尚学习儒学，而是更着眼于研究和著述朱子学的史观。

伴随着学问的积累和传承，派系的出现不可避免。先是藤田派的总帅藤田次郎左卫门，在十八岁的时候就著写了《正名论》。他倡导用严格遵守君臣上下关系的名分论来维持社会秩序及统治的稳定，这为尊王思想打下了基础。之后藤田的弟子会泽正志斋著写《新论》，主张为了强化国家统一，要进行政治改革和扩充军备。这二人的思想在幕末知识分子中产生了广泛影响，由此也发展出了独特的"水户学"。静轩想要"仕官"而上书，正值以这二人思想为中心的水户学发展壮大之际。

围绕水户学的各机构和人员，自然成为藩政改革时期水户家的主导，但水户家并没有急于设立藩校。"弘道馆"的设立是其后很久之事。弘道馆的教学内容大都基于水户学，这和其他普遍将儒学作为教学立足点的藩校多有不同。从这一侧面我们也可以解读出水户学很强的独立性及较为排外的特性。

水户藩藤田次郎左卫门之子，非常有名的藤田东湖，以及之前提到的会泽正志斋等这样的水户学者崭露头角，改革使水户藩贤者能人或有志之士辈出。

① 佐藤雅美：《江户繁昌记》，东京：讲谈社，2007年，第155页。

江户的读书人终于找到一条阶层流动的道路，竞争之激烈可想而知。这种情势下，静轩却以这样的孤傲态度，给水户家重臣"上"如此桀骜不驯之"书"，其后果实则早已注定了。折衷学派的知识分子对朱子学本身也是抱着怀疑甚至否定态度的。作为折衷学者山本北山门下弟子的静轩仕官失败，有内在的必然性。笔者认为，以静轩的智商和情商，不难预计到自己上书的结果。但他为水户藩的变革而振奋，儒者本能的嗅觉使他意识到这或许是自己在乱世中出仕的机会。这一次的失败，也使静轩彻底清醒，意识到旧制度是无法有任何改变的。于是他提笔将自己写进繁华都市生活中，但置于底层角落里。这样的反差将静轩的形象深深刻画于读者心中。

三、长屋乱象

"大屋"来收房租自然要有个结局，我们还是回到静轩笔下的浪人身上，看看这位落魄儒生是怎么摆脱危机的：

> 长坐睡不觉，生绝叫拊案曰："读毕矣。"长瞿然眼明，曰："好好好，我过矣。"适闻间壁楼上扑扑为响，静中有动，远送机声。生曰："那响何？"长为不闻，曰："我耳没物上。"生曰："长戒之，无或误子乎。西邻婆家亦多女履舄。或深夜通门。戒之哉。无误子乎。大屋之鉴不远。在今年妓狱。本巷俗殊恶，东邻西舍，奢侈过分。昼而鳝炙，夕而河漏。乃去岁官粟赈疫，或言这般陈不下喉。杂精炊之，至甚举以换之。不畏官乎，不畏天也。今日之赈，咸言，始知天恩之大，晚矣，知之。长戒哉。长率以正之，孰敢不正。君谓末如之何者，我亦不肯解。以予所思言之，穷手刻下之所，极足可容之地，孜孜矻矻，毙而止而犹弗正也，斯之谓末奈云乎。袖手尸职，唯责宿赁，唯贪博料。贪贪，我不与也。且如长与名主，身虽贱职重。须少学问。苟为人上，不解大义，亦误人，亦误己。如君劝仆内谒即是也。升平文运之盛，寒乡僻地，称名主者，莫不皆学。然江户则反不然。那名字者，大概薄鬓钩鬈，半挂短披。帮间耶？名主耶？殆无分别。表者德之符，照面知脏，可不慎乎。"
>
> 时见一丁男，颁送荞面。直推户径措而去。长顾曰："今朝有新赁人。"^{新壁居篇}生色喜，肚里暗谓，今晚免饥。骤看雪花唾窗，风刀剥壁。长出，仰天曰："祥瑞

屡臻，来年丰丰。"①

浪人先是念完了为父写的祭文，虽是表达自己没能出人头地光宗耀祖的遗憾心情，但字里行间透出的是儒者傲骨。故事已讲完，现实终是现实。吃可以粗茶淡饭，穿可以粗布麻衣，老婆可以不娶，孩子可以不养，但屡次来催缴房租的"大屋"坐在面前，是无论如何逃不过去的。恰巧这时二层楼上传出些声响，浪人忙问是怎么回事儿，"大屋"却装作没听见。江户时代的很多长屋都有游女卖春，幕府虽然明令禁止，但民不告官不究。长屋的这些管理者多会从此番买卖中抽成收取"保护费"，故对此事大多睁一眼闭一眼。这当然是浪人极力要抓住的把柄，还提醒说已经有游女被官府抓了，以此来要挟"大屋"的目的不言而喻。

回想起"大屋"到长屋收房租的时候，很痛快就被浪人开门请进来。在他提出要交钱后，浪人直截了当说没有，可见他心中早已想好怎么应付了。念这些大段的祭文和上书，应该就是在等这样的动静。除了游女之外，浪人又把这长屋里的不良风气数落一番。比如左邻右舍奢侈得有些过分，平时白天的时候就有人烤鳗鱼，晚上竟还要吃河漏面。②回想起去年疫病流行的时候，官府为了赈济灾民分发粮食。可是长屋之中却有人觉得米太陈旧，无法下咽。竟有人将其拿来掺入精米做饭。更有甚者找到米店，用其以多换少，唯新米不吃，在浪人看来简直是不可理喻。今年遭灾的时候没那么多救济了，才知道粮食的可贵，才知道天恩难得。

话已至此，浪人正好借机把刚刚"大屋"对他不努力的责备全部奉还回去。先是说这种不良风气"大屋"千万不能听之任之，不但不能姑息，而且要带头以身作则。要是他能身正为先，还有谁敢这么放肆。同时，浪人还对"大屋"为自己的辩解，表示不理解、不认同。然后又将刚刚所说的"穷手刻下之所，极足可容之地"那一套需要努力的说辞拿来反问"大屋"。说"大屋"要是也能做到这般孜孜不倦的努力，但终究还是无法改变，那确是无可奈何。但"大屋"对那些有违道义有毁风俗的事儿放任不管，光是逼着像他这样的房客交房租，或是整天只想着收新来房客的礼金，等等。对这样的贪念，浪人极为鄙视。实则

① 寺门静轩:《江户繁昌记》(三编)，江户：克己塾，1832 年，第 41—42 页。
② 烤鳗鱼在当时的江户是非常奢侈的，一般晚上才吃。而本是中国的河漏面，传到日本后类似荞麦面，成为很高级的"日本料理"。

是静轩觉得"大屋"这样的人以及其他名主，虽不能说尊贵，但皆是侍奉天子，有一定的社会地位。如此则应该要有些学问才行，不然不了解大的道义，不光害人，而且害己。

说到最后，静轩还不忘了要将"文运"调侃一下。还借此"提醒"一下"大屋"，说那些穷乡僻壤的"名主"们都还有些学问，反倒是江户的一些看似有名气的人，其实没什么修养和本事。有些人的样貌打扮，也看不出是名主还是帮间。而有些俗人则一看样貌便知，毫无内涵可言。静轩在这里借浪人之口讽刺"大屋"，实则说的还是那些江户城卖弄学问的俗儒们。这一番话说得"大屋"哑口无言，此时刚好有人来送荞麦面。听到"大屋"说确实有新人入住，浪人心里一番欢喜，晚上不用饿肚子了。屋外寒风凛凛，大雪飘落，定是一番凋败萧索之感。而"大屋"却出门踏雪，对来年寄予希望。

静轩的讲述在这里戛然而止，剩下的故事则留给读者去续写。而浪人就是善，"大屋"就是恶吗？ 其实读者们身处立场不同，对于谁对谁错也就不会有统一的评判。静轩除了想通过介绍他的身世来描述没落的知识阶层，还表达了对世事不公的失望和挫败感。同一长屋中有人生百态，在"大屋"这样唯利是图的人不断压榨下，有他这样的儒生空有学问却得不到重用，郁郁寡欢；也有没本事的邻人只图一时一餐的奢侈，活得麻木。这就是支撑起江户城"繁昌光景"的底层町人世界，而这种窘境于现代社会似乎没有本质上的分别。

第六章 / 笔祸

　　前面几章我们对静轩的性格与人品做了较为深入的分析，对江户幕府的政治经济和社会状况也有了基本了解。静轩在《江户繁昌记》的创作中用犀利言辞讽刺幕末社会各种乱象的同时，隐约中也表达了对自己命运的不安。他虽性格豁达，但亲人早逝，同父异母的哥哥借走其钱财一去不还，仕途根本未能开始。静轩就像秋天的落叶，再也无法抓住树干，随风飘落。他没能直接参与到幕政中，但其命运的起起伏伏紧密联系着幕末的政治和社会激变。静轩也和常人一样，会思考自己的命运，不由自主地假设过去、现在或未来。他透过《江户繁昌记》映射了过往生活，并且假想了未来。《江户繁昌记》出版的天保年间好似静轩生命时间轴的中间点。对于过去，他是幕政改革乱象的受众，但并没有怨天尤人，而是用洒脱和诙谐的笔墨来记述江户生活；对于现在，静轩表达了对未能进入仕途的遗憾与愤慨，还有对幕政和权力阶层士儒的失望；对于未来，静轩设想了自己临死时的状况，其化悲剧为喜剧的描述让人不禁捧腹。《江户繁昌记》这样如此大胆"呼号呐喊"的作品发表于世，受到很多底层町人和知识分子的追捧。社会危机愈加深重的江户时代末期，幕府对这样的言论必然是无法容忍的。除了寺门静轩以外，亦有不少惹笔祸受迫害的知识分子。这一章笔者重点考察《江户繁昌记》出版时的社会状况，以及出版后的社会反响给静轩带来生活轨迹的改变。

第一节　幕府更迭与德川幕末危机

一、战国四家族

静轩在《江户繁昌记》第五编中假设了自己的离世。或许是因为他已经预见到先前的出版会带来麻烦，所以用这种形式预言未来。也是这一编的内容，对权力阶级的批判与揭露最为直接。第五编的序文中静轩给自己和这部作品定了位：

> 昔者平氏也、源氏也、北条氏、足利氏、其相代盛，当时孰不谓繁昌莫过焉。平氏焉知有源氏之盛。北条氏焉知有足利氏之繁昌。何也，无有一人记之。思其人，皆将俟其极而记之。而其世遂向式微，所以无记欤。呜呼，四氏又焉知今之盛，至乎三百年之久，而更益繁昌。可谓古无比矣。想二百年前之人，亦孰不谓繁昌莫过焉。百年前之人，亦孰不谓古无比。何复无有记之。盖人俟其极然耶？天俟其人然耶？何不记宜记。
>
> 予谓，今之盛将历千百年而繁昌无穷，奚俟焉。于是乎记，然而我岂天所俟其人哉？则后之读者，将有感于斯文，而有感于斯人，而谓："记之不如无记与。"①

这一段耐人寻味的序文中，静轩将日本历史上这"四大家族"的故事，作为对时政的隐喻写了进来。先从大家耳熟能详的"源平合战"中平氏家族到取而代之的源氏家族说起。平氏和源氏皆为天皇家子孙，被赐姓脱离皇室后成为武家势力集团。在大化革新，也就是日本由奴隶社会转变为封建社会的过程中，平、源两氏族发展壮大成为最有权势的"武家之栋梁"。这必然造成权力的碰撞，在院政时代拥护天皇的朝廷贵族与寺院法皇势力的争斗中，平源两氏也对立起来。后以平氏的胜利告终，平清盛权倾朝野。平氏家族越发飞扬跋扈，统治腐败残暴，和其他封建统治阶级一样，其后代不可避免地开始奢靡溃

---

① 寺门静轩：《江户繁昌记》（五编），江户：克己塾，1837 年，第 1 页。

烂。这正好给了源氏后人以反攻的机会，源氏后人源赖朝多次起兵，并且逐渐凝聚武士阶级，壮大了势力。得民心者得天下，最终源氏一统天下并建立了日本第一个武家政权——镰仓幕府。这就是静轩笔下的"平氏焉知有源氏之盛"。

没有一个王朝能够与世永存。源氏的镰仓幕府表面"繁昌"，实则暗流汹涌。皇室一直对权力虎视眈眈。终于，以"后鸟羽上皇"①为首的皇室贵族，在承久三年（1221 年）发动了倒幕战争，史称"承久之乱"。这次公家想借由幕府内讧而夺回权力的政变，却被静轩其后提到的"北条氏"家族所利用。北条氏又一次团结了下层武士，随后攻占京都并且掌权。历史总在不断轮回，北条氏政权仍是独裁专断的，所以不久就被代代联姻的"足利氏"所取代。足利氏废黜了后醍醐天皇，另立新天皇。在京都建立了室町幕府。在经历了分裂和内乱之后，三代将军足利义满将室町幕府时代又推向了"繁昌盛世"。这就是静轩所说的"北条氏焉知有足利氏之繁昌"。

当然室町幕府也避免不了覆灭的命运，接下来便是日本的战国时代，丰臣秀吉统一日本后，被德川家康征讨。从德川幕府在江户的建立，至静轩的时代已将近三百年。静轩感叹为什么没人将之前的起起落落，尤其是盛世之景记录下来呢。他感叹可能大家都期待更加昌盛的时代到来，但世道却已"遂向式微"。"式微"一词出自先秦时代的诗歌《国风·邶风·式微》：

式微，式微！胡不归？
微君之故，胡为乎中露！
式微，式微！胡不归？
微君之躬，胡为乎泥中！

这首诗歌是劳动人民对乱世和封建统治者所表达的愤懑。式微即天黑之意，问如此晚了为什么还不回家。得到的回答是为了君主的事业，终年累月地在露水中忙碌，为了养活王侯贵族们，昼夜不辍地在泥浆中奔波劳作。"式微，式微。胡不归？"在这里并不是疑问，而是作者早已胸有定见的设问，描述的是劳动人民受到统治者的压迫。静轩在这里用"式微"来比喻武家王朝的衰落，实际上暗喻统治者们争权夺利，牺牲的却是老百姓。平氏、源氏、北条氏、足利

---

① 后鸟羽天皇，于平安时代末期 1183 年至镰仓时代初期的 1198 年在位，日本第八十二代天皇，讳尊成。

氏都走向了衰亡，皆因施政上不顾及最底层劳苦大众的生活福祉及生存权利。而这正是德川幕府末期社会状况的真实写照。

静轩觉得虽最终无人能将当时短暂的盛世情景记录下来，但其后的"江户繁昌盛世"已远盖过之前的"四氏盛世"。他想是不是也等更加繁盛的时代到来以后再做记录，抑或他就是上天在等待的能将"盛世繁昌"记录之人。江户德川幕府已经延续了三百年，远远超过之前有过的"四氏繁盛"。静轩貌似期待"千百年而繁昌无穷"，但其实这是静轩对"繁昌之世"的厌恶，表达对统治阶级腐朽的愤恨。言外之意是德川幕府已经延续了三百年，为何还没有变化。静轩自然无法预测未来，但他的感受是众多底层劳苦大众和知识分子的共识。实际上幕府的统治已经走到了末期（十三年后便瓦解了）。

序的最后静轩写到千百年后人们看到这记录可能会觉得无大用，不如不记。我们这些百余年后的读者，很幸运仍能够看到这部书。《江户繁昌记》为我们了解彼时代日本的知识分子，以及江户末期的"盛世之况"提供了窗口。

二、天保改革

根据《江户繁昌记》的描述，我们对静轩生活的时代有了不少了解。幕政日渐腐败衰落，物价暴涨，自然灾害不断。俗儒们忙着办"书画会"赚钱或攀附权势，犬儒们大都不问世事，偶有像静轩一样对时政讥讽嘲讪一番的作家，有责任感或使命感的读书人寥寥，这和当时社会环境与政治状况是分不开的，静轩也因"汉文戏作"的出版被流放。《江户繁昌记》的创作让静轩的名声一下子传播开来，从他的文字中我们也能了解到，名望的提高使他和家人有了相对较好的经济基础，生活安逸。但命运无常，出名后他虽是一些贵族名门的座上客，但仍被幕府流放出江户成为浪人。静轩犀利的文字触动了封建统治阶级的敏感神经。越是独裁专制政权的末期，对言论自由的控制和对思想的禁锢就越严厉。静轩的遭遇比较具有代表性，和江户时代的天保改革是分不开的。为了更好地了解像他一样的文人们背负的"罪责"，我们先分析一下当时的社会背景及几个相关的重要事件。

《江户繁昌记》第五编的出版是在天保七年（1836 年），德川家齐作为幕府第十一代将军的时代还没有结束。转年的天保八年（1837 年），德川家齐于其在位五十年之际把将军职位传给了第十二代将军德川家庆。虽然名义上已经传位，但自己仍是大权在握的"大御所"。日本和所有的封建王朝一样，权力争斗从天皇家的皇权到幕府将军家的幕政，几百年来从未间断。江户末期社会矛盾的加剧，使各种势力在背后的较量愈演愈烈。笔者在介绍水户德川家的时候提到过德川家齐的生父一桥治济。如果说一桥治济是阴谋的总策划，那德川家齐就是后期的具体执行者。德川家齐面对可能出现的权力斗争，为了将军家地位的延续和继续集权，通过"养子"的方式使其本身的影响力不断扩大。尤其是将一桥治济奉为"大御所"的事件使老中势力被削弱，权力更加集中。不过德川家齐终究退出了历史舞台。在不久后的天保十二年（1841年）撒手人寰。

之后的继任者德川家庆，在其父德川家齐长期的权力阴影下习惯了逆来顺受，是位没主见更无政见的将军，所有政治决定几乎都是其辅佐大臣们的主张。这时候来填补权力真空的是江户末期另一位重量级人物——水野忠邦。水野忠邦是唐津藩的藩主，通过猎官运动一步步爬上高位。虽然猎官运动本身就是通过贿赂来得到提拔和晋升，但水野忠邦是有较强危机感的人。德川家齐在世时，他虽已身居高位，但迫于德川家齐势力的影响未能得以施展拳脚。水野忠邦终于熬到了德川家齐去世，迎来了施展抱负的机会——天保改革的推进。

德川家齐末期，日本面临内忧外患。帝国主义列强频频出现在日本海上，有要求日本开国的强烈意愿。此时幕府内部财政也有不小问题，官员腐败渎职加上年贡米的收入锐减，政府财政愈加困难，以水野忠邦为首的一部分藩主或官僚改革意向渐强。德川家齐的去世，让水野忠邦终于有了施展拳脚的机会，借改革肃清政敌。德川家庆正好利用天保改革这一绝好机会瓦解前朝元老势力，巩固自己的地位。天保十二年（1841年）五月，德川家庆在其生日的庆祝会上面对百官宣布，要使天保改革延续享保改革和宽政改革之路。水野忠邦随即向幕府各级机构发布"纲纪肃正"和"奢侈禁止"的政令，天保改革拉开大幕。

当时主要执行各类政令的地方负责人是"町奉行"，其也是区町行政机构和司法部门的最高长官。并且保卫和诉讼审判的工作也都是町奉行主持的，可见其地位之高、权力之大。当时江户城的北町奉行是旗本远山景元，南町奉行是同为旗本的矢部定谦。水野忠邦的天保改革核心思想是要减少奢侈浪费，肃正纲纪。所以首先要求町奉行禁止一切奢侈浪费的庆典活动在江户举行。这显然是不切实际的做法，对于"娱乐的江户"来讲，消费必然受到影响，经济流动性会随之变差。面对严厉的行政管制，远山景元和矢部定谦两位町奉行随即上书进言，不过面对心气儿正高的水野忠邦，得到的回复自然是否定的。这两位儒者出身，有着多年政务以及经济管理经验的町奉行，站在普通町人农民或者商人的立场上，面对天保改革的很多荒唐做法不能苟同。如此，面对取得了德川家庆信任而大权在握的水野忠邦，他们抵制的情绪作用在政治命运上自然不得善终，尤其是南町奉行矢部定谦随后被撤职，郁郁而终。

从经济政策上来看，有着"勘定奉行"①履职经验的远山景元和矢部定谦也对水野忠邦进行的货币"改铸"强烈不满。由于连年饥馑，农民逐渐集中到大城市，江户城尤甚。造成耕地逐渐荒废的后果，对幕政直接的影响是之前提到的年贡米征收遇到很大问题，数额锐减。而城市大量涌入外来人口，也是导致通货膨胀加剧、物价上涨的原因之一。幕府内部的腐败渎职也致使中央财政出现很大缺口。所以为了应对这些通胀和赤字，最简单的办法就是通过发行货币来堵窟窿，这就是天保改革中"货币改铸"政策的直接动因。古代金属货币铸造流通后会逐渐磨损，所以一部分破损比较严重的货币就要进行重新铸造。同时政府为通过温和通胀来刺激经济，也会将货币改铸作为增发货币的渠道。然而天保改革的改铸，却是回收优质货币进行扩量改铸的以次充好滥发货币的行为。这虽然使幕府一下增多了现金收入，改善了财政困难，但短时间内这样大量的新增货币供应下，我们不难想象通货膨胀的速度之快，静轩描述的米价暴涨亦不足为奇了。

除了幕府打着稳定物价的旗号却在背地里滥发货币的行为，各类政策也都得不到前述两位南北町奉行的支持。但毕竟水野忠邦身居"老中首座"之位，身兼相当于现在的总理职务，即直接负责中央财政政策制定的"胜手挂老中"，是町奉行和勘定奉行的顶头上司，他的权力不容置疑。所以远山景元和矢部定谦在水野忠邦不断的责令、敦促下，也拿出了迎合改革的一系列"正风肃纪"方案，包括禁止"隐卖女""女净琉璃""女发结""破落户""往来赌博"，以及各种以敛财为目的而巧立名目进行的"花会""刺青会""风筝会""富札买卖"，还有町人俗文学娱乐读物的一些代表，如"合卷""绘草子""人情本"等。②静轩的《江户繁昌记》对很多江户城中这类有代表性的"文娱活动"都进行了记录，并被他巧妙地用来调侃世事。水野忠邦自然不会满足于这些比较泛泛的流于形式的改革政策。对于当时幕政危机来讲，如何在有效填补财政赤字的同时抑制物价暴涨，依然是改革中的棘手问题。经济无法平稳运行，民生就无从谈

① 负责地方财务收入支出以及经济核算等的重要工作的地方财政最高负责人。
② 佐藤雅美：《江户繁昌记》，东京：讲谈社，2007 年，第 348 页。

起，也就无法从根本上解决幕府内部的各种政治危机和外部的社会矛盾。于是水野忠邦将"株仲间"作为物价暴涨的替罪羊，让町奉行利用行政手段将其予以取缔，想要放开物流管制，以达到平抑物价的目的。结果适得其反，经济状况更加混乱，幕府统治陷入危机。

所谓"株仲间"就是对同一商品都有特许经营权的"问屋"经营者团体，相当于现在的行业联合会。日本的"问屋"由来已久，其作用类似于现代的承销商或者商品销售的区域代理人。而日语"仲间"一词即为伙伴朋友之意，"株"在当时就是特许经营权。这样的机构为了既得利益很容易联合起来垄断物价，所以被认为是物价上涨的元凶也不无道理。不过"株仲间"在诞生之初有其重要的经济作用，垄断是衍生物。它在行业内部建立了相对全面的信息联通，有效防止了恶意拖欠货款和诈骗的发生。某种程度上"株仲间"就是幕府规范商业市场维护交易公正的代理组织，是管理和调整市场的重要经济工具。另外，对它的税收是幕府稳定财政收入的重要组成部分。水野忠邦忽视了其正面的作用，想通过解散"株仲间"来达到全国商品自由买卖和流通的目的从而降低物价，结果反而使商品流通变得混乱，经济环境雪上加霜。更为重要的是随着组织的扩大，"株仲间"也成为担保贷款的重要中间人。将其解散以后大量担保资产贬值或者流失，反而使货币流动性下降，江户经济进而"缺血"变得一蹶不振。南町奉行矢部定谦预料到了这一结果并进行强烈的反对，这却被水野忠邦利用而进行政治打击将其贬谪。取而代之的是水野忠邦的心腹，也是天保改革中言论管制的最主要推手之一——鸟居耀藏①。

第二节　文字狱

以上对江户天保改革的分析，可见静轩对米价的暴涨，问题重重的社会现状，以及町人"娱乐"心态的刻画和描写是非常真实并且能引起大家共鸣的。稍有学识的人都能看得出静轩是打着"无用之人录斯无用之事"的幌子来讽喻时事。所以《江户繁昌记》这类书的出版，是不可能顺利的。静轩自己也明白这样的作品流行于世，受到人们关注本身就会成为幕政的眼中钉，正值社会转型

---

① 　鸟居耀藏：宽政八年(1796 年)至明治六年(1873 年)，林述斋的三男(另一说为四男)。生母前原氏为侧室。文政三年(1820 年)时成为鸟居成纯的婿养子并继承家督。

的动荡时期，麻烦随时都有可能找上门。在经历了出版上的一番磕磕绊绊之后，静轩还是没能逃脱正式的传唤和审判。

提审静轩的就是刚刚我们提到的南町奉行鸟居耀藏。要了解静轩的遭遇，我们需简单了解一下这位新上任的"南町奉行"。如笔者所述，"町奉行"是地区的最高责任人，相当于町人们的"父母官"，那所谓"南"就是指江户城南部街町。鸟居耀藏就是当时负责静轩案子的"南町奉行"。这样一个位高权重的职位，普通人自然不能能及。这位作为旗本鸟居家的婿养子来继承鸟居家业的耀藏，是当时大名鼎鼎的林述斋之子。后受到当时推行"天保改革"的水野忠邦提携登上此位。林述斋的大名我们再熟悉不过了，当时幕府将朱子学作为官学推行的思想阵地——昌平坂学问所的"大学头"。林述斋汉学大家的身份自不用说，他是考证学一派的代表儒者。作为封建社会思想界的中心人物，对政界的影响不言而喻。我们甚至可以认为他就是幕府封建保守势力的代表。鸟居耀藏则自然继承了林述斋的保守思想并且唯水野忠邦之命是从。

一、蛮社之狱

鸟居耀藏坐上町奉行的职位也不是一蹴而就，"政绩"必不可少，以迫害渡边华山①为代表的"蛮社之狱"便是代表。这一"文字狱"事件给当时的开明派知识分子很大冲击，对知识界震动强烈。当时还是"目付"②的鸟居耀藏就是其推手。"蛮社之狱"并不是一个时间点的孤立事件，而是天保年间围绕渡边华山及高野长英③等，推崇"兰学"的新派知识分子受到的一系列压制和迫害事件。天保三年（1832 年）静轩的《江户繁昌记》初编开始发行，在其中我们可以读到当时普通民众和知识分子的境遇。饥荒连年，各地起义叛乱不断，这些都是当时幕府统治的内部危机。从外部环境上讲，英美帝国主义开始觊觎日本，在日本海域附近频繁出没，想要打开日本的国门。基于当时日本的锁国政策，只有长崎港作为窗口允许中国与荷兰的船只靠岸进行贸易。所以由荷兰人带来有关欧美世界的书籍，就成为当时知识分子们了解外面世界的重要渠道。"兰学"的兴起似乎是必然，于是开明知识分子们要求日本"开放"的声音愈渐强烈。

① 渡边华山（1793—1841）：江户时代后期的武士、画家。三河国田原藩的藩士，后成家老。通称登，讳定静。号华山。他号全乐堂，寓画堂等。

② 藩政下属的官员。

③ 高野长英（1804—1850）：江户时代后期的医生，兰学家。通称悦三郎，讳让。号瑞皋。

渡边华山是当时"兰学"的先锋。渡边华山虽然不是最早的传统兰学研究者，但他将自身的藩家海防任职经历与对当时社会内忧外患等的认识相结合，意识到深重的民族危机或已不远。他一面大量收集翻译过来的兰学书籍，一面笼络了一批包括高野长英、小关三英①在内的精通兰学的知识分子，组成了史称"蛮社"的学术团体。这些眼界开阔的知识分子们对于幕府的腐朽和锁国持强烈的批判态度。终于，名垂历史的"马礼逊号事件"，使这种忧国忧民的情绪开始爆发。美国的"马礼逊号"商船以送还日本漂流民为借口想要靠岸登陆，并且想以此为契机打开通商的渠道，不过日本方面遵从幕府的"异国船打击令"予以炮击，迫使其返回澳门。据记载"马礼逊号"并没有回击，但之后水野忠邦在了解情况后咨询了林大学头的建议，裁定了如果还有类似事件发生，依然予以炮击处置的政策。这使得渡边华山等知识分子对幕政大为失望。高野长英密名著书《戊戌梦物语》比较委婉地批评幕府的对外政策。而渡边华山所作《慎机论》则言辞犀利，直接进行批判。

鸟居耀藏在这一事件中又扮演了什么样的角色呢?《慎机论》开始并没有公开发表，其是渡边华山陪同江川英龙②去进行"江户湾巡视"之后受委托向幕府提出"复命书"的底本。"江户湾巡视"是水野忠邦主导的对海防以及海岸线进行考察的官方活动。江川英龙担任副使，正使就是鸟居耀藏。渡边华山和江川英龙的关系甚好，给予江川英龙不少兰学启迪以及海防上的建议。可以想象身为儒者的渡边华山却醉心于兰学，虽是"陪臣"却开始介入幕府政策的制定，并大肆宣扬外国学说。种种做法是身为幕臣并以"林家"后代自居的鸟居耀藏所不能容忍的。他随后在渡边华山身边安插眼线开始搜集对其不利的证据，后来查明了《戊戌梦物语》的作者是渡边华山身边的高野长英。以此为契机，鸟居耀藏上书水野忠邦，称渡边华山不但大肆宣扬兰学，而且谋划秘密出航联络外国势力。而蛮社中人所著书籍，尤其是渡边华山的《慎机论》被从其住处搜出，皆成为密谋的证据。最终蛮社成员被悉数逮捕判刑，渡边华山被判"蛰居"③于田原藩，高野长英则被判无期徒刑而入狱。

---

① 小关三英(1787—1839):江户时代后期的兰学家,西医。名好义,又名三英,号笃斋,别名鹤州。

② 江川英龙(1801—1855):江户时代后期的幕臣,通称太郎左卫门。号坦庵。幕末洋学派,关注海防事业,推动日本普及洋炮技术,对海防事业多有建言,官至勘定吟味,入幕阁。

③ 对武士的惩罚,让其在屋中自省并隔绝一切社会关系和社会活动。

关于鸟居耀藏迫害这些知识分子的动机，一说是因为其与江川英龙的对立，为了打击潜在的政敌且正好迎合了水野忠邦为首的保守势力。另一说是江川英龙曾多次让渡边华山修改其准备的"复命书"，要求他把批判内容删改掉，如果真是这样则说明江川英龙其实是保守派，最终和渡边华山同床异梦，在保守势力面前渡边华山只能被抛弃而成为政治牺牲品。无论是哪种原因，渡边华山以及其他"蛮社"知识分子的命运在腐朽的幕政面前似乎开始就注定了。渡边华山被判刑之后生活穷困潦倒，于 1841 年（天保十二年）底郁郁中剖腹自尽。高野长英入狱四年后纵火越狱，一边继续兰学的翻译事业一边在全国范围内逃亡，最终于 1850 年（嘉永三年）在江户的家中被突袭的幕府捕吏所杀害，可谓轰轰烈烈。其他成员大都在审问过程中就死在了狱中。

由此可见鸟居耀藏如何博得了水野忠邦的信任，继而坐上了南町奉行这一重要职位。由"蛮社之狱"我们可以看出鸟居耀藏对政敌的凶狠及阴谋策划的狡诈。那么落到鸟居耀藏手里的静轩，下场又是怎样呢？《江户繁昌记》中并没有露骨的情爱描写或者是色情的"插绘"，所以对当时儒者的讽刺批判是其遭受打击的主要原因。鸟居耀藏之父林述斋在给当时的南町奉行简井伊贺守①的信中，斥其"敗俗の書にて候間、絶版仰せ渡られ然るべく存じ候"②。意思是此为败俗之书，应予以绝版。禁止《江户繁昌记》出版的态度鲜明。可见静轩直接戳到了朱子学考证一派，尤其是林家学问一派的痛点。而幕府对于静轩的《江户繁昌记》已经不是第一次有所动作了。从曲亭马琴的记述中我们可以了解到，由于林述斋对其有所看法，在《江户繁昌记》初编和二编出版之后，出版商丁子屋平兵卫就已然被当时的町奉行勒令停止出版，并且回复了大学头"此書は不宜物に候、売買無用可為"。不过从之后的出版状况来看，似乎这只是应付了事。《江户繁昌记》依然在背地里悄悄地印刷发售，并且一直出到了第五编。林大学头毕竟不是町奉行，并没有直接的权力或者手段来"对付"静轩，直到鸟居耀藏接任南町奉行。

换个角度从静轩的视角来看，早在初编和二编被禁的时候，他对出版《江户繁昌记》已经有比较明确的认识了，或者说是早有会被"审问"的预料。比如在第三编的《书铺》一文中，静轩把在仓库中代售的书经典籍作拟人化，通过

---

① 简井政宪（1778—1859）：江户时代末期的幕府官僚，历任目付、长崎奉行、南町奉行、大目付等职务，通称右马助、佐次右卫门。官位伊贺守、和泉守、纪伊守、肥前守。

② 佐藤雅美：《江户繁昌记》，东京：讲谈社，2007 年，第 357 页。

它们之间的"对话"将各类不同的读书人又讽刺了一番。静轩把自己的《江户繁昌记》也加入了被调侃队伍，并且说：

> 然作者不惮无益文字，灾有益梓，罪莫大焉，愚莫甚焉。然而圣主不加诛，宰臣不见斥。天从鸟翔，海从鱼跳。江户所以为江户是也。①

可以看出静轩非常清楚他的作品很有可能招致灾祸。但当时并没有对他本人进行严厉的惩罚，实为幸运。如他所讲这就像鸟儿在天空翱翔，鱼能自由在海中飞跃一样。果然天保六年（1835年）的时候负责出版经营的丁子屋平兵卫被叫去勒令停止出版。静轩没有低下头来，而是继续《江户繁昌记》的写作和出版。在第四编的序言中静轩又说：

> 繁昌记三篇者，亦予获麟绝笔也。乃叹曰：罪我者，其唯斯篇乎。誓不复操此谑笔也。然而数月之支已尽，七日之饥又来，于是乎大哭，孰怜食誓支饥，倚马笔为米驱，一字一哭，四篇立成，可叹矣。②

静轩说自己如果不继续《江户繁昌记》的写作就会饿死显然很夸张，这里只是他的一个说辞罢了。一句"罪我者，其唯斯篇乎"已经很明确地讲出了静轩对自己写作肯定会被当权者定为有罪的认识。于是他很夸张地说自己是饿了七天，实在受不了只好拿起笔"一字一哭"完成了第四编。这是戏谑，让人想象其滑稽样子的背后，是知识分子道不出的心酸。静轩的担心绝不是空穴来风，其后天保改革继续扩散到知识界文艺界的时候，以"蛮社之狱"为初端的迫害知识分子的风暴席卷而来。

二、为永春水的"春色人情本"

水野忠邦大规模推行天保改革后，各类政令如雨下。如果说"蛮社之狱"只是前奏，在曲亭马琴的《曲亭遗稿》③中所收录《著作堂杂记抄》以及《笔祸

---

① 寺门静轩：《江户繁昌记》（三编），江户：克己塾，1832年，第23页。
② 寺门静轩：《江户繁昌记》（四编），江户：克己塾，1836年，第1页。
③ 龙泽马琴：《曲亭遗稿》，东京：国书刊行会，1911年。

史》①中的内容则是正题。我们能比较详细地读到当时幕府的禁令，以及包括静轩在内的一些文人们的遭遇。幕府于天保十三年（1842 年）六月发布了针对文艺界的"诸出版物取缔令"可作为言论管制真正开始的标志。幕府宣布除了"儒书""佛书""神书""医书""歌书"以外，取缔其他一切"异教妄说"出版物。另外，涉及评价家族、先祖所写的小说类也要禁止，并且新的出版物都要作者署实名。带有情爱描写的小说或者带情色插绘等的"好色画本"更是要予以坚决禁止。转过来一个月又发布了针对性很强的"绘草纸人情本等取缔严令"。为了进一步"矫正风俗"，要求各类"合卷"双草纸等不能再使用华丽的封面。并且专门提出禁止"人情本"的买卖借贷，不光是禁止出版买卖，而且要将初稿和刻板一并没收销毁。此令一出，出版界哗然。但无奈这是老中首座水野忠邦直接下达的禁令，大家不光要配合，还要苦苦称赞。②

出版物要禁止，对于违禁的作家们当然也要采取相应措施。仔细揣摩，这些禁令的针对性是很强的。涉及当时非常受普通百姓欢迎的几位比较具代表性的作家和作品。寺门静轩的《江户繁昌记》就不用说了，禁令中的"人情本"指的是为永春水③的《春色梅儿誉美》以及其他"春色"小说系列的创作，而"合卷"说的就是当时深受欢迎的柳亭种彦④"田舍源氏"系列。从曲亭马琴的记录中我们可以了解到从时间上来讲，为永春水和柳亭种彦案件的"审理"与静轩的被"提审"前后非常相近。静轩是在天保十三年（1842 年）六月被鸟居耀藏提审的，为永春水则是在此半年前的天保十二年（1841 年）末。所以根据时间先后我们先来介绍一下为永春水。

为永春水曾师从式亭三马。式亭三马著有《浮世风吕》和《浮世床》等知名滑稽本作品。式亭三马至文政六年（1823 年）出版了《阿漕物语》的前四篇，为永春水为其续写了后半共六篇。《阿漕物语》本来描写的是忠臣孝子与烈女，可为永春水的续作却写了不少血腥的情节以及神鬼桥段，还夹杂些情色的描写。虽是比较符合町人的口味，但不久就受罚而被禁止出版了。真正让为永春

---

① 宫武外骨:《笔祸史》，东京:雅俗文库，1911 年。

② 宫武外骨:《笔祸史》，东京:雅俗文库，1911 年，第 79—80 页。

③ 为永春水(1790—1844):江户时代后期的戏作家，人情本《春色梅儿誉美》的作者，本名佐佐木贞高，通称长次郎。曾用笔名有二代南杣楚满人、二代目振鹭亭主人、狂训亭主人、金龙山人、鹴鹣齐春水等。

④ 柳亭种彦(1783—1842):江户时代后期的戏作家。有长篇小说《偐紫田舍源氏》。

水大红大紫的是其后来的"人情本"系列作品。所谓"人情本"就是描写当时普通町人的恋爱，并夹杂情色描写的小说。虽然被认为相对低俗，却很受大众，尤其是当时女性读者的欢迎。最有名的便是他天保年间的《春色梅儿誉美》，在江户城风靡一时。他还有很多"春色"系列的情色小说，诸如《春色辰巳园》《春雨日记》《春色惠之花》《春色恋白波》《梅之春》《春告鸟》《春色篱之梅》《春色田舍之花》《春之若草》《春色玉兔》《春色霞之紫》《春之月》《春色花见舟》等众多配有春色插图的"春画好色本"。这些在背地里秘密刊行的情色小说画本是当时町人娱乐的代表之一，因其内容之"卑猥"，自然也是天保改革要取缔的重点。那么为永春水的遭遇是怎样的呢？ 曲亭马琴记录道：

> 天保十二年丑十二月、春画本并並に人情本と唱へ候中本之儀に付、右板本丁子屋平兵衛、外七八人並中本作者為永春水事越前屋長次郎等を、遠山左衛門尉殿北町奉行所え被召出、御吟味有之、同月廿九日春画本中本之板本凡五車程、右仕入置候製本共に北町奉行所え差出候、翌寅年正月下旬より、右之一件又吟味有之、二月五日板元等家主へ御預けに相成、作者春水事長次郎は御吟味中手鎖を被掛、四月に至り板元等御預御免、六月十一日裁許落着せり、右之板は皆絶板に相成、悉く打砕きて焼被棄、板元等は過料銭各五貫文、外に売得金七両とやら各被召上、作者春水は、改てとがめ、手鎖を掛けられて、右一件落着す。

（天保十二年丑十二月，关于被称作春画本和人情本一事，制刻板的丁子屋平兵卫，连同作者为永春水和越前屋长次郎等七八个人，被召至北町奉行远山左卫门处进行讯问。同月二十九日春画本中本的刻板五车左右，以及制本共同运至北町奉行处。转年寅年正月下旬继续审问，二月五日将刻板等封存于家主处。作者春水和长次郎被判戴手镣之刑。至四月刻板解封，六月十一日裁决落地，所有刻板绝版不再使用，并且一并销毁。印版等罚金各五贯文，另外经营所得金七两也需上交，作者春水被追究责任，戴手镣，由此结案。）

天保十二年（1841 年）阴历十二月的时候，为永春水因为"春画本"和"人情本"而被唤至北町奉行处进行裁决，巧合的是同行的七八人中也有为静轩出版《江户繁昌记》的丁子屋平兵卫。同月二十九日上缴的各类画本刻板有五车之多，其后转年的正月下旬审问继续，同年二月五日为永春水已被戴上手铐受审。到了天保十三年（1842 年）四月的时候所有刻板被解禁，之后六月十一日最终裁定要销毁所有刻板并处罚金。作者为永春水终被处以戴手铐的刑罚，于转年的天保十四年（1843 年）年底便去世了。这种终日无论做什么都要戴沉重手铐的刑罚应是持续了五十天之久，不难想象给受刑者身体带来的伤害及精神上的创伤。

三、柳亭种彦的《偐紫田舍源氏》

就在为永春水受审并于转年定罪之时，幕末另一作家柳亭种彦因为他的"合卷"也遭受了厄运。柳亭种彦也是土生土长的江户人，自幼就喜好文学。他少年时代就能通汉籍，并且爱好歌舞伎、净琉璃等日本传统艺术。其妻名为"胜子"，是日本国学大师加藤美树①的孙女。这样一层关系使得柳亭种彦能够自由地研读加藤家的藏书。这为他之后进行文学创作以及书籍出版等工作打下了深厚的基础。柳亭种彦青年时代就有不少文学作品被相继出版，且形式多样。不过真正让他名声大噪的还是文政十二年（1829 年）开始刊行，带有"插绘"的合卷《偐紫田舍源氏》。就是这部在江户引起轰动的作品给柳亭种彦招来灾祸。

江户时代很多文学作品是模仿中国明清小说"翻案"而来的。例如曲亭马琴翻案我国《西游记》的《金比罗船利生缆》，还有翻案《水浒传》的《南总里见八犬传》等，都是江户翻案文学的代表。这些作品继承了我国明清小说的故事架构和思想精髓，用日本人比较容易理解的人物和故事推广劝善惩恶等思想，并使长篇小说在江户流行开来。柳亭种彦显然是借鉴了这种做法，但他并不是去翻案中国文学，而是将日本非常经典的《源氏物语》进行了改编和再创作。"偐"古通"赝"，也就是假借、假托之意。"紫"不光是指紫色，还暗指作者紫式部。小说内容以《源氏物语》为底本，以平安时代至室町时代为历史背景，比较通俗地描写当时大奥②们的生活"实态"，满足了普通市井百姓想一窥将军"家事"的好奇心，在当时生活在江户城的大奥和女中③群体间也广为流传

① 加藤美树(1721—1777)：江户时代中期的国学家，歌人。又名宇万伎。姓藤原氏，通称大助。号静舍，静廼舍。

② 幕府将军家的正室侧室夫人以及其他女性家眷。

③ 侍奉将军家女性仆人们的总称。

并大受欢迎。

这种内容涉及最高权力家族，将"名著正史"娱乐化的文学作品，自然是天保改革要用来"匡正风纪"的对象。《笔祸史》引用《江户时代戏曲小说通志》的内容说：水野忠邦斥其为"卑猥稗史小说之典型，应予以绝版"①。而柳亭种彦并不是普通町人。曲亭马琴的《著作堂杂记抄》记录"戏作者柳亭种彦乃小十人小普请高屋彦四郎是也"②。"小十人"是江户幕府设立的，由旗本担任有关警备与军事的官职，"小普请"也是由旗本组织起来的幕府家臣团。所以本名高屋彦四郎的种彦，是有一定社会地位的御家人旗本。那么我们也就能理解他为什么会被指责是"领取幕府俸禄却弄无用之文笔"③了。不难想象柳亭种彦以他的旗本身份有可能获知不少将军家内部的故事或秘密，将其稍加润色编排，就成了无论将军家内部女眷还是外部普通町人都追捧的"宫廷小说"。于是他被指"其所著是假托田舍源氏而写当今府中密事"④。

根据曲亭马琴的记述，因为柳亭种彦的身份，当时负责案件的町奉行并没有直接提审柳亭种彦，而是在天保十三年（1842年）阴历六月先召来了负责制版的鹤屋喜右卫门⑤，没收了所有刻板。其后应该直接召作者来受审，但可能是顾及柳亭种彦身份，又先招来他所在"小普请组"的"组头"永井五右卫门，让他传话来警告柳亭种彦"此事不会就此了结"⑥。一方面这是给柳亭种彦以暗示要他禁止创作，另一方面也是通过这种形式的威胁给其以精神压力。

柳亭种彦很快于同年七月就去世了，关于他的死，普遍的说法是认为因过大的精神折磨郁郁而终。另外还有说法是柳亭种彦最终以自杀来结束了生命。我们已很难考证他去世的过程，但有一点可以肯定的是，在出版商被审讯后如此短的时间内作者就离世，其中应有不少内情已被隐没在历史中。结合前面所讲的为永春水在被审后转年也撒手人寰，史书记载虽只有只言片语，但我们不难想象天保改革对言论管制的严厉，以及对知识分子迫害的严酷。

---

① 宫武外骨：《笔祸史》，东京：雅俗文库，1911年，第83页。
② 龙泽马琴：《曲亭遗稿·著作堂杂抄记》，东京：国书刊行会，1911年，第507页。
③ 宫武外骨：《笔祸史》，东京：雅俗文库，1911年，第83页。
④ 宫武外骨：《笔祸史》，东京：雅俗文库，1911年，第83页。
⑤ 龙泽马琴：《曲亭遗稿·著作堂杂抄记》，东京：国书刊行会，1911年，第506页。
⑥ 佐藤雅美：《江户繁昌记》，东京：讲谈社，2007年，第353页。

第三节　静轩受审

除了为永春水和柳亭种彦之外，静轩和他的《江户繁昌记》也是被"弹压"的目标之一。如上文所讲，《江户繁昌记》虽然已受到林大学头的斥责，并且也被下过禁止令，但其仍在背地里发行。林述斋最终没能来得及亲自着手静轩的案子就撒手人寰了。接过大学头一位的是林述斋的三男，鸟居耀藏同父异母的哥哥——林檻宇。新官上任三把火，林檻宇想要配合新政做出些成绩的心情可想而知。另外也应该是受其父对《江户繁昌记》看法的影响，这位大学头显然不能放过静轩。鸟居耀藏刚刚走马上任町奉行一职，林檻宇就致信其弟：

> 《江户繁昌记》は）浅草新堀辺（に）住居候浪人寺門弥五左衛門静軒と称し候者の著述にて、江戸市中風俗俚談を漢文に書き綴り、卑淫猥雑を究め、その間に聖賢の語を引証致し候など言語に絶し候品に御座候①……然る処、世上軽佻浮薄の人気に叶い候て引続き追々出板仕り、当時（いま）その六篇までに相及び候。

> （《江户繁昌记》是住在浅草新崛附近名叫寺门弥五左卫门静轩的浪人所著，用汉文描述江户城中的风俗俚谈，极其卑淫猥杂，其中以圣贤之语作引证的言语不绝……那么这样迎合世上轻佻浮薄之人的书物连续出版，竟已有六篇。）

这里说《江户繁昌记》"极其卑淫猥杂"，是"玷污圣贤之语"，并且"迎合世上轻佻浮薄之人"。可说是极为严厉的批判。对于鸟居耀藏来说，两任大学头的态度都是如此，再加上其本身也是林家中人，那静轩的案子自然是工作的重中之重。鸟居耀藏随即亲自审理案件，曲亭马琴在《著作堂杂记抄》中这样记录静轩的受审：

---

① 佐藤雅美：《江户繁昌记》，东京：讲谈社，2007年，第358页。

同(天保十三)年六月、江戸繁昌記の儀に付、右作者静軒実名寺門次右衛門は(静軒今は駿河台某殿の家来に成りてある故に、右主人に御預けになれり)鳥居甲斐守殿南町奉行所え被召出、御吟味之処……剰へ五編迄売捌候事、重々不埒之由にて、平兵衛は五人組え厳敷御預に相成候由にて、未だ御裁許落着無之候へども、犯罪、人情本より重かるべしと聞ゆ……

［同(天保十三)年六月，江户繁昌记一案作者静轩，实名寺门次右卫门（由于静轩现在是骏河台某位大人的家来，而被禁足于主人家）被召至南町奉行鸟居甲斐守之处，接受讯问……剩下第五篇的出版成为平兵卫等五人定罪的根据，被严厉收押，最后如何判决还不知晓，听闻判罪要重于人情本……］

这段文字记录到静轩受审时的身份为骏河台某位大人的"家来"①。《江户繁昌记》积累了一批忠实读者和拥护者。其中除普通町人外，也不乏身份高贵的大名或者旗本。静轩常被各类豪农富商或文人墨客请去各地游历讲演。此间他不但解决了吃饭问题，也相对有了名气。比如江户时代，日本全国各地许多中小学都开始修建一位身背柴禾手拿课本边走边读书的少年塑像。其原型是非常有名的农政家二宫尊德，他就曾经邀请静轩去游历下野国鸟山藩樱町，为其所著的书作序等。不过这一时期静轩一直未进入权势家族成为仕人。虽然通过《江户繁昌记》其名号被打响，但由于卖掉了身份，静轩始终都是浪人之身。

浪人和百姓町人差不多，都属于社会的下层。在官府案件审理的时候只能跪坐在"砂利"，也就是普通的小石头铺成的地上。而如果是武士或者武士以上的身份，则能坐在名为"缘颊"的长凳子上。静轩早就对自己会受审有所准备，他有着非常强烈的自尊心。就算承认浪人之身，静轩也一直以自己是御三家水户藩家的浪人而自居。如此自负的静轩当然不情愿和普通町人一样跪在砂利上受审，他求助了身边有地位的朋友——驿河台下名为仓桥弥四郎的旗本。他是《江户繁昌记》的忠实读者，曾经请静轩一个月间六次上门做讲义②，是静轩的追捧者。静轩向其说明了情况，很痛快地成为仓桥家的"家来"。在江户时代，旗本是最高层的武士，他们可以担任幕府要职，所以地位不亚于藩地当主。

如此一来，静轩也有了相对不一般的身份，再面对"吟味处"的朝堂，自然

---

① 家来：意指侍奉主公的从者，也用来称呼高等武士家的从属武士等。

② 佐藤雅美：《江户繁昌记》，东京：讲谈社，2007年，第356页。

能更加从容。根据曲亭马琴的记录，鸟居耀藏同时招来审问的还有负责出版的丁子屋平兵卫和雁金屋次兵卫以及负责刻板的本乡菊坂台町的与一店幸次郎三人。丁子屋平兵卫在为永春水的案子中已经被提审并受了处罚。虽然他只负责了《江户繁昌记》前两篇的刊行，并且已经有过被之前町奉行勒令停止出版的经历，但此时仍被一同招来接受讯问，可见鸟居耀藏对此案的重视。另一位出版商雁金屋次兵卫是后几篇的出版商，在审讯中将刻板的收藏责任全部推到了静轩的"克己塾"上。静轩是个敢于承担且很讲义气的儒者，他面对曾经主导过"蛮社之狱"进而被称为"妖怪"①的鸟居耀藏也不曾弯下脊梁。第一次审讯过后静轩被判收押在其主仓桥弥四郎家中限制外出自由，其他三人则被町役人收押。江户时代的案件审理不会一蹴而就，也有审问、调查、取证和判决的过程。由于案子相当多，且都需要町奉行一人直接主导判决，所以很多案件拖上一年半载甚至三五年都不足为奇。这种等待本身就是对当事人的折磨。不过静轩的案子在鸟居耀藏眼中事关重大，不光要亲自审问，亦要早日结案，才能给现任大学头的兄长及已去世的父亲林述斋以交代。从这点上看静轩反而比较幸运，经过再次审问后判决很快就下来了：

> 天保十三年寅年八月廿三日、江户繁昌记一件落着、作者静轩は武家奉公御构、丁子屋平兵卫は所払にて家财は妻子に被下、右繁昌记壳扱ひ候雁金屋は過料十貫文、右之書を彫刻致候板木師等は過料五貫文、右之彫刻料を不残被召上、是にて一件落着也、丁子屋平兵卫は同月高砂町の貸家へ移る……

> （天保十三年寅年八月二十三日，《江户繁昌记》一案判决。作者静轩被判从武家奉公处流放。丁子屋平兵卫被流放出居住地，家产交由妻儿。贩卖繁昌记的雁金屋罚金十贯文，制作印板的刻板师等罚金五贯文。雕刻所得钱财一律上缴，判决落地。同月，丁子屋平兵卫搬往高砂町租住……）

丁子屋平兵卫被判"所払"，也就是让其离开居住地的惩罚，不过他之后到了小传马町租住，虽是寄人篱下但影响也还算不大。负责后三编出版的雁金屋

---

① 鸟居耀藏官职"甲斐守"，受庶民所厌恶，故意称呼其为"耀甲斐"，日语发音同"妖怪"。

次兵卫和与一店幸次郎分别被判罚金十贯文和五贯文，并且没收所有因出版所得财产。从罚金上讲，这比为永春水的案件判决要严厉差不多一倍，而且没收所有出版所得钱财，这对江户的普通出版商来讲绝对是难以承受的重罚。静轩的判决是"武家奉公御構"，就是从所侍奉的大名或者旗本家流放出去。对普通官阶的武士来讲这显然是剥夺了其政治地位和社会身份的严厉惩罚。但如前所述，静轩是临时抱佛脚才成为仓桥弥四郎的家来，所以罚他流放根本算不上什么重大打击。想必静轩接到这样的处罚不仅不会哭，反而会暗自窃喜。

面对处罚，以静轩的性格自然能泰然处之。但判决必定是有影响的，又处在幕末言论管制风头正劲之时。像仓桥弥四郎这样追捧静轩的旗本们，听说此事后很多都取消了请他上门去做讲义的邀请。静轩的弟子们也陆续疏远开来，曾经踏破门槛想要拜师求学的人也没有了。像二宫尊德这样请静轩作序以博得赞誉者也都不见了踪影。静轩的精神虽不孤独，但一下子变得门可罗雀，收入来源自然也锐减。此时的他已是有家室之人，所以受罚一事对静轩影响最大的是生计。无奈被流放的处罚无法改变，为了谋生静轩只能踏上离开故土江户城的旅途。

在这转年的天保十四年（1843 年）九月，水野忠邦被罢免。曾经大动干戈的天保改革也在慌乱中草草收场。鸟居耀藏也终因恶事做尽而众叛亲离，他被夺职后又被没收了家产，最终被判"御预"于赞岐丸龟藩主京极高朗处。这种软禁实际上就是无期徒刑，直到明治维新特赦，持续了将近二十年。水野忠邦应该还是抱着挽救幕政的一腔热忱，想依靠改革来救主的。但腐朽的封建专制政权已经无可救药，必是要土崩瓦解，最终拖着一切既得利益者沉入大海。鸟居耀藏就是这其中的代表之一，损人利己争权夺势，最终恶有恶报。

第七章 / 静轩居士卒

第一节　静轩归江户

一、静轩之贫困

虽然天保改革于天保十四年（1843 年）结束了，可是静轩的境况却一直没有改变。1844 年天保十五年改号弘化，弘化五年时又改元嘉永。静轩在离开故土七年后，也就是在嘉永二年（1849 年）终于回到了江户。因仍是流放之身，所以不能大张旗鼓地回家或是聚友。当时江户城有不少供人们参拜路途上休息的"水茶屋"，静轩就曾经在浅草新崛端①藏前一地的水茶屋暂住过。也是在这时候认识了还是"札差"的松本子邦。笔者之前介绍过静轩已然将自己的碑文写好，而劝说静轩自作碑文的正是这位朋友。幕府时代的旗本、御家人等武士阶层依然靠领取"俸米"来养家，所以出现了"札差"这样专门买卖"俸米"的中介。这在幕府时期是很赚钱的职业，不光能赚取差价，还能以此作担保放高利贷获利。这类店铺大都在江户储米的浅草藏前一带，这位松本子邦又一心钻研学问。所以他虽身为商人，却能和静轩相遇相知也就不足为奇了。静轩在"寿碣志"中记录道：

> 静轩居士老矣，渐将去乎顺。友人松本子邦谓之曰："子贫困如此，顾百岁之后敝帷或不给，况碑碣？予今赙与一石，宜预自志。"居士拜曰："交义之厚

---

① 今浅草藏前一带。

死有余憾。但得罪于国,而不孝于家,何志之为?"曰:"罪与不孝,子之变也,志于不可志亦复变耳,以变处变何不可。"曰:"敬奉教矣。"乃志曰:居士……①

可见当时静轩的困苦境遇,松本子邦看到其落魄的样子,说他死了可能连裹尸的破帷帐都没有,更何况墓碑呢。这话虽有些夸张,但一定程度上道出了静轩颠沛流离的心酸。他说自己有罪于国又不孝于家,还写什么墓志铭。但松本子邦宽慰静轩有罪或不孝这都是因为后来的变化,而且像他这样的人是否应该写碑铭,情况也会随时代而变,所以不如"以变处变"。从这段劝说静轩的话来看,松本子邦这样的读书人对静轩的遭遇显然是持同情态度的。所以《江头百咏》中其后所载小滨大海对静轩的评价大都是鸣不平。

可见静轩和他的《江户繁昌记》于幕末,在思想开放的知识分子间能引起共鸣。但生活毕竟是现实的,静轩也明白用这种方式让大家认识自己会有代价。读书人有知识却不能"齐家治国平天下",江户的封建幕府治下同样"百无一用是书生",所以像静轩这样失去身份的浪人武士生活是很艰难的。他只能通过出书卖弄文笔来挣钱养家,还要担心遇到文字狱而惹祸上身,对幕政体制的痛恨也就不言而喻了。静轩索性在《江户繁昌记》第五编中的《静轩居士卒》一篇中调侃自己的死。文章开始一段是这样写的:

> 世人试思,天地为原为始,而果有果无,我未可知其如何也。况人物禀生于其间,自有观之则有,自无观之则无。况乎身外之富贵,眼前之贫贱。荣枯也,显达也,共是镜花水月。孰是非,孰优劣。吾将何乐耶? 吾将何悲耶? 何也,世人得之而惊,失之而惊。乐适来之时,悲适往之时。甚矣,人之不晓。②

此一段是静轩对生死富贵的一些思考和看法。他说自己并不知道这世间很多东西是如何为"有"或者为"无"的。那么生于这天地间的人和物,主动地去观察了解则是有,不去理会便是无。况且富贵乃身外之物,贫贱只是眼前事。静轩用"镜花水月"来比喻富贵的荣枯、人生的显达,也就是说这些皆为虚无或不一定真实的东西。他面对这些过眼烟云,也分不出孰是孰非孰优孰劣,更不知道如何才是欢乐,悲伤又为如何。世人得到或失去财富与地位的时候都会

---

① 寺门静轩:《江头百咏》,江户:克己塾,1850 年,第 22 页。
② 寺门静轩:《江户繁昌记》(五编),江户:克己塾,1836 年,第 37 页。

惊叹。人的出生和死亡都是世间最正常不过的事情，但作为人本身都是想在活着的时候寻欢作乐，恐惧将死之时。静轩觉得这道理并不晦涩难懂，但感叹人们却太难看明白了。

二、居士的生死观

之前的引文不光是静轩对富贵和权势的看法，也是他生死观的体现。庄子说过："死生存亡，穷达贫富，贤与不肖，毁誉，饥渴寒暑，事之变，命之行也。"我们很容易将静轩对贫富贵贱皆自然的思想和老庄思想联系起来。此时的静轩对世间的贫富生死和对于自己命运的看法都有了相当的升华。不过《江户繁昌记》毕竟不是想通过这些深奥的思想领会来打动普通民众，所以还是要回归"戏作"的风格。静轩将他想象中自己死前和死后的状况进行了重点着墨。他先是虚构了妻子的一番哭诉：

> 静轩居士病剧，遽然且死。妻哭倒在地，追胸道："吾向说今年所谓前厄[当谓之厄岁今年一岁]，庶几祷禳除之。子偏执，不回。今累果难起，岂不遗憾。且吾适汝来，未尝睹子祭神念佛，算起冥路必定陷地狱，受用多少苦。子苦不为苦，于妻子如何哉？"[①]

静轩为自己设计了患重病不起而死，且是突然要离世。于是妻子便跪倒在地大哭，半是埋怨地表达对他死后会下地狱的担心。静轩的妻子是水户的资产家平山氏的女儿，其名不可考。据推断与静轩结婚是在文政末年或是天保之初（1830 年左右），其年龄要比静轩小大概十二岁，两人育有一女，天保七年（1836 年）的时候已经五岁。静轩也曾有过一子，但是出生一个月后便夭折了。[②]此时的静轩已经四十一岁，古代日本有"厄年"之说，男子二十五岁、四十二岁为厄年，所以妻子称此时的静轩是正值"前厄"之时。

江户时代的人们生病时大家都会去佛堂或神社祭拜祈求平安，静轩却没什么行动，所以妻子将现在的暴毙归罪于此。她自从和静轩结婚起就没见过丈夫供奉祭拜神佛，所以觉得静轩死后必定是要下地狱，受苦连连。静轩是个硬骨头，这点妻子应该是很了解的。虽也觉得静轩不会以苦为苦，但丈夫一死了之

---

① 寺门静轩：《江户繁昌记》（五编），江户：克己塾，1836 年，第 37 页。
② 日野龙夫校注：《江户繁昌记·柳桥新志》，东京：岩波书店，1989 年，第 324 页，注 8。

让妻子如何是好呢。这一段描述实则是静轩借妻子之口，为自己死后会下地狱编排个托词，或者说埋下了伏笔。对于下地狱之事静轩又是怎么回答的呢？ 临终前的他仍是一番无所畏惧的架势：

> 居士微笑道："死生有命，神佛岂得私。祷请免死，世间无复见死。如然地狱亦甚闲暇，天上亦甚寂莫。且近岁米价之昂，人如无死，天下益困。思，天先令我游手蠹国人等，趁早结果了，夺无用之口，与有用之腹，理宜然。且使吾免买米苦，我亦自此安心，岂不两便。且吾佛缘之深，年来衣食，多依浮屠。三千之佛，孰不认我。八宗之祖，孰不怜我。我堕阿鼻，他安束手坐视，必定拯之。汝放心，勿费思。"①

静轩想象自己是微笑着面对死亡的。他借《论语》所说的"生死有命"，在这件事情上神佛必然不会听自己的。静轩觉得要是靠祈祷就能不死，那人世间哪里还见得到死亡这么悲惨的事情呢。他还不忘调侃一下，觉得若真是这样，地狱里没了去受罚的灵魂，小鬼们没活儿干肯定要闲暇下来。而天上也没有灵魂去了，岂不是很寂寞。我们并不知道静轩是否真相信地狱或天堂，他并没有对自己死后的去处高谈阔论，即便是死亡这样严肃的话题，他也始终是用较为幽默的方式来表达，力求博读者一笑。

静轩继续描述自己面对死亡，先思考的不是死后去哪里，而是他的死对活人有何影响。如是说，近年的米价贵到了只有死人天下才不困苦的地步。静轩想来想去，觉得上天先将像他一样无所事事"无用之人"的口粮夺去，让"吃白饭"的人趁早了结，把食物给有用的人果腹，理所当然。他觉得这样一来，自己也能从买米的痛苦中解脱了，死后反而能安心入土，于国家于自己岂不都是好事儿。这果然还是戏谑的手法，又一次尖锐地提出米价之贵，已经贵到了像静轩这样的读书人无法承受，甚至想到以死来解脱的程度。表面是说笑，带给读者的却是苦涩感。静轩假想他的死亡，亦不单单是为了痛斥米价高昂以致民不聊生。

之前笔者陈述过静轩与佛门有不解之缘。他年轻的时候住在宽永寺的劝学寮，其后又在驹込吉祥寺门前开办私塾，同时住在浅草新崛端西福寺附近。静

---

① 寺门静轩：《江户繁昌记》(五编)，江户：克己塾，1836 年，第 37 页。

轩经常为寺院讲授儒学并收到谢礼。所以他说自己"年来衣食，多依浮屠"。所以虽然妻子担心他去世后会下地狱，静轩却泰然处之。他觉得自己与佛家有不解之缘，佛祖定会怜悯他，若真是下了地狱佛祖肯定会拯救他，让妻子不用担心。其实静轩并不是为了探讨是否该下地狱，他早已为自己设定好了下地狱的桥段。这样的叙述方式增强了故事的戏剧性，让人更加好奇静轩在地狱中是怎样一番情景。但他并没有在《江户繁昌记》中描述，而是为之后的创作埋下了伏笔：

> 妻道："恐不然，子虽忮他，自彼言之，亦可谓平昔剥佛箔。"居士道："好好好，或不见援，一观地狱变相，不亦善乎。剑山血池，写取为续篇，以付汝，犹支数月之饥。不但此已，吾老竹莽，不能起家。不肖之责，不孝之罪，身受苦楚，固其所也。生无功德，死后为马也其所，为牛也其所。牛马受生，孰与为贫人，孰与为浪人。孰若为不肖不孝之子。何为着些遗憾。……"①

静轩说过佛祖必会救他于地狱，但妻子却不这么想。幕末的佛僧也大都俗化堕落，静轩借妻子之口形容其如破败佛像的金箔逐渐剥落。这是他对堕入世俗佛教僧人的讽刺。如此这般，静轩不指望有佛祖能来救他了。但文人最有用的是笔杆，所以对他来说未必是坏事，正好可以见识一下地狱的情境，把"剑山血池"描绘一番作个续篇，妻子还能拿去卖些钱财以"支数月之饥"。静轩的确为《江户繁昌记》写了续篇，名为《繁昌后记》。其中的经典场景便是静轩假借自己堕入地狱，将所见所闻记录下来，笔锋之犀利容笔者后述。

堕入地狱不光要受罪，还要轮回。静轩说自己老于"草莽"，不但不能出人头地，又无力支撑起家庭，于公于私都有罪责，要遭受苦难都是应该的。活着的时候没有建立功德，死后轮回只能去做牛马。静轩半开玩笑地说如若做了牛马，就不必再做贫儒或浪人，也就不再是"不肖不孝之子"，怎还会有这些遗憾。静轩也曾经对幕府有过期望，也曾想进入水户家施展才能，但结果是悲哀的。从这一部分的述说，我们可以看出静轩对江户末期的社会状况已经心灰意冷，甚至是彻底失望。他认为已到了就是做牛马也比做一介文人要强的地步，虽有些夸张，但不能否认这就是幕末知识分子们窘境的真实写照。

---

① 寺门静轩：《江户繁昌记》（五编），江户：克己塾，1836年，第38页。

三、静轩居士"实"死

其后在《静轩居士卒》这一章中，有静轩劝妻子在他死后须改嫁，丧事要从简。还有要求弟子们不要办他的"书画会"来挣钱，以免给朋友们添麻烦，更不要夸大其有功德，等等。这应该就是他非正式的"遗嘱"，是典型静轩式的，带着知识分子的自尊和儒者傲骨。交代了后事，静轩的心终于沉了下来，描述自己断气前唱起歌来：

> 此生昔至自何来，此死今归何所回。不生不死兮我何乐，不至不归兮我何哀。①

刚一断气妻儿弟子便一番庆贺：

> 妻便拊盆，儿便鼓碗，弟子皆舞。呜呼乐哉。以天保七年某月某日卒。享年四十有一。寺则小石川西岸寺是也。宗旨代代净土宗。决非耶苏宗也。只听门前喧哄，米商为第一番，连书贾、薪商、古衣贾、菜根商，一齐阚入。并供薄证债，催促争先。家人狼狈，不知所措。居士在棺中，忍不住叫声：静轩今日实死，不复以外出骗君等。连罪连偿，自此休自此休。②

短短两句歌，却饱含深意。静轩虽未死，但描绘自己临终时，依然是苦涩无奈。不过这样沉重的感叹之后，他还是选择了通过对自己葬礼的戏谑描述来博大家一笑，用出人意料却又在情理之中的戏剧化情节来结束此章。静轩的丧事相当热闹，妻儿敲打着锅碗瓢盆，弟子们唱唱跳跳为他送行。这是借鉴了庄子见其妻去世时的情景。《庄子·至乐》中讲：

> 庄子妻死，惠子吊之，庄子则方箕踞鼓盆而歌。惠子曰："与人居，长子老身，死不哭亦足矣，又鼓盆而歌，不亦甚乎！"
> 庄子曰："不然。是其始死也，我独何能无概然！察其始而本无生，非徒无生也而本无形，非徒无形也而本无气。杂乎芒芴之间，变而有气，气变而有形，

---

① 寺门静轩：《江户繁昌记》（五编），江户：克己塾，1836 年，第 39 页。
② 寺门静轩：《江户繁昌记》（五编），江户：克己塾，1836 年，第 39 页。

形变而有生,今又变而之死,是相与为春秋冬夏四时行也。人且偃然寝于巨室,而我激激然随而哭之,自以为不通乎命,故止也。"

庄子面对妻子的死亡,开始也是觉得悲伤,但他又想通了人的生死无非就是物质轮回,所以一味地伤心没什么意义。这是非常朴素的唯物主义观念。庄子能在他的时代就达到如此的思想境界,非常值得敬佩。静轩受庄子思想的影响亦很明显。所以他死之前歌自己"不生不死兮我何乐,不至不归兮我何哀"。

这两句静轩"临死"时唱的歌饱含深意。首先"不生不死"显然是受到佛教"无生无死"理念的影响。佛家认为得道高僧圆寂时进入不生不死的境界,精神能够永存。静轩却说不知道自己从何而生,也不知道死归何处,所以他的不生不死是说自己就像没有存在过一样,也就没有什么可高兴的。且没有来到过也就无从谈起要逝去,固然也没什么可悲哀的。静轩表面上说自己的肉体和草根贱民一样,一旦消逝也就无从记起。但笔者认为,以我们对他身世的了解,静轩的一生绝不是平庸无为的"平民"。饱读圣贤书的他想要仕官来施展抱负,却终不得志。这对已经将"齐家治国平天下"思想融入血液的一代儒生来讲,就如未曾生于世上一样。所以若将"不生不死"理解成精神永存,对静轩来讲依然没什么"可乐"的意义。

再从学问的角度来看,静轩属"折衷"学者,"折衷"不能算是学术派别。之后所写《江户繁昌记》也不是正统学术著作,所以当时的静轩在学问上亦未能找到自己的位置,这可能是使他更为气馁的事情。所以静轩在这里寄托的,应该还是后世对他的思想以及对他文章和人格的看法。静轩是无从评价自己的,所以不知死后的去处,或者说根本没去处,那也就不必悲哀了。哲理性颇强的两句歌仿佛静轩给自己精神的"盖棺定论"。不光是诉说人的虚无缥缈,更是表达了自己临终前,回过头来望不到过去,仰起头来依然看不见未来的悲凉与失落感。

静轩当然不能让自己在《江户繁昌记》中以简单的悲剧来结束,"娱乐精神"要贯穿始终。于是他描写自己刚咽气,各类讨债的就迎上门来。先是米商,然后是卖书的、卖衣服的,连卖柴火卖菜的都一同挤进门来。妻子和弟子们刚才还手舞足蹈,现在面对债主拿出的一沓沓欠条,已是不知所措。更为夸张的是,静轩描述自己肉体虽已死去,但面对这样的吵闹喧哗,灵魂无法安静地往生。实在是忍无可忍竟然从棺材里大叫自己是真死,不是假死。这一桥段看似荒诞，捧腹之余还是会让人联想到社会矛盾的尖锐，人死了都无法"一死百了"。

静轩真正去世是在庆应四年（1868 年）三月他七十三岁时。1868 年也是日本命运转折的一年，是新时代开启的一年。年初正值幕府德川家与萨长军在鸟羽伏见打得不可开交，其后二月德川庆喜败下阵来，被迫给朝廷谢罪，并交出了江户城，隐居在上野宽永寺以示悔过。然而当时坊间传言战事仍未结束，江户城还会继续发生大规模的战争对抗，一时间人心惶惶。静轩就是在这样的乱世背景下驾鹤西归了。他女儿嫁入了根岸家，据考静轩的最后时光应该是在青山的根岸家，和女儿女婿一起度过的。对于他的死，没有记录是患重疾，所以猜测静轩应该就是因老衰而去世的①。江户最终没有迎来战事，而是在四月和平地开城了。其后静轩去世的这一年七月，江户改名东京。仿佛旧时代随静轩一同逝去，这座伴随他一生的繁华都市连同日本国一起进入了新的历史篇章。

第二节　繁昌后记

静轩最终没能等到他去世几个月后的明治改元，而是永远地留在了《江户繁昌记》的时代。这样一个旧封建时代儒者如此契合于时代终结，不得不说是上天的安排。可以想象静轩早已预料到了变革会到来，他自然不能在自己的文学作品中直接煽动革命，但以讽刺的手法唤醒人们对自己生存状态的认识，是他一贯的做法。读者们终于在明治十一年（1878 年）读到了由静轩弟子整理出版的《繁昌后记》。

一、时代更迭

如果《江户繁昌记》是静轩用戏谑的笔锋来调侃和说笑的话，那么《繁昌后记》则是不加掩饰的讽刺与批判了。首先从时间上来看，《繁昌后记》应该是静轩在《江户繁昌记》第五篇出版之后所作，笔者之前介绍过他描述自己临死前，说如若去了地狱，要"一观地狱变相"并将其"写取为续篇"，交给妻子"以支数月之饥"。《繁昌后记》会带给世人怎样的体验呢，我们不妨先考察

---

① 永井启夫：《寺门静轩》，东京：理想社，1966 年，第 353 页。

《繁昌后记》的写作背景。静轩的弟子松本万年给《繁昌后记》所作序中这样写道：

> ……本师静轩在佛，为讨账鬼所苦而卒。遂游地狱，叹记其变相以谕众生，名号曰《繁昌后记》，未及梓行，忽收往生极乐，讵今四十余年，稿本今尚存焉。（中略）明治十年丁丑十二月五日半禅居士松本万年谨拜书。①

说静轩因"讨账鬼"所苦而死，这和静轩在《江户繁昌记》第五篇中，说自己死后被债主踏破门槛的情节正好呼应。松本万年也明确指出，这是以地狱中的景象来比喻现世的众生。彼时代的静轩未能等到出版，就去世了。松本万年将稿本保存了几十年，并且终于在明治十年（1877 年）作序出版，确实难能可贵。

《繁昌后记》初篇一开始静轩就说自己"天保九年腊八之后，居士为债主所迫"，并且从内容上讲亦涉及了很多天保改革时期的事件，所以此续篇很有可能是作于天保九年（1838 年）之后。另外可以看到书中还触及嘉永、安政年间的世态，由此推断静轩直至晚年也在进行修改②。作者死后的明治十一年（1878 年），弟子松本万年③作序并将其出版，这位松本万年字子邦，应该就是劝静轩为自己作碑碣志的那位"旗本"。从这一线索来看，静轩以其人格魅力招揽了不少有一定社会地位的知识分子在身边。这《繁昌后记》共两编的出版完成，才算是静轩《江户繁昌记》系列的终结。

《繁昌后记》所出版的时间正值德川幕府将军家政权崩塌后明治天皇建立新秩序之时。"明治维新"不是一个时间点，而是一系列事件持续发生发展的时间段。日本在这一时期开始走向深刻而剧烈的变革。我们普遍的认识，是明治维新使日本走上了资本主义现代化道路，富强起来，从而跻身帝国主义列强。明治维新不光是指旧幕府体制、封建体制的瓦解，新的官僚体制取而代之，国家资本主义的建立。这样一个过程，必然要使各个社会阶级重新洗牌。时代的变革总是伴随着痛苦，日本大地主阶级和新生权贵阶级在资本主义发生初期的财

---

① 寺门静轩：《繁昌后记》（初编），江户：1878 年，序。

② 永井启夫：《寺门静轩》，东京：理想社，1966 年，第 115 页。

③ 松本万年（1815—1880）：幕末至明治时代的教育家。曾在寺门静轩门下学习汉学。名政秀，字子邦。别号文斋、久斋。

富原始积累一样是血淋淋的。在资本主义诞生的过程中，伴随着旧体制和固有观念的瓦解，下级武士失去身份，农民开始失去土地，城市的手工业者更不用说，江户城的町人们直接沦为资本家或是国家资本主义的廉价劳动力。这一变化给大多数人带来的不会是幸福。明治维新初期的种种变革对底层民众来说甚至比旧封建统治来得更痛苦。

大家比较认同的明治维新起始，是《繁昌后记》出版的前一年，庆应三年（1867 年）的"大政奉还"①"王政复古"②。对于结束的标志，却有诸多不同看法。这其中也有以武士阶级的消亡为代表的论见，认为"废藩置县"③是明治维新的彻底结束。以这种看法为基础的，还有观点认为西乡隆盛发动的"西南战争"的终结，标志着维新运动的彻底结束。西乡隆盛是非常有名的"维新三杰"④之一。然而他本人出身武士阶层，武士所组成的"士族"是倒幕运动的主力。可推翻幕府统治后，他们也成了资本主义发展的绊脚石。所以明治政府借"四民平等"⑤的改革，针对武士开始"废刀"，并且取消了对倒幕运动有巨大贡献的武士们的"秩禄给与"⑥。这实际上就是取消了士族阶层的特权以及经济来源。虽是大势所趋，但有些操之过急，导致了武士阶层的强烈不满。面对资本主义的狂潮和武士阶层的没落，以西乡隆盛为首的大规模士族叛乱发生了。最终这场史称"西南战争"的叛乱被平定，这场战争更加剧了农民破产和武士阶层生活的困苦，加速了资本主义的到来。

西乡隆盛于明治十年九月在"城山决战"中负伤而死。日本轰轰烈烈的武士时代就此结束。《繁昌后记》就是在这样的背景下，于明治十一年初刊行出来。不用说《繁昌后记》肯定是讽刺和批判旧封建幕府的作品。静轩的弟子松本万年选择在明治维新的这个时间段将其刊刻出版，究竟是偶然还是有意为之，笔者暂且不论。仅想借此书中的一些桥段，来分析一下静轩眼中的幕末乱象。

---

① 江户时代末期的庆应三年十月十四日（1867 年 11 月 19 日），江户幕府第十五代将军德川庆喜迫于压力将政权归还给明治天皇，天皇于十五日后勅许。

② 庆应三年十二月九日（1868 年 1 月 3 日），废黜江户幕府，同时设立摄政、关白等三职树立新政府，是朝廷发起的宣告将政权交归日本天皇的政变。

③ 明治维新时期的明治四年七月十四日（1871 年 8 月 29 日），明治政府废除藩制，解除地方武装并将地方统治划归中央，设立都道府县的行政改革。

④ 为倒幕运动以及明治维新作出突出贡献的木户孝允、西乡隆盛、大久保利通三人。

⑤ 明治初期，维新政府废止江户时代士农工商身份制的改革的口号，以及一系列包括婚姻自由、居住自由等的政策。

⑥ 明治政府为倒幕运动以及明治维新作出贡献的武士们发放俸禄。

二、观地狱变相——八大地狱

静轩在《繁昌后记》中描述的，是其堕入"八大地狱"的所见所闻。目的是借地狱"变相"来讽刺幕末众生。他的"八大地狱"是八热地狱，源于《长阿含经》，也是日本人普遍的地狱观：

> 如是我闻，瞻部洲下过五百踰缮那乃有地狱：一曰等活，二曰黑绳，三曰众合，四曰叫唤，五曰大叫唤、六曰焦热、七曰大焦热、八曰无间，谓之八大地狱。且每一地狱各自十六所苦境，通计一百三十八等活地狱……①

静轩在这里很明确地先将这八大地狱的构成和名字交代了一下。我们可以参照《长阿含经》中《第四分世记经地狱品第四》对八大地狱的描述：

> 彼有八大地狱。其一地狱有十六小地狱。第一大地狱名想，第二名黑绳，第三名堆压，第四名叫唤，第五名大叫唤，第六名烧炙，第七名大烧炙，第八名无间。其想地狱有十六小狱……

这很明显是佛教观的地狱构成。而在日本江户时代人们的观念中，一说到地狱，普遍的认识即为八热地狱与八寒地狱。提到八大地狱，一般认为是八热地狱，静轩《繁昌后记》所描绘的也是八热地狱。八热地狱的构成和中国人普遍观念中的十八层地狱大同小异，越到下层受到的刑罚越残酷。静轩在描述这些酷刑的时候和之前所说到的"地狱品"中的讲述并没有太大出入。但由于这是静轩"亲历其中"，所以他的想象力又给读者带来了对于"地狱"的一些新鲜的体验。我们来具体看看他有怎样的解读。

静轩先是来到第一层"想"，也叫"等活"的地狱游走了一番，等活地狱是犯了杀生以及诽谤罪的人所下的地狱。罪人们手生铁爪如刀片，看到其他人则"互怀害心"，如同猎人遇到鹿，互起杀意互相攻击，身体都被割烂而受苦。待阴风一吹皮肉又生长完好如初，如此往复受苦。静轩先借佛家之说对地狱进行了描述，其后他却说这是佛祖在"吹法螺"②，即"妄语虚诞"，也就是调侃佛

---

① 寺门静轩：《繁昌后记》(初编)，江户：1878 年，第 1 页。
② 江户时代把吹牛说作"吹大法螺"。出自《法华经》。

祖在吹牛说大话。在静轩看来，现世的未死之人，个个都争名夺利互相猜忌陷害，追求利益就如猎人逐鹿。人们挖空心思互相攻击为蝇头小利不惜大打出手，待一天下来虽精疲力竭，但一觉醒来之后又如昨天一般亢奋。如此一来这现世不就是"等活地狱"么，哪儿还用得着堕入"瞻部洲下"如此麻烦。这样标新立异的看法将矛头直指现世人们的势利和见利忘义的丑恶形态。我们虽无法切身体会静轩所处的乱世，但他对"等活地狱"的描述就如为我们开启了一扇能窥见江户时代社会状况的窗，读者心中幕末官商夺权逐利的丑恶嘴脸形象而生动。

　　静轩面对幕末社会的急剧转型，将现世比喻成"等活地狱"，而他在这地狱中又身处何位呢？　静轩继续描述第二层地狱——黑绳。堕入此地狱的罪人们被烧黑的绳子绑起来，其名由此得来。然后狱卒顺着绳子的勒痕或用斧子劈，或用锯条锯，或用刀子割，让人痛不欲生。接着还会被捧着铁锅的狱卒驱赶上铁山，如果从绳子上脱落下来，就直接被扔到热铁锅中"摧煮无极"。静轩觉得这样的惨状正是自己活在现世的写照。他先说："人无智然居高职，无钱然谋大利，他凡为机变之，巧不落铁镬者，虽有，寡焉。"随后又引用了孔子的话："人皆曰'予知'，驱而纳诸罟擭陷阱之中，而莫之知辟也。"[1]这两句皆说世人大多聪明反被聪明误，而静轩更觉得这黑绳就存在于世间中。虽活在现世，但自己也不过是被这黑绳绑住的一人罢了。他这样描述自己人生的悲苦：

　　　　人间中黑绳即有之，且顾思予半世浮浪困厄中，畜数口眷累，东借西乞。冬而典之，夏而赎之，工夫百端，以活一日，以度一月。噫！累负山活行绳，居士生前陷黑绳亦久矣。[2]

　　我们不知道《繁昌后记》的具体成书时间，但静轩用如此苦楚的文字对自己大半生的生活状态进行了总结。字里行间的酸楚，饱含了以他为代表的浪人儒者对悲惨生活的彷徨与呐喊。

　　之后静轩继续描述的是"众合地狱"，又名"推压地狱"，是淫邪者要堕入的第三大地狱。据其描述，在此地狱中罪人们被驱赶着进入两铁山之间，然后两边的铁山将众人身体压碎。还有的人沉在血池中无法游上岸来，只得举着手

---

① 王国轩译注：《大学·中庸》，北京：中华书局，2007 年，第 59 页。

② 寺门静轩：《繁昌后记》（初编），江户：1878 年，第 2 页。

大声呼救。还有部分人被狱卒抓去刀叶树林。在树顶有美女召唤,淫邪之人受其引诱爬上去,身体被刀叶划割,上去之后却发现美女已在树下召唤,遂又向树下爬去,如此往复受苦。静轩在随后的感慨中,将先前自己"死"时的一众债主比作这压碎人的铁山,来表达现世生活中人们的疾苦与艰辛。

再后来说到淫邪,静轩在这里用他和一位情人的对话,也就是借自己这一"淫邪之人"的口,来反讽世人。静轩说他经常和情人谈起:人即使表面再如何漂亮,但其实内在还是污秽之物罢了,恰如"画瓶而盛粪秽"。比如人无论生前多么漂亮,死之后定是要"其身膨胀,色变青瘀,尨烂皮穿,脓流无量,虫蛆杂出,尨处可恶,过于死狗",而经雨淋日晒风吹,最终"碎末与尘土相和"。所以世人"抱臭骸为快乐,不亦愚与"? 情人却反过来讥哂说,她虽"愚",但何尝不知道此道理。即便是这样,画瓶和污秽也是化为一物之整体。人无论生美死丑最终都要一起入土,净秽实际上是分不开的,所以男人还是喜欢美女,女人无论怎样都会憧憬外表的美貌。听得此一席话,静轩只能感叹"无缘众生难度"。这种宁愿自甘堕落的"无缘",不光是日本江户时代的平民意识,静轩给我们的启示也不限于江户城一时一地。

随后还有两大"叫唤"和两大"焦热"地狱,笔者不在这里详述。静轩最后将重点放在了"阿鼻"地狱,罪人一旦堕此地狱,所受痛苦是之前地狱中所有酷刑的总和,痛苦被放大一千倍,且折磨无间歇,故也被称作"无间"地狱。静轩对于其恐怖程度,用"此地狱罪人见焦热狱人,如见他化自在天处"来形容。见此地狱惨状,他想起还在"娑婆世界"①时候,常常会有"幸为江户人"的想法。觉得自己虽然经济相当拮据,但还好生在了"繁昌"世界,总算是有衣穿未冻死,有米吃未成饿殍。比起乞丐的"幕天席地,朝饥夕冻",还能身处赁居并有饭碗茶碟,可谓"犹胜万万"。不过静轩又想,自己幼年丧父到头来孤身一人,"没世无君无师,故无学无戈,故无钱",这其实和乞丐也没什么两样。但他又一转念,觉得无论在现世还是地狱,都有等级差别,那乞丐在现世中还是要仰望自己的。静轩在地狱如此聊以自慰之时,恰好一个乞丐路过,给静轩泼了盆凉水。乞丐冷笑他道:"井蛙不知大海之广,狱卒岂知天上之乐。"天下除了他们之外,世人皆被名利所束缚。乞丐觉得惊喜与得失之间,就如"寒冰冻心,炎碳烧肠"。别人夸你有的东西,还不是背后机关算尽要来夺走,还不如他

---

① 佛教用语,指人活着时候所处的大千世界。

们身家全无，不用受"典赎之苦"或者"薪水之劳"。乞丐说他们是"无求、无欲、脱梏、解缚、无苦、无恼、忘宠、遗辱"。这样心中清净无污，生活自由，以至于能天天睡到自然醒。静轩虽然有营生，但一生都在"昼则奔走售讲，夜则勉强读书"，如此还不是为了"撒虚名凑实利"。何等的苦心何等的刻意，这样无间断的往复，才真是悲哀。乞丐觉得静轩也就是没钱这一点上和他们差不多，随即劝静轩乐土不远了，还不如加入他们。静轩描述自己听到此一番话，只能郁闷地感叹："命矣！"

读到这里感慨良多，细细回味，静轩是借着乞丐之口讽刺自己。他讽刺的又不光是自己，相信无论是彼时代日本的广大浪人儒者，还是此时代汉字文化圈的知识分子，看到这等尖酸刻薄却又直指人心的嘲讽，心中都会为之一震。静轩作品的魅力即在于此，透过他的笔墨，读者以为自己就像站在哈哈镜前大笑，过后发现其实镜中就是真实的自己。静轩赋诗一首来为此番《八大地狱》的描述做结语，描绘得甚是生动形象：

> 活活声中死复苏，黑绳铁斧伏冥诛。
> 山岩合迫江汤沸，火烈烧来狱卒驱。
> 炎热烂肠遭兽噬，峭寒刮骨见刀屠。
> 小呼大唤有谁救，痛苦无间奈罪辜。[1]

堕入地狱的自然都是有罪之人，静轩让自己以旁观者的身份堕入地狱，见了此番情景才知原来"阿鼻"就在现世。他能将身边众多故事结合进去，再用汉文如此巧妙地表达出来，不得不说《江户繁昌记》与《繁昌后记》是寺门静轩作为日本儒者，为亚洲汉字文化圈的读者留下的宝贵财富。

三、死出山与翠云驿

读过这许多静轩的文字，能够感受到像静轩一样江户时代的武士们，幕末之时身份越来越卑微。身份等级制度是维护德川幕府封建统治的政治基础。虽然中日两国在 19 世纪的社会固化都非常严重，但日本没有我国的科举制，读书人几乎没有出人头地的希望，底层的人们更没有办法改变自己的身份以及命

---

① 寺门静轩：《繁昌后记》(初编)，江户：1878 年，第 8 页。

运。阶层之间没有流动的情况下，阶级矛盾越来越对立，最终导致明治维新也就不足为奇了。也可以说这正是维新运动能够成功的最主要动力之一。静轩通过"地狱"中所见的另一个故事，为我们展示了身份制和阶级矛盾对立的尖锐。

"八大地狱"的描绘之后，是名为"死出山"的一篇。静轩在描绘地狱时引用过《长阿含经》中《第四分世记经地狱品第四》对八大地狱的描述，前面还写有一段：

> 佛告比丘，此四天下有八千天下围绕其外。复有大海水周匝围绕八千天下，复有大金刚山绕大海水。金刚山外复有第二大金刚山，二山中间窈窈冥冥。日月神天有大威力，不能以光照及于彼。

之后静轩所说的"死出山"，就是罪人们刚死，还没被阎王爷审判的时候，要经过的这"幽幽冥冥"之地。地处即使是再有威力的日月神，也无法使光照到的"金刚山"中。

静轩的想象中，这是一路穷途，罪人只能靠自己走着赶路，而这可惨了一位生前地位显赫的"封侯"。这位大人一个跟跄跌倒在地竟然哭起来，结果凑巧遇到了生前自己宠幸的臣子。这位昏君随即便是一通抱怨，悔恨自己被这奸臣迷惑，进而"远贤近佞，又淫色，又溺酒。刻剥立制，苛察征税。上坏祖宗之法，下伤庶民之生"。这位弄臣也是一把鼻涕一把泪，说自己想当年争权夺势，糊弄主公幼子以垄断权力。虽一时权倾朝野不可一世，却没想自己得了传染病生不如死，已然似堕了"阿鼻地狱"。并且还连累"妻孥连婢仆"一起染病"合家呻吟"，想必这就是疫神对他的惩罚，一会儿定能在这黄泉路上与家人相见。

这臣子还劝自己的主子，说到了阎王殿上，自己一人把罪孽都扛下来，替主公受苦去。乍一看也是有情有义之人，不过故事情节峰回路转。二人正打算等臣下家眷亡魂同去之时，却听得呐喊四起，一队人马闯了进来，吓得君臣"魂飞魄散，走动不迭"，而后被团团围住。静轩笔下这如强盗般的一伙人究竟有何目的呢？ 我们来看原文：

> 众并叫道："知么刻剥有报，罪网争脱。"为首一人大喝道："你等必有些面善，我是你封内某村里正是也。当初不堪苛税，率领众小户伏衙乞哀，你不止不依，把我杀了，又抄家私，又没田地，残刻立威，遂使阖封民众，或冻或饿，饮

恨以死。胃已白,怨岂灭? 我众唾手扼腕,待你等久哩。快受报!"一齐待下手,慌得二人手麻脚软,战栗在地,泥首道:"苛酷之罪,君臣宜受报,还是尊卑之别,请看体面饶之。"众怒嘴道:"幽明已异,何论尊卑。且我们将得果生天,你等却陷地狱,君臣今反前日,快吃报。"说时迟那时早,千挺万棒乱打过去。好像雨一般。二人捉空叫苦,一佛出世,二佛涅盘,屁滚屎流,里正忙道:"已已已,恐怕打生还魂人间。"二人叫道:"已生了已生了!"①

　　原来是"封侯"在黄泉路上遭遇了被其苛政逼死的贱民。仇人相见分外眼红,于是乎不管这二人再怎么求饶,一顿棒打如雨,好一番痛快。更荒诞讽刺的是其君臣已是亡魂,竟然担心又被打回人间往生,不得不佩服静轩的想象力和幽默感,读来让人忍俊不禁。

　　以上这一桥段,集中表现出平民贱民们对等级身份制的痛恨。主君还想着"尊卑之别",遭农民怒斥既已是黄泉路,哪里还有尊卑之分,再说他们是要"得果生天",而君臣二人是要下地狱的,所以地位已经相反,报复他们是理所应当。这一幕的描写,将日本幕政的腐朽和固化的身份制敲击得粉碎,想必任何看到想到此情此景的底层民众或者知识分子都会拍手称快,连连叫好。明治维新的目的之一也是要打破这种身份制度,要"四民平等",但实质上却变相为资本主义发展推波助澜,让"四民"更加穷困进而成为廉价劳动力融入资本主义的洪流,农民和穷困的城市町人成为被剥削的主要对象,所以才有以西乡隆盛等士族为代表的叛乱发生。静轩的弟子松本万年选择此时将《繁昌后记》出版,用意颇深。

　　乱世出英雄,作为一位冷静的时代观察者,静轩笔下自然少不了对英雄人物的撰写,不过依然是"静轩"方式的。在《繁昌后记》后编中的《翠云驿》一章中,静轩就安排了两位很具时代性的人物"死后登场"。

　　从"死出山"出来继续向前,便是静轩笔下的"翠云驿"。静轩述其"系地藏菩萨管辖,佛住翠云宫,驿名取诸宫。此间并是山路,比那死出山的山岭更险恶"。各色冤鬼纷纷行路至此歇息,大多是受苛政所累而死,笔锋直指水野忠邦的天保改革。之前《笔祸》一章中笔者列举过诸位受到"言论弹压"而惨死的儒者。静轩正好安排这些枉死的"同仁"们在这黄泉路上一吐心中不快。比如

――――――――――

① 寺门静轩:《繁昌后记》(初编),江户:1878 年,第 11 页。

这位"被卖陷坑"的人物：

> 个人在背后大息道："为国虑事怎容私心，何况谋大事，官亦大，早计不加查勘，立刻缉埔，把无辜下了大狱，岂不虐。但是我不友其人，被卖陷坑，不免系累冤屈，大小吃苦。因自尽赎罪，晦迹于幽冥。的今闻世人赏玩我遗墨，高价募之，丹青成名，岂我志？噫！"[1]

笔者推断这说的应该是渡边华山。静轩又在其后这样描述另一位全身被烧得焦黑之人：

> 个人愤愤大步至，浑身焦黑，鼻目难弁识，原来此人坐活结果的，忿了不过，叹口气道："目今如是，不免日后史官编我于叛贼传中，岂不遗憾与？学问误事，才能灾躬，教人不任悔气。呜呼！世徒取门阀，枉屈人才，宰臣至师长不见个有学识，怎会道理也。不解人情也，不辨事体，只顾照旧规，一事不能处变，只怕失职禄。看衙门做客舍，收贿赂充俸资。只但挟威光，颐使俊杰，是教犬羊驱虎豹一般，悔气谁堪。我的素愿亦有限，太平世怎取封土公爵，不过数等超职，少展才能，朝廷不知待才，遂使心恚做归，弄出天大事件来，何等悔气，且恁般焦黑，不知琰王认出否？莫或错做大黑神么？"[2]

此人落入地狱时已被烧得"鼻目难辨识"，可想其死时的惨状。此人说自己怕是会被史官编入"叛贼传"中，又说他也有学问才能。世间官吏的腐败渎职，横行霸道他实在看不过去，"弄出天大事件"来。我们对江户时代稍作了解的话，一看便知这写的是大盐平八郎。

天保大饥荒年间，曾身为大阪东町奉行的大盐平八郎对官场腐败深恶痛绝，毅然辞官。又见饥荒年间官商勾结抬高米价，民不聊生，而官府商贾们的生活却是极尽奢侈。多次进言要求赈济灾民未果的情况下，大盐平八郎对政府彻底失望。他变卖了所有的藏书救济灾民反而被政府诬陷是"卖名行为"。于是他亲自写了讨伐"町奉行"的檄文并发动起义。起义很快就被镇压，大盐平八郎和养子随即藏匿于大阪城中，于四十日后被幕府发现，他最终引爆炸药舍生

---

① 寺门静轩：《繁昌后记》（后编），江户：1878 年，第 9 页。
② 寺门静轩：《繁昌后记》（后编），江户：1878 年，第 9 页。

取义。由于尸体已被烧焦无法辨认，所以坊间传言大盐平八郎依然活在世上。

大盐平八郎虽然失败了，但是起义却大大动摇了幕府的统治，受到后来维新志士们的崇拜。他被奉为"民权的开宗"，成为自由民权论者攻击幕府专制的一大精神支柱。静轩对大盐平八郎肯定是抱着敬佩之情，体味这段对大盐平八郎言语的"转述"，字里行间透露出英雄气概以及儒者的铮铮傲骨。静轩描写大盐平八郎最后还开玩笑说担心阎王认不出自己被烧焦的样子，怕被误认为是"大黑神"，这样幽默的言辞显现出了一个革命者的自信，是静轩对平八郎表达的敬意。

静轩没有直接写出志士们的名字，但对在地狱中每个人的描写栩栩如生，人们读来心知肚明。一个个鲜活的"已故英雄"形象跃然纸上，这种新奇的叙事形式在博得读者一笑的同时，也给大家留下了深刻的印象。

除了对日本社会状况的述说评价，静轩的《繁昌后记》中还有对我国当时情况的描写：

> 汉人在旁挟口道："世指日本称武国，真个然矣。故事无不战伐，但闻方今惯太平，勇气渐消，我汉亦然，近日因鸦片事件，一旦起了兵端，而照代怠于武之久。弁官通不中用，夷贼猖獗，旬日间陷百城，京师震动，遂约和亲，纳了岁币，方才收兵。正是宋末之光景。岂不慨叹与？未几洪贼啸聚夺掠江南，贼势益旺，危迫北京，幸赖满兵救应，一时冲散去了，势气犹炎。天下骚扰，未知结局何如。"

如此可见虽然日本官方锁国，但民间知识分子对我国的境况一直是关心和熟知的。鸦片战争后的中华民族饱受内忧外患，这也给日本的知识分子以警醒，一味地锁国故步自封，只能步中国后尘。

第三节　静轩的后世

静轩的《繁昌后记》应该是他在被流放的过程中逐渐成书的，文中还提到太平天国运动，所以他应是在不断地进行续写或一直在修改，足见他对此书的重视程度。静轩也曾模仿我国清代余怀的《板桥杂记》著书《新潟繁昌记》①，其中已没有什么政治批判，更多的仅是就个人遭遇来自嘲，趣味也更倾向于我国的狭邪小说。可以理解随着年龄增长，静轩逐渐成为风烛残年的老人，所想的更多是家庭和自己的晚年善终。

静轩有妻女，另有一子夭折。妻子在嘉永七年初去世，享年四十九岁。静轩是流放之身，其后在熊谷西南五州大里郡胄山的大里村根岸家讲解《易经》。妻子去世后女儿便嫁给了根岸氏当主的弟弟。②随后静轩在根岸家与女儿女婿生活并最终离开人世。仅从普通町人的角度来讲，其晚年并不像他所"预测"的那样悲惨。但从一位曾有雄心壮志的儒者角度来看，静轩的一生并不算成功。但单从静轩晚年从事的教育和各种社会活动来看，他尽了一名知识分子的社会责任。

静轩晚年曾住在武藏国妻沼地区③，在长时间居无定所和游历之后终于暂时安定下来的他，虽已年过花甲，但心中一直挂念学问的传承。安正七年的时候开设了学塾——两宜塾。静轩在《两宜塾记》中这样写道：

> 静轩居士年六十五。行脚已倦，宜老。然未得其地。是岁万延纪元游妻沼坊。会欢喜院公与坊甲铃木小池二氏谋创乡学。未得其主。欲使余寓……嗟夫！我得之宜老。学得我宜讲。因名曰两宜……它可谕者故存于所读经传中。何必一々。请省之。④

经历了一番波折之后静轩终于能够在晚年找到栖身之处，随之而来的是一段相对平静的教书会友生活。期间门人不少，既有资质一般的普通弟子，也有天资聪颖悟性颇高的门生。静轩所选教材也皆为儒家经典，汉学的传授自然不在话下。维持两宜塾运转的资金来源，从地方富贾到贤者道士社会层面广泛，也间接说明了静轩在教育事业上的投入得到了大家的肯定。

静轩的弟子人数不少，更有继承他遗志与写作风格的门人，当中属松本万年为门生第一人。松本万年又名松本文斋，字子邦。他不光是静轩的学生，还

① 前田爱：《幕末·维新期的文学》，东京：法政大学出版局，1972 年，第 216 页。
② 佐藤雅美：《江户繁昌记》，东京：讲谈社，2007 年，第 386 页。
③ 现埼玉县熊谷市。
④ 永井启夫：《寺门静轩》，东京：理想社，1966 年，第 241 页。

经常被静轩以友人相称。在静轩离开两宜塾后，子邦接过其教鞭作为教头继续讲学。松本氏之后也来到东京，在东京师范学校任教授，并兼任《东京日日新闻》的记者，主要从事教育方面的著述。①其著作《田舍繁昌记》一书，从内容到写作手法都仿效静轩的《江户繁昌记》。对于时事的评价一样言辞犀利，比如在初编的《小学校》一篇中说：

中世以降，渐趋奢移。皇风不振，民薄德教。要当抑浮靡，张纪纲，敦民俗以复古昔也^{不在其位}。而妄谓我俗陋，我民愚矣。诬皇祖罔国体，不亦甚乎。如，夫纲常彝伦，仁义忠信，亘于古今，通于东西宇宙间。不易之常道，而谓之迂谈，谓之陈谕。人情之竞，新奇也，真可悲亦真可叹矣。且彼之所谓自主自由者何？天高地卑，即是天地之自主；天覆地载即是天地之自由，父子之亲，父子之自由；君臣之义，君臣自由。贵贱长幼，夫妇兄弟，各守其职兮。而不能相夺之，谓自主自由。非弟凌兄、妇逆夫之谓也，是之不查。谬解以误后学，悲哉！此辈洋学固不达西洋长处，开口则说共和合众，又不知国体。吐语则论沿革，撰袭毫无日本胆气。欲甘为西洋奴隶，不悲哉？然，而窃胫官，废私塾，禁家学^{不达时宜，妄为高论，所以被废}。如那口掉虚舌，身无实行，矻矻穷年，徒极穿凿，非儒人也，如那肠锦口秀，鬻市获利，非学士也。这是俗儒曲学，乱伦败俗，亦大矣。如此辈废之亦可，罚之亦可，我则异于是^{有可有不可}。②

从这段文字中可以看到松本万年对明治维新以后的俗儒腐儒的批判。社会变革时总不乏假借投身革命而趋炎附势，摇尾谄媚的假儒者真小人。松本万年一方面坚持儒家传统的父子君臣纲纪不能乱，另一方面痛骂那些都不清楚革命为何物就张口闭口大谈欧美共和民主的俗儒们。从言语间可以看出松本万年对于改革有自己冷静的思考。他并不是反对改革，而是主张应在充分研究和理解新制度的基础上逐步推进，这也是儒家中庸之道思想在其身上的体现。且不论对于改革的态度正确与否，静轩留给门第们的财富便是对时事有独立思考与批评的态度。

静轩的《江户繁昌记》留给后世的影响不容小觑。"繁昌"系列应运而生，

① 永井启夫：《寺门静轩》，东京：理想社，1966 年，第 290 页。
② 松本万年：《田舍繁昌记》，东京：文昌堂，1875 年，第 6—7 页。

模仿者不断。这其中就有明治时代的知名作家成岛柳北①，他在自己小说代表作《柳桥新志》中讽刺开化社会和风俗。在序中这样说道：

> 往日有静轩居士者著《江户繁昌记》。备模八百八街之景状。胜场剧区，无所不载，无所不说。其文及诙谐，而其事则名详，使读者卧知其地之所有。虽有谙熟阖都风俗之人，亦不能附益一事也。距今过二十年物换俗移，地之热闹冷索相变者不为少矣。……

可见成岛柳北对静轩的《江户繁昌记》评价之高。目前普遍认为成岛柳北《柳桥新志》的文体修辞等是仿《江户繁昌记》而作。但其中可见很多借用《板桥杂记》的语句和表现手法。应该说成岛柳北在创作上将《板桥杂记》的语法与《江户繁昌记》的文风结合起来进行了新的创作尝试。除此之外，江户时代知识分子们的文学创作多少都受一些中国狭邪小说的影响，尤以《板桥杂记》影响最大。又如静轩的弟子松本万年的作品《新桥杂记》，从名字到内容都是仿《板桥杂记》所作。从静轩到成岛柳北再到松本万年，他们没有进入江户幕府体制成为要员，对社会革新有冷静的思考，勇于用犀利的笔触揭露丑恶。他们也代表了大部分不能"齐家治国平天下"的儒者心态：做风流才子求狭邪之境，品风流韵事评妓女佳人。

静轩作为德川幕府末期的儒者，留给后世的显然不光是几部汉文戏作讽刺小说，可以说某种程度上他推动讽刺文学正式走上了商业出版道路。虽然静轩一生的路途很坎坷，但正因如此，他为身后的知识分子以及读者们，留下了不少有启迪的汉文小说以及诗歌。其精神激励着一代幕末平民出身的儒生继续提笔抗争。静轩虽没有亲眼看到明治维新打开大幕，但他的《江户繁昌记》为开启民智迎接日本新社会新思想的到来起到了一定的推动作用。

---

① 成岛柳北(1837—1884)：名弘，字保民，通称甲子太郎。江户幕府末期的将军侍讲，奥儒者，文学家。

结　语

主要创新点：

王晓平教授曾在《近代中日文学交流史稿》中有过精彩评述，总体概括了作者寺门静轩的出身、创作的时代背景等，并且通过一些非常有代表性的"桥段"阐述说明了《江户繁昌记》对俗儒的辛辣讽刺，是模仿《庄子》卓越的讽刺技巧。其间对市井生活的描写来借题发挥，旁敲侧击，嘲笑某些儒者没有节操的人格。①笔者进一步将其中的精华部分解读并展示出来，分析作者受中国文学的影响，并找出其中有特色被日本化了的经典场景。由此解读出汉学儒学传入日本之后对日本文学界思想界的影响，以及其在日本被本土化并且继续被日本知识分子推进发展的情况。本书的主要创新点体现在以下几个方面：

一、笔者首先梳理了我国古代笔记小说的发生发展以及传入日本的过程。尤以城市相关的汉文笔记小说为研究范畴，在以中国文学为背景的影响研究前提下，较为详细地介绍了日本德川幕府时期，在江户城这样大城市间流行起来的，各类描写市井生活的日本汉文小说。通过两国作者们虽身处不同时代，却有相似遭遇的阐释，揭示出由我国北宋灭亡至明末清初又到江户幕末，此类文学作品的一脉相承。并从作者们笔下虽有狎邪描写但意在讽刺批判的文路把握中，解读儒者的思想寄托与精神追求。

二、本书着重对寺门静轩这位我国读者知之甚少的日本江户末期儒者进行研究介绍。首先较为详细地梳理了作者的生活轨迹和学术背景，从寺门家族姓氏的由来直至静轩一代在幕末的衰落，从更深层次探讨并揭示了日本知识分子随时代变迁所处的不同境地。尤其是静轩这样的氏族后代脱离了农耕生长在城市中，普

---

①　王晓平：《近代中日文学交流史稿》，长沙：湖南文艺出版社，1987年，第98页。

遍受到我国儒学汉学的浸染，在经历社会动荡以及被日本官宦体制抛弃之后沦为底层浪人，其思想上的强烈反抗意识与自我觉醒。在对静轩的各类散文和诗歌集等作品的解读中，使幕末一批底层浪人儒者的形象逐渐清晰起来。从而解构出日本知识分子崇尚儒学受汉文化影响之深，但又与我国文人不完全相同的儒者心态。提供了一个从异国汉学家的眼中审视中国文学与文化的视角。

三、在前人开拓的基础上将寺门静轩的《江户繁昌记》等作品纳入亚洲汉文学的范畴，用比较文学的研究方法基于我国古代笔记小说进行更进一步的解读。尤其是把作者和作品与其发生发展的时代背景结合起来研究，从而透过文学作品看本质。笔者将静轩笔下江户时代最具代表性的各类人物和社会事件放入商品经济快速发展与城市快速扩张的大框架下，针对德川幕政体制架构的僵化以及施政的荒唐，由果及因地分析《江户繁昌记》中描述的底层人民生活疾苦。

四、笔者通过介绍包括由寺门静轩惹笔祸，以及"蛮社之狱"等一系列事件为代表的江户末期幕府对言论的钳制，揭露日本明治维新前残酷的黑暗时代。并将日本知识分子们敢于用笔发出自己的声音，虽付出了生命的代价，但使日本在面临民族危难的时刻选择了学习欧美，并最终成为资本主义强国的历史事实展现出来。从而使我们跳出对日本江户文学的固有思维，对日本幕末的知识分子有更深刻、更全面的了解和认识。

今后研究的方向与展望：

我国的《东京梦华录》《西京杂记》《板桥杂记》等笔记小说和日本的《江户繁昌记》《鸭东新话》《柳桥新志》等文学作品，绝不是孤立的点，而是串联起来的线。汉学儒学跨洋到达彼岸，使汉字文化圈的范围更加广大。那么相应地通过汉文所创作的各国古代汉文小说或是诗歌，某种程度上都应算是同源同流的古代亚洲汉学一部分。在这样的背景下，还有很多值得研究的作家以及不同题材和体裁的作品。通过此研究，笔者今后的研究方向和展望有以下几个方面：

一、与静轩"余生无为"相比，汉诗大家成岛柳北的人生和文学之路更不平凡。成岛柳北除仿《江户繁昌记》作《柳桥新志》外，先有《航薇日记》这样对山阳道地方社会文化描写的笔记作品，后又用汉诗集《航西杂诗》记录了自己游历欧美城市的足迹。他笔下对都市生活的描述和对城市文化的理解达到了一个新高度。成岛柳北的诗歌受我国古代诗人影响颇深，很明显有李白、杜甫的影子。而用这样的手法来吟咏美国大都市的情境，可谓是日本汉诗界，乃至世界汉诗界的首创。这是日本汉学家在把中国汉诗文融入本民族文学的基础上，着眼于世界文明而将汉诗做了国际化的延伸。这种全新的尝试无疑为汉学以及城市文学踏出了新方向。如此一位异域非欧美汉学家对美国人文社会有如此的了解叙述以及深入的思考，颇具学术研究价值，这类作品的归纳整理和分析是笔者今后继续开拓的研究方向之一。

二、本书的研究只是抛砖引玉，韩国也有类似的汉文小说亟待研究，相信其他亚洲邻国的城市汉文小说、汉诗的资源也很丰富。应该说将中日两国特定时期的特定文学作品对比，只是亚洲汉文学对比研究中一个方向的分支。东南亚各国虽然都受到儒学的深刻影响，但最终民族性的不同还是使各国走上了不同道路。这不是一蹴而就的，是通过千千万万个体的发展而实现的。如果能抓住这些民族特定时期文学作品中的平民生活描写，并与我国类似作品来比较，就能够更好地把握异民族的生活环境，挖掘出其精神内核，及其所经历的特殊历史时期民族心理。这无疑为古代城市文学的研究乃至儒学汉学的传播和影响研究，提供了大量素材。同时为我国的城市文明建设以及与亚洲各邻国的交往提供了经验，打开了一个回望历史的窗口。

三、笔者虽然较为详细地分析了《江户繁昌记》的一些内容和作者寺门静轩的生平，但对幕末儒者的研究远远谈不上完整或全面。日本江户幕府可以说是日本古代史中城市化最明显，文化最为发达的时代。尤其是幕末明治维新之前，涌现出了一大批同是汉学家思想家的儒者。我国目前对日本江户时代汉学儒学的研究还较为浅显，没有比较权威的专著。儒学在日本德川幕府时代，经历了先是奉朱子学为官学，又被后来兴起的儒学各派所反对，论争不止的发展历程。在各派不断推进自己学问的同时，涌现出了大量有价值的汉文学作品。若能把握好日本江户时代儒学的详细发展过程并深入研究，必能给我国学者带来一面审视自身儒教历史发展的镜子，从而对我国的精神文化发展有更独特角度的解读。

四、《江户繁昌记》这样的商业汉文小说在拉近普通市井百姓和汉文学距离上起到了至关重要的作用。正是这样讽刺当时社会腐儒俗儒，甚至是《繁昌后记》这样几乎公开"呐喊"的汉文小说作品，一方面丰富了城市庶民的精神生活，另一方面打开了人们思想的自由之门，甚至使日本民族走向了学问上逐渐抛弃汉学的道路。这一过程中体现知识分子精神世界以及文艺商业化的，也不限于汉文小说和诗歌。绘画、雕刻等各类艺术形式都是江户文化"烂熟期"的代表。笔者亦希望以此为契机进行更多对江户幕末汉学知识分子及其作品的研究，尤以城市文学艺术研究为基础，更好地把握日本明治维新前后的日本社会和思潮状况，从而为丰富我国的日本学研究作出贡献。

参考文献

日　本

寺門静軒：『江頭百詠』、江戸、克己塾、1850 年

矶ケ谷紫江：『墓碑史跡研究』、東京、后苑庄、1935 年

板井松梁：『先哲叢話』、東京、春亩堂、1913 年

寺門静軒：『静軒痴談』卷上、卷下、东京府、文昌堂、1875 年

寺門静軒：『静軒文鈔』卷上、卷下、东京府、克己塾、1874 年序

寺門静軒：『評釈江戸繁昌記』、東京、聚荣堂、1921 年

寺門静軒：『江戸繁昌記』初编—五编、江戸、克己塾、1832—1836 年

高須梅渓：『江戸時代爛熟期』、東京、早稲田大学出版部大正十一年

饭田武乡：『日本書紀通釈』、東京、内外書籍、1930 年

国书刊行会（编）：『学者角力勝負評判』、東京、国书刊行会、1914—
1916 年

成島柳北：『柳橋新誌』（初編）、東京、奎章閣、1874 年

柴田光彦、神田正行编：『馬琴書翰集成』、東京、八木書店、2002 年

日野龙夫（校）：『江戸繁昌記・柳橋新誌』、東京、岩波書店、1989 年

寺島裕：『史蹟的武州忍町』、東京、武蔵野史蹟研究所、1942 年

喜田川守貞：『守貞謾稿』、卷之六、1837 年

寺門静軒：『太平誌』卷二、江戸、克己塾、1834 年

佐藤雅美：『寺門静軒無聊伝－江戸繁昌記』、東京、讲谈社、2007 年

塚越芳太郎：『読史余録』、東京、民友社、1901 年

滝沢馬琴：『曲亭遺稿・著作堂雑記抄』、東京、国书刊行会、1911 年

宮武外骨：『筆禍史』、東京、雅俗文庫、1911 年

永井启夫：『寺門静軒』、東京、理想社、1966 年

寺門静軒：『繁昌後記』初編—二編、江戸、1878 年

前田爱：『幕末・維新期文学維新期文学』、東京、筑摩書房、1989 年

松本万年：『田舎繁昌記』、东京、文昌堂、1875 年

寺門静軒：『静軒一家言』、江戸、浅草并木町、1837 年

寺門静軒：『新斥繁昌記』、1859 年

寺門静軒：『新潟富史』、江戸、克己塾、1859 年

木村清九郎：『諸国新選古今相撲大全』、江戸、1763 年

平賀源内：『放屁論』、東京、大观堂、1780 年序

清原国賢（校）：『日本書紀・巻第十三、十四』、1610 年

うろこかたや加兵衛：『吉原大権新鑑・上』、江戸初期

梅暮里谷峨：『傾城買二筋道』、東京、武藏屋叢書閣、1891 年

夏目宣太郎：『傾城買四十八手』、大阪、本田恒市、1913 年

植松安：『仮名日本書紀』、東京、大同館書店、1920 年

黒板胜美：『訓読日本書紀・中』、東京、岩波書店、1928—1939 年

三田村鳶魚：『お江戸の話』、東京、雄山閣、1924 年

秋山荒：『江戸時代の裏面』、東京、晴光館、1909 年

白柳秀湖：『町人の天下』、東京、隆文館、1910 年

中村孝也：『江戸幕府鎖国史論』、東京、奉公会、1914 年

三田村鳶魚：『娯楽の江戸』、東京、惠風館、1925 年

町田源太郎：『滑稽徳川明治史』、東京、晴光館、1907 年

朝日新聞社（編）：『明治大正史. 第 1—5 巻』、東京、朝日新闻社、1930—1931 年

彗星编辑部（編）：『江戸生活研究』、東京、春阳堂、1929 年

戸川残花（口述）：『江戸史跡』、東京、内外出版协会、1912 年

石井研堂：『天保改革鬼譚』、東京、春阳堂、1926 年

通俗教育研究会（編）：『逸話文庫 通俗教育・詞人の巻』、東京、大仓書店、1911 年

斉藤隆三：『元禄世相志』、東京、博文館、1905 年

龍本誠一：『日本経済叢書・巻 34』、東京、日本経済叢書刊行会、1917 年

茨城県東茨城郡北部教育会（編纂）：『城北郷土読本』、茨城、茨城県東茨城郡北部教育会、1934 年

池田小弥太（編）：『高等学校専門学校受験本位漢文選・第一編』、東京、積文堂商店、1924 年

干河岸貫一（編）：『近世百傑伝』、東京、博文堂、1900 年

干河岸貫一（編）：『近世百傑伝・続』、東京、青木嵩山堂、1910 年

松村操（編述）：『近世先哲叢談・続篇下』、東京、松武田伝右衛門、1898 年

高須芳次郎：『明文鑑賞読本・漢詩漢文』、東京、厚生閣、1937 年

高須芳次郎：『近世日本儒学史』、東京、越後屋書房、1943 年

中村真一郎：『江户汉诗』、東京、岩波書店、1998 年

新藤正雄：『黙魯庵漫録』、東京、新藤地学文庫、1933 年

妻沼町教育会（編）：『妻沼町志』、妻沼町教会、1928 年

横山健堂：『人物研究と史論』、東京、金港堂書籍、1913 年

麻生矶次：『江戸文学と支那文学――近世文学の支那的原据と読本の研究』、東京、三省堂、1946 年

余懐［清］（西溪山人編、岩城秀夫訳）：『板橋雑記・蘇州画舟録』、東京、平凡社、1964 年

興津要：『江戸庶民の風俗と人情』、東京、櫻风社、1979 年

齋藤希史：『漢文脈の近代――清末、明治の文学圏』、名古屋、名古屋大学出版会、2005 年

大木康：『中国明清時代の文学』、東京、放送大学教育振興会、2001 年

大木康：『中国遊里空間－明清秦淮妓女の世界』、東京、青土社、2002 年

高木熊三郎（訓点）：『隋園文翠』、東京、浪華書房、1882 年

青山延于：『武公遺事』、東京、青山勇、1892 年

磯ヶ谷紫江：『墓碑史蹟研究』、東京、後苑荘、1935 年

坂井松梁：『先哲叢話』、千葉、春畝堂、1913 年

寺門静軒：『評釈江戸繁昌記』、東京、聚栄堂巻上、1921 年

国書刊行会（編）『徳川文芸類聚』、東京、国書刊行会、1914―1916 年

宝井其角：『五元集』、東京、明治書院、1932 年

滝沢馬琴：『曲亭遺稿』、東京、国書刊行会、1911 年

宮武外骨：『筆禍史』、大阪、雅俗文庫、1911 年

中　国

张晖：《宋代笔记研究》，武汉：华中师范大学出版社，1993 年

郑宪春：《中国笔记文史》，长沙：湖南大学出版社，2004 年

刘叶秋：《历代笔记概述》，北京：北京出版社，2003 年

上海古籍出版社：《宋元笔记小说大观》，上海：上海古籍出版社，2011 年

王士禛：《居易录》卷十七，电子版文渊阁四库全书本

（清）余怀：《板桥杂记》，李金堂校注，上海：上海古籍出版社，2000 年

王晓平：《近代中日文学交流史稿》，长沙：湖南文艺出版社，1987 年

鲁迅：《鲁迅译文全集》，福州：福建教育出版社，2008 年

（清）余怀：《余怀集》，扬州：广陵书社，2005 年

俞琰：《席上腐谈/颖上语小》，上海：商务印书馆，1936 年

贺长龄：《皇朝经世文》，北京，学苑出版社，1826 年

戚嘉林：《寄园寄所寄》，合肥：黄山书社，2009 年

（清）张芃：《檀几丛书·彷园酒评》，上海：上海古籍出版社（影印），1992 年

（清）赵翼：《陔馀丛考》，武汉：湖北长江出版集团，湖北人民出版社，2010 年

吴自牧：《梦粱录》（卷二十），《四库全书·史部》影印版

齐丽华、李媛编辑：《东京梦华录》，北京：中国画报出版社，2013 年

司马光：《司马光奏议》，太原：山西人民出版社，1986 年

戚嘉林：《寄园寄所寄》，合肥：黄山书社，2009 年

平安秋、张传玺主编：《汉书·佞幸传》，上海：汉语大辞典出版社，2004 年

孙通海（注释）：《中华经典藏书：庄子》，北京：中华书局，2007 年

李立朴（译注）：《唐才子传全译》（卷第五），贵阳：贵州人民出版社，1994 年

王国轩（译注）：《大学·中庸》，北京：中华书局，2007 年

（宋）陶谷:《清异录》，惜阴轩丛书，1572 年

陈庆浩、王秋桂（编）:《思无邪汇宝·如意君传》，法国国家科学研究中心、台湾大英百科股份有限公司，1994—1997 年

于磊岚（编）:《中庸全鉴》，北京:中国纺织出版社，2014 年

赵令畤、彭乘辑、孔凡礼:《唐宋史料笔记丛刊:侯鲭录·墨客挥犀·续墨客挥犀》，北京:中华书局，2002 年

谢肇淛（傅成注释）:《历代笔记小说大观:五杂组》，上海:上海古籍出版社，2012 年

段成式:《酉阳杂俎》，青苹果数据中心，2012 年

钟瑾:《〈长阿含经〉漫笔》，上海:上海社会科学院出版社，2015 年

张书学:《中国古代生活习俗面面观——市井百态》，济南:山东友谊出版社，2000 年

吴刚:《中国古代生活丛书——中国古代的城市生活》，北京:商务印书馆，1997 年

任海:《中国古代生活丛书——中国古代的武术与气功》，北京:商务印书馆，1996 年

张仁善:《中国古代生活丛书——中国古代民间娱乐》，北京:商务印书馆，1996 年

钟敬文（主编）:《中国民俗史——宋辽金元卷》，北京:人民出版社，2008 年

钟敬文（主编）:《中国民俗史——明清卷》，北京:人民出版社，2008 年

徐君、杨海:《中国社会民俗史丛书——妓女史》，上海:上海文艺出版社，1995 年

吕友仁（注释）:《周礼》，郑州:中州古籍出版社，2010 年

徐吉军、方建新、方健、吕凤棠:《中国风俗通史·宋代卷》，上海:上海文艺出版社，2001 年

司马迁:《史记》，北京:燕山出版社，2007 年

袁宏道:《瓶史》，北京:中华书局，2012 年

秦川主编:《四书五经》，北京:燕山出版社，2007 年

周笑添、周建江:《中国古代城市笔记小说的源、流、变》，《西北师大学报》(社会科学版)1995 年第 3 期

李金堂:《余怀与板桥杂记》,《天津师大学报》1998 年第 1 期

舒迎澜:《古之〈瓶史〉与今日插花》,《园林》2002 年第 7 期

陶敏:《笔记小说与笔记研究》,《文学遗产》2003 年第 2 期

朱积孝:《〈笔记小说大观〉述评》,《齐齐哈尔师范学院学报》1993 年第 3 期

刘方:《独乐精神与诗意栖居——司马光的城市文学书写与洛阳城市意象的双向建构》,《江西社会科学》2008 年 1 月

郑继猛:《近年来宋代笔记研究述评》,《甘肃社会科学》2008 年第 4 期

周晓琳:《中国古代城市文学研究的文学史意义》,《北京化工大学学报》2008 年第 4 期

李金堂:《〈板桥杂记〉的刊本与流传》,《南京师范专科学校学报》1999 年 9 月

钟继刚:《〈板桥杂记〉"遗民情怀"辨》,《西华师范大学学报》(哲学社会科学版)2007 年第 3 期

靳能法:《从〈板桥杂记〉看明遗民的文化创伤》,《西南交通大学学报》2006 年 2 月

李伟:《论〈板桥杂记〉对青楼文化的重新审视》,《河西学院学报》2008 年第 6 期

倪惠颖:《论清代文人对青楼名妓的文化书写及演变——以狭邪笔记为例》,《明清小说研究》2012 年第 3 期

暴鸿昌:《明末秦淮名妓与文人——读余怀〈板桥杂记〉》,《学习与探索》1998 年第 4 期

杨剑兵:《秦淮风月中的南都记忆——论〈板桥杂记〉的地域特色》,《黑龙江教育学院学报》2013 年第 2 期

钟继刚:《〈板桥杂记〉的冶游境界》,《西昌学院学报》(社会科学版)第 17 卷第 4 期

方宝川:《余怀及其著述》,《福建师范大学学报》(哲学社会科学版)2006 年第 2 期

唐碧红:《余怀为何"钟情"秦淮歌妓——读〈板桥杂记〉》,《南通航运职业技术学院学报》2008 年 12 月

李杨:《"帝国梦"与"市井情":〈清明上河图〉中的中国故事》,《海南师

范大学学报》（社会科学版）2012 年第 2 期

程国锋：《〈东京梦华录〉当前研究概述》，《安徽文学》2008 年第 4 期

汪祎：《〈东京梦华录·笺注〉注文拾误》，《古籍整理研究学刊》2008 年 3 月

张莉曼：《〈东京梦华录〉中的北宋女性民俗》，《河南科技大学学报》2011 年 12 月

李致忠：《〈东京梦华录〉作者续考》，《文献季刊》2006 年第 3 期

郭丽冰：《从〈东京梦华录〉看北宋东京的夜市》，《广东农工商职业技术学院学报》2007 年 11 月

马媛媛：《从〈东京梦华录〉看北宋都城城市旅游发展状况》，《安康学院学报》2009 年 6 月

王文燕：《从〈东京梦华录〉看北宋时期的都市婚俗》，《青海民族研究》2009 年 10 月

姜庆湘：《从〈清明上河图〉和〈东京梦华录〉看北宋汴京的城市经济》，《中国社会科学》1981 年第 4 期

陶慕宁：《从"宋嫂鱼羹"到"花边月饼"——宋以来笔记所载饮食之文化情趣摭谈》，《文学与文化》2013 年第 2 期

伊永文：《从注释〈东京梦华录〉谈笔记小说与历史的互证》，《学习与探索》2004 年第 6 期

伊永文：《以〈东京梦华录〉为中心的"梦华体"文学》，《求是学刊》2009 年 1 月

宁欣：《由唐入宋都市人口结构及外来、流动人口数量变化浅论——从〈北里志〉和〈东京梦华录〉谈起》，《中国文化研究》2002 年夏之卷

李文娟：《〈西京杂记〉"葛洪说"补证》，《安徽文学》2008 年第 3 期

潘金英：《〈西京杂记〉三论》，《长江学术》2012 年 3 月

郭勇：《〈西京杂记〉王昭君文化形象的初步生成》，《三峡论坛》2010 年第 2 期

丁宏武：《从叙事视角看〈西京杂记〉原始文本的作者及写作时代》，《图书馆杂志》2010 年第 4 期

丁宏武：《考古发现对〈西京杂记〉史料价值的印证》，《文献季刊》2006 年第 2 期

刘宁：《论〈西京杂记〉的文学史料价值》，《求索》2009 年 3 月

余霞：《略论〈西京杂记〉的主要内容及其文学价值》，《乐山师范学院学报》2006 年 7 月

王园媛：《意绪秀异，文笔可观——〈西京杂记〉的文学性研究》，《沈阳工程学院学报》2007 年 10 月

郑祖襄：《再谈〈西京杂记〉的"璠玙之乐"》，《音乐艺术》2000 年第 3 期

高文汉：《孤忠铸诗魂，绮语缀华章——评日本近代汉文学家成岛柳北》，《日语学习与研究》2006 年第 1 期

马兴国：《近代中日文学交流述略》，《日本研究》1992 年第 2 期

孙虎堂：《略论成岛柳北及其汉文小说〈柳桥新志〉——兼论日本 19 世纪的花柳类汉文小说》，《兰州学刊》2008 年第 8 期

致 谢

首先谨以最诚挚的敬意感谢我的导师王晓平教授。王先生凭借广博的学识、严谨的治学作风以及深邃的思维给予了我学术研究上的指导。研究从选题到立题，从资料搜集到论文撰写，都凝结了先生的心血和智慧结晶。先生知识渊博，并且人格高尚。在学术上的创新思维和一丝不苟的研究作风深深地感染着我，并将使我终身受益。

感谢赵利民院长、孟昭毅教授、黎跃进教授、曾艳兵教授、曾思艺教授以及其他天津师范大学文学院的领导和教授们，给予了我悉心关怀与呵护。也感谢同为我本科和硕士研究生阶段的导师钟玉秀教授多年来的教育与培养。

感谢我的同学以及同门师兄弟们在论文撰写过程中给予了大量的帮助和有益的讨论。在我的论文创作期间帮助我思考并且提出问题，以及某些我不擅长领域的指导。

最后要感谢我的妻子高影、父亲徐建栋以及岳母张伟等亲人，在我读博期间给予生活上的照顾以及心理上的支撑。没有家人的亲切关怀和大力支持，就没有我的顺利毕业。

仅以我的博士论文，献给一直以来关爱、呵护我的导师、同事、朋友和家人们。

徐 川

2016 年 6 月于天津师范大学

附　录

江户繁昌記

江户繁昌記初编

江戶繁昌記　靜軒居士　著

天保二年五月，予偶嬰微恙，不能危坐執聖經，稍繙雜書，於閑臥無聊中以遣悶焉。如此旬餘，一日者慨然拋卷而嘆曰：“近歲年少不豐，百文錢纔貿數合米。然窮巷擁痾浪人，猶獲不餓而臥遊乎圖書叢內，顧得非太平世俗，如天德澤之所致也哉。”因思都下繁昌光景，鎖眸憶之。幼時所觀今日所聞，百現萃于病床上。隨書隨思，更鈔枕邊所有雜書中堪記之事。又以遣悶，漸集爲卷，乃題曰《江戶繁昌記》。然予原不屬意於雕蟲，且病中一時作意所筆，安能足細寫其光景以鳴國家之盛。但雖文拙，雖事鄙，偶存好事家之手，得證江都三百年于今之繁華之一二乎，千百年後則足矣。若夫所取諸今日，或使讀者亦笑以遣其悶於無聊中也耳。嗟，斯無用之人而録斯無用之事，豈不亦太平世繁昌中之民耶？

江都繁華中，鳴太平之具，無過二時相撲，三場演劇，五街妓樓。相撲則雖屬於戲，蓋古人尚武之所由起，其來舊矣。乃今士人喜之，亦仍彎弧躍馬，嗜武餘意所在，則其實非，彼此同日之論也。然，其模忠孝之情，扮禮義之狀，使觀者感激奮而泣者，是演戲本色。予嘗謂：“不泣乎忠臣庫弟四回、鹽治氏諸士，別城之條者亦非忠臣也。”如妓樓者，陷奸盜大牢獄，洗憂悶一樂海，所關亦大，則外武而喜焉，淫而感焉，樂而溺焉。其咎何在？非彼之罪也。

相　撲

櫓鼓，寅時揚枹，連擊達辰。觀者蓐食而往焉。力士取對上場，東西各自其方。皆長身大腹，筋骨如鐵。真是二王屹立。努目張臂，中分土豚，各占一半蹲焉。蓄氣久之，精已定矣。一喝起身，鐵臂石拳，手手相搏。破雲電掣，碎風花飄。賣虛奪氣，搶隙取勝。锺馗捉鬼之怒，清正搏虎之勢，狻猊咆哮，鷹隼攖鷙，二虎爭肉，雙龍弄玉。四臂扭結，奮爲一塊。投、縶、捻、跕，不啻鬪力，鬪知、鬪術。四十之手，八十之伎，莫不窮極焉。行司人，秉軍扇，左周右旋，判贏輸。而觀者之情，悅西愛東。勝敗未分之間，贔屭爲憤，徒張虛勢。髮衝頭上手巾，手捏兩把熱汝。扼腕切齒，狂顛不自覺焉。扇揚矣。一齊喝采之聲，江海翻覆。各拋物爲纏頭。自家衣着淨淨投盡其矣。或至於襠傍人短褂。

雷、方二神，角力于上世云者邈矣，其實不可稽焉。垂仁帝七年，野見宿称①、當麻蹴速蒙詔試力。蓋以此爲之祖，而聖武帝遣部領使廣徵天下力士。且如文德帝鬭名虎、善雄之力，以定儲嗣於羸輸中，其伎之盛可從知矣。爾來士人名此伎者，世不絕焉。然國家騷亂，何暇及之。蓋亦平世餘事爾。河津祐泰、俣野景久、畠山重忠、和田義秀等較力，並在於賴朝公治之日。織田、豐臣二公，設此觀之，亦見於無事之時。今世所謂勸進相撲者，起於後光明帝正保二年，山州光福寺僧，緣宮殿再建，設此伎場。江戶則先是明石志賀之助者，乞命始行之于四谷鹽街。實寬永元年也。後，寬文元年創建勸進相撲，歲時相續，繁昌臻于今云。

明和間，婦人相撲大行。與趙宋之世，上元或設此戲同一奇。而聞近日兩國觀物場，瞽者與婦人角力，可謂更奇。去年，予於某家見擬相撲者流先儒姓名編號，登時言之爲奇，而頃者又見擬之今儒名字。嗟夫，愈出愈奇！然未聞今儒中一人有金剛力者。但至其賣名射利之手，不止四十八十。假虎威，張空力，舞狸術，收虛名，鷹隼攫物，狻猊哮世，唯出死力以求世間喝彩之聲。周旋米之纏頭，紛紛於是乎拋焉。至其下者，別出書畫會之手段，奔走使脚，左搏右搶，屈腰握沙，叩頭流血。依四方君子之多力，纔救土豚綠之窘，是謂之荷褌儒云乎。嗚呼，誰能卓然秀出，有古豪傑風，而外不挫於物，內不愧乎天，出維持世教金剛力者，蓋有之矣？我未之見也。

吉　原

慶長之初年，娼家僅三所，一在麴街^{自京師六条系移者}，一在鎌倉岸，一在大橋^{今常盤橋是也，自駿府彌動坊徙者}。其他自伏見夷街、奈良木辻坊後來者，各所散居。十七年庄司甚右衛門者，上書請合散爲一，以開一大花街。元和三年，官始准其乞，賜一地方于今葺屋坊旁。開闢功成，以其鞭蘆覆簀之故，名曰蘆原^{後改吉原}。而自大橋移往者，取係江都繁華之意，改曰江戶坊^{初名柳坊}。自鎌倉岸來者，住其第二坊。自麴

---

① "称"當作"祢"。野見宿祢，垂仁天皇時代相扑力士。

街者，緣初从京師至，曰京坊。其后來者，在其第二坊。或謂之新坊。後明曆三年八月，因命徙于今地角坊者，京橋外角坊之舊名，而堺、伏見二坊者，由自其地方來者多之名云。

五街樓館，互競佳麗，三千娼妓，各鬭嬋妍。一廓繁華，日月盛昌。三月載花，七月放燈，八月陳舞，是爲三大盛事。友人學半《咏花》一聯云："梁閣筵酣密雪下，巫山夢暖濃雲凝。"予《賦燈》云："青煙却逐蘭盆節，紅燭寫成元夕春。"其他五度佳節，不直爲觀之美，例有格式云。若夫暮靄抹柳，黃昏燈上火，各樓銀燭如星，鉉聲鼓人。四角雞卵，世未之見。此境晦夜亦開圓月天。娼妓陳列就位。大妓正面，小妓分坐于壁于蘺闌。遊人魚貫，漸蟻附格子外。意指目擊，品鸞評鳳。有憚而遠望者，有押而近窺者，穿疏交臂，喃喃密語者，情即談情也。授管吹煙，呶呶艷話者，痴妹弄痴也。醉步浪浪，丫鬟擁前，幫間押後，諜而過者，大客上樓也。洛神出水，天女墜空，姿儀整齊，嚴不可褻近，徐徐蓮步來者，名妓迎客也。有放歌而去者，歌曰："思兮我不思兮子，欲使思我兮無理。"有交頸立談者。一人曰："我懷二銖銀，兄向言有三銖，合弟一銖，通計纔一方半金，金少人多。顧安急辨，不妨明曉吾宜遣遊矣。"衆議一決，相携而去。大凡遊于茲境者，有愚而溺色，達而喜情，使威取媚，買興愛痴。或黠而挾數，賺他掠物，以此自好者，此爲賊。車載萬金，取興于人意表，不使氣一點挫乎脂粉者，如此即豪。豪乎賊乎，達也興也，雖不道學之極，亦吾落魄生輩非所得而知也。凡事自非履其域情不至矣，如何善畫其光景。此是稗史本翻譯。

有人按曲聞其聲不見其面，詞云："雪滿樓兮夜將中，衾如冰兮寒威雄。夢裏不覺相抱着，如膠如漆交二弓。金屏障盡護寒密，猶是生憎戶隙風。"水調雅淡，真使人肉飛。蘭房香氣芬馥，燈影暗黯。六曲秋江圖屏裏，鴛鴦一雙，相依在三蒲團上。妓從容謂曰："君宜少說話。"郎曰："小子不解談話。"妓曰："亦欺人耳，君多有手段？"郎曰："加脚纔四本。"妓星眼流波，曰："可憎矣。"纖手一捻他去。時有儕娼過戶外曰："今夕何夕，取此樂事。"妓微笑應之曰："何等言語，不曾入耳。"旋緣筒吹煙，火光潑起，偷眼熟視郎面目於火光中，自家先餐了一番，遂叫他餐一口，曰："請且一睡。"自起褪郎上袍，把衾被之，玉臂早已在郎枕下。曰："想君家必當有佳偶在？"曰："良緣未遇。"曰："然則不知何樓有暱人約親？"曰："家君嚴矣，不得縱遊，如何有此事。不如姑舍之，談子情郎樣子，令予聽之。"曰："三千世界，有誰一人悦妾，且悦人者，妾亦不敢，然恃有一人。"曰："可羨哉！願聽其名字。"妓哂不答，郎復曰："云云言之何妨。"妓有頃曰:"不是別人,即君也爾。"郎胸悸,故笑曰:"妙騙人。"曰:"決無偽矣,然如妾者,君豈顧耶?"曰:"休謙,如君當世佳人。"曰:"唯唯十分調弄。"曰:"否。落花如有情,流水奈何無心。"曰:"誠然乎。"曰:"請誓言。"曰:"雖假猶可喜。"曰:"其言即假。"曰:"真矣。"曰:"試焉。"早引一脚插入他雙藕股間,妓曰:"冷脚可惡。"

柝打三更,閣樓就眠,只聞打棒戒火聲。有客輾轉不睡。長等短等,欷吁欠伸,以百算之。爐火已灰,就燈食煙,纔遣無聊。幾拈返魂草,未招得其人於彷彿中。乍聞長廊上履聲遠遠,橙然漸近。意歆娼來到,急蒙衾裝睡。何意足音失之鄰房。而後,氣愈清,眼愈明。起如廁者兩回,已數盡漏聲,又算當值之日數。想彼憶此,耳邊復上橙然之響。思此橙是也,依前假睡。而開戶入者,樓丁來加注燈膏也。奇貨再贋,難耐。怒氣湧上,突起披衣而出。始知小妓熟睡于屏風外。徑將烟管微搶其腋。妓猶在夢中,口內含糊曰:"誰耶?可厭! 喜助丈,勿為。"客喝醒。妓摩挲拭目,視此模樣,錯愕言曰:"君將何之?"曰:"且歸。"曰:"君歸,然不報,我罰不輕,請且住。"將走報之間,恰好大唱(娼)來到,衡氣,不少動曰:"呵呀,主何為?"客氣急矣。曰:"吾歸吾歸,若腐娼,我復何言?我用吾脚歸,誰敢道不字!"娼扯住不肯放,曰:"諾,主欲歸宜歸,但少留,我將奉一言。" 客聽得怒氣稍殺,不覺被挽還坐。娼不忙不慌,徐徐說出,曰:"過日約,今而後待主不復以客,言猶在耳,曷忘之之速。"遂探其懷,奪夾袋、煙具,曰:"今夜豫期,遣他人後,緩緩與君同夢。且有肝要說話,然君短見不察個長策。却翻風波。吁,為男子者,強氣胡為若此?"已解其帶,又褫其上衣。客於是乎身軟如綿。然口猶剌剌道歸,娼瀕爾曰:"噫,挑人耳。"一力搜取,咬他肩頭。客叱曰:"勿戲矣,若住則曷為。"娼低聲曰:"如是爾。"遂卒相抱為一塊。時報寅梆子聲,撋撋。

或云近世繁華漸涸,不復昔日也。予甚惑焉,蓋此境盛衰可以候江都盛衰,所係亦大。彼則由此流焉,其源益盛而其委漸衰者,必無之理。抑泆流外溢,有所漏而然耶?物情古今一轍,舍此樂國而何適?嗚呼,人豈厭生于天上,而願陷于地獄也?蓋習繁華之言耳。

戲　場

演戲,國語謂之曰芝居,曰歌舞伎。蓋聞在昔平成帝大同中,南都猿澤池側，土陷吹煙，觸者即病，因大燒薪以壓其氣，且舞三番叟舞于真福寺門前生芝之地^{本邦·古誤言結縷草爲芝}，而襪其袄毒焉。是此名所以緣起也。風俗歌舞、俗妓等名目，既見于《續日本記》。而鳥羽帝世，礒禪司者，善舞，或曰男舞。或曰白拍子，又曰歌舞妓。此是也。四海爲家後，寬永初年，猿若勘三郎，賜命創開戲場于中橋街。至九年移于人形街。次都、市村二氏之場，亦皆成焉。慶安四年，又徙于今地。而山村氏起場于木挽街者，在正保元年。

始於卯，終於酉。此是演戲常式，題在看棚頭。東方將白，鼓聲始震，例爲三番叟舞，次演家藝。俗謂之脅（脇）狂言，中村氏演酒吞童子事，市村氏七福神舞，森田氏猩猩舞。既而旭日始映。招牌爛燦，喧塵漸揚。田舍人早吹煙已往，女兒夜妝急走，昧一來。麇至陸續，聚自四方，人山人海，鼠戶開不暇閉。棚欄撓，將傾折。東西看棚，紅氈連接，真不霽之虹。臺面前棚，人頭鱗次，真未雲之龍。

本舞臺三間內，正有亭。左樓右門。樓下掛一個吊燈。夜色靜寂，由良助，方乘無人之時，手主夫人所送書簡，悄立照吊燈，展讀過。熟意阿佳兒倚定樓欄，把鏡照之，九大夫自階下延頸，捉其紙端，斜引月光。一紙長箋，三人讀得正熟時，佳兒頭上金釵，溜落撲地有響。由良助吃驚，急掩紙於背後，仰面始知樓上有人。階下人亦錯愕潛身。三人有三樣趣。觀者喝彩齊呼，山崩海翻。佳兒，旋正驚襟，粧嬌含笑，呼由良助。由良助曰："汝在樓上何爲？"佳兒曰："妾被君勸醉，不堪困苦。倚風吹醒。"由良助曰："如然甚善，但我欲有與汝言。奈何雙星相見，徒守銀河之阻。請下樓來。"佳兒曰："曉得矣。"將起身。由良助急呼止之曰："如自本階，恐幫間強住，更困勸盃，爲之奈如（何）？"適見牆外有一梯子，乃大喜下庭，自將梯子倚住樓闌，曰："幸矣。此九級梯子，徑躡此降之。"佳兒曰："此非平生所躡之物。無乃危險乎？"由良助曰："言之，汝妙年身上事，目今一舉趾，跨三步間過，不復及膏藥醫破裂。"佳兒曰："莫費冗語，動搖如此，恰似乘船。"由良助曰："宜哉，出現天后聖母來。"時看棚中忽起爭鬭，喧嘩沸騰。兒女踏踐，叫苦並望本舞臺走上。由良助、阿佳兒等，皆錯愕。乃向假驚却作今真驚。九大夫亦狼狽潛居，不得自階下出身，頓位三階上。不多時，天成地平，復續前伎。嗚呼，若此爭鬭乍發，若此沸騰乍歇。個這江戶人氣質。但此都不繁昌，何如起此爭鬭，何如發此沸騰？然則以此爭鬭，以此沸騰，言粧此繁華猶信矣。

千人會

札楮二牌，札爲原牌，楮爲影牌。其數一千。一楮值若干錢，預尅日月，四散鬻之，釀若干金。至期盛原牌于匣中。匣上有孔。錐刺出之。百番爲額。以原照影，以一大釀，付之于弟一番者，餘釀分賦。九十九番，各自差。國語名之曰富①。諺云：“乞食人家富落來。”嗟夫，天道，畢竟以有餘補不足，貪人得之暴富，蓋此其所以名。予淺學未識，漠土亦有此事，何如名之。且曰千人會。然聞近來札數倍徙，處置此前細密殊極。自非買習者，固不易辨識，則畢竟此名，不當此名。

谷中感應寺、目黑泰叡山、湯島菅公廟，謂之都下三富。本日殿上先安一匣于兩楹間，階下施閑，不許闌入。人群漸湧，喧嘩洶洶。檢點使至，警衛備姦。既而幹人並起，倒匣，鼓底，點牌以納焉。搖鼓報警，僧讀誦般若經。蓋被之也。乃一人出，執錐剟匣。未舉，喧嘩寂矣。大風暴止。觀者眼張胸悸。而弟一牌早在吏人之手。颺言其目。刺至三牌。風復漸起，濤還稍湧。且刺且呼，百番而止。誰知兒郎贖女郎之約，所恃在懷中一牌。萬人肚裏之算，湊墮於一人之手。南阮暴富，北阮益贍。十年傭作之氓，一旦享錦歸之榮，昨日典鏡之婦，今日戴瑂瑃之飾。錢如泉，金如塊。既庶矣，富之哉。三富之外，今乃倍至數十所云。

咄咄怪事，近年有追昏狂奔叫過者，如呼如叱。予初不解其爲何物，既而聞之，是報場中今日所刺弟一牌之目也。一字四錢，鬻之爲生。其狂奔者，以速報爭先耳。晚間一②走，百錢之贏，足以買一升米。嗚呼，一日活計，取之一刻中。豈得不叫而奔也哉。予今日屢空。豪氣稍摧。乃意吾亦插書狂奔于世者，然一日之走，計不足賒升米，而終年衣食于浮屠間，則佛緣之不薄，宜薙染逃佛，袖募緣簿，就年來所識，乞南鐐一片之憐，以少息狂奔之勞，且以脩後生冥福也。又思不如脩書畫會，以且救一時緩急。左思右想，躊躇悶者久矣。忽恍然奮曰：“野語有之，砍取劫盜，武士之習。況其食力。薙染未晚，脩會鄙事爾。與其折腰帖尾，曝面於千百人，寧爲偷昏裏面，不令人知爲誰，而叱之鬻之之事簡氣傲也。何是此狂奔，非彼狂奔。將爲彼狂奔。”而羞澀未果，仍苦此狂奔，

---

①　即“富”。

②　“一”字原脫，據早稻田大學圖書館藏另一本補。

自知不足爲真豪傑，而卒老於狂奔。

一日與二三子共討論《書·洪範》，至"初一曰五行，次二曰敬用五事"等語。偶爲鄰婆所佇聽。便突入，中之曰："今日之目何善？"予等駭然，不知口所措。因叩之審此，相視一笑已。後閱國史，瓜生保將拔還杣山城，思得同志者。而偶聞鄰宮有人問答。曰："重畫、中黑，孰美？"曰："中黑哉，三鱗廢二畫與，則代之者非一畫而何？"保聽得心竊喜焉。予讀至此，獨自失笑。意使鄰婆聞之，亦以爲何如？

頃者入市，見肆頭掛數個招牌，題曰松竹梅、曰花鳥風月，曰何，曰何。中有智仁勇三字，問之亦千人會標識耳。予慨然嘆曰："三德之義大矣也哉。蓋逆億今日所刺目何，而屨中者，智也。典衣賣劍，不算明日生計如何者，勇也。不中自悔，不怨天者，仁也。"然予未知予說穩當不？

金龍山淺草寺

都下香火之地，以淺草寺爲第一焉。肩摩轂擊，人之賽詣，未嘗絕于一刻間也。雷神門面正南，丹碧交輝，甍楹頗壯。東西十二子院駢往。而雜商並肆于其廡下。有賣珠數者，有賣鼉鼓者，估假面售錦畫。西肆盡有院。曰傳法院。山主住所。其北祠者稱荷神也。東對院一店賣餐。直以金龍山爲名。次此茶鋪數十櫛比。櫛折有二露佛。鄰佛石像曰久米平内。最後有一小丘，安天女廟。二王門宏麗，與雷神門隔數十步，屹立相對。門内少東有繪馬額堂。有淨手水所。輪堂、層塔，雁行並建焉，西有神厩。厩後則山王祠也。祠前開小衕。其間又皆有肆，賣楊枝、齒藥。堂廣數楹，高數丈，奉安置一寸尊像焉。玉龕寶帷，金碧映射，莊嚴之美，固無論矣。左則鐘樓、隨身門，右則淡島神叢祠，三社、十社兩殿，念佛堂，涅槃堂，其他堂殿無慮數十，位置抱其背。而接堂連殿，娘誰開茶竈，娘何起弓場。並妖粧盛飾，炫媚招客。觀音分身，亦復安置之於數所。演戲說經，吐火吞馬。諸凡售伎者，萃爲淵藪焉。此所總名曰奧山。傳云，大永二年九月，北條氏臣富永三郎左衞門，奉使于古河府，過淺草寺。會見青錢湧出於天女池中。此事甚奇。然猶不如今奧山中每日所湧金錢茶竈弓場，見之於此，見之於彼也。

有機緘然耶，有幻術爲耶，陀螺則從意而運焉。松井源水者，媒此伎以賣藥。初則以便面，以煙管，反覆投承，一拈手中即活即死。側裁竹竿，長可丈，竿頭冒繳。繳邊周以紅帛，中桂絲垂下。乃運一大陀螺，令其自走上焉。上窮入繳。於是遣一小陀螺促迎之，而大小並相逐下。真如有口告，有耳聽，有手援，有足走。然則人之有耳目，而無知陀螺之不如也，則儒之有知，而無其行，陀螺之不如云，猶未矣。悲夫。

廉服蕭①散，頭冒一幅布巾，手操一把竹籃。此外身邊所有，一棒一扇耳。其鼓口以糊口，與吾輩貧儒亦不甚異者，誰？滑稽師濱藏是也。然至其所説，亦以與我仁義大異也。人樂聽而不睡，蒭蕘者往焉，車馬者往焉。炙輠天口，奇談鋒出，和以天倪。三百六十日所説，三百六十化。日出月新，令聽者忿且笑。其言洸洋自恣。所謂終日言而不言者，非筆墨可狀也。噫！　使斯人生于古，其脱巾解褐，駕四馬，佩六印，令庸人愚婦驚而嘆乎何有焉？非如吾曹促局于文字間，以老死于草莽也。聞先是有志道軒者。常手一莖木陽物，弄之掉舌，其流相繼，至今先生云。

鼓角喧闐，一伎人出，初操二個木枕，投承運轉，弄之於空。既而累之，積至數十。其高數尺，白跪舉扇。鼓聲即止。乃一一説白其所爲名目，説了復鼓。便據物從傍，直上其絕巔，蹺足鵠立焉。累卵方危。觀者尻癢。然其人暇整，旋割一脚，示有餘地。遂伏躬以手代踵。兩脚倒豎。鼓急矣。似風絮一般飛下。又植一梯子攀之。級極俯其頂，四支皆放。遂双脚鉤級，倒身墜掛。人咸爲目量。其伎不啻數件，時出新奇。且舉其目一二，曰達摩禪牀，曰中野一杉，曰獅子入洞，曰東山大字，是也。最後渡一條軟索上。去地數尺，長丈許，宣白者，擂鼓者，依前助其氣勢。一人履焉。紅巾抹額，右手揮紅地扇，左手執蛇眼傘，徐徐送步。索撓趾膠。人見其險，莫不惴惴恐其傾墜。索盡復轉身反踏。遂至其中分處，始收步而向正面則落。世謂之輕業。業亦多術，主一無適，習之久精熟至此。人而熊經，人而燕輕，由是觀之，習精誠至，謂聖域不學到焉者，我不信矣。

雷門側有一叟。賣紙俑。俑，人體猿面，蒙笠坐之于竹片上。竹裏面絲其半，又以細片竹，自前端唧其絲，反此膠與後端，以置蒲席上，乃説白。"一閭伍中左次平爺，巡四國爲猨狙。"説了拍手。俑覆笠飛。嗚呼，竹片離膠之機，得心應手。輪扁所謂口不能言，有數存焉於期間者歟？今則見其物而不見其人，蓋不能繼也。

---

①　原文作"萌"。

雷門外之雷糝，其名震四方，與金龍山餈頡頑者，有年所焉。香味淡泊，古人口氣，可想可慕。非如輓近，有名雷門內船橋亭菓子，極甘味也。門之內外風味殊異，可以照古今。田舍人始賽焉，以食餈取證於鄉里，世或知餈為金龍而不知寺為金龍。按，酒肉固不許入山門，僧家唯得食餈。由此言之，謂寺曰餈，謂餈曰寺，猶似矣。

楊　花

壇上低簾，金縷晃晃，繡出贔鳳連中等數字。簾內有聲，唱其所按曲名為何。柝響簾捲，大夫粧飾端整，尻紅錦蒲團，鼻銀鏤欹案。麗美奪目。三線調定。徐徐按起。女而男喉，婦而女粧，引宮刻羽，縹緲遲廻，行雲不流①。神將逝之間，使人不覺絕倒。恍惚垂涎，歙歙飲泣。有②賞音者，有喜節者，而觀者較多於聽者，何也？曰妙哉③。稗史家某言曰："二人聽曲而歸，某問度曲巧拙。甲曰④："那辨矣，特守其面而已。'因向乙叩其美醜，曰："吾眼一注其腰帶間。如聲與色，吾不大之也。'相視大笑。"是謂之"觀"。傳所謂視而不見，聽而不聞者，真是此等之人。

不耕而食，不織而衣，德澤所致，得不仰而思焉乎？然都俗常態，不唯習不思焉，猶且欲食粱肉，曳錦綺也，為不可為之事，不恥可恥之業。寧為花子樣，恬然居之不疑。悲哉。近來楊花盛行于世，侈靡不節，事事踰度。而人羨其粱肉錦綺也，都俗漸為風。今之人，中夜生子，遽取火而燭之。唯恐其不為女子也。如及其子售伎為業，其母欣然負物，為之從役，氣色孔揚。頗有矜色。女亦所習，視母猶婢。嗚呼，人倫幾何不廢。近日此風殊煽，氣炎人熱。而聞，今春令出禁之，於是乎益見德澤所浸。然愚人以其一且失生計為言。愚亦甚矣。但或恐死灰復燃。此輩面目，畢竟可溺矣。

《淨瑠璃物語》十二卷，永禄中，織田氏侍女小通所著。而檢校岩舟氏製其曲節，調之於琵琶。嗣瀧野、角澤氏等，更以三鉉律之。後至南無右衛門者，其伎大行于世。慶長中，以伎被徵，因拜大夫。而後，薩摩、土佐、山

①　原作"曰"，據批校及早稻田藏另一本改。
②　原作"哉"，據批校及早稻田藏另一本改。
③　原作"有"，據批校及早稻田藏另一本改。
④　原作"流"，據批校及早稻田藏另一本改。

本、宇治、伊藤、出羽、都氏等並起並廢，今則竹本氏之一流獨益行，而豊竹氏亦危絶云。

両國煙火

煙火，例以五月二十八夜爲始放之期，至七月下旬而止焉。際晚煙火船撑出，南距兩國橋者，可數百步，而横中流。天黑舉事。霹靂未響，電光掣空，一塊火丸，碎爲萬星。銀龍影欲滅，金烏翼已翻。丹魚入舟，火鼠走波。或棚上漸漸燒出紫藤花，或架頭一齊燃上紅毬燈。寶塔綺樓，千化萬現，真天下奇觀也。兩岸茶棚，紅燈萬點，欄内觀者，累膝疊踵。橋上一道，人羣混殺，梁柱撓動，看將傾陷。前舮後舳，隊隊相銜，畫舫填密，川而迷水。夜將深矣，煙火船輪燈。人始知事畢。時水風洒然，爽涼洗骨。於是乎百千煙火觀船，並變爲納涼船。競奢燿豪，揚弦歌于盃盤狼藉中。嘔啞，連曉而歇。

一船，具大小二鼓、鐃、笛等物，暗暗縫遊舫際，候其妙曲雅調，爾我嘆賞之間，突然一發，爲祭禮曲，謀以擾之。此則真殺風景，好事亦甚。又有小船。溯洄往返，賣酒呼菜，嘩雜中令人挾江村夜泊間之思。風味可愛。予嘗過兩國橋，會煙火燭空，人羣如潮。相推甚急，而如爲人所毆者數回，氣憤。然不得顧。少緩矣。復毆。始知惡少年抛西瓜皮誆人，雜沓①可想。

奧山至此，數件光景，此予二十年前所觀爾。物星換移，新奇月生，妙伎歲出。然予自爲讀書生來，衣食乎奔走，一日不縱遊焉。且跋涉糊口，居住都下日亦少。未知今日同前日否？兩國亦諸伎名人之淵藪，近日三童子脚伎之妙評高。偶有田舍客。請拉予往試一觀。輒往焉。三瞳子曰馬吉、曰龜吉、曰松之助。開場於橋東，此則予今日所目擊。

鼓角、打節、說白、宣狀。並如常例。臺上一坐高牀，鋪紅氊，安囊枕。小童出拜。幹人抱上，令之横臥焉。雙脚朝天。從傍以一桶置其踵上。承得停當，則旋運之。運得鈎運水渦。遂蹴弄之。投承縱横，魚驚雀躍。應節合曲。未知宜僚弄丸手，能如是否。又以小桶加插，便蹴上之，則小桶飛在幹人之手。而大桶下落，如故黏踵。遂更提最小童，置之如桶。旋運承投，亦猶桶。然桶耶毬耶，渾身軟如綿。四支一塊，有肉無骨。觀者爲暈。既而小桶疊加十數，高可一丈。

---

①　原文作"遭"，同"沓"。

累卵積棋，撓搖欲倒。而童凝立於其巔。絕叫一聲，卵崩棋倒。童則雲雀下墜，復住脚上。其他脚上居甕盤等物，使一人攀之出入于其中。可謂古今獨脚，天下妙伎。諺云：阿娘股間懸千金。或言近世賣股爲産者，不爲不多。然天又新出此一股脚，令賣此過活。不知此脚亦能懸千否。古人有引一脚動天象者，不知此脚亦能動天象否。

賣卜先生

人庶而事繁，事繁而惑滋。筮肆之數，不得不從滋也。大概案上展一卷人相圖本，芸芸説起。曰：“日角如斯而惡。”曰：“人中如斯而善。”“是凶是吉。”懸河瀉水，行人止而環焉。每有乞者，輒合目戴策，例曰：“假爾，泰筮有常。”或雜唱以“土保加美依身多女”，或併稱以念佛、題目。

二分四揲，遇觀之否。更秉天眼鏡照手理，察面部，目注其容貌①衣服，心判其都人與倫父。遂又例曰：“君，過年，運禄未盈。今歲比至某月，福自此多。”一言一面，其所占多取之於乞者之色。猶與庸醫鉤取證於病人之口，略似矣。或大息曰：“君身如睹大厄。且苦凶禍福，有所宜細告，二十四銅，不滿其報也。”三尺之喙，五十之筮，遂使其倒囊。又有卜而筮者。奧設神位，莊嚴煥發，使人敬而近之。此都繁昌亦可以卜焉。

或謗：“今卜人抓蠱妄説，唯錢是占，徒誆人爾。”予曰：“何獨卜人，士流，略取重爵，媚食豐禄，不誆君乎？儒人，口説聖經，行類商賈，不誆世乎？滔滔天下皆是也。且龜筮者聖人所重，古通之於鄉士之數。縣洩天機，豈二十四錢所易言乎。人之承誆，亦不占而已。”

偶讀《嚴君平傳》，至其裁日閲數人，得百錢，足自養，則閉肆下簾，予乃謂：“當日占料，亦與我今二十四錢，蓋不甚上下。然彼得之足以活過一日，而此則纔一頓鰻鱺飯錢耳。繁華之地，勢不得不然。”

書畫會

當今文運之昌，文人墨客，會盟結社。而人苟風流，胸中有墨，才德並具

---

① 原文作“皃”，“貌”的俗字。

者，一與盟衆推拜先生。聲流四海，溝澮皆盈。油然之雲，沛然之雨，靡人不欽慕矣。予雖不得與盟，亦嘗列末筵者數回，如其盛事，略觀而盡焉。其地多以柳橋街万八、河半二樓。

先會數月，卜日掛一大牌，書曰"不拘晴雨，以某月某日會請四方君子顧臨"。且大書揭先生姓名。於是乎莫人弗知有先生于世。蓋與漢朝及第放榜之事略同。榮可知矣。觀者聚焉。摩肩累踵，指點曰："某畫人也。某詩人也。某儒流。某書家。彼插花師始宣名也。此清本氏女初上場也。"佇立仰牌，又如法場讀罪人加木一樣。

未會之間，先生雞起，孜孜奔走之務。高門縣簿，莫不敢往。亦不省內熱之恐。

當日，先生儀裝曲拳，儼然坐上頭。坐後施闌居案，計人二位，簪筆守簿。乃賓主相揖，恰如賀客拜年於曲舖頭。有掌劍者，有管飯者。酒監茶令，並手在職。

客漸靡至。主人左接右應。其拜壽金，推讓不暇。豈惶獻酬。客互爲主，舉杯相屬。聘名妓數名，充儐佐酒。調弄紛謔，無絲竹管弦之娛，一笑一杯，亦足以發醉狂。紅拂認李公於稠人中，周顗取問答於醉舌上。

紅氈數席，畫地設場，諸先代登焉。只見紙上龍走，筆下鳳翥。腕中有神，指頭有鬼。一抹之墨，萬金難購，寸素之丹，千載可傳。觀者傾堵。人之爭乞，坐中指可掬矣。

淨粧冶服，艷發射人者，所謂近來流行女先生是也。纖手拈筆，唇墨成態。人麗毫靈。衆賓圍繞，蟻附蠅着，隨謝隨乞。嚴師在傍熟視，亦不得令其守"無別"之教，不手親受授。

酒流骰崩，喧囂雷轟，塵埃雲蒸。千筵坐間，寸無虛白。然主人之心，猶望一銖之滴助盛會之海。雜沓漸收，樓頭可燭。幹人徇曰："卜不及夜。"醉客不得已而起。

翔鴻先生有詩讚曰：

神著卜霽否之晉，楊柳橋頭車馬紛。樓上供張亦全盛，風流一日別占春。
佳賓藹藹鼎將沸，蝟集蠅屯又螳羣。豈忍風僝與雨僽，吮癰舐痔幾千辛。擲來

珠玉各差等，抬①出杯盤同一般。斂金友擢飫金友，掌酒人搵惡酒人。紅氍幾
席分綦局，絳陳丹青皆卓犖。禽翰花翻癡愷之，雲狂煙渦醉張旭。有人大牋請
眾毫，輻湊名家歸一轂。蘇竹米山豈容易，鐘楷懷草固難贖。夜光明月空拳求，
齷齪何遑問麥菽。其他喫茶又瓶花，花說中即茶盧陸。俄今側辨儌舞中，百枝
喧囂借竈鬻。燈燭點來鬧熱醒，邯鄲恰是黃粱熟。君不見墦間酒肉祭祀餘，昏
夜乞哀謟又諛。未知妻妾相向泣，施施外來驕且娛。昏夜乞哀猶可忍，白日乞
哀若為覷。恥之於人尤忒矣，利奔名走為君愍。

友人李蹊戲嘲之曰：“乞食境界募緣簿，方便相傳繼法燈。利鉢名衣別有
道，人間呼作在家僧。”

扇面亭某父子，風流相承，並閑會儀，達其格式。以故謀集會者，皆先就質。
蘭亭西園，每月集會，與有力焉。所著《江戶諸名家人名錄》二卷，行于田舍。

火　場

江都厄于火，明曆以還，其大者不為不多。小小者則每歲冬春之交，殆無
虛日。或一日再三發，此為都下一大患事也。乃夫人論所以厄之理，擬可防禦
之方。云云，費喙不置，予則謂是亦全盛世間，繁華地方之事而已。人戶稠密，
四里間之竈煙，無慮數百萬。油煎燭燒，一日薪炭所用，童泰山，髡鄧林，要火
就燥之數，奈何免之於此焉。但思都俗奢侈所致，亦或有，而加之以人氣輕脫，
《京氏》所謂：“下不節，盛火數起。”弟敬戒為第一義，須切盡心焉耳。至防禦
之術，雖至要乎比猶未矣。何謂奢侈，曰如車馬衣服，門廡堂牆，則國有常制，
豪族富商，固不得僭焉。獨於飲食也，有司誠之，安得家至戶察而呵禁也。乃素
封人家，用侯之酒肉，林之而池之，而擊鐘陳鼎，三牢八珍，莫不供具焉。於是
乎屠沽割烹家，又從賣侯之酒肉，且煎且烹，沸揚活火之氣，炎上蘊結，豈得不
燥而火乎？因憶士文伯論鄭人鑄鼎曰：“火如象之，不火何為。”予亦恐飲食之
侈或象焉。然繁華地方之所自然，無此奢侈，又何以見此繁華，自非此繁華，又
何以見此火，火乎火乎，不尤繁昌中之物乎哉？

一把火起，西鼓東鐘，一齊撞擊，報火呼方，喊聲震天。早見吏人走於火

---

① 原文作“攄”，“抬”的异体字。

所，屢及於門，馬及於衢，肩記旗者，手竿燈者，荷梯子者，擔龍骨車者，呼號狂奔，火馳星飛。看，作一拈急拈影燈之觀。融風蓬蓬，捲砂飛石，火趁風威，風助火勢。一霎時紅焰漲天，黑煙迷地。避火者狼狽，遺寶器提燈檠，抱飯蘿棄什具，夫妻赤體，褌亦着不及，慈母背上，倒負幼兒。呼兄喚弟，覓子尋爺，人相蹂踐，物相搶壞。偷兒託救掠物，貴人守威啓行，哀號之聲，沸騰載路。騎士各鬪豪華，載金掛錦，馬肥人雄。馳騁曲折，舞鞭指麾。卒伍皆韋服，奮發並手，揮鈎撲火。人喘，喉吐火，馬困，吻噴煙。赤腳踏火潑水者，廝役也。追煙躍馬，馳騖往來者，某官點火道也。陣笠飄金，繡袍耀火，奔逸絕塵，猛威生風，靡人不鬪易者，某官報事也。風吼聲，火爆聲，呼呼求救聲，許許徹屋聲，必必剝剝，刮刮刺刺，霹靂震，山壑裂，衆猶冒煙突火，雄入乎烈火中者，真是一面小戰場，且夫坊役犯火聚極，焦頭爛腳，顛墜甦復上焉，如其杖纏記跳越。腳絓起，屋即灰，此常日重諾輕死輩，臨場如何顧命。但其賣勇貪功，故弄餘燼，誤延火勢，或至不可收拾，且使氣執爭，忘火鬪火，古所謂入火不熱者，此輩有焉。赤壁之戰，阿房之火，可擬可想。一瞬間，高觀大樹，乍付烏有。佳麗紅軟，變爲無何有之鄉，孰不慨焉。然人之無情，觀望指點，以取樂焉。一人曰："今夜所燒滅人戶財物，不知值幾萬金，天如以此付我，吾一生安穩過活。"又一人曰："如我身份，取之一分，可矣。""我此而足"，"我彼而贍"。夫人挾口喋喋。最後一人曰："今晚所費燭價亦夥矣。如予取足於此耳。"各笑。于時，火光漸暗，金鳴衆退。

賽　日

古俚曲詞云："月之八日，茅場町，天師賽詣不動樣。"是可以證都俗號賽馬爲風之古，且近來稱街道場者，紛然開店，與賣卜先生結伍爲鄰。賽，最盛於夏晚。各場門前街，賈人爭張露肆，賣器物者，皆鋪蒲席，並燒薩摩蠟燭。賈食物者，必安牀閣，咸吊魚油燈火。陳菓與蓏，燒團粉與明鰲，軋軋爲魚鮓，沸沸煎油餈。或列百物，價皆十九錢，隨人擇取。或拈鬮合印，賭一貨賣之於數人。賣茶娘必美艷，鬻水聲自清涼。街西瓜者，照紅箋燈。沽餳者，張大油傘，燈篦兒十頭一串，大通豆一囊四錢。以硝子罍盛金魚，以黑紗囊貯丹螢。近年麥湯之行，茶店大抵供湯，緣麥湯出葛湯，自葛湯出卵湯，並和以砂糖。其他，殊雪、紫蘇，色色異味。其際橐駝師羅列，盆卉種類，皆陳之于架上。鬧花閑草，鬥奇競異。枝爲屈蟠者，爲氣條者，葉有間色者，有間道者，錢蒲細葉者，栽之以石，石長生作穿眼者，以索垂之。若作托葉衣花，若樹蘆幹扶枝。霸王樹擁虞美人草，鳳尾蕉雜麒麟角^{漢名龍骨木}。百兩金、萬年青、珊瑚、翠蘭，種種殊趣，大夫之松，君子之竹，雜木駢植。蕭森成林。林下一面野花點綴，杜榮招客，如求自鬻。女郎花^{漢名敗醬}，媚伴老少年，露滴淚斷腸花，風飄芳燕尾香。雞冠草皆拱立。鳳仙花自不凡，領幽光牽牛花，粧鬧色洛陽花，卷丹偏其，黃芹薑分。梗草簇紫色，欲奪他家紅。米囊花碎，散落委泥，夜落金錢往往可拾。新羅菊接扶桑花邊，見佛頭菊於曼陀羅花天竺花間。向此紅碧錦綺叢間，挾以蟲商。宮商曒如，徵羽繹如，狗蠅黃唱，紡線娘和，金鐘兒聲，應金琵琶。可惡聒聒兒奪之倫。兩檐籠內，幾種蟲聲，唧唧送韵，武野當年荒涼色，繡出見之于闇熱市中之今日，真奇觀矣。滿街商客所燒燈光，沖激漲空，賽群捲潮。數所犬尿，前屢蹴過，後履滑過，踐踐黏去，掃除爲清。有賽花者，有賽草者。賽于錫于餅于團粉于果蓏，携妓者不賽乎妓也。拉處女不賽乎處女也？彼買泥醉於賽，此引冶遊於賽，賽與不賽，合爲此一大賽。

追賽夕賣假聲者，近歲殊多。一詞章，例八文錢，若詞長聲巧，則從益其價。先白其所假優人名，欵罷説出。詞曰："呵呀源藏，暫時請暇逃走爲裝，已遣數百人，把守後路去，蠅兒亦莫容通之地，且託於死生異相，如獻贋首^①，決不喫其騙策。弄陳手段，勿惹噬臍之悔。"言言逼真，聽者環立，一口叫妙。諺云："愛人及其屋上烏。"人爭擲錢各買其所愛假喉。或嘲之云："我食吾飯，却苦作他人音，非人所爲也。"予因思世間何此而已。今儒人亦止爲聖人假聲，豈不亦非人所爲乎。

女剃師

女剃師，梳粧素淡，絅罩衣，抱巾箱，急遽飛屐，東西莫不奔走。予尚幼矣，自今廿年前之世，雖有此女業，寡而賃甚貴，賤不下五十錢，今則漸滋達於陋巷窮閭，莫不有焉。賃亦從賤，大抵三十二錢，最賤十六文。嗟乎，雖生而貴執巾櫛從人者，女流本事。乃今匹夫之妻，或不復知自理頭髮。豈可不謂太平膏澤，及婦人頂門上乎。傳云："公握髮起。"周世之昌，周公之貴，蓋猶似自沐

---

① 原作"着"，據批校改。

櫛其髮，何其陋乎？如使公生於我今盛世，繁華中，一沐三起，亦不敢矣。

富澤坊舊着市附柳原

市居多，而其爲最者，日本橋魚市是也。菜市在在有之，多連二坊，其最也。神明薑市奇，而十軒店雛寓人市麗也。蘭盆草市，所在爲市，淺草之市，爲歲晚市中最大市。花市例期各所賽日，骨董市必主茶人家，權家門前，人爲市者，予謂之曰士市此市最繁昌。八百八街，具他雜市何限。富坊亦一大繁昌市哉，舊衣肆店，經緯櫛比，夾路連席，古衣舊帶，每朝新陳。倚倚丘積，鱗鱗雲瀉，粉米黼黻，青紅相雜，天落彩霓，風揮紅葉，恰推倒石氏紅錦步障來。三升格子比翼裳，不知何阿妹遺愛物。梅幸茶色鴛鴦被煬帝製鴛鴦被，舊係未亡人某寢衣。楊花錦綺褥，宮人花樣裳，夏姬衵服，花帶餘香，范叔敝衣，霜葉欲摧。帽幅差大，或應鎌倉府公遺服聞賴朝短身大頭。外套殊長，必是鹽冶判官舊着藥師寺氏，嘲判官曰當世風長半掛。一點抹墨，子張之紳，數痕涴土，伍長之袴，袢褌脫紅，加以湘妃淚痕。黑衣已玄，更存先人手澤。松魚上時，袷衣捲潮，千人會日，衣帶如塵。雖人惟求舊，器非求舊，輓人販夫，至吾落魄儒輩，都下百萬賤人匹夫，如何得新裁干時，何暇省服之不稱。衣無常衣，服之無斁，亦足以見繁昌。限以八月，典舖幽倉中物，一旦解縛，復見天日。流移轉變，與人生流離亦甚不異焉。如繿縷舟送於蝦庚之遠，昨夜招魂之衣，今爲合卺之服，去年尸祝肩服，今歲爲儒者贖。製遇伯樂之顧馬商好着雨衣，未必增三倍之價。木綿敝袍，匠石不睨，何苦難賣。赤鬼來買虎皮犢鼻，韋馱天往價革半掛俠客有言云：夷馱天披革半掛，騎鬼影馬來，胸裏亦不少悸。。古衣未必古，新裁之物亦有。彥道一旦得錢，赤體而往，襲衣而歸。自頭顱至踵後，一新到骨。冬日火事半掛，裂火紅翻，夏月蚊紗帳幗，流水綠渦，振蝨春風，撲醭秋暾，苟日舊而又日陳舊。

舊之更舊，敝之極敝者，皆輸之于柳原。舊衣市中，柳原最居下等。乃物皆下等，然價却上等。豫賈不啻三倍。"不依不知則折價"之語。君子見欺，小人被罔，大抵以糊代絲，健之澤之。外莊內柔，殆駕穿窬之盜，洗染補綴，點化巧製，不止舊爲新，以新爲舊，映日仰之，窈冥中記紋自顯。操尺記之，整裁間，或短右袂。人過買之，豫以數等，去則呼，不顧則追。一反一減，數反值始定而拍手，乃故意爲可惜之狀，曰："廉矣吁！"見爲傖父，捉袂不肯放，舞口勸之，執爭強之。切賣娼要遊客，羅生門鬼與渡邊網鬬一般風光，喧雜可想。夜則各商收肆歸家，長堤寂寞，只見柳不見人。柳蔭盡處，有物呼人，若泣若訴。此聲與畫間喧閧甚異，謂之夜娼。是亦舊妓極舊者，炫之於此，可謂有因緣矣。

《論語》曰："褻裘長，短右袂。"解者言所以便事。按雖取便乎，故短一偏，其不近於人情，子不云乎："非法服不服。"雖褻決不爲此左衽樣之服。夫子一生貧窶，思亦服着柳原舊衣來。

山　鯨

凡肉宜葱，一客一鍋，連火盆供具焉。大戶以酒，小戶以飯，火活肉沸，漸入佳境。正是樊噲貪肉，死亦不辭，花和尚醉，爭論大起。鍋值約有三等，小者五十錢，中而百錢，大則二百。近歲肉價漸高，略與鰻鱺頡頏。然其味甘脆，且功驗之速，人熟論值。其獸則豬、鹿、狐、兔、水狗、毛狗、子路、九尾羊等物，倚疊有焉。麂鹿攸縛，麕鹿蹢蹢。不狩不獵，瞻有懸特。如狼刺以庖刀，蓋所以爲惡獸。一丁鼓刀屠之，手之所觸，足之所履，砉然騞然，因便施巧，無不閑解。行人止而觀焉。聞天武帝四年，令天下始禁獸食，自非餌病，不許動輒噉。世因謂曰藥食。前日江都中稱藥食鋪者，纔一所，麴街某店是而已。計二十年來，此藥之行，此店今至不可復算數。招牌例畫落楓紅葉，題以山鯨二字，雖係藥食，猶避國禁。作意所爲，蓋隱語耳。都人字曰魑魅，亦不顯言之故已。非謂妖怪也。前日麴街所鬻之肉，包苴必用敗傘紙，今皆箄焉，則都下一歲幾萬敗傘，不復給於用也。

都人諺曰"箱根嶺東，魑魅無居"，蓋言江都繁華光景。孰思數百年極繁華之今，而都人以此爲餌。車輪舟寫，一歲多一歲，一年貫一年。亦爲太平世繁華中物。豈不奇乎。或云："我而言之是而已，顧其見穀自彼言之，何以爲太平之物。"曰："不然，有殺身成仁，苟死有益，何着遺憾。一臠，醫十疾。十，蹄救百病。功德無量。"想彼三生爲太平中之貴人，口飽粱肉，身襲羅紈，獨知有遊宴之樂，不知有螢雪之苦，女色唯好，子孫繁滋。決不如吾輩貧儒飢身讀書，生死並無用于世。吾輩之死，或投之豺虎，彼必謂："此一生喫着菜根之肉，食之無味。"必三嗅而起。予嘗發願，曰："尚來世爲獸肉，而徧施功德乎天下。若仍得爲人，必爲醫者壽斯民也。"後復爲："不如獸肉而已。必獸肉而已矣！"當世醫風頹靡，衣之美潔，門之高大，唯以此爲第一義，乘着四名肩輿，巡候病門是爲務，承意察色，舐痔嘗溺，百諂千佞，只恐失家娘之心，不省陰陽五行爲何

事，不知《金匱》《傷寒》爲何物。煎藥只欲甘，丸藥只欲馨。吁，喫此輩如屁
百貼之藥，不如食一鍋鹿肉。然則不如獸肉而已，必獸肉而已矣。是此藥所
以行。

世人或云："獸肉不潔，食之穢矣。"雖病不食。曰："汙身瀆神。"然安知
不自己平生所爲，亦爲汙身穢祖之爲，人而食言，不祥莫大焉。汙亦甚矣。士大
夫進取間，或啗以貨，若誤食之，黷身汙君，莫不祥大焉。食河豚死于毒，名亦
從汙。聞近日食千人會錢者殊多，此等之汙世間固不爲不多，何獨獸肉？

煨　薯
蕃薯，原出呂宋國。明萬曆中，始入
漢土，兀禄戌寅，琉球王傳之于我。

蕃薯行於都下，今已久矣。然煨食之行，亦與藥食同一時也。關西稱琉球
薯，關東呼薩摩薯。江戶夫人皆曰阿薩。然今各店招牌書曰八里半。按"栗"
字，國語訓九里，乃以其味与栗相似，然較少下故名之耳。今乃八百八街，各間
番所皆煨此賣之，必揭招牌，書此三字。妄意如令唐人朝于江府，必言："都下
里數，急胡如是。"予七八歲聽一老人説曰："前日種少，值貴。"且或言："有
毒。"以故世多不食者。時變所然。今則滿布海內，食之不論貴賤，值亦甚賤。
薯戶冬間所鬻，少者不下二三十金，多至百金云。乃今試酌其中，一戶五十金
爲額，以八百街中一街一店之數而計之，猶一歲之分，積爲五千金。細算之必
不下萬金。嗟夫茲土繁盛，可知可想。

蕃戶每日卯晨煨，至亥夜。竈煙濃濃，焦香盼盼，柱梁黑黑，戶牖熱熱，穩
婆往，耄爺往，廚婢往，僕奴往。小姐遣婢，必低聲言："亦買却阿薩來。"主人
命奴曰："与其品小而數有餘也，不若，品大而數無餘也。"行脚僧侶點心頃
鉢，無告乞盲，朝飢倒囊，數銀一箟，少年輩謀殺擔去，是係某家茶番
佳時慶節，遊
明會集爲戲，
呼曰
茶番。四錢之薯，能止穉兒之啼，乃至十錢，亦足以醫書生一朝之飢。嗚呼，噫
嘻！　恨不以晚出之故，救及陳蔡之飢。予欠米錢，每食之續命，而頃讀《閩州
府志》"蕃薯"條，歌曰："令珠而如沙，人以之彈鵲。令金而如泥，人以之塗
鱭。令朱薯而如玉山之禾，瑤池之桃，人以之爲不死之大藥。"居士不覺一嘆。
因思冬月與煨薯同科，充寒素人家之食者，曰大福餅。一餅四錢，形大值低。以
熱爲主也，鬻者必呼煖，乃人喰煙，莫弗拭何郎之汗，梁氏亦不得不因人熱矣。
然而近時餅家之製，極精極細，狀漸小，值漸貴。宜哉，大福漸不上寒素牙。且
饅頭羊羹，諸凡菓子，今亦盡然，則薯乎薯乎，雖不如玉禾瑤桃，猶是貪人不死

之大藥。嗟乎，普天下貪書生須稽首再拜而食。

日本橋魚市

日本橋當江戶中央。一都太極，兩岸剖分。四方道程，由是算出八方人戶，由是連建。六十四州，人民之聚，始入此都，始過此橋，左顧右盼，眼駭氣奪。何以眼駭？西則金城突兀，譙樓聳空。何以氣奪？東則酒庫數萬，碧瓦蜒蜒，白壁連接。正是萬里長城，魚船相唧集泊橋下，笘蓬鱗次，腳下又見一面劇街。橋上雜閙，公侯長槍，來往如林。況諸凡履舄屨屐，夜間丑寅之交，登然或少絕云。

遠豆相房，兩總之船，魚艖如織，川挾舟夥。張歙相呼，舟腹相摩，其不搶壞者，纔以一髮間。土俗嗜鮮食。常言："三日不肉骨皆離。"每日幾萬水族，葬之於荏戶人腹中。橋之前後旦旦爲市之所曰新場，曰小田原坊。嘔啞沸曉，膻氣噎人。春天板魚，呴濡築丘，秋風鱸魚，潑剌傾江。夜漕鉛錘魚，与子規爭飛。晚市竹荚魚与紫茄競時。潛送鯔魚，雪輪河豚。琵琶魚腹寒，比目魚眼冷，火魚魴鰰，交錯翻尾，火燎于原，黑鰻海鰻，枕藉橫鬣，舟推于陸。望潮魚頭多於施餓鬼場之僧，千人捏脚多於無籍乞兒之蟊，牛尾魚多於牛坊牛角，馬鮫魚多於四谷馬矢，石首魚首多於西河原之石，鍋蓋魚背大於地獄之釜蓋。沙噀之沙，可以塗山鯨各舖之壁，烏賊之墨可以書闇街煨薯招牌。鯯、鰛、黃爵、青魚等物，如塵如土，如蜆、蛤、魁蛤，斗筲固不足計。想龍王必言："奈何，取之盡錙銖，用之如泥沙。"石決明礋砢，崀嶽崩巖，拳螺相搏，江瑤柱相支，東海夫人陳阿房妃嬪，西施舌傾吳國帶甲。鮫魚則虎頭鯊、鋸鯊、劍魚、雙髻魚。鰕則龍鰕、青鰕、泥鰕、草鰕，五色、斑節、蝦芊芊、魚王、鮭、大口魚等，大小品類，鹽、腊、脯、醯，遐域之物，長風破濤，萬里爰湊。本邦自古棗鬣魚爲第一品，高筵壽席必用焉。人事贈賄必用焉。魚商潛之以備緩急。雖有烏頰方頭彙種，不以此代彼。此地犬皆以常食生肉，故骨立毛落，醜不可言。都人因謂羸瘦華髮者，曰小田原坊犬。予亦嘗謂，人徒體肥腹大，一字無知者，琵巴魚是而已。虛誕浮誇，一事無實者，大口魚是而已。筆拙唱家，含墨糊口者，烏賊是而已。佩劍稱士，外武食禄者，白刀魚是而已。髠頭緇服，僧而無法者，章魚是也。 學不能行，儒而輕薄，醜不可言者，小田坊犬是也。然自非犬儒亦不得常食鮮肉，人儒則骨皆離，可憐也哉。

上 野　古名忍岡，治平以後，藤堂侯邸焉。地形似其本國
伊賀上野，故因呼上野，寬永二年，爲今靈域。

　　山曰忍岡，水曰忍池。山雖不甚高，水雖不甚廣，江都中山水 相射者，除此少有，可不愛哉？山多櫻樹，水出芙蓉，赤城紅霧，錦城錦繡，都人之遊，春秋尤爲盛矣。予好勝之僻，嘗賃居湖濱。課業之暇，兀坐煮茶，玩風光于樓欄外。春之明媚，秋之慘愴，飯雲抹靄。早晚之變，莫不領略。當時咏櫻雲曰："不是晴雲不雨雲，雲容猶仍雲不分。粉松抹杉西又東，雲乎雲也雲氣氳。始則淡紅終濃白，子細看來凝成紋。輕風一日吹不散，微雨三更潤得芬。想見楊妃卯時醉，新浴洗醒紅尚薰。"友人長山一絕曰："一面春山花四圍，雲容雪色影稀微。雪雲休擬詩人眼，雪是易消云易①飛。"予詠蓮云："萬頃秋如畫，一時花繡成。夢遊香積國，思繞錦官城。疎雨不無趣，微風尤有情。靜中見動意，翠蓋露珠傾。"先輩金浦題壁云："風漣欺急湍，雲樹疊遙峰。"真實景也。十年前，西面一帶，緣湖築堤，緣湖構亭。 酒爐茶竈，鬧熱沸騰，今現爲一新繁昌堤矣。墨水櫻花皆重瓣②，上野則並單瓣，重瓣③濃而單瓣④淡。予戲評之曰："墨水之花，似吉原娼。上野之花，似深川妓。"一友僧批曰："把琉璃界花，比脂粉娼婦，非氣類也。"因更尋所比，而偶憶古徘歌人詠櫻花"且女哉且男"之句。乃言曰："風姿瀟洒，榮光淡泊，上野花似芳坊冶郎。" 僧笑曰："蓮花似六郎。"蓋或可也。方花時，上觀音臺，真爲駕雲遊帝鄉之想。靈場一點，屠沽絕穢，虞人纔借筵席，賣香煎湯而已　謂香煎曰僧奧，
蓋本于此。人皆提行廚，携瓢酒而適。嗟乎！ 存古人儉素之於今繁昌世界者，此外少覯。嘗覽古畫，遊人懸衣代帳，盛按絲竹。今不復見有此事。嗚呼！ 見駕古人真率乎奢靡，世間之今日，不可言奇乎。然如繁華雜遝，蓋非古人之所及也。秋入湖面，幅員數里，看芙蓉不看水，碧緻葉上，紅白相繡，真美錦，真彩雲。遊人星言夙駕。蓬萊亭仙液，卯時取溫，蓮壽亭蓮飯，丙夜炊熱。庖丁照燭調羹，聲妓曉粧候聘。但有禁，不得泛采蓮舟，令蒿水濺妓衣。予徒爲豪客韵士慨之耳。殘秋慘澹，尤足暢幽情。友人櫟齋嘗試敗荷云："紅衣翠蓋總凋衰，於雨於風難自持。慘澹愁容何所似，班妃

---

　① 　兩"易"字原作"昜"。

　② 　原作"千葉"，據批校及早稻田藏另一本改。

　③ 　原作"千葉"，早稻田藏另一本作"重弁"，此據批校改。

　④ 　原作"一葉"，早稻田藏另一本作"單弁"，此據批校改。

秋扇賦成時。”淒愴可想。

奇妙頂禮，開山大師好方便，一月輪流，三十六房爲寶帷座所。靈驗之新，都人羣參，殆無虛刻，護摩之煙厭煨薯竈，賽錢之雨撒儺鬼豆，一日億兆善男信女，貫魚膜拜，白佛言。咸訴其衷腸。一少女賽十二文錢，閉目合掌曰：“此一四錢，願雙親狀健，百年長壽。此一四錢，願産業多嬴，日來涎着金簪玉櫛，連唐紵絲帶，不日買得。如此一四錢，則伏願所愛倡某萬福。”少年探囊，拋一塊錢，曰：“去年所狎娼某，悦某過實，情義已見，全無疎意。慈親不知其如是，兄弟不知其如是，宗族不知，朋友不知，皆謂：‘某被彼騙。’昨諫今爭，蚊蝱紛紛，煩耳衡心，願爲除此煩惱。今乃相思所結，玉顔(未必玉顔)妍妍，立見之於前，輿見之於輾。于人于物，莫見而不爲玉顔，莫遇而不爲玉顔。宗族亦玉顔也，朋友亦玉顔也，所仰尊像亦彷彿玉顔。其既若是，奈何回思，奈何奪志。願快使之生生爲夫婦。”一士人在少年後泥首請曰：“僕年來望進職，不厭風雨，不避寒暑。高門懸薄，莫不走而候。非如書畫會一時奔走之苦之比也。賄彼媚此，百方買援。今則財盡力盡，氣盡精盡。然而職尚未少進，禄尚未少加。嗚呼，萬一若此而死，死難死，生難生，懸于生死中間，猶如見投繯人，大師亦惟少憐。”一醫生前，拜曰：“生自幼學醫，無論《素問》《靈樞》，遍涉羣書，特讀傷寒論，反覆有年。一旦豁然得諸心，而別開一隻眼(世間此眼，不爲不多)。叔和攙入，汰得了了，一部《傷寒》，今復見仲景真面目。然舉世愚蒙，以爲‘門之不高，術亦不精。衣之不美，藥亦無驗’。吾有濟世之具，世待我以導引針治之間。殊恨人間無傳愚之藥。且輓近蘭方醫者輩出，舉夷狄之方，加之人間病之上。豈不人性異牛性乎？以此治彼，奈何不賊人命。佛如有靈，使此隻眼明之於天下，而濟度世愚也，則天上地獄，亦應少間。”一商進拜曰：“某所期，常期不可期之事。自非借大師冥助，如何十成一，近日買米數千包，願米價一時踊貴。前者計處置某物某事，以斂其征，已疏于官。冀允命速下。所畫墾田，所構脫搖會，是亦速就。且所与千人會，每月甲乙數楮，盡皈于毋。買數所千金街地，築數十外宅，朝啜八百善之羹，夕食惠美須庵之膳，穿薩摩上布於夏，披古舶哆囉於冬，百事如意，萬端無妨，四支強健，腎火益熾，願死猶有命。”武人頓首，言曰：“僕，生好武，馳馬試劍，右武教全書，左武門要鑑，甲越二流兵學，今窮其奥。門徒三千中，達訣者，七十餘人。日相与講築城布陣之事。常恨不幸生於太平之世，不得秉羽扇，數天文，駕四輪，麾三軍，八門遁甲，施之於事。遂卒死席上而已。今老矣，漸悟前言之非，願天下太平，四海無事，不見羽扇四輪之勞。近日折節從儒生某，受七書講義。顧二流奧義，全在其圍範中。吾稱秘訣者，其實如屁。然立誓誣神。年來傳此屁，收許多銀兩。紙上空談，傲然欺騙世。今而思之，神戰汗出，自知罪重。聞懺悔滅罪，願佛救斯罪過，子孫繁昌，終彌勒之世，浴太平之澤，是望是望。"一壯男身大衣薄，跪白："近日運惡，賭偶出奇，叫奇遇偶。或更奇偶間出，所射不中。今涉旬月。百物典盡，賣家鬻妻，猶多所負。伏願佛力一臂之助，令好目十日連出。若如此而已，不殺越人于貨，則經于溝瀆，莫知之也。"一宿儒來，再拜稽首，捧一紙祭文。辞曰："某月某日某百拜，謹以青銅十二文之奠，祭于當山兩大師靈。某，生右文之世，幼讀儒書，經史百家固也。小説雜史，略覽無餘，然以此糊口，言行不得不齟齬。追時俗，奉考證。思所謂書中魚耳，《大學》《中庸》，徒辨異同，剽竊雜鈔，暗合之説，載滿大車。誠意正心，置諸度外，中之爲中，不省何如。幸收虛名，周旋米足以代耕耡。今執牛耳於都下，廩有腐粟，庖積餘蔬，猶愧屋漏，欺己。更廣財府，更大門閭，賣驕取威。腳力未病，故駕肩輿，賣名致貨，無益刊書。終不改初，老不死。乖'在得'之戒，巡走公門，苦引衣裾。每思之慚愧迫身，居不安居。孔子面前，自知莫罪可紓。冀大師垂慈，周旋救予。"言未畢，一僧從旁低聲言曰："貧道亦佛家罪人。衆善不奉，諸惡妄作，不如法者極多，便知大師面前亦莫罪可紓。因欲乞救于孔廟①，然未知夫子亦能垂慈否，請問爲之如何？"先生顧應之曰："吁，聖廟嚴矣，不輒許僧侶入。子如之何哉？且道不同不相爲謀，我躬不閱，豈惶恤子。"相視大息而去。

　　友人川口氏來，就案上讀繁昌記。哂曰："篇中賽大師一醫生者，豈得非寫我耶？"予曰："何必然也。僕固不与賣門賣衣，賣媚賣藥者交，則所識醫流，並是隻眼先生，豈爲獨寫兄乎？但因兄所著《斷痘發揚》《傷寒復古》等書言之，兄隻眼爲殊大耳。因思兄不欲爲富，今居世之醫者甚快矣。然以此爲之，終身或無術之可施。世間少具眼病人。如我隻眼何？不如以此大隻眼，鬻之觀物師，必得萬金，便安着兄之一生，而僕亦沐餘澤也。"相視大笑，莫逆於心。嗟乎，此大都會內似者何限，篇中曰士曰商曰僧曰儒，皆以情推而已，豈必有其人而模之乎？以似責之，居士將無辞。

　　篇中收録友人詩賦，皆係吾所臆記者。非其得意之作也，何也？如初告知，恐其不許采録故爾。且吾無辞藻，固不能筆削一字。則非如當今有名詩人某集

① 原文作"貞"。

中，從錢之多少琢磨加光金玉者也。而或聞金玉暗帶銅臭，予乃試借其集嗅之，果信矣。及嗅至小傳中，文高意深處，臭氣尤甚。奇哉！久之終聞虎屁氣，予乃掩鼻而嘆曰："水虎亦水物也，水原生金。彼臭，變之此臭，固不爲無理矣。"抑富哉，此都繁昌，輯斯屁氣，以鳴太平，今猶續爲梯子屁，未知最後一屁何時放了。近世物價漸貴，浴湯錢十文，今益二文，屁價亦然。然未聞其所益，一首加幾銀。但聞今年衆屁中最放一大屁者，捐十五金。嗚呼，使炮家者流聞之，彼必言如以此費放之於我，有可能粉一大敵船。嗟，屁亦太平之物，而且放此等大屁輩，除此都外惡見有數，都下繁昌可嗅而知者是也。

茂杏君題斯篇曰："皎骨未容蒙世塵，貧婆守節德親珍。窮腸不寫離騷恨，綵筆翻鳴盛代春。擲地應聽金石響，開廚恰看丹青新。凌雲賦就知音少，爲惜無人起隱淪。"賞譽過情，居士赧慚不悅，君乃笑曰："亦所謂水虎屁耳，奈何累德。請奉累德之戒。"曰："戒哉，子。勿須此收錢，爲書畫會人，香豆賦僧一般樣子。"

　　　　　　　　　　　　　　　　　　　　　　　　　繁昌記初編終

江户繁昌記二編

江户繁昌記　　靜軒居士　著

　　今之太平，開闢以來，未之有也。江戶繁昌，開府以還，未之有也。太平時運，繁昌氣數，天盡才焉，地出傑焉。乃民之聰明稱儒人，而爲國之師表，民之矜式者，斗筲概焉。聖經析其微，聖賢提其妙，諸子百家校異正僞，事記之，言纂之，可謂備矣。何其儒人盛乎？居士誕生，幸遭文運昌盛之時，幼知讀書，長識爲文。但恨生資昏愚，好讀書，未能一行修之於身。好爲文，未能隻言合之於道也。則何面亦稱儒。猶售此偷生者，以口無糊故爾，豈其素志耶？客歲，病窶之暇，記《繁昌記》，數本一喙，頒之朋友，不意早已傳播人間。一友人來告曰："世責人無已，且不知子非儒也。咸言，是豈儒人口氣乎？然居士也者，

飄然一浪人，固非儒者也。非師表者，非矜式者。而且其無求于世，世呼予①爲
牛亦可矣，爲馬亦可以，可也爲犬，曷其數數。且經史百家，世有聰明。非子之
分也。弟其續之，後之覽者，因開府來之繁昌，見開闢來之太平，讀開闢來文，
知開闢來人，不亦可乎？"居士哂曰："諾。"記此爲二編。

混　堂

曉天猶昏，早和鴉聲，連打戶去。喇喇喇喇，啞啞啞啞，喇喇啞啞，喇啞喇
啞。高聲急呼曰："天明矣，須起。伴頭。""疾開，伴頭。""伴頭，失寐乎？"
"伴頭已死乎？""呆伴。""屎伴。"衆雜嘈，戶未發。一人捫一人曰："大家爺早
起，今日好天氣。"曰："喏。昨日葬送，道路殊遠，一同疲困，臨歸偶失君等。
至家無影，想亦向深川地方去。"曰："何然矣，靈巖寺側，有外族在。久無音
信，恰好少取迁走彼方，如何然？決不然矣。"曰："休陳，我以吾黑眼，已洞見
了。伊勢久^{蓋伊勢鋪久共衛者}，亦欠老人氣。不愧年紀，誘引弱冠。真不好事，真不好事。
如昨日新鬼，真明大人^{都俗呼有爲者謂明大人}，現今家財並一生所聚，千金地面，已領三所。
然平生所爲，非謂吝嗇。真明大人，君亦將壯，早早爲地。"一人顧左右，則驚
曰："闤矣！"二人相與駭而衝入。魚鱗雜襲，浴客接武。睡氣未除，欠且撫眶
者。頂安手巾，挾抱浴衣者。裂口吻使楊枝者。寢衣而不束帶者。鼻薰燭煙者，
蓋有事徹夜也^{懷中僅餘湯錢}。頭額若重者，猶帶宿醒也^{喉中未下一粒米}。翕肩上下臂者，爪瘡癢
也。摸索懷抱者，捫蝨兒也。携兒往，扶爺至。混浴雜澡，頭搶陰囊，尻上眉
額，脊與背軋，脚與脚交。冷物相報^{浴堂內通語}，請恕，互稱田舍人^{通語}。彼唱南無阿
彌，此唱妙法蓮華。南無阿南無妙，伴頭甚恐，人成佛於此。室內有聲高唱曰：
"候君候君在蚊帳外，丁鐘報曉，妄心豈悔。"清聲吏高曰："竹兮碎雪，雀兮苦
飢曉雪侵骨，如奈遣歸。"曉湯易沸訴熱兒啼，便鳴板壁，呼水送瀉，好熱者憤
焉出曰："叱敗矣！　好湯頓成曝潦。"

混雜崇朝，飄風漸止，暫時客罕，伴頭始就朝食。既而女湯亦發，屐聲鏘
鏘，金振玉碎。橫坊聲妓，左裹紫裳，新道外妾，斜垂碧帶。紅姊粉妹，連鬟婢
並就伴公買糠袋。笑語喧闐。湯中湧一派②波，一浴而出，皆在外板上澡焉。雞

---

① 原作"子"，據批校改。
② 原文作"沠"，爲"派"的俗字。

卵脱皮，皓顏拭紅也；白蓮濯漣，玉臂剔粉也。可惜瑠璃露，江戶水^{並險藥}一洗滴
餘香。想渭水漲膩，真是一面溫泉宮，聞往時男女同浴，混雜無別，及賢執越
公，停止令別。可仰今人浴別湯者，浴公之餘澤也。且短製犢鼻稱越中者，古來
有之。然世誤爲出於公之意。要亦歸於德耳。儉哉德也。然而無知細民不止長
之，或至皺砂絹帛，結紫色紆紅。雖陰囊一身之命脈，陽莖一生之要用哉，襲此
用之，居士私恐囊裂莖折。姊仰妹髻曰："誠佳，令誰爲之?"曰："那阿清耳。"
少顫頭曰："彼手成僻，髻根緊急。"言不終，偶向男湯裏顧着耳朵，曰："亦例
聞《源太》^{曲名}誠厭，何無一人唱《河東一中》^{並曲名}。"隔壁有聲，詞曰："可悦奈初
見，翠被伴君宜遲遲。從他明朝弄。一味野情促佳期。却向枕邊引玉臂，全除業
氣自知痴。"清音宛轉中，忽挾濁音曰："返魂兮返魂香，名畫如有靈可憐之一
隻語。一聲令聽之。"聲大，賡歌曰："松固不落綠，爲薪櫻與梅。誅燒始知衛士
火，庭燎今夜與君來。"甲怒乙曰："用湯姑徐徐，我頭非誕①生佛。"洗然一怒
聲，頓過密啾音寂矣。適聞湯中自然有聲湧上，蓋人放屁耳。外面浴客，位置占
地，各自摩垢。一人擁大桶，令爨奴巾背。一人挾兩兒慰撫剃頭，弟手弄陶龜與
小桶，兄則已剃。在側板面布巾，舒卷自娛。就水舟嗽，因睨窺板隙，蓋更代藩
士^{溫泉宮在目前，不得不窺}。踞隅前盤，洗濯犢鼻，可知曠夫。男而女樣，用糠精滌^{面恐剝皮，鐵面何憂}，
人而鴉浴，一洗徑去。有物舐板，青蛇曝鱗，包頭觸桶，玄龜縮頭。醉客噓氣，
熟柿送香，漁商帶膻，乾魚曝臭。一環臂墨，若有所掩。滿身花繡，似故示之。
一撥振衣，不欲受汶汶也。赤裸在側，惡能浼乎。浮石摩踵，兩石敲毛。披衣剪
爪，乾身拾蝨。光頭一個，乾乾洗滌，更向頂上倒一桶水。一人從傍絕叫："快
矣!"相視大笑。

午未之際，伴頭倦昏，嗒焉坐睡。南郭隱几，模樣可想，賓頭盧屢被來客
撫。樓上又一南郭賣茶菓。茶概不出山本山^{茶名}上。或煎麥湯，饅頭羊羹，糝品糠
種，陳紅累綠。雖非精製，比扭金阿市^{並果子名}之前日，亦有餘甘。萬能無二^{並膏藥名}，相
撲膏藥，連楊木齒粉，滿箱貯之。"失物須自戒"，"決不許晝寢^{於予乎誅之}"，並署在
于壁間。裸裸一塊，相依圍碁，子聲丁丁，喧嘩爭道。傍觀贏八着，當局喫一
迷。東南風急矣，立後邊助聲者，把睾丸放在他頂上。裸裸並臥，手翻春畫本。
看到妙處，或不能起^{青蛇吐舌}，裸裸團欒，泛食紅綠。伴公甚恐，他繆算數。一裸叟

---

① 原文作"誕"，为"誕"之讹字。

吹煙而坐，引頸下窺，指着梯下一人曰："伴公不看乎？可惡那亂用湯水者，鄰家野郎也。夫水者，五行之一，亂用之而可乎？人間一日無水火則死矣，豈可不慎用？叩一知万，人物如此，推知其不惜金，其不戒火。"將説出一條理窟來。伴公仰面，指示壁間題額，訊叟曰："僕未審。額面文字所謂徘句邪？抑狂歌邪？"叟曰："俳歌是也，狂歌俗稱。"曰："不知有何風味？"曰："似是而非者，究竟無趣，不是唐人寐語，日本人寐語耳^{都俗謂難解者曰"唐人寐語"}。世有不可解者爲之，自稱大人。大人所以爲大人，全難理會，公亦不可解人，自己所有而不解爲何？可嘆哉。公職冗，自今少讀書。"曰："如何及此，僕欲學唐樣未暇。 請問當今誰爲能書？"曰："所謂烏賊，世間皆是也，孰爲能書。指頭結字，胸中不立文字。並達摩門人，且書足記姓名^{拙筆從來宗此語}。爲此不如爲彼，公少讀書。"伴曰："聞近有千筵間善作一大字者，不識，如何？"叟笑曰："學屠龍者，學得無用。此亦一段不可解事。"叟自進膝，不省火頭覆，煙墜膝頭，叟惶遽，衆失笑。

際晚混雜復沸，吊燈晃晃，真如白日。猶備偷兒，中央又設一高床，更出一南郭。左顧右省，爲撮蚤之眼。碎雪竹，返魂香，枕邊之臂，松不落綠，曲同音異，音同節殊。時揚閩聲，挾以邪許聲。水潑桶飛，山壑將頽。方此時也，湯滑如油，沸垢煎膩。衣帶狼藉，莫脚容投，蓋知蝨與蝨相食。女湯亦翻江海。乳母與惡婆喋喋談，大娘與小婦聒聒話。飽罵鄰家富貴，細辨伍間長短。訕吾新婦，訴我舊主。金龍山觀音，妙法寺高祖，併説及其靈驗。鄰家放屁，論無遺焉。既而柝報甲夜，爨奴早向槽底脱柄，數客闌入，伴頭急止曰："既已漏矣。"客曰："大敗事！"沉吟而去。一日兩浴，三錢費糠。好熱者、喜溫者、療寒者、貪淨者，千摩百剔，除污放光，而孰能洗心？湯盤銘曰："苟日新，又日新。"庶幾都人併心滌之，六根清淨。

混堂，或謂湯屋。或呼風爐屋，堂之廣狹，蓋無常格。分畫一堂作兩浴場，以別男女。戶各一，當兩戶間，作一坐所。形如床而高，左右可下監。此而收錢誠事者，謂之伴頭。並戶開牖，牖下作數衣閣，牖側構數衣架。單席數筵，界筵施闌，自闌至室。中霤之間，盡作板地，爲澡洗所。當半通溝，以受餘湯，湯槽廣方九尺，下有竈爨，槽則穿穴，瀉湯送水。近穴有井。轆轤上水。室前面塗以丹雘。半上牖之，半下空之。客從空所俯入，此謂柘榴口。牖戶畫以雲物花鳥，常鎖不啓，蓋蓄湯氣也。別蓄淨湯，謂之陸湯，爨奴秉杓，爲此所曰"呼出"。以奴出入由此也。奴曰若者，又曰爨助。今皆僭呼伴頭^{猶書兩會者流僭號先生}。秉杓者曰上番，執爨者曰爨番，間日更代。又蓄冷水謂之水舟。浮斗仕斟。陸湯水舟，男女隔板通用焉。小桶數十，以供客用。貴客別命大桶，且令奴摩澡其背。乃睹其至，伴公析報。客每五節投錢數緡，勞其勞云。堂中科目，大略如左。曰官家通禁可守固也。男女混浴之禁，最宜嚴守。須猛戒火，甚雨烈風，收肆無期。老人家無子弟扶浴謝焉。病人惡疾並不許入。且禁赤裸入戶。附手巾罩賴者，日月行事白。

聞近來妓館亦貯清湯。築以香木，甃以珠玉，佳麗香潔以待遊客。本是不潔淨所，恰好用潔洗其不潔。俚謳云："報言插紙墜^{聞妓常插紙牝中}，拾去戴來還插來。此手不澡洗，直撮佳餚，直舉杯。"不潔可證。古衲一休言曰："男女之樂，抱臭骸耳。"此手豈不臭上加臭乎？然人之惑溺，亡家於此手，墜身於此手。此手可畏。冶郎戒哉^{多有手段何畏}。異於彼二三子與援嫂之手，誤死此手，死道路哉。焉得大葬，弗得令小子啓手也。

酒宜浴後之渴，食宜浴腹之虛，乃烹家亦滀之。而香棟玉甃與彼競美，美味香溫，使人體痴口呆。是所謂素封恣飲食之處。然或聞士而嗜珍味也，大夫而好佳溫也，私買其味，私訪其溫。顧可羞哉。猶且舉辱誇人。曰："某亭嘗異，某樓試香。"不知爲有識笑。哀夫，如居士則宜嘗矣，而弗得焉。宜試矣，而弗得焉奈無錢何？前人所謂飲食被服，不足以自適者是也。此之不慚哀，而徒哀彼可哀之人。意亦爲彼可哀之人，所哀吾可哀也。香棟玉甃，繁昌都內所爲，勢固可然。更有一浴場，又湧大都會鬧熱景，溫泉是爾。千壺万甕，破千里濤，寫①之溢之，豈不妙而便乎？都下病客，坐浴於千里之藥泉，亦霑太平之餘流也。居士素好溫泉，嘗言恨江都內無一所湧泉。今而思之，或有一杓千金，亦復爲素封家之物。居士欲浴沒世得乎？鹽窖醫寒，蒸室取溫，思是終身得者。

手巾最低六十八錢，雖貴不過一百餘錢。蓋常值也。長一尺有五寸，冶遊子弟，或用三尺。妓館烹家並供其家巾。頃者，予見人袖好染手帕。訊之，曰："值若干銀。"且其人言："精緻良染，雖居士有目可認，試握之。"予乃褶此拳之，手中有物無物，輕軟之妙，口不可言。獨知之於心耳。居士笑曰："手巾用此，拒彼臭手何如，手則可畏，巾則可惜。"

居士前年住谷中三浦坂下，家在藪澤間，地鄰根津劇街。嘗有句："絲竹聲和猿鶴聲。"側近風俗之惡，可知。然衡門外，每旦見一孝男扶負老父往混堂，

———————

① 當作"瀉"。

感激藏懷，後李蹊、知章等至。談及之，得詳。孝子通稱斧吉，其父耄。病不能起，然喜浴倍他日，以故每晨負往，澡摩淨潔，至父快云而止。風雨不息。予不覺感泣，乃贊曰："泥裏君子，糞中水仙。"二客見予感激不措，請使予貽一言，益勉其孝養。即同春山、文齋，各賦一絕，且爲之序，緣二客轉遺。春山詩云："日邊桃碧雲間杏，都向春風鬥衆芳。窮谷誰思秋冷處，玉蘭花發放幽香。"文齋云："竭力詳心養老親，出天孝義感天神。白頭不是窮經客，可比孔門負米人。"當時居士心期，庶幾異時。官賜褒之日，或爲之證。而予無幾移家。卒不與孝子接一言而去。折指三年于今，今不復知孝子孝益進乎？老父尚無恙乎？官旌孝子乎？神福之乎否？今日轉筆至此，偶動前日之心，因贊記焉。

　　散　　樂 ^{俗謂}之能

浮世旅況夢中思，遠行萬里無程期，個這蜀中人，氏盧生者。

盧生曰："我在人間，未嘗奉佛，安閑送日實多，聞楚有高僧，現住某山，念一來聽身後大事，今乃急步來。"^{口中言急，脚則極緩}

回顧故天，遙遙已遠，山復山，川又川。雲栖昨日暮，水泊今日暮。早已看到邯鄲。

盧生見枕作喜狀曰："所聞邯鄲枕，此是歟？"

一夢且宜試，應天公賜，日影未殘，假寐少時。

盧生把枕臥使者出，呼醒盧生曰："請起受勅。"生驚起曰："不知何故？"

楚王遣使，讓位盧生，偶然登跼，不審其情。

使者曰："想君自有此福，請速上輿。"

玉[①]興煥發，原不乘慣，喜意真如向天津，渡雲棧。何省片時之榮，終屬一夢之幻。樂哉王都風色。麟閣、阿房，映射交光，丹墀玉堆，繡戶風香。人麗麗，物煌煌，雖遊彼寂光土，安如此樂且康。^{至此居士倦困坐睡，耳邊唯聞洋洋音，久之氣蘇，則亦適見盧生做夢覺狀。}

盧生夢醒，恍然而起。五十春秋，歡樂已矣。三千宮女，絃歌之聲，化爲一道松風。數百宮殿，佳麗無跡，身在邯鄲客舍中。王位榮華，千歲之壽，皆是黃粱一炊空。南無三寶，南無三寶，思之是枕能教人出離，發蒙。^{盧生拜枕入}

---

①　"玉"字原磨滅，據早稻田藏另一本補。

傳曰：神某尊爲徘優。記_{日本}，載皇極帝四年，中臣鎌連教徘優某，解蘇我臣佩刀事。徘優名亦舊矣。後曰散更，曰猿樂，而田樂者，由猿樂出_{俗説田申省字，申即猿，}盛行於北條氏時，至足利氏，鹿園、慈昭二公皆好猿樂，伶工觀世氏，於是出乎。而猿樂復盛，田樂遂衰。寬正中，觀世氏，舞猿樂于紅河原，是爲勸進能之權輿，爾來續行，不絕之於千載之今。且今而三綱五常外，觚而觚者，除此天下無復有焉。亦清世餘事，繁華一具。天保元年秋，觀世氏，設勸進樂場于幸橋外，演戲百曲，限以旬日。鼉鼓龍笛以鳴太平。予來觀值弟十一日。樂名一曰"邯鄲"，二曰"土蜘"，三曰"雲雀山"，四曰"鐵輪"，五曰"融"，觚不觚，士不士，商不商，儒不儒，世皆然矣。而千古一日，覽古於不古中者，不亦妙乎？然既已古矣。不復甚上今人眼。觀者多倦。因知儒而儒者，亦不上今人眼。

天保二年秋，猿若勘三郎繼世踐坐，照例作古演戲，陳古什具。予不往戲場者，廿年於今。然聞其古字也，觀古之觀，欲試一觀。而適遇一賞古客之邀，因得觀焉。戲臺一面作散樂場，人亦散樂也，物亦散樂也。既而呈①伎，則鼓聲笛音皆澀且低，更雜以三弦。似而非者，終不得爲散樂也。始覺前日之睡可惜。初陳古器數色，錦綺爛燦，發匣光揮。居士遠在聳樂棚，不能細審其爲何物。纔認官所賜金麾而已。　今因十郎白，年纔可十歲許。一拜一白，詳演説故事。然稠人中無少屈色，聲朗辭達，可謂市川氏有子，成立可想，嗟嘆而歸。寬永元年，中村氏戲場開基續行者，二百餘年，其家相繼，今至十二世云。

葬　禮

二氣蒸蒸，生生之理，萬古不竭。千彙萬品，方死方生，入機出機，爲人爲馬。一閭伍中，左次平爺，巡四國爲猿狙。老聃指此，謂之衆妙之門。孔子由是而出焉，釋迦由是而出焉。柳原夜唱出自是，吉原名妓出自是。大福餅師出焉，煨薯蕷出焉。一莖百金萬年青_{世人近來愛萬年青}，西鐵一束小松茸，並由此出，而爲千千萬萬色。則不如今生封侯前生何所馬骨。安如今日靜軒居士，後來不何邦而爲太平豐富皇帝。然馬骨之與封侯有辨焉。辨豈無因呼哉？嗚呼，普天下惡書生，彊爲善而已。出于爾者反于爾。勿道，魂魄歸天地而已。積善之家有餘慶，聖人言焉。東鄰喪親，西舍舉子，呱呱哭哭，南北互和。小塚原火人場，常不絕煙。回

---

① 原字磨滅，據早稻田藏另一本補。

向院投葬壙，骸骨積薪。八方郭門，日出幾百葬。然而今之繁昌戶數歲增，則可知生息倍死，穩婆繁昌可從知也。

　　士大夫葬儀，國有例典，家有所受，非作者所得而知也。庶人遇到喪，懸簾旌凶，伍家匋匋，弔客便往。踰日而葬，殯祖無就遠之漸，棺槨從家之貧富。喪主以下，總麻大功之親，儀服帶孝，剪紙束髻。豈括髮遺法乎？編笠在首，豈免經遺樣乎？燈篝揭畫，蓋照幽路之意也。知生者知死者，畢會于葬。其旦幹人先走寺，張懸紙于門，書曰“某街某氏功德院”也^{和尚喜可知}。乞兒輩，迎僧往。既而強飯數桶，連土瓶、茶碗，車載輪來，幹人此為期，上本堂位置靈具，書記執筆對簿。早有送客先靈柩至。或徑通名去，或有一人而數名者。既而柩往，舁之上堂，置于兩楹間。主人就東階，客就西階，挾楹而坐。楹內兩邊，傭僧羅列，鳴鐃誦經。和尚聲咳，徐徐出來。從容向柩，舉拂而謂曰：“夫惟本是何所馬骨。今逝復向何天，將巡四國為猿狙耶？將浮江河為蛇鱔耶？鱔乎我能噉若。”和尚元不嫌羶，拂一拂曰：“去來何所在，煨薯一竈煙。喝。”賓主以次拈香，事畢矣，延客側室，主人稽顙而拜，獻茶供飯，一詩混雜，梵娘幹事，賓皆袖飯而出，舉投之乞兒。

　　昔者齊之繁昌，有墦間肉以養一妻妾者，予謂千古一人而已矣，何意今世亦有其人。聞是日也，參幹人中，左接右應，駿走執事，便目所注手所觸，強飯茶碗，連土瓶抱之，遂逃於混雜中。然道路之言，安知其果然否？亦弟足以推此都繁雜耳。不義之祿，墦肉也。爾不義之錢，強飯也。墦肉之生，不如死也，強飯之生不如葬也。詩云：“人而無禮，胡不遄死。”鱔則無禮而可，猿則無義而可。乃至於不知仁義而謂儒也，則不可矣。藉虎威即狐爾，非人也矣。設狸術即狸爾，非儒也矣。與狐狸而生，無寧為鱔而悅和尚之口乎？山鯨煨薯悅口者猶有數。世或有欲儒葬者，曰：“願死不受佛氏引導。”思其人生果有儒行乎？生無儒行，死用儒葬，不亦戾乎？以亦投於投壙之費少事約而可也。且夫今佛氏不佛氏，識淨土者蓋少矣。居士夫惟真如月明和尚之德不明，受之同於不受，又何難哉？且人為墦肉、牆飯之生，雖受明僧之引，豈得到西方乎？

　　去歲者，秀佳、路考二優，同時駢死，泣天哭地，兒女為毀，僉言：“如可贖，百其身。”及葬，四方來觀。棺槨之美，衣衾之麗，弔者大驚。蓋有力者為之資也。居士聞之仰天大息，何也？曰：“前者吾友齋藤氏陶皋先生死，家無餘財，不能舉屍。桐棺三寸，纔獲之於貧弟子貧朋友之手。嗚呼，哀哉。”先生名誠，字子明，賦性孝友，意氣爽邁，交友先施，以厚接人。青天白日，毫無虛設，甚有古豪傑風。然以無狐威狸術故，不獲有力之助，一生貧困，飲志而卒。
惜矣哉，橘園先生祭文略曰："君之在世，知雄守雌，毀譽不苟。言孫行危，恂
恂翼翼。闕鮑居芝，誨人不倦，訓導無私。貨色弗顧，權勢弗覥，獨所樂者，吟
哦壺巵，釀必佳句。穎脫嶷嶷，盡情極致，可以解頤。曾不存稿，無意後貽。零
紙千庁，雲飛風吹，欲輯成編，亡羊問誰？"予每遇先生，輒相共嘆之。而先生
嘗謂予曰："人之於世，生死並，不可不借有力之資也。泗上之葬，蓋亦依彼有
力之子貢。不然也，何諸子揖去。且梁山將崩，曰：'賜爾來何遲。'此亦一
證。"居士拍手曰："心喪亦子貢之斷，其主喪也必矣，且肥馬之子爲志，此亦
有力，因思使子路在，必慍。然非典敝縕袍力之可能也，則想應與原憲皆逡巡，
有愧於子貢。"先生笑曰："想然矣，夫聖人猶依有力之助，然則欲不依有力而
立名，欲不入官儒門而干禄，難矣哉。"

夫子曰："與其易，寧戚。"然孟軻氏云："君子不以天下儉其親。"遂使天
下後世盡失之於易，何言之過，哀戚不至，衾美耀人，不亦乖乎？得爲而爲，可
也。何也？人之資不得之爲，不愚則狂。聞近者都人爲其所愛優，贔屭相競，數
百一連，結社釀錢捐此，助其聲勢。俗謂社曰連。何連誰連，各建其號。乃至貧
不能一時辨金者，壁間懸筒，每日課盛若干錢。抑何功德？與神梁佛塔課造營
錢其相類焉。因聞連愚相約，刻日買越後舖絹帛。揚言今日爲優某買，多錢善
買，以多爲勝。一日者，愚輩將歸，天已黑矣，驟見數夥輩來，不通名字，拋提
燈數百而去。訊之，則亦出於爲優某，愛其所愛之爲，奇哉事也。嗚呼，此土而
有此愚，此愚而爲此奇，此愚之多此事之奇，此都繁昌，可以知焉。

神　明

神明亦南郭一繁昌社也，一坐虛場，數棚觀物，楊弓肆，冶郎院，連演史落
語所，縱橫園社。一夥士人一夥僧侶，林箭雨發，拙手爭巧，發彼有的，以祈爾
爵。蓋以酒賭也。其客右手不如娣左手之巧，只見纖手挽起，紅袖觀音，一臂嫦
娥，代夫拈弓，摘箭看括，于鼻以發，香頓又添着一捻臙痕。來弦盈羽飛，正是
秋月行天，流星落地。絲絲林林。鏑去羽沓，百發百中，舍矢如破。早已安排一桌
酒餚來，勝飲不勝，射法古例，娣舉觶付客，且謂曰："謝！縱觀唐人^{都俗呼異邦人}_{總稱唐人}全

主等蔭，幸幸，今且説唐人爲下物，使婢側而聽之。"僧揖讓，謂士曰^{不失}①：
"如天笠，吾能談之，琉球非吾領分，請君略説。"士點頭説出，曰："聞日本之
南，一千數百里，而有鳥焉。東西數十里，南北數百里，幅員纔比我蜻蜓眼，雖
大猶小。以其形似虬龍浮流，故謂之琉球。或曰瑠求，又曰流求。記録所載，尚
有數字，後更琉球。關闢之主稱天孫，或言我天孫某尊之子也。"娣容嘴角曰：
"如然唐人亦吾亲族，胡不剪髮剃髯。"顧謂僧曰："主頂如分，他頭髮半，彼此
穩當。且使主披半掛，想風度如何哉？"僧哂曰："休朝。"士引滿一酌復説曰：
"我保元之亂，源爲朝人海至彼大威服其國民，娶按司某妹，生舜天者。" 娣
曰："主長大有力，可謂今爲朝，獨奈射拙。"士曰："叱，密焉。舜天長爲按
司，適其國亂。而舜天雄偉有略，平定四方，遂立爲王。後又大亂，國分爲三，
鼎足有年。復合爲一。"娣抌且揉，喜曰："今日之占不三則一。"僧笑曰："此
則異彼，百發百中，雛娘可得焉乎。"

　　小厮抽矢盛筒，持筒審固，覷得親切，一氣吹送，識的有響。鯨鐘墜鬼，怪
雲走雷，金時面前，魅童送茶。賴光頭上，蜘蛛撒絲。戲具百色，應響轉機。奇
奇怪怪，現異呈變，甚有古色。蓋前人所悦，此所以②外，今不復多觀焉。昔
者，武王克商，散軍郊射，而貫革之射息；周末之亂，貫革復尚。孔子嘆之曰：
"射不主皮。" 於戲，方今太平之久，士人肄貫革，餘暇，得遊這戲射場內，豈
不昌平之澤乎？

　　一席高宴，酒酣人顛。三線、鼓笛，並手在列，婆娑長袖，煽拂紅燭，翩躚
輕裾，捲起香塵。左麀有盼，東走西旋。商笛急響，綵扇飄空。羽弦徐按，細腰
倒地，十六天魔，歌舞菩薩，廻翔機態。舞蹈獻趣，禽戲蝶驚。一人拊掌，一人
鼓盆，二人戰指，在傍絕叫。

　　夜已闌矣，翠帳深下，錦衾一暖，酒滄香爐，微音愴哀。歌曰："熌火愈熾
影愈昏，始覺煙波湧月痕。自哀鵜舟火已暗，胸中暗夜迷乾坤。離別誰知多少
恨，一夜江頭欲斷魂。"歌畢，一酌仰盃澆送愁腸，攔淚謂郎曰："一旦盟寒，不
得嗣爲兄妹，如之何哉？僕將遠歸，鯉書雁信，莫惜數字，假令舊府有倒硝子之
女，弓矢八幡，^{邦俗}_{誓言}不易弟色，明年瓜時，僕復果來。裝布帛乎？齋楮墨乎？煙
草也，茶也，國產色色，從弟所欲"。聲濁舌煩，郎甚不欲聽，肚裏冷笑謂："朝

----

① 多一"曰"字。
② 批校作"之"。

不待夕，那用來年，且除黃金外，又何欲之。”乃口應之，而耳則屬鄰。隔壁有人欷歔泣訴曰：“弟原生上國，幼父母見背，家財盡落叔父手。叔無賴，飲博爲生，無幾財索，鬻弟此境。弟甫八歲，他人言天，哀如何哉？十一始畫眉，不嫺之歌舞，朝晚遇督責，不欲之紅袖，每夕侍床蓐。覿閱既多，受侮不少。十三轉賣，遠至此都。世態未解，人情未嘗，嬌養不慣，待客失愛。主家轉怒，刀針見血，倒懸梁上。被楚尻頭^{喜茲在茲}，苦痛如何哉，真地獄呵責。客多閻王，罕見地藏。一夕數客，莫見匪牛頭，莫逢匪馬頭^{馬頭苦痛、孰與梁上苦楚}。肺肝灑淚，眉額上笑意思如何哉。幾度環帶，欲死未能。靜言思之，悟亦前因所有，青春易老，桃李將謝，問花之客足跡漸少，何緣何幸。今者偶受君數夕恩，弟百年又誰之依。大慈心非君濟度，焉得出離此穢土。願早早果約籠鳥一且翔空。山中三間，栖雲眠石，弟能甘心。將欲着在君傍，拈香取汲，一修雙親追福，一営身後樂地。木魚樂聽，蔬筍何厭，同刹偕老，幾度了個浮世。”密語斷續，一言低一言，時淒風颯至，珠簾捲雨。增上寺鐘，一聲撞落枕邊來。

有一郎少帶英雄氣，上廁摸尻，覺肉甚減^{臀無膚}，竊嘆曰：“昔在玄德見髀肉生，不覺流淚。吾則與此異焉，亦丈夫也。然學女樣，豈期操戈手。却照鏡鸞，紅袖包羞，粉黛炫媚，子南夫也。我甚愧世間有氣女娘，以剛居柔，夫子凶也。喪其資斧，臀困株木^{臀無膚}。古人不言乎，寧爲雞口無爲牛後^{廿歲以上宜爲牛後}。可嘆也哉。彼梅兒者，亦上國貴公子。遇家傾覆，身容賊手，拉來江戶，將貨之，然不肯，卒遇杖殺。世迄今悲之，然徒悲其死耳，兒如不死，將亦爲我今日。汗辱從人，生不如死。吾常恨不早爲兒之死也。顧普世間男而不女者有幾多，士也儒也，亦從人蘇、張爾。享物謁薦，書畫乞會。屈頭屈腰，孰若屈尻。學問換餌、斗升釣祿，外賄內謁，只恐其後。諸侯聘儒乎，儒聘諸侯也。前夕偶聞一藩客説曰：‘吾藩一星落，便衆星拱之，旋繞注光。西柄之揭，錐未上，不知五百石之牌墜何人之手。’想其眼張胸悸何如哉。古人泣髀肥，今人泣腹飢，男兒窮斯可死矣。無義之仕，君子不爲，曷其奈何然也。女不爽士貳其行。我尻方彼志，未可必爲賤劣也。”履聲在外，郎急自內咳。

篦頭鋪

史進，青龍九紋翻風，忠常，紅炬把揮日。布帷紙障，綵畫爛發，各作記識，以爲招牌。戶內一邊，具沐盤水甕等物。一邊安胡床以待來客。舖主曰親方，助業者曰剃出剃舖二之三之。中央安置一個剃櫛具匣，二人夾匣而立焉。其人多蓬髮刺髭，居其職然不修其身。與諺所謂儒者不修身，醫者不養生一同軌轍。初下篦必自左鬢，先略櫛亂髮，而始行剃刀，有從頂者，有從腮者。客聽剃出之命，頂腮全剃，遂把密篦極力剔垢。索以絞上餘泥，更爪髮根，數搔取癢，客叫快。遂向頂上潑水少許，捏巾拒之。客又叫快，乃令客更自澡。髮間爽涼，清剃生光。初櫛至此，剃出主之。客遂以頭託親方手，親方更操刀虛剃，撫以示丁寧。始施香膏密篦復篦。又用疏篦總會衆髮，括以假綸，又膏又櫛。終用掠頭，緊括作鬐，向前屈之，還挽寸許，出之於後，謂之麻結。麻結有數種，曰銀杏，曰子麻結，曰丸麻結，曰知餘倖麻結，曰本田，曰他發年，曰比加越，曰苦追志。二十八錢從客好。雖貴客加以四錢而已，無如混堂收五葤錢外，菖蒲忍冬桃湯等。別爲貪錢工風者，獨年頭剃，客皆投賀錢，謂之初剃。自雖貧者，投一二緡居士頭在列一二緡，至豪客擲數銀。劇舖銀錢，積等親方之身，從好件件麻結。並係庶人髮至士大夫，咸多髮大束。世目之曰"糞船束藁"，乃有黔首而多髮者，人戲呼爲春畫世子。大束則家有其人，非此舖所與也。聞篦舖今在額內者，九百六十四戶，中分社四十八，額外者無慮餘二千，則通內外，其數凡三千戶。舖以業繁，殿最爲差，其值率自二三百金，階上一千金云。且每舖別遣一二人，追戶售業，謂之循篦。乃與儒者往教，異經而同旨，同旨而異功。一本剃刀，一把密篦，剔垢生光，能新人頭髮，非如一部《大學》，一本《中庸》，不能以教人誠明率性，滌其舊污者也。詰旦開戶，例至戌夜，千鬐萬髮，頭頭爭次，親方腰折，剃出腕脫，已牌前後，履跡殊繁。有仰而欠伸者，有俯而坐睡者、背人讀錦字者、鑷髭照艷鏡者、磨齒者、食煙者、圍棊者、讀書者俗三国太閣記等書。七頭八鬐，以次俟，而劇談紛出，猥雜亦極。冶郎談情，細寫娼院之夕。耆叟舞口，大誇戲場之古。側近老婆之美醜，品題無遺焉。遠方賣藥之功能，不嘗而可辨。猛論相撲之勝負，優評演戲巧拙，某所孿生乳兒，某家情死男女，飛語相報，異事上變，速於置郵之命。談入理，則及儒、及佛、及神道與心學，不二講神道別派似而非者。可謂一場談叢矣。

　　頑然一叟，華髮屑髭，赤頭放光。所謂闇夜無燭可行者，五十年前之通人，自身番內之學士，博識自許，口給禦人。一客叩問叟曰："叟常時所說，如祭時麴街糊象乎大，復晚中洲納涼繁昌。秀鶴、天公並人優妙伎絕藝，想然矣。但至極繁華之今日，儒隨威，仏隨盛者，蓋前日所無，叟以爲如何？叟未覽儒人編號乎？儼然大先生無慮數百，門塾之大，生徒之繁，藏書之富，肩服之美，善盡矣，美盡矣。叟未讀先生某等所著中庸何本，大學何本乎？文集未觀乎？詩篇未看乎？考證剔垢（一把審篦），穿鑿磨光（一本剃刀），升庵、西河，讓步却退，甌北、竹垞，唧指怩怩。文則春秋謹嚴，左氏浮誇，泝秦跨漢，直平吞八大家，含杜咀李，咳唾化爲珠璣。獨恨腸之錦繡，不能鬻市取利。詞之金玉，不得貸人占息。”言未既，叟仰壁大笑，局局然者久之，抛鑷撫腮，把那赤頭掉一掉，曰：“否否何給，今乃君臣之懿，文物禮制之盛，以是言之。所謂儒盛者固是也。子則似以儒人言。以此言之，豈得謂盛。夫儒也者何，脩人道而已矣，其教不出於民生日用彝倫之外。《傳》曰‘仁人也’，又曰‘仁人心也’。心之靈妙謂之明德，性之不偏謂之中，曰善曰至善。許多説話，要歸於欲教人爲人而已，便以斯文能濡其身者，謂之儒。異哉！　今稱儒者，口掉虛舌，身無實行，言不顧行，行不顧言，矻矻窮年，徒極鑿説（惡智爲其鑿也）。大言壯語，纔駭愚人。予以道爲盛，而子以人爲盛，人豈得謂盛乎哉？但其人多矣，富矣（逃儒可），善讀字矣，善講書矣（足糊口），蓋此而已。觀彼輩所著述者，例皆明德新民，章句異同之論，不足讀也（大言駭愚）。夫學庸之爲道也，在明吾明德與致吾中和。而既已明之，又欲使天下之人亦明之。正心誠意者明之之功夫。既已致之，其效使天地自位，使萬物自育，致之之功夫，始於慎獨。孰言‘此是王公之事’。士人之家與天子之天下同，無籍兒之躬，何異乎士大夫之家。設使此兒明其德，致其和，果知其體中天下，胸中天地，平而且位焉？今儒人一有能使明之而平，致之而位者否。世儒概到此地，不去理會（大言），之其所貨殖而辟焉（貨財殖焉寶藏與焉），之其所好色而辟焉（大聲與色），辟於名聞（庶幾永以終譽），辟於穿鑿（無微不信），辟於飲食（食而不知其味），辟於詩文（文理密察足以有別），只言有財此有用。楚國無以爲寶，唯錢以爲寶（俗學開口吐此別字）。予嘗謂明德中和，固非世儒所曉得而能得也，庶幾教彼輩纔省察自欺慎獨之語耳。此亦足矣，此亦足矣（大言）。夫天人合一，天地與我呼吸。一念微動，即通天感人，則自欺欺天也。不慎獨者不慎天也。矜色張臂，大言鼓舌，隱所之欲，私心之愧，君子視之。如見肺肝。天神臨之，在其左右，豈可不畏而慎焉乎？其於《論》《孟》，最極穿鑿。”忽聞駒屜聲玎玎，看時乳婆惶急懷剃刀來請，曰：“每每煩擾，願硎一硎。”親方聦曰：“乳娘吾瞥見得矣。昨日昏黑，在橫坊角，離立密語，不知談何等事，其人誰也。”婆微笑不應而去。

叟攬清泗曰：“其於《論》《孟》，最極穿鑿，徒誇該博，曰某説若是，曰某解如此，非甲是乙，臆斷折之。猶如骨董店上排百貨品物，菜蔬肆頭陳八百果蓏，闕如存疑，聖人善之，所謂博文這，非穿鑿之謂也。大人能格君心非。今世儒服者，果有能格之之數人歟？寡人有疾，曰好色^{宜服女悦丸}，曰好貨^{宜服萬金丹}。謹對曰：‘大王爲之，公劉亦然。此些疾病何害於事。’曰：‘年飢用不足如之何？’曰：‘此謀非吾所能及也。無已則有焉。賦斯民^{賜爵一級}，貸斯商^{假官數等}與商謀之，而商不辭則是可爲也。’弟子曰：‘願聞先生之志。’曰：‘妾者安之，諸侯信之，富商懷之，田舍里長必有學問如吾者焉，不如吾好穿鑿也。’克明俊德，允執其中，是書教之大目，審是等語而已。古今論篇，真贗辨序，書生常談，無用今日。樂而不淫，哀而不傷，開卷説中，思無邪而德明矣。可怨而怨時中也。子夏所謂禮後乎，子貢所謂切磋琢磨，是古人解詩本領，區區何論字句間。一陰一陽之謂道，可潛而潛，可躍而躍，以陰陽消息觀人事進退，要欲教人元亨如天爾。人如天而人始得爲人也。識卑者泥象數，見高者陷神理，漉魚用筌，象數可取，無益於進退。神陰人陽，雜二而一，陷則泥，泥則偏，或至無用於人事。亂臣懼，賊子懲，春秋趣意，説此而足。禮或成漢人手，前聖遺文，蓋亦居多。何如不講，儒人多不講禮，老莊諸子或其言可取，然專之亦非儒人業。如韓非則誤人害事，孰言人君必讀之書，弗思之甚也。廣知見於古今興廢，勵精神于忠孝事蹟，史不可不讀也。而今人讀之概皆不過細憶其事蹟，向人談之，示自己彊志。此而專之，非學問之道也。況乎輓近穿鑿之書。爲永晝一册，驅睡之具耳。獲此珍之，先生或惡睡乎。蓋不欲夢見周公也。師已惡之，弟子如何不然。十三之經，未解其一，徑走後人鑿書。繩頸錐股，終夜不寐，以困無益，不如睡矣。其僅知讀字作文，不知世有人，自謂英雄^{善欺人}，豪傑，我才足以名天下，自高踰度，自重過分。斯子多是村兒，不里正之子，則土豪之弟。不然也亡命浪人，不然也庸醫子姓。初識大成論句讀，謂醫賤業也，賤者，自士大夫之貴而言之。不知今儒業賤更賤。醫者，人間司命，其有用于世，天下莫急焉。然不善之變，自以爲是，擲匕斡藥研，使三世傳來藥籠卒曝骨董舖，痛夫揮扇子謳高砂^{曲名}，浪士本色。售儒敗俗，不如售謳之善。棄邦之本之農，不作田而作詩。賣牛買刀，脱鞋贖袴，頑然一書生^{未及先生儼然}，似士不士，爲商非商，醫風凜凜，農氣如生，多是類寺院士輩^{比貢金國主準士流者較勝}。其心以爲天下莫貴儒焉。偃蹇睨世，倨傲陵人，蔑視王侯，非毀神佛甚至議國家事。退而省其私，冶遊放肆，轟飲發狂。一斗倒壺，非讀漢書。鴻門之會，劍舞驚鄰。其及窮乏，典聖經無忌憚。就人借金，假而不反。曰：'四海兄弟，督債何急。請俟得志，他日大報^{入官儒門，出身得}^{志，禄不過數百石。}'窮迫已極，遇邅☰☷之旅☵☶蓬飛萍轉，流惡四方，書生道義之尊，變爲蠹世敗俗之物，豈可不謂大哀也哉。"叟言畢大息。^{賈生傳來大息，}^{繼世不絕。}

客又問曰："今儒既得聞命，古人何如？"曰："見道者亦罕矣^{大言}，以予所聞藤樹先生、伊藤氏諸先，數人而已。但聞藤樹學依王氏，見何卑也。學堯舜須依孔子，學孔子須依子思，惜矣哉^{大言}。其他如徠翁徒，學則富矣，博矣，未知心術何如。及至近時，豪邁磊落，放縱輕薄之徒，駢轡嗣出，儒人墜地^{弟子病}^{不能起}，不幸其能讀字，世轍錯呼爲儒，儒風之惡，頹靡爰極。天運循環，墜風將揚，然宿儒先輩，毫無氣力^{天下無}^{無剛力}。識卑則外莊內柔，固不足言；識崇云者，身無檢束，事多脫略，飲酒罵人，忘世愛林。要亦非真高也，彼宜封'要錢太守'，此當任'完體將軍'，假面弔喪，債手屠豬，其餘皆是飯囊肉袋^{大言}。噫，世無真儒也久矣。佛士亦然。教者溺論，禪者墜空，一心三觀觀不得，九年默照不放光。瞽索大日彌陀於淨土，秘密祈禱唯福其身。念佛題目，縱令有成佛之理，平生諸惡，奈恒沙之多，持戒不茶，點心一番。或盡三日之食，一粒米如須彌。律家之腹亦大矣哉！ 嗟夫三界萬靈，一切衆生，將欲濟之度之以教到于那寂光土。是釋尊大慈悲心，苦行捨身，博施濟衆^{堯舜}^{所病}。子孫何物，殺身成仁^{孔子}^{所欲}。今僧孰能此心爲心。飽食暖衣，遊手居世，弗復如彼厥，鎧二渡舟子，苦辛操棹，日濟千百人，若有功德之在。紫衣珠拂，美則美矣；記念圓頂，僧則僧也。半畝閑田與俗訟，百八煩惱與魔競。夫不立文字者，達摩別傳，諸宗僧侶，今亦奉教外之教。一尺之書，或不能讀，纔以臆誦先師口授經文，塞爲僧之責^{小僧鳴木魚}^{而攻之可也。}《論語》之論字亦不識，曰：'儒者我道之一教，何讀其書。'未嘗躬在於君臣之懿，刑政之美。儒道盛世中，而浴於德之可仰焉。不養妻食肉者，纔其道之制，非仏之妙所也。守之爲僧，僧亦易易也哉。熊沢氏有言曰：'皇國可稱神書者，三種神器是而已。三種者，即知、仁、勇，乃釋之莫如《中庸》者。'善哉言乎，神之爲神，豈異神乎？釋氏見之謂之佛，神家見之謂之神，儒者見之而謂聖謂神。佛亦在天地間，神亦在天地間，而弗得出於一陰一陽闔闢呼吸外，便是一切衆生具仏性，而天下生靈備神理，神豈遠乎，仏豈遠乎？誠之不至，德之不明，卒終於遠也已。儒人釋氏無誠不明，是心學不二講之所以行也。國學者流，亦爾爾。考證穿鑿，窮力訓詁，神理則置諸度外。善歌者不復見感天泣鬼之誠，但取風月之興，與今詩人相似。近日詩風萎苶，纖弱輕薄，讀之嘔吐，詩志也，詩人胡不作吾詩。曰唐曰宋，見既卑矣^{叟未喫詩味}，便與徘歌者流，亦不甚異焉。世有徘人者，以國字屬聯句，瑣瑣小伎，以爲獲玄珠。自滿自賢^{所謂天狗者}，井蛙未窺海若之家，其心以爲治天下具之想。宜哉！　其滿。本係無才無識不能讀字輩，妄意援筆雌黃。初學之句，原無着落，究竟可解不可解物。宜矣，個不可解人，惡能爲可解辭。如以不可解爲可解，天下何物無不可解。夫徘句者，流自連歌，而連歌原出於詩之聯句，舐痔得車，事愈下得愈多。宗匠門戶，比學士高數等，予每爲貧書生言之浩嘆。聞前者愚輩相議爲芭蕉建祠，疏之于官，官令曰：‘無功德於民者，何用奉祀。’愚輩閉口而退，然其盛行于世也，士亦爲之，大夫亦爲之，而或聞有侯而亦學焉。豈不哀哉？吐不可解之言，受不可解之教，如得圈點○亦爲得鬼首之思，要被他愚弄耳。然猶如古徘人之句，較愈今詩人之不可解。不可解人多好茶事，此亦畢竟不可解物。”客曰：“茶始何時，叟能識否？”曰：“奈何不記。”談入港。會有一丁男携落語標紙至，揖親方，直向壁間黏着紙去，客皆注目言：“如可樂扇橋等，彼亦明大人，真落語家渠魁。”衆舌聒雜，翁色甚不悦，數捻食炯，且候定。

風波稍定，翁慌忙説出曰：“《類聚國史》云：‘弘仁六年，令畿内及近江丹波播磨諸州植茶’，蓋此爲始。爾後中絶，至建久中，釋榮西自宋歸齎茶來，種之于筑州振背山。嗣種于栂尾，種于宇治。應安中，鹿苑相國嗜茶，世於是乎咸尚之。而東山相公令茶人珠光者，講定茶儀。及豐臣氏，千宗易更修飾之。爾時賢將英帥，亦咸爲之。然丈室屏人，限客以數。蓋亦託以爲調密策之地，非真嗜樂之也。玩物失志，甚哉，嗜之溺者。或至以身欲①換一器，此徒往往身死絶後。爾來世好之者皆溺焉。善乎村瀬氏言：‘膏粱之子，籍以掩其拙。千金買一盒，百金贖一甌，互相炫誇，其於品水揀芽則蔑如也。古人閒以茶，今人以器。’真然矣。今且以今所觀而言之，前人閒器今人閒利，今稱茶人者，多類骨董家。且閒以滋味，飲食之徒，君子鄙之。哀斯茗愚，以器誇人，以鄙爲韵。”親方促曰：“叟臨次快濡髭。”曰：“談熟矣，請從大夫之後。”親方曰：“非敢後，馬不進也^{呼叟爲馬，妙妙，罵人之報應，昭昭立至}。”叟曰：“親字不可使坐隅，何日而學耶？”曰：

---

① 原作“不”，據批校改。

"不曾。"曰："雖曰未學，吾必謂之學。"

親方曰："去歲偶見《繁昌記》者，作者曰靜軒信士，彼何如人？書是甚書？"叟哂曰："彼哉彼哉，非信士也，居士耳，猶謂處士。非仏[1]家居士也。彼則編號紙尾所謂此外相撲多有之之人，那足掛牙。且彼所撰事極猥雜，文極輕薄。是稗官者流之言。如此也鄉黨自好者不爲。何況儒人，何況君子？非大學何本，中庸何本，經説子史之言，以無用之文，災有用之材，豈止聖人之罪人，今儒人之罪人也。弗知猥雜爲醜，弗知輕薄可恥，方彼荷褌儒者，更卑一等^{丈人}_{悉我}。聞彼某藩浪士，不能筋力之勞以賣大福餅，無口可糊，故乃售似儒之業^{似而}_{非者}。儒中南郭，其實不能善讀字也。況乎考證穿鑿，要亦不可解人。嗚呼噫嘻，顧豈止彼。儒如彼矣，亦不可解，仏如彼矣，亦不可解。真難解真難解，天地雖闊，何無一人可解也？"猛看一小廝走來呼叟曰："家爺剃未乎？晝膳將乾，速歸。"叟顧曰："歸去來兮，晝膳將乾。"起向親方曰："一餐來，勿退次。"親方隨目之曰："叟嘗爲不可解談。"

墨水櫻花

江流一碧，自西北來，截界總武，直走于海，富士拔雪于坤，筑波插玉于艮。千里隔空，雪玉遙遙相照。是此間大觀也。一船載酒，宜乎觀月納涼固也，宜于雪則平疇疎林，宜于霜則渚葦岸楓。寺宇叢祠，宜于落葉之時，風帆往來，漁舟出沒，宜于斜陽于曉靄。綾瀬幽邃，有宜聽蟲之名，此江都第一勝地。四時異景，早晚改觀。雨之淡粧，晴之濃抹，其奇其妙，非吾拙筆墨可得而狀也。《伊勢物語》云："立江上而顧望，則只覺來路之遠。篙師促：'日且暮。'便上舟，沒水靄。莫弗人動悲意。会見水鳥浴流，觜頭并紅，問之曰'都鳥'是也。"悲意二字，索莫可想。曠原爲都之後，築堤植櫻，漸爲繁華。今則罩上野駕飛鳥^山_名，如御殿山，遙置諸下流。花時雜踏，亦復爲江都第一。若夫白小已孕，新梅莊梅掃迹，春風暢和，薫暖困人，數里長堤，櫻花彌望，淡淡濃濃，雲暗雪凝。偶顧西南，則或訝風伯好事，吹富岳千片雪落來。東橋至木母寺之間，遊人如織，只見筆跡師匠率群弟子，童男童女一連數百，徐福求仙藥于東海。人間復見鬼子母神，一人擊柝，爰以啓行。行粧一色，皆戴剪花，誠齋有句：

---

[1] 即"佛"。

“一人人插一枝花”。豈爲七百年前預寫此間風光乎？兒女欣喜，戲嬉忘飢，紛紛與落花齊飛，躚躚與蝴蝶共一樣。又見宮女結伴，翠袖披霞，宮環簇雲，靚粧麗服，競冶閒妍，各自窃比於我中老尾上^{某侯女官，見
院本鏡山}。觀花間肚裏暗祈撞着三升樣男兒^{優人團十
郎號三升}。又有擬大石義雄藩士輩，步步跟蹌，扶醉於聲妓之肩，楚聲而歌曰：“櫻兮櫻兮見詠歌，亂兮亂兮髮亂如麻。”古色儒人，腰佩瓢酒，冠者之背，行廚任重。童子六七，行詠先生惡詩。今樣僧流，身穿兩衣^{晴天雨衣
台家通名}，袈裟褚齋變童之手。上人頭上，飛花徒黏。野合娘從金夫之遊，田舍爺孃爲馬喰坊人導。一日遨遊蓋延百年性命，子母錢商亦不得不爲珠盤外之遊。驟見人群狼狽，兒女滾倒，一道黄塵，眯人眯花。鞭揚珊瑚，馬噴珠玉，馬乘袴跨人，燕尾披飄空，則何藩殺風土輩，狂奔躍馬也。禮云：“入國不馳”。又云“塵不出軌”。非走火也，非報急也，然使人觀花於鞍馬間，使花没乎黄塵裏，甚哉無情，花其謂之何？併藩士爛醉，先生惡詩，花兒鉉歌，并此間殺風景也，花兒隊隊，循行茶棚，强鶯鉉歌，隨遣隨來，如掃落葉。圍花繞花，茶竈歲增。鹽櫻花湯妙解餘酲，新制櫻餅壓倒炙團粉古風味。古人亦言團子貴於花，況肉乎？況酒乎？飢與無錢，花亦懶觀，是屠沽所以日益繁昌。滌鯉玉鱠，一日傾萬盂盤，墨水^{酒
名}清醪，一刻倒千樽罍。觀花料錢，百萬擲於此焉。居士嘗謂：“使花有知，一客數錢，必檄^①之税。”青年妙齡，既醉以酒，將更飽花於北里之月，貴神速也。不算橋場，渡錢二文^{花時增
五六文}，四十八錢，故買渡艇，神逝骨顫。促篙師云：“日且暮。”一葉快刀，向渠爭先，莫人弗動喜意。喜意二字，繁華可想。嗟夫，使中將遊乎今繁昌地，何如悲意來，何覺來路之遠。

　　友人文軒觀花一絶云：“玲瓏世界玉乾坤，千廳銀葩風裏翻。略記去年寒岸上，扁舟醉雪倒芳罇。”阿漕道人有《墨陀八詠》，其《月夜》云：“早起上堤難買醉，晝行多伴攪吟思。不如獨夜江天月，有酒有詩花始奇。”梅庵主人^{木下
氏}《水神森》^{在木母
寺後}一律云：“獨避長堤塵跡喧，社頭藉草坐黄昏。波光遠映垂楊岸，人影遙連古寺門。煙抹紅雲雲十里，風飄白雪雪千村。摸糊春色難描就，欲喚扁舟泝水源。”

　　勝地自古罕佳作矣，所録數詩雖佳作乎，亦焉足妙寫其勝云。世間言之，蓋亦惡詩，自花言之，蓋亦殺景，雖蓋然乎，居士素不解作詩，則果惡果殺，未

---

① 疑爲“繳”之誤。

知其何如。弟欲借此以補予拙筆寫勝而寫不足，粧景而粧不得，吾果惡吾果殺者也。

木母寺有一墳墓，世傳梅若者，以某年三月十五日死于此所，因葬焉。乃是日雨則都俗謂之淚雨。仏①朧道人有詩云："梅子塚前春欲空，落花泥滑一堤風，流鶯尚似傷當日，數轉聲寒淚雨中。"或云梅若者，非公子而世所謂云云者全非。

瀕江多別業，曰何隱居、曰何園莊。鄰園多屠沽，曰何亭、曰何樓。居或名樹，園或名花，香醪以名，奇羹以名。木母寺存梅兒名蹟，三圍祠留其角^{徘歌}名題。長命寺門，始開櫻餅之名，秋葉社庭，占名楓葉之秋。鯉也水晶魚也，皆此江之名物。白髭叢祠，牛頭天殿，並此間名所也。昔者秦始皇好名，自琅琊立石，明得意來。立石記德，和漢一同，世以爲風。一鄙人謂予曰："近年在在，石塔殊多，可供一喙。石生而無疵，斧斤琢之，沙石磨之，穿鑿鐫字，破其天真，勒吾得意，以存名于不朽，顧不亦似世之穿鑿學生耶非歟? 穿鑿自毀，不復似古之學者，琢磨以德，而養其天爵。"居士亦欲二大石記得意，一以建之于富岳頂上，一以投之於東海淵底。無錢未就，可嘆哉。雖然，此石也，此居也，此樓此園是亦繁昌餘波漸此濱耳。

街　輿_{附豬牙船}

前人有句云："前雁高鳴後雁低，高低相喚度長堤。"唯見尻動不見脚動，使人無足而飛行于天街者，街頭肩輿是也。其雄奔羣集中，巧避妙讓，肩以撥群，真上虛邑，縱矢追焱，奔逸絕塵，眾皆仰尻瞪焉。不知都人奔事，何多如此，何急如此。東郭西橋，奔走如烟。南坊北街，經緯如織。士而不馬，借此急脚，上何變事；僧而不錫，買此急尻，參何法會_{買尻僧本分}。橋夫貴駿足也，後夫凶也，以百步笑五十，以軼前輿爲雄。走而褌解則身走手結，雖慣猶妙，或蹴滅趾，躡血雄走，不遑拾爪。其家計程定值，雖此駿足非特貴也。值同尻異，聞今以駿鳴者曰赤岩，曰十字，曰何曰何，駿相乱云。城門店戶，開閉有限，毫厘之差，或致千里之謬。乃兩肩四脚外，更加一肩，更增四脚。數里一瞬，刻期往返。此則與彼大儒肩輿徐而叱叱者異焉。容以快爲妙。且有轎夫擇繁雜康莊呼

_____

① 即"佛"。

叫鬻之，本無定值。如遇野夫，值低約駿，走數百步，腳力漸軟^{中心}，客自中^{有違}促，然腳愈緩，曰：“官欲疾，請益些值。”客曰：“唯。”^{蓋與}腳便健矣。未數十^{之金}步，復緩，又請曰：“諾”^{蓋與}。數步又復請，客不肯矣。夫乃弄之曰：“官富貴何^{之庚}論些錢，走聞^{走字言}君子周窮不繼富，惠之。”客怒曰：“自此下走。”夫不敢許，^{得妙}假怒激爭，往輿不動^{莫往莫來}，客不知所爲，竟廳焉。腳即健極健。詩所謂“其虛^{中心惟悼}其邪，既亟只且”者，轎夫有焉。《記》曰：“元禄年間，官始許民輿行，然其數僅百，自非老夫病客，不許妄載。爾後漸盛，有命停之。夫輩暴失産，途多乞兒，官愍遂復前律。事在享保九年。”天保之今，於斯爲盛。此亦繁昌之一肩。何物與之肩隨，豬牙船是也。

　　無足而行，非輿則舟，然館舫屋船，並水遊之具，行則行非飛也，頡頏齊飛，豬牙是也。飛則飛，然水陸之異，彼安此危，腳亦較讓一步，是以居第二流。豬牙何？蓋以形名之，而其步則兔兒走波也似。右兩國，絕深川，踰淺草，達墨河，泛泛其景，中心漾漾。眉輿則兩尻四腳，豬船則單櫓雙臂。其用半彼其飛輿之上下。如二三之，何必肩隨。因憶所嘗聞，一船兩櫓，往時無禁，乃都人舟行非取急，而故二三之，數櫓偕下，徒閱豪華。院本吉原雀曰：“二挺建，三挺建。”^{都俗數}前日可證。^{櫓以挺}

　　館舫者，本富豪之物，且其用概限炯火納涼之蔀，屋船之用，特居多。于花于雪，于月于蟲，浮於墨河，掉於綾瀬。本所羅漢，亀戸天神，載絲竹以行，若佃島，若木場，或換釣舟之任，納涼煙火，固其職也。若夫納涼烟花之盛，船料踊貴，不啻三倍，茶船任舟，於焉乎出。而充遊船之役，然猶非吾貧諸生所買及，生們陸沉親當西瓜皮矢石間，不能橫槊賦詩也。噫！

　　館屋遊舟之華，茶任漕船之豐，人皆以知都下繁昌，或不知屎舟糞船大且多，而繁昌胎乎屎糞。一日百漕，送之郊野。宜哉，環江都數十里之田，土膩穀膏，宜矣武江水族，肉肥味厚，實係屎汁浴湯餘流所浸。因思人之聲於繁華地方，唯知屎溲爲糞，未知所謂茶蓼朽黍稷茂。腐草以糞田疇，且至寒鄉僻地，浴湯百洗，須垢浮膩流，取以代糞。苦哉稼穡之勞，一滴一粒，民之血汗。夫下農之爲生也，所受田率不過五六反^{①邦俗謂三百}，稻麥外且菽且菜，代稼更穡，寸盡^{步曰一反}

---

①　反，疑即“里”，三百步一里，《春秋谷梁傳·宣公十五年》：“古者，三百步一裡，名曰井田。”

地力，自苦不給，賃人傭馬。不但此而已，土國城漕，加以徭役。噫！以此苦
以此勞，卒歲之收，不過十金。以此養父母，以此衣妻孥，口腹何以得飽，四體
何以得暖。人苟嚼此苦，孰肯忍宴樂取急肩輿豬船，安然上之。無足而飛，無翼
而翔也。雖然繁昌土人亦不無以弗知爲貴之理。若使人人知之，轎夫尻瘦，舟
子腰細，且何以見繁昌。腐儒或不會此味，談古非今，説常苦變。漢上老人，今
尚往往有焉。醫原走病，急於拯人，不得不輿也，儒走説書，抑有何急？予嘗聞
醫者陸，未聞有儒者陸^{業異者名爲陸尺
'陸'陸尺省語}。《禮》云："不聞往教"。爲之本非也^{漢上
老人}，況
更輿以華之。六十杖于鄉，未聞輿于國^{禮不下庶人，
先生何管}。縱有緩急之異，亦不謂不出一
轍途。夫子不徒行，徒大夫之後也。今儒人異此，甲急於取威，乙急於取錢^{孟軻數
乘，流}
^{惡千
載}，儼然每説："農邦之本。"然向此問之，云："我不如老圃^{四躰不勤，
孰爲夫子}。"吁其謂
不如固是矣。但農之爲農，田之爲田，舉以託農可乎？記問穿鑿，以爲諸侯之
師。舒舒叱叱，輿以啓行，豈不聖人之罪人乎？居士竊恐先生子孫，五百歲之久
生無足而乞食于道路。

郭門譏空輿，轎夫苦之，間債行人，載以出入，乃予所往，典鋪小廝，嘗誇
諸予曰："無足而飛，錢之所能。吾儕每每無錢而乘，而無足而飛，是非君等所
得而能也。"予應之曰："無錢而置外府，令君等主其管籥，孰與子所能之難？"
伴頭在傍，曰："是故疾夫佞者。"

三蹊樵夫有詩曰："轎夫生計看可歉，赤脚奔暑還踏寒。一醺先憑麴士力，
那厭磽确行路難。家無一物心無累，無物無我意自安。載得輿中爛醉客，醉客
全忘父兄責。翛翛睡熟夢方濃，睡者不知擔者役。役夫長醒醉客夢，爲憐醉客
擲金帛。轎夫能守寒素節，一褌一笠比狐貉。惟酒忘憂心知足，名利常笑世成
癖。不辭雨雪嘗苦辛，舁去舁來手足龜。前者高呼後者答，半世肩頭送此身。一
雙芒鞋三尺泥，自道齮肩人莫悽。君不見百般塵緒人海巷，蹉跌轗軻優齮臍。"

嘗讀隨園《轎夫》詩，妙寫其樣，今記樵夫一篇，可謂亦能寫矣，因偶得一
詩，自知惡詩殺景，金玉在前，沙石在後，前雁是高，侯雁是低。

曉鴉割愛天將明，柳枝風冷拂霜晴。轎夫不管別離切，雄奔叫得新雁聲。
昨夜蕭郎喜健脚，今朝翻是恨快行。郎心軟弱夫脚健，猋風早已過數程。四肩
却給醫門役，萬病候春八脚忙。扁鵲纔試輿中夢，侯門獲車睡轍驚。一帙方書
兩口劍，青囊紅菓併盈盈。轎夫思昨流落妓，纖手細腰舁得輕。輕重難辭客難
擇，載鬼輿屍走縱橫。儒人難輕却若重，不重不威學不精。先生在輿何所見，不

見忠信唯見名。虛名已高利未實，自覺不如扁鵲榮。一妾安瞻慰老境，万鐘未足飽私情。憶昔青年割愛日，不似白首窮聖經。家姬何如院妓好，吟哦爭似新雁鳴。名利男女百般欲，先生竊有愧轎生。轎夫不解百般欲，胸界之塵一掃清。人間苦樂知多少，半肩輕擔代躬耕。

藥品會

西洋人同^{狀如猿而能察人事}、朝鮮蚺蛇^{長四丈餘廣三尺餘}、漢土玳瑁竹^{班文}、飛州魚尾竹、武州蔓烏頭、蠻産堪達爾汗、金龜^{城州産，色如黃金}、黃貓^{朝鮮産大如犬而毛色如金}其他物品，一時雲集，其數凡七千餘種。乃坐而目之，指而辨之，非這繁昌都內，焉得？非這太平世，焉得？不亦一大奇會哉。要亦係會主厚志於其學之所致。然且不與彼書畫會同其實者，思將欲用此藥彼病，而然歟？何但此而已。七千藥物，如能辨其主治而本草者，則本草，又不與彼橐駝師傅同其樣也。儒病佛病，無不藥焉。會主者誰，吾友春水福井氏。

春水来數曰："名不正則言不順。《初篇》多記名物而訛亦甚多。"予笑曰："吾非本草家，又非橐駝師，訛宜然矣。"會一友人善文者至，亦難予曰："苦矣，子之文之孟浪，字漢而文之不漢。"予又笑曰："倭人爲漢不爲漢者，固其所也。居士者，日本人也，學聖人之道，不學漢人之文，區區曷爲必漢，文爲我文而已，吾決弗能如兄爲真漢文。偶然得意，偶然走筆，我慰吾焉耳。前日一友亦言：'觸一國觸人者，蓋亦不少。'然予豈有意於觸而觸乎？亦偶然耳。我非爲觸而人以爲觸，雖則觸奈觸哉？且思其無所病，焉有所觸？有其所觸必有所病也。古人言，石猶生我，居士謔言，幸得藥其病，雖世有病我言者，我何病乎？"二友笑而去。

堯庭生草，周田長禾，太平之澤，草木繁滋，呈奇狀，拔異樣，世有所從尚矣。 寬政年間，世甚愛百兩金，寸莖千金，不啻百兩金。今日好萬年青，都下皆是也。聞去年紀州人携一異莖來，莖大如薯，上頭半白，初鬻之十金，未數日又轉賣之七十金。既而或乞以百五十金買之，其人不許，獻之於一大諸侯，而得三百金云。思夫自非繁昌間橐駝，與太平世侯，安見彼賣此買之若是乎？可謂個這太平之萬年青矣。

江戶繁昌記二編終

江户繁昌記三編

江户繁昌記　靜軒居士　著

　一天地間，莫事而非命矣，莫物而非命矣。然而命之於人也，有定而不動焉，有動而不定者。動者可以進退也，不動者分毫不可庶幾也。何曰分毫不可庶幾，曰上自天子，下至庶人，生而有有分焉，是定命也。何曰可進退，曰天子達庶人，正其心，誠其意，則國治家齊，不則不能得然矣，是動命也。其然矣，而天子亦人也。庶人亦人也。聖亦人也，我亦人也，然而有貴賤賢愚之分焉。天子既已正其心矣，然而國且遭變；庶人既已誠其意矣，然而身且蒙難，何也? 蓋有所因而然矣，其既爲有所因也，以一生論焉。一生論之而不盡也，數世以論焉。數世而不盡也，則遂推一開闔之世而取命焉。然而陰陽之一開闔，世界之一生滅，遂卒歸乎無始無終也。則因之所因，亦卒歸於不可知而止焉。然則命終不可知耶，蓋聖人而知焉。雖則卒歸於不可知乎，豈以我不可知，而疑聖人知而所爲教者可乎哉，則我之與人，皆當守其定命，而欲動命使之進一新也已哉。頃者，《繁昌記》二編成，易米換錢，又支數月之飢，十日之霖，不至遽病，居士喜而不寐。嗚呼，數月之支，喜而不寐，是貧人處士，一小命分也爾。貧人數月支糧，富人視之何如也。處士一時戲文，大儒視之何如也。雖然命之末如何也，又將營數月之糧，凹硯禿筆，倉卒起草。一夕者擲筆大哭，還拾筆大笑，且笑且哭，終幡然改曰: "不知命，無以爲君子也。" 平生所學其此而已。哭之亦不知命也，笑之亦不知命也。聖人之道，可笑笑之，可哭哭之，則吾哭之不省分也，吾笑之不畏命也，乃守分焉，安命焉。樂天而記。

開　帳

　神雖崇乎，佛雖尊乎，不仰江户賽錢。阿彌陀或欠光神之格不可測，爭舉靈趾，競運妙脚，輻輻湊湊，四遠爰萃，未知神福都人耶，抑人福佛耶? 佛某神某，先開帳者旬日，去處所在，揭榜文，曰: "某地某靈，開帳于某境內，某月至某月。" 已及期。都人歸依，逆靈于郊，旆錦幟綺，並作記識。連老併幼，結行排陣，不知者以爲今日有祭事。汗雨陸續，連袂填途，似蟻群訪糠一般。徙靈之地，新葺假宮，奉安尊龕，莊嚴裝威，佳美炫德。萬點供燭，衆星閃光。千指拈香，濃雲凝祥。幟竿林列，賽錢雨拋，一個賣神酒，一個呼靈符，一個何一個何，皆叫何由此出，何此所有。時時喝道。靈寶在左，左欄曲折，以次陳寶。有人在傍，説其緣故，揚言曰："所奉安置於此"。靈杖者，此是昔殷湯七年之旱，天下井水皆涸，人民苦渴，弘法大師哀之，念咒把之，在在插之，靈哉杖，所刺即抽泉。如一拜之，惡事災難悉除之，大師誓願也。"便使細竿，捲上帷帛，喝道："須近前拜一拜。"其次説起曰："昔在神功皇后，親征三韓，彼告急明，乃大明天子下詔，遣關羽、張飛等，率數万兵來援。后便令武内宿彌迎戰，短兵已接，我軍危敗。后在中軍，急麾以日蓮上人所書七字妙號籏，魔風忽起，神兵降天，敵軍大敗，關、張等纔以身脱。那時靈旗此是也。近前拜之。"次又説靈，次且説妙，三國傳來狐尻之珠，八丈四面狸之睾丸，唾壺出，現蛟龍，箱根關西魍魅，水虎屁，鬼首級，一欄内極天下奇觀。

　帰德依靈，扄晶連中儕輩，皆爭供物，千位萬置，懸彩陳華，亦爲一壯觀。俗謂之奉納物，奉納所外，那邊觀物，這邊幻技，戲場劇棚，鳥喙相撲，酒壚茶竈，魚鱗相連。且有糧餐曲擣者，趁開帳所下店，數人一裝，紅帕抹額，叫聲："糧餐曲擣，高評評評。"一個操杵，一個臼手，一呼一杵，一叫一手。低昂作態，曲節呈響。更杵代臼，輪杵輪臼，環臼追逐，隔臼調謔，我奪實彼擣虛，彼停手我錯度。百杵已熟，雙手抓之顆顆拈珠，直向大盤裏拋焉，正是秋果熟時。風伯摧林，蟄龍衝空，春雹碎天，珠大小，千亦一顆，萬亦一顆。臼盤相距可一丈，然珠落處，千也一的，萬也一正，不看盤外一顆誤迸，真妙擣，真妙手，高評高評。

　南贍部州，大日本國中，神神佛佛，沒大沒小，屈靈來仰，殆無虛月。今算其爲魁者，嵯峨釋迦，成田不動，信州如來，身延上人，此等是也。今春開帳十九所，成田不動亦照舊例，來深川開帳焉。都人賽詣，趁星捲潮，扄晶奉納，賭豪湧山。觀物演戲，亦從競奇。今記其一戲，衆觀可推。

　方數十步間，葺一大榭，四面設戲，梁上當中懸一個綵燈。罩一部鼓吹。鼓鐃動角，擲子響處，只見帳落，現出一宇伏魔殿，山險林猛。白楊扇指示，説道："個這擬水滸傳第一回，洪大尉誤走妖魔摸樣。"那偶大尉應聲睛轉指動，火把一焰，掘開石碣，猛聽刮喇喇一聲，黑氣一道，從宂裏出，挪響機轉，殿宇山巖，望後倒覆。只見野天荒涼，遠林欲昏，一婆坐下羸馬，一漢跟在馬尾，遠遠一個莊院，燈光閃出。白叫："王教頭私走延安府，此處是也^{須近前拜一拜}。"機輪西壁，兩個好漢，忿爭賭鬪，智深舉杖，照頭待打。史進撚刀迎杖，瓦棺廢寺，寫出幽邃。機倒，一面白虎節堂，玉欄椒壁，金碧映射，林沖擎刀立在簷前，白叫木鳴。南面開一個山神廟，四天一白，朔風捲雪，管營已斃，富安待走。林沖拈鎗，搠倒陸虞侯。鼓急笛哤，雪晴廟碎，城郭漸漸湧出於地。慌得觀者，魂飛魄散。那扈三娘雙手揚劍砍除林箭，蛾眉縱翠，長袖飄紅，正是殺氣場中。彩霞落空，三郎羯鼓，牡丹驟開，破次超段，跳出這娘，是技人妙思。既而東帷褪，則所謂一個水鄉，地名梁山泊者，四面高山，三關雄壯。聚義廳上，松江李逵等，俯仰成態，三面通變，山疊焉，水流焉。水近而遠，山小而大，作那方圓八百餘里縮圖，白叫：“先客讓後。”

明王靈佛龕以六月朔鎖焉，聞鎖後特乞拜者，一開獻一兩金，然猶乞者爭之，一開一兩，一兩一開，一兩一兩，兩兩兩兩，開帳窮暑，終無遑閒。信宿中又爲一大開帳。嗚呼，雖出明王靈驗所有，然自非這都，爭得此閉後之開，盛哉開帳。

一友生來，贊予曰：“去年《初篇記》，江都一大患者火也，爾切誠都人慎火。然今春無火，數十年來，所未聞見，抑妙矣。豈得非子神文靈筆須近前拜一拜，誠之之所由然歟？”居士不有，歸之明王，曰：“何也？”曰：“今者，偶憶前番不動來，都下大火，因或言明王背上分火炎。頗壞名聲。乃今春無火，果知明王保名之力，愛民之靈，蓋收其炎。”生笑曰：“善，既已收之，所餘唯熱。宜也，都人趨熱，一兩兩兩宜哉。”

古言蠅附驥尾，千里致行，士依青雲，名聲施世。思今世不唯此而已，神亦然，佛亦然。有客人權現者，附明王尻開帳焉。蓋亦得賽錢云。居士拍手曰：“妙妙其附尻，稍進攀腰，恐被那火燒，危矣。嗟夫，已附尻，焉得生涯爲主，善哉，稱其客人，居士亦駑矣。名利如可求，欲附者久，曷難放屁之患，獨奈天下無驥吁矣。”

祇園會

天神地祇，大小祭祀極繁機豐。其最者，山王、神田二神是也，此爲江都兩大祭事。山王六月，明神九月，間歲行之。物色之美，人心之狂，莫過焉。觀者重舍胼胝，輻自四方，與事少年，神諜氣顛，無論，杖者亦從狂顛。其揚美燿豪，剪錦裂綺，金縷洩泥，綾羅掃塵，爭出工夫，競抽新奇。然猶江戶人曰：

"傖奉祭事與，都人奉祭事也，自非兒女輩，不甚欲觀焉。" 祭事有日，祭服既成，人人廢業，打扮四走，故往氏族之家，遠訪知識之人。錦衣不綢燿諸路人，氣萎脚麻，仆而止。晝錦數日榮華，黃粱一枕睡味，真似夢中事。先祭一日，家施欄，張翠鋪紅，錦障銀屏，以待觀客至。夜分燃紅燭，流綠酒，肴核狼戾，歌吹成海。郭內聲妓，徵聘掃地。羅及東山餘妓。力不足者，皆就所知。請處女善謳者，且傭拙而好謳男兒輩，雜之肆業。長歌《豐後》^{曲名}，喧嘩互發，一中《淨琉璃》^{曲名}，不入時。東鄰河東，不如西鄰《餘志古濃》^{曲名}。都人縱遊，皆以此夕，傍觀佇聞，品竹評絲，遇下俚巴人，調謔攪之。次以惡聲，騷人韵士，別着眼目，指障點屏，細品其畫圖取觀焉。孰思挾一大展覽於此雜叢裏，元信也，學舟也，宋畫明筆，一巡歷認名流百家之墨。

本日昧爽，山車鼓譟，以次挽出，其數山王四十五兩，明神則三十六。友人某神田祭祀歌句云："棚車三十有六輛，車上傀儡造得新。沐猴戴冠楚王剌，野雞棲鼓虞庭晨。獅子奮迅花作錦，海神激怒浪翻銀。皎月秋深武藏野，白鶴春廉鎌倉濱。"山車外別演雜戲，謂之附祭。曰冶臺，曰挽物，曰泥黎，一昇一索，各具鼓吹。句云："又見波臣朝天儀，魚服鱗裳威巍巍。金石鏘鏘幾隊樂，紅綠眩眩數竿旗。八大龍王奉珠玉，垂髮高冠誇淑姿。梨園子弟朱階下，落梅一闋和琴吹。沈香亭上倚欄者，東巷二嬌某氏兒。共舞霓裳羽衣曲，小妹三郎大姊妃。"競抽新奇者是也。

老少殊情，貧富異趣，人間常例也，然使此同之者，或有之。而祭事亦居其一焉。少年狂，杖者從亦狂；貧人顛，富人亦從顛。然少年易狂，杖者猶難，貧人易顛，富人猶難，試錘二難，杖者猶易。富人竟難，不難也則不富，所以難也。乃少年貧者易狂。或至賣子鬻妻，富翁則泰山不動矣。曰："世間貧愚，惡知富人心，謂馬謂牛亦可，勿使一錢費於祭事。"然兒孫欲與事也。使慈母請之，而泰山不動，翁頓聾矣。親戚謁之不聽，伴頭諫之不聽，家人僉諷，兒輩感慂，不聽焉，不聽焉。既而祭事有日，鼓聲殷殷，人氣漸漸譟，錦繡往來，觸眼衡心，泰山不得弗少動矣。自誡曰："勿求氣。"又觸又衡，不得弗復動。猛省曰："勿求心。"秉燭步算，然猶殷殷不絕於耳，錦繡姘姘心目，翁意動難制^{泰山將崩，伴頭來何遲}。埋首多時，忽擲珠盤，投鍵袋而起，遽召伴頭，突然誓曰："所不許者，有如水道^{水道水}。"伴頭錯愕，不知所答。翁曰："祭事爾，先不許者，吾有所思也，今決矣。"使小廝急走大丸^{帛舖}。"吾且思之。"遂起之寢。家人喜可知矣。翁不睡，運思於帷幄中，定事於千載上。自以爲新思妙案^{麴街紙象}^{天公伎藝}，坐待旦命，伴頭錯愕，家人失笑，皆謂："己之愈爲。"老婆諫焉，弗旨。伴頭論焉，弗旨。於是乎家人酣酌潤色之，而事定，書曰："我其發出狂，吾家耄。"翁之謂乎。

祭事常例，家炊赤飯，乃糯米，一時傾萬斯倉。炊煙，一朝熱千斯竈。此猶細事，不足言也。酒滔天，燭焦天。人之狂謀，反覆天地，則一戶數日浮費，可推知矣。且有費中之費，無用之用者，欄于是也。疊樽是也。祭前一日工來施闌，一欄值數銀，且追祭人過，踐跡毀之，奪欄材去，是亦常例。空樽數百，疊積出山。綴以燈篭，以作京觀。是亦古例。其他常例，不遑舉例。

俠 客

拔劍擊柱，兵革餘風，勢然矣。元和一統以後，世尚慣武，士氣慓悍，試劍於人，乃遊俠者流，藉藉駢出于其間，雖不無古人所謂以武犯禁者，然其膽大氣高，輕財賭命，一諾千金，挫強援弱。韋馱天披革半掛，騎着鬼影馬來，肚裏決不少悸。凜凜赫赫，垂名稗史，收跡戰場者，比比有焉。而幡隨氏爲止巨擘。其他滅金喜右衛門，夢市郎兵衛，寺西閑心，鐘彌左衛門等，所爲蓋亦有足多者。丹波大夫操鐵拍節，妓女錦木拋翠被，蹈白刃，當日光景可想可奮矣。居士嘗謂，倡優三升，赭顏突鬢，披素幗，踏長袴，大喝扮武，砍飛數首於一刀揮下，此爲家藝，是蓋古人眼中之觀之存于今者也。前日俠客之盛，兄弟結黨，大小締社，乃作神祇、唐犬、鐵棒、鵜鴿等號，雁陣魚貫，衡行賣俠。因或士人好事，亦往往爲之。轉柳抹花，弄武惹爭。於戲，刑政之嚴，仁德之薰，俠客殄戮，衡行滅跡。清世之今，尚存餘風者，土著丁男是也。恆言："江戶人，江戶人。因飲水道水，膽大矣。"死生之際，頑節難奪，爭鬥中守似義之轍。意豪氣傑，有進無退。古人言："忠義之降，激而爲氣節，氣節之弊，流而爲客氣。"然比彼儒生，其志嘐嘐。然曰："古之人古之人。"夷考其行而不掩焉，儒名商行，貪財賣聲。假虎使狸，愧天愧地，人羞自羞輩，猶似者萬萬。嗟，夫易流乎儒者，治世之弊，今儒人自非飲水道水，洗濯其腹，少尚節義，挾古豪風，安見爲維持世教之物也。可勝嘆哉。

工丁魚男，諸土著人中，火丁最客氣。都人字之曰鳶者，梁冀鳶肩，蓋名其張肩賣威之狀耳。其人皆卷舌而言，累踵而坐，常不放手帕，或委肩端，或安頭上，若提若佩，使之不須臾去軀者，與士流上廁不放小刀一同格式。其數若干名，以國字四十八別識分部，中除"ヘヒラ"三字，易"百千萬"三字。按國音ヒ，火通，蓋忌之也。ヘ音同屁，蓋避之也。都俗謂陽物曰ラ，忌蓋在此歟。部次自一至十，而中欠四七數，予未詳何故，俟大儒先生穿鑿。

　　江戸人抗氣軋威，一句違言，萬丈湧怒，七^{何氏七藏者}叱曰："何這潑皮。"八^{八玉郎}戟手曰："何何何？業畜舐屎。"並早脱衣着，赤條條相迎。眉縱眥裂，混身青龍，爪攫鱗突，八早引一棒幌一幌，照頂門打將來。七閃過急抽溝板架住棒，運一運，望他脛打倒去。八亦一閃，跳過。來來往往板棒纏處，忽見一人拋戸板壓纏，兩脚踏上鎮得不動。手麾下氣急，喝到："歇歇歇！看我面，且聽吾一句。"兩個焦躁，怒氣爲聾，如何挾耳。遂把空拳相搏腦裂臉破，散髮淋漓，鮮血滴踵。人人叫苦，戸戸鎖難。屋上觀看，只見七友八朋，狂顛走難，遮七攔八，皆叫："止止止。"抱住兩怒，東西割拳，然彼此奮怒，眼亦盲，倒使妄拳。左右亂打，打得左怒右怒，怒怒相觸，更起一大爭鬭。孰早報急，東西來援，一邊三頭，一邊六臂，左摔右扭，又棒又板，又刃又鉤。雨點點，霰集集，混鬭一場驚天鬧地。弱者仆起不得，強亦骨軟氣索。既而好漢特來，父老始出，分摔開扭，扶仆勸軟。都俗呼勸解者謂之中人，以其界於彼此間，爲之方便也。中人容喙遂使彼此洗怒，渝仇化好，期日月^{晴雨不拘}，借酒樓爲好會所^{請四方君子真臨}。于筵席間，七八東西，函丈坐下，儼然如昭穆位，昭從昭，穆從穆。神田龍，新場虎，淺草熊，本所豹^{諸先生出席揮毫}衣褌好潔，手帕御側，賀金拜好，疊踵而坐。某若千兩，某若千銖，一一連書張懸壁上。中人中一個有名好漢，當中進出東西揖客。乃説："兩個今番執爭，東如此，西如此，而若是若是，則雙方毫無優劣。乃今看我們中人面，並捐前怒，結好爲兄弟，請列位亦不留遺恨。"遂舉兩盃，令更獻酬。而時，虎捏爪，熊張膽，脱有隻言煩耳，一舉橫眼，虎嘯龍驚，壞好尋仇，呼風噓雲。以故獻酬間，風止濤貼。與千人會刺第一牌時候，一般也似。乃彼此穩當，則列位好漢咸曰："唯唯。"中人便請："爲舉王手。"^{拍手表信，都下風俗}僉曰："諾。"萬掌一拍，響崩山岳。鼓掌九點爲法，前二番六點，並緩連鼓，後一番三點皆急。踊一點亦闋之。自此而後，東西破席，獻酬交錯，又杯又盤，又羹又臉。酒雨點，肉霰集，一邊三頭，一邊六臂，左歌右舞，虎嘯龍躍，轟飲一場，又驚鬧天地來。

　　或一人被挫歸，其夥便千百一心，荷鉤提斧，捲潮來襲，粉碎仇家去。使人想見四十義士，夜討吉良氏之昔。義士則以畏朝故，爲之於夜。丁輩如何辨晝夜。白日弄兵，暴殄天物，暴亦莫暴焉，殄亦莫殄焉。折天柱碎地軸，今大理寺禁令殊嚴，此風漸漸。

爲酒釀爭，爲錢鑄鬥。酒肆尋緣，屠戶買事，拳也讓打，棒也讓打，以輸爲贏，只望背紫頂紅，此亦一種爭鬥也。一沸拳揚，早把身偃地，把背朝天，昏暈一死，息甦事就。小則酒肉償傷，大則藥料償死，十字街內，一日數次，一邊三頭一邊六臂，左叫右嚷，雲散雲聚，不至鬧天。

至如火丁一大爭鬥，比脩好會。其費或算千金，或因講和之後，不期日月，須有火役，一大街上，兩陣相遇。中人介間，往來傳命，彼此相諾，兩陣中耆老一名，抽伍進出，應接拜和，遂一齊拍手而退。聞近日書畫會亦多忿爭，予未知其脩好會上，獻酬幾觴，拍手幾鼓，中人何如處分之。俟書畫會先生考證。

外　宅

都俗諺曰："三女生產，一生安活。"看那橫坊新道^{都俗謂子坊曰新道}，外宅並軒，閑居耀妍。所謂曲眉豐頰，清聲便體，飄輕裾翳長袖者，比比是也。綺疏戶內，湘簾半捲，盆卉數種，養玉培碧。壁間掛畫一幅，側鉤下一雙三線^{兩柄袋之一柄裸之}，壁下安置一大桶爐，鐵瓶滾湯，鍋貝副之。煙筒一縱草匣一橫，匣殊小，筒殊長，傍有香枕。照枕安一個妝鏡臺，鼈甲首飾，數枚堆光，紅脂盞，鉛粉盒，併兔兒腳^{近日女人以兔腳換眉刷}，色色排香，蓋娘子晏起，朝粧不卒業也。金屏風上，半衣披布，連袖掛下。粉氣抹香，春寒耐遮。一戶內一嫗一婢，連一牝狸奴，一家四口，純陰用事^{陰中有陽}。這等外宅，蓋屬中位，如上位則柴門深鎖，板牆高掩^{夫子之牆數仞也}牆邊竹種數竿，庭砌苔上數點，松陰暗處，建一石燈籠。方丈茶寮，金爐燒麝，古銅銚內，清湯沸笙，膽瓶插春，博山畜煙，木理緻密，光澤鑑人。鐵色奇古，碧贏可愛，往來有貨商，談笑有幫間。可以歌河東，閱春本，樓上扁①："春如海。"三字，幌掛翠，枕括錦。宰予晝寢，莫人誅之。久矣，吾衰不復夢本妻，真是枯楊生花，虐雪壓梅，老當益壯，不使少年樂之^{老賊可殺}。外築如此，一月養錢百貫不啻。是非此繁昌地，焉能築得。太平之澤，春如海矣。聞近日外築之盛，不但素封豪，賈舖丁額猶青能築養焉，況乎往來伴頭，乃至下等，不能別築，徑就其家養焉。用樓

---

① 匾。

當宅（孩兒在上，雙親在下，地尊天賤，乾坤欲毀），弄妾擬妓，或一女遇五男（勿用取女），輪流課日。考之字書，嬲字即是。慧彼小星三五在東。一人直輪，當夕而往，自以爲快酌三盃，飽專一宵，便抛碎銀子，命酒令肉，酒肉未至間，相與倚樓欄而欸。指天而誓：“願世世爲夫婦。”忽聽雨滴來，低低叩扉，妾提耳蹙額，嘆一口氣鼓舌曰：“壞矣！那話來，那話來，君請須臾避。那話醜則醜，却個千金子弟，欲奪先與（常有欲）。賣些倍話，爲避爲匿。”急把某推納後邊壁櫥（桼妙之門）某不得已而潛焉。妾迎客上，先所命酒肉亦適至。乃疊手累膝，軟語温存，雜以戲謔。一盃互呷，一臠同嘗，指天而誓：“願世世爲夫婦。”某在闇中屏息聽之，氣惡腹急，摸來摸去，要索寸容光視（常無欲以見其儀），有物觸手，欲急縮，早被物伸臂扯住。某吃一驚。猶能忍聲，物便低言：“密密休怪，我也我也。”某定氣聽之，聲氣甚熟，旋鑽戶隙引燭，何意現出一親友，相視失笑，遂相俱窺焉。何圖外客亦親友中一人，客何省其被窺。酒酣情流，你挨我擠，漸入佳境。猛聽得後邊櫥戶呀的一聲，有物喝出，客錯愕幾暈，妾失術逃。

次夜有客命酒命肉，一碗清醪，我一呷，汝一呷。一鼎香羹，我一筋，汝一筋。我歌汝和，我捻汝咬。我我喜喜，汝汝歡歡，情濃更闌。忽聽人敲戶，懲羹吹膾，妾爲熟睡不知，外面高敲低叩，大叫：“開開開。”正是月餅舖急鼓庖刀，混堂戶曉罵伴頭，妾惶急下階迎之，則不是外人，家翁醉歸也。嫗亦愕醒，子母相與慰之，而翁醉，怒氣發越，罵妻詈子，抛碗碎瓶。厲聲曰：“汝等畜生，抉耳聽，更猶淺，非丙丁云。不俟乃翁還！安閑上蓐，熟睡如此，鄰失火，亦不覺。”嫗謝曰：“吾過爾，吾過爾（觀過知仁）。且密之，更深人定。”娘使手指天（予所否者，天厭之），低低言：“官在官來。”翁深醉如何上耳，叱曰：“我以吾脚歸我家，我用吾手敲我戶，我物吾毀，我理吾說，誰道半句不字！”猛轉怒睛看，時觀竈前樽倒盤橫，翁越怒喝曰：“畜生！汝偷乃翁不在，掠乃翁錢，醉飽取樂，安閑涉日，是何所爲？”子母墨墨，只使手指天（上天之載，無聲無臭）。翁如何上眼，曰：“是和所爲？我每日疲困，楄木爲脚，孜孜走業，汝安閑早寢晏起（翁每日疲憊，女每夕疲，未知孰苦）。”女曰：“爺大醉，請就寢。”曰：“何何？我不飲，何因致醉？”呶呶一夕又罵又詈，客不堪，悄悄下梯，纔抽身去（天遁矣，畜臣妾吉）。

買妾者，至合山家。主婆延客樓上，先喫一盃，須臾而忽引上一處子，年紀纔可一十四五。早梅香動，春信始通，羅浮未試，入趙郎夢。翠袖遮羞，滿面潮紅。却是似蓮花，欲發未發時。誰占周氏之愛，梅花乍謝，百花交競。桃花面，紅則紅，姿容或鄙；柳枝腰，細則細，雙肩甚短。牡丹富麗，中蓋不惠，海棠極艷，但惜無香。聞得妙香暗飄，又送上一阿娘。柔姿婀娜，眼涼頸拔，笄許始過，蛾眉早剃，剃痕一雙，生藍欲流，正是青山春晚，子規叫雨。貼坐舐席，平氣吞客，堆笑勸盃，賣媚進膝。十分嬌養，三分未盡，見促而下。次上一處子，眉秀神清，舉止端正。耻而不憚，幽閑寡言，靜芳占秋。比之花中君子。蓋一孝處女，爲親鬻身。一婦代出，年始四十，脂粉粧春，額生秋波，真是“曉霜染出楓一樹，秋殘猶餘數日紅”。婆細細説曰：“梅則縛二月，養金五兩，菊則四兩，桃三梨二。”客乃就美論值，婆言：“一錢難減。”婆擢賤勸舉，客辭曰：“不上思矣。”一議一勸，事竟不成。客言：“近日再擇。”投酒錢而出。婆急射影撒鹽，曰：“叱矣，半日費閑。”此是無錢擇妾，妙方得於西源子言。

永代橋

居士嘗倚着橋欄，南望指點。大嶋隱約，若有若無。總山房嶺，刷青抹翠，海天一色，水路萬里，風帆明滅於遙靄中。可謂壯望也。漕千石，運萬石，天下巨舶皆面橋而碇焉。危檣作林，鱗蓬如山。偶聞脚下管絃湧起，攀欄俯水。看時一個屋船，青簾捲波，錦纜繫風。小豎，當爐篩酒，篙師解職吹煙，其聲清朗，知其人外秀中惠，其舟躁熱，知其客身貴財富。隔一橋脚，輕舟橫流。一僧一醫，相對爭碁，丫童掌茶，吹火當爐，一人支頤運思，蓋寒儒探詩也。又問一桁，兒女喧嘩，香餌亂抛。忽見竿頭引上一鱣魚，吃驚叫苦，連竿放去①，望後倒，蓋錯爲蛇也。覆壺酒流，傾瓶茶迸，碗跳劍走。離橋避舟，一葉漾中流，簾箔長垂，闃若無人。黃頭坐下葉尾，假呆仰天，風無矣，波無矣。看那舟漸漸搖動來，忽見大石良雄拉數個幫間。自下流泝過，倏見伴頭手代^{商家通例，舖相曰伴頭受其制者並曰手代}，驅一隻豬牙，由橋下攢出，又見載妓一舫直走巨舶乞觀。因借一席，排酒殽于檣下，且歌且舞，興飛魂逝去。一釣舟自上流還揖，一叟坐中間，左右數人收竿理籃。叟旋抽手甲，整雨衣，便便而談曰：“不看乎新地繁昌，聞往時那邊，皆沙皆蘆，朝晚唯聞波濤之聲。桑海之變，太平之運，濤聲爲嘔哇，蘆沙爲亭榭。聞之妓館中有五明大觀等幾個名樓。酷劇酷盛。且深川本所，今又別爲一繁昌

---

① 早稻田藏另一本作“丢”。

域者久。予頃讀《繁昌記》，既至三篇，未記其一所，蓋不遑記及也。"叟顧曰："不看乎那千百父舶，可謂天下第一港，房之鋸山，相之浦港，相對作門，其間相距纔三里，一槽口以收四海之潮，實天造地設，自然要害。且富津暗礁，樹劍設穽，雖土人避慣，間或見吸。且武江漸沙以往，巨船不候潮待風則不能一直近岸。乃萬或外寇入門，譬鼠走袋。千艘來塵之，萬艘至殲焉。然兵家或言：'武江無要害，儻有賊船突之入，手無所措，植屏置炮，宜備不虞。'可笑哉。予嘗論，火器與舟具異邦所長，而短兵陸戰，我勝之。以短較長，非策也。彼脱上岸魚胅沙也，千亦擒之，萬亦殱之。昔者北條氏塵元賊，短兵克之，是證是證。明鳴謙禦我策曰：'云云。若縱之登岸，則難制矣。'我長陸戰，異方所畏，是亦證證。"居士拊手曰："善。"適遇橋吏打棒至，呵曰："狂人速去，不許住脚。"遂走橋頭，聽賣卜者説卦。

書　舖

昭代右文之數，書肆日盛，著作歲新，稱老舖者，五十爲額，子肆孫店，算百算千。且有畫草紙舖者，亦五十爲額。中分新古，各居其半，合稱三部。又讀本肆十六，借本戶八百，此其大略。至其子其孫不易算數云。

正面唐本，兩壁雜本，整齊位置積積疊疊，先生某等所著書目、招帖，翩翩風翻，肆頭安置一個糊造招子，舖主坐欄内，對簿而監焉。千履萬屨，客來客去，伴頭磕頭，左喏右唯，小猴坐起，不暇偷睡。一士人至，上肆坐下，亭主伴頭接風唱："喏。"士曰："近日有何奇本？"伴曰："有有有。"早抽出數本奉安他面前。士略閲曰："此既矣，此未也。"中擇一帙，定價而起，伴頭納頭謝曰："每度蒙顧，多荷多荷，明日早早奉送。"忽見一儒先生站立肆頭，叫曰："某書有乎？"伴長揖曰："無無無。"曰："某何如？"曰："無無。"小猴吻動，伴一閃使眼曰："無無無。"^{有若無實若虛}先生遂去^{君子可欺}，伴誡猴曰："若愚假而不反，焉能爲有。"猴笑曰："二三子以我爲隱乎？"伴哂曰："直在於其中。"

一醫生至，懷抱取出數册曰："是日前所買，不俟驟歸省，且還之。"伴曰："唯唯。"翻簿照之，曰："是是。"引珠盤算了，曰："原價四銖，今除之三分，現金三銖有奇，奉還請收。"生色驚曰："吁矣，是係數日前事，纔閲數行，裝未折，紙未毛，除三分不亦已甚乎？且聞原價除二，書賈常格，何貪何貪？"伴曰："除二分者，舊本之例。個這新本，新古自別。且不管他何如，本舖以此爲格，如不滿尊意，請謝請謝。"生少帶怒曰："格則可然，但奈人情，請二之。"十請百謝，伴執格不變，生卒服格，收銀而出。

一個上人，紫衣活佛，意氣昂然^{天上天下}^{唯我獨尊}。聞訊曰："《唐詩選》有與？"伴頭倒拜曰："有有，掌故、箋注、集注、解頤並有，何佳？"上人尋思久之，曰："不及彼此相煩，國字解便佳，且名目^西_谷諺解何如？"伴曰："若未聞。"曰："且出心經一卷"，曰："大小何如？"曰："不及相煩，國字傍注亦足。"一一值定，侍者從傍算清，遂令蒼頭紫袱包之而去。一儈檢點兔册而在，突然問曰："徂來先生猶在耶？"伴忍笑曰："近年蓋没。"曰："當今誰爲大儒？"小猴低聲帶笑曰："無無無。"

椒木報戍，戶鑰人定。書庫内群籍忽爲人言，嘆曰："嗚呼，吾古書，兄弟如何？噫，與兄等，偕寓斯倉，而後，不睹天日，已數十年^{此庫無}^{八月限}，而後鬱悶如何哉。不唯爲蠹魚毀身體，而後蜘蛛見侮，而後點鼠被欺，千恨月深而萬感歲深，而兄弟出身，雖或遇顧者，而其值比前日不啻減三倍。噫，欲不嘆而得乎？而彼何人哉，考證穿鑿無用書，小説俗語偎雜本，而^①他倒爲世所珍。" 一個挾聲曰："真嘆真嘆，然其珍之奉此者，則未必讀也。則所謂四庫簡名學者耳。則位置齊整，積之坐右，以粧其書房。則珍之非真珍也，則那新書輩見天日則見，但陪考證先生，侍矜色儒者，則薰其俗德，炙其俗才，則其薰其炙，孰與我悶，則則則。"又聽一人長嘆短嗟，曰："吁，汝聽我説。 吾身上比君等遺恨更如何哉？僕原來某氏珍藏，世間罕有，故先主人某所寫一本也^{須拜}^{一拜}。故且撮英注摽，故且抽華録傍，故細故密，銀朱故點，鉛粉故揩，實非一旦夕所能爲也。故印之笥之，故撫之反之。常在其側，受知受顧。何思先主捐館，嗣子不肖，放縱飲博，無幾破産，白骨未冷，手澤猶新，早已黜吾兄弟。是故二束三文，使吾輩受辱紙屑商手。是故今又轉賣來此，是故與君等古書同斯感慨，是故故，追想當初，不得不慘然淚下。"一人從傍臨示，笑曰："其其，早拭淚，滴手澤哩。嗚呼噫嘻，如我梵書，新也不行，古也不行，如是我聞，一切經，世間一切没讀者，決定經決不誦，大果經果廢矣。寶藏經唯寶之，空飽蠹魚耳。甚者，毀之，併經爲虛空，維識人間孰能識。大智度經雖有，奈此愚僧，佛典之廢，斯謂之古今未曾有經乎？《般若》《法華》，亦唯爲糊口誦，梵書價賤如土砂，書肆平等，全無

---

① 原本衍一"而"字，據批校删。

利益。嗚呼三千諸佛，五百羅漢，孰不天哭地泣，末法末法，南無阿彌陀佛。”
一人嘻嘻笑曰：“坐井窺天，居庫測世，何見之隘，何意之蹙。大都如此繁昌，
人物如此茂盛，安知不于林于市戢影潛形者，好讀古書，好誦梵典。而古書今
日山賣，梵典昨日川賣也。且人間出處，何物不係時之運命之流？用行舍藏，樂
天而已。今世無用書多則多，然隨出隨滅，泡水也似，浮雲也似。且那萬世不磨
著，畢竟不再文字間。雖無吾書亦可，何況論其行不行。且更無用書行，可以推
太平間暇，可以見繁昌殷富，看他《繁昌記》諸謔偲褻，大方可唾之物。然彼一
出，洛陽紙貴，不啻三倍，不亦奇乎？顧夫普世間大方君子，孰肯讀之，大雅文
人，孰肯讀之。無丁字者，固不讀也。　少識字者，讀亦難解。　屈指算之，雖有
讀者，猶寡。然而猶有讀者，非茲都也不得，大方既已不讀也，大雅既已不讀
也，果知讀者愚極愚。世傳或請一畫師圖愚人，畫師乃攬筆寫一釣者，曰：‘不
是愚歟？’或曰：‘善矣，且更寫愚。’師即就其傍圖空手羨魚人，惡惡非爲之
者，釣者而讀之者羨魚乎。今茲不登富人亦咸啜粥，爲天下儉也。然作者不憚
無益文字，災有益梓，罪莫大焉，愚莫甚焉。然而聖主不加誅，宰臣不見斥，天
從鳥翔，海從魚跳 。江戶所以爲江戶，是也。夫食一兩四斗粟，流一册一銖
費，雖天下罪人哉。食百錢六合米，於作者也，猶不得不之爲，爲之充飢。安知
非亦人義惠作者，將爲真愚耶。將不爲真愚耶。”一人中之曰：“止止止，惡惡
何言？反覆抑揚，無頭無尾，惡是何言。子似爲作者回護，弄世間又似焉。口給
屢憎於人，戒之哉。”曰：“予豈好辯哉，不得已也。”

　　有曝書賈，闐街下肆，曝新曝舊，攤雅攤俗，《大學》委塵，《中庸》繙風，
年代記，春畫本，字書，墨帖，枕藉雜陳。一個醉客佇立塞肆，又翻又翻。仰面
指一本曰：“亭主，呵。穿彼鑿此，極考極證，不畏公不自量，言鄭注不穩，朱
注可刪。道義不論，字句徒鑿，大言壯語，吐奇驚愚。此等書是也。亭主，呵。
何陳這等書，何鬻這樣册。”舖主哂曰：“商賈曷擇，鄉無理即理，請且去。”客
曰：“亭主呵，亭主呵，此墨本不是今人筆跡歟？何以墨之，何以帖之。唐宋名
家墨跡，不爲不多，何更把這樣摸米擬董俗筆墨之帖之，亭主呵，爲之者何厚
顏。賣之何愚，買之何愚？^{訕之}_{何愚}主人主人，自今藏之，勿曝辱，休曝愚。”主色少
變，猶哂曰：“理也理也，我商賈君且去。”客又取一本，讀過數紙問曰：“亭主此
本作者汝識乎？”主引頸目表題曰：“語學語書，聞其先生去年自上方來，未詳其
人何如。”客曰：“宜哉，其審音韵，上方役者，率是。”曰：“非役者也^{俗呼徘優}_{謂役者}，儒
者爾。”曰：“今稱儒者，亦與役者不甚異，何咎。”曰：“且去。”客纔欲行，却

顧曰：“那《大學》值幾何？”曰：“七十二錢。”曰：“這春本？”曰：“八銖銀。”曰：“亭主呵，個這修身治國，千劫不磨，萬世不刊之書。那這個弄風弄月，牽淫亂倫之具。然那值甚低，這則甚貴。”曰：“理則然矣。然亦寒房釀春，仇帳潮笑。把此展之，孰不眉伸眼明，男女者，人之大欲，此亦世間不可欠物。且下之獻上，常苦無物。金帛他所有，珍奇他所有，固或用之爲人事。”客叱曰：“亭主妄言，非禮勿見，非禮勿聽，且公侯貴人，治國爲急，何遑喜覽這等物。”主曰：“且聞士臨戰，展之以出，戰輒有利，是所以藏之甲笥。”曰：“妄妄，此事出何書？此語載何典？古人無言之，後來何物登徒，作此妄説。妄妄。呵主人，《大學》如彼甚賤，不是侮聖乎？春本如此劇貴，不是誨淫乎？亭主若天下罪人，白日曝之，高價射利，大亂人倫，極壞風俗，若罪人若罪人。”遂把數本擲地，紅紊金翻，正是鴛鴦夢鷟，風鸞倒翔。主忍不住，火發心頭，喝曰：“潑醉畜生，若何仇妨我衣食。”早走一拳，打客一打，四鄰挺出，遮攔勸解，扶客拽去。客叫聲：“來來來。”跌過欲倒，聞他喉裏咯咯，看地便吐，眾皆捻鼻逃。早見一犬來，搖尾搖耳，乾乾舐盡。客纔攀步，又跌犬尾。犬驚吼，客顧曰：“叱！畜生！天下罪人。”

愛 宕

江城之南，突兀有山曰愛宕。深樹繞腰，閑雲出口。石級二道，峻者曰男坂，迂者曰女坂。並自東上，男則半身以上，下鏑援攀，峻直可知。東面茶店數椽，架峰起茸，遠望谿達，使人魂飛。邸舍迤離，坊巷條達，盡萃于目下，楸枰也似，田畛也似。朱門白壁。棋峙相連，高樓臺榭，稻穗爭秀。玩景倚闌者，並頭累手，有窺遠鏡者，曰：“北方之山，近而黑者忍岡也；遠而翠者，築波也。前後二道，白而明者，利根、隅田二水也。聳者鴻臺也，平者葛西也，瓦鱗拔翠，東西矻峙，本願寺屋頭也。竿頭飄紅，無數星散。臙脂舖招旆也。棟隆則五百羅漢拳螺堂。梁脩則射場三十三間堂。那邊鳶羣盤舞，果知其下有鰻鱺店。這方火樓，人面顧盼，想望火。兩國橋西聽滑稽人，剪偷從後裾外套，其其危矣。”大息曰：“已脫矣。京橋街頭，孰遺錢一索，莫人認者，好好我拾之。”言未既，拊髀曰：“可惜矣，早被人掠。”

數個藩士，背景酌酒，蓋係挑茶婢^{人間隨所有桃源，}婢向一人曰：“側聞頃者，主攜梅林^{楊弓肆名梅林者多，昨日孤山，今日桃源，}那話兒，觀楓海晏寺，何等樂事可羨。”曰：“錯矣，係是遊朋某事，僕不得已爲伴，勿怪勿怪。娘如有意爲前驅[乘鶴吹笙]，近而目黑，遠而大師河原，第從意所在，娘見肯先奉一盃誓之。"一個手遠鏡，顧指似曰："休休，看那增本樓上[妓館在于品川 三山亦不遠]。汝狎妓立欄招汝哩。"婢獻笑曰："可畏，恐被他詛。"

一騷客避喧就閑，臨風喫茶，吟壁間留題曰："相州之海房州山，萬里山水一望間。山色罩煙淡如畫，水光收風平似刪。天下舟撼真粟粒，粒粒破煙入江灣。"笑曰："好矣，自今米賤，惡詩不堪讀畢。"

山麓出增上寺間，曝商連棚接席，懸衣着，攤貨物，貫團子，爨甘醴，西折至切通[方言鑿道 曰切通]，繁雜殊劇，鼓喧吹譁，小戲場，善瞑人，説史滑稽，挾道售技。貨買藥商，百爾爭席鬻物。正面南向，橫銀鏤小劍，黃金燭臺。西方東向，居描金香盒，珊瑚壓口。東方西向，置文木火桶，蒼古鐵瓶。革煙袋數佩，象墜子幾顆，數本春畫，數枚盤針，古色茶器，新製酒具，細玩色色在前面，提燈懸畫。鋸子算盤，大小相鄰在隔。博多之帶，鼈甲之櫛，夾囊頭巾，又陳又排，望之精良，近之濫惡，僞製贗作，又委又曝。

一人巾呼藥，前面展一幅紙，絲欄區域，圖鼠行狀。或食廩粟，或屠庖肉，上燈缸，嚙書裝，唧字走，餘蔬遨。側屍幹鼠數頭，牌面書"銀山鼠毒"。

一人練藥，叫曰："早接早接。"把瓷器故錐碎之，即藥合之，未乾，故鼓故擲。更揚錐敲之。雖或碎，合則堅。

粗梨橘柚，追時堆菓，大大小小，聚類分群，十顆一價，幾錢何文。插火奴表記之，其賤曰一山四文，數夥環焉，把柿斷之，我五汝六，射其核數，中者噉之。輸者償錢。

一鍋內數串，貫芋，貫豆腐，種種蘸焉。鍋沸煙馨，一串[一以貫之]四文[文行忠信]，從人擇食，此曰"四文屋"。

孤虛王相，五行生克，輪圖推日，照往察來[始可與言詩已]，百兩牌曰，推占前知[見蓍龜 動四體]，謂之見德[好色未見 如好德者]。一封紙上書曰："今日一點所指無謬。"

切通之東，增上寺門前有馬場，桃花，連錢，泥驄，戴星，伯樂執轡待客。只見一人鼓鐙，一走猋迅，紅星恰飛，往回中繩，周旋中規。鉤百而反，文亦弗過也。觀者喝采，一人跨鞍，馬驕不行，齕草弗動，伯樂強絆策尻，策得塵揚，忽見人倒，睾丸朝天，馬則快走，觀者亦喝彩開笑。

過場循寺南折入巷，珠簾響風，玉几耀日，雲母屏風籠月。玻瓈彩籠綴星，葡萄擊紫，千年運裁碧。 風佩鏘鏘，扁鏡炯炯。銀流水碎，或疑遊水晶宮，真上崑崙山。障內珠毛牆，額面玉西施，眉目明徹，精神射人，正是江妃遊世，王母降天。金剛石，假水晶，唐物百色，煌煌炫光。

瓷瓶連懸作幕，陶碗積蓄作壁。花樣盤花可餐，碧紋盆碧可掬。酒壺花瓢，水甕火桶，琭琭焉，瑰瑰焉。手代坐中間，執紙掃接客。近世磁器之極，造庭燈籠，製小便桶。二傖父站觀，一個指桶曰："花瓶如許長大，蓋侯家之物。"一個肱之低聲曰："叱密，赤溲桶耳。"

紙糊土偶施粉墨，衣錦綺，裸雛娘並坐，細妓女連立，力士張臂，達摩面壁，虎頭掉風，獅子戲花，丹鶴舞，玄龜潛，束笛累鼓，廉剪春粲織秋。鬼面擰，狐面妖，近製俳優面具，隆鼻者錦升也松本幸四郎，巨眼者三升也，杜若者岩井氏幀杜頼曰：幀齒上下相值梅幸者尾上菊五郎銳，巨眼乎銳乎？使中老尾上死。

刀精摺妙，錦畫之製，舍江戶外無有，徘優小照，花鳥寫真，武者繪勝景圖，又張又懸，草紙本者，近世殊精良，揩紅揩紫，消金消銀，正是織女雲錦工猶淺，蘇氏金文針未巧。

金鐵鋪，紙楮店，菓肆，履行，爭軒占居，此所巷窄，繁昌殊見。從此神明已詳於二編。

寄都俗謂招
聚謂之寄

鳴大平，鼓繁昌，手技也，落語也。影紙乎，演史乎，曰百眼曰八人藝，于晝于夜，交代售技，以七日建限，盡限客焉不減。又延日，更引期，大概一坊一所，用樓開場，其家檐角懸籠招子，書曰："某某出席，某日至某日。"夜分上火，肆端置一錢匣，匣上堆鹽三堆，一大漢在側，叫聲："請來请来。"夜娟呼客，聲律甚似。面匣壁間，連懸履屐。繫小牌為識，牌錢別課四文，乃無錢至者，親懷履上。俗語名此曹謂之油蟲。

一樓數楹，當奧設座，方一筵高若干尺，隔置火桶，茶瓶蓄湯，夜則兩方設燭，客爭席占地。一席則數月寓都村客，一席則今年參藩士類。五六交頸，七八接臂，新道外妾，代地隱居。伴頭乎，手代乎？男女雜居，老少同位。

落語家一人上，納頭拜客，篦鋪剃出，儒門執生，謂之前座，旋嘗湯滑舌本帕以拭喙折帕大如拳。拭一拭，左右剪刀燭，咳一咳，縱橫說起。手必弄扇子，忽笑忽泣，或歌或醉，使手使目，踦膝扭腰，女様成態，僋語爲鄙，假聲寫倡，虚怪形鬼。莫世態不極，莫人情不盡。落語處使人絕倒，不堪捧腹。剃出始下，此爲一齣，名此時曰中入。於是乎忍便者如厠，食烟者呼火，渇者令茶，飢者命菓。枝人乃懸物賣闔，闔數百本，初連數枝，値十數錢。賣了一遍，餘枝猶茂，因低値募之，已低未踈。更低請斧，數十枝四五文，斷根而開始剪原闔。三枝僅泄，照葉獻貨。早見先生上座，親方是也。三尺喙長，辯驚四筵，今笑妙於向笑，後泣妙於前泣。親方之粹，剃出何及。人情穿鑿，世態考證，弟子固不若焉也。

　　紙幛一面，淡墨無物。笛響鼓鳴，乍生數綠松，一人從上戴帽披襖，右手揮鈴，左手開扇。了了明明，寫出分明。左顧右旋，轉眼動眉，應笛揚鈴，合鼓翻扇，舞舞廻廻，真是影人有魂舞闃矣。一閃晦跡，次寫棠卉。或梅或菊，又牡丹又芙蓉。碧花柝瓣，露蕊看破，青楓改影，霜葉漸紅，破時改處，觀者眼眩神奪。一口叫妙，聽得祭禮曲鼓譟處，雙靈柱湧，一殿宇湧，紅白豎幟，大小張燈。賽人往回，拋錢祈福，既而鼓聲漸歇，人影頓減。夜蓋深矣，遠遠聞得，叱吒避人聲。狐群排行，徐徐進步，荷蒲席，唧炬火，擔木持竿。俗談所謂狐之婚禮是也，纔出雙柱，狐皆化爲人，席變挾筥，火變提燈，竿化鎗，木化輿，奇奇怪怪變妙機神，燈滅狐燼。却又照出那羽生村累女幽鬼爲祟之圖，靈牌前佛燈暗，香煙細，別懸一大蘭盆燈。那與右衛門者，敲鉦念佛，只見幽鬼自燈籠內現出，還滅還現，漸小漸大，嚶嚶訴怨。須臾漸滅。乍見一團微量，葆光不洩，朧月收輝，穀卵欲破，漸凝漸明，眉目了了，遂作一人鬼首，鮮血嗼，怒眼裂，點出高僧祐天。合掌念經，一喝揮數珠怨火即消。只見紫雲靉靆，金佛來迎，蓮花臺上，怨魂成佛，妙光四散，天花繽紛。

　　屏障內口技人在焉。唱歌一曲，忽聲出一小猴，須臾問答，紛然謔話，遙遙聞得足音在外，推門聲推戶聲，一叟至。聲咳上坐，主客應接，寒暖聲畢，主道："爺近日何瀾。"叟道："苦事奇談。"主道："奇何奇。"叟道："日前一處女奔我，言與爲人妻，寧爲翁妾。可知老婆生角，誰報又早被那妓簡責。困了數日，昨始靖難。所以今日纔外出。"猴道："豈夢乎？"主笑。叟音、猴聲，又挑又謔。主道："謳一謳，宜洗餘困。"叟道："則佳。"主乃高聲連呼："權助權助。"^{僕名}權助遙諾，叫聲隨即至。身猶未起。主又連聲："權權。"始聞，足音之大而緩。大聲道："何用。"主道："一同謳和，汝亦佐之。"權道："曷不佐，僕素善歌。"又聞足音送響，又聲出一婆婆，婆問："吾翁在乎？"猴道："在在。"主唱喏道："爺尚陽勞姐，今日在斯，不復掛念，今日偕歌，請姐亦和。"三線調二羽二宮，三鉉善爲六鉉聲。爺唱婆和，猴賡權吼，權音大濁，猴音高清，叟急音如扼喉，婆舌音捷而洩。 互歌代和，漸漸遠往。 微音斷續，有無入空，春蟲食葉，微雪撲窗一般也似。却聽清漸清，濁稍濁，弦皼聲還。主人道：“興索，須別弄奇。”猴道：“更既已深，百談驗怪何如？”僉道：“好好。”清話濁説，百談極怪，忽聞風雨驟至，風聲蓬蓬，雨聲淅淅。閉戶聲，引窗聲，猴叫苦，權呼驚。一撲地聞得物墜聲，衆音鎮壓，百事頓休。

裏　店

八百八街連背坊新道，從橫曲折。並建裏店，五家一軒，十舍一梁，至劇裏店結五十爲一部。牙房相對，中間通道，謂之路次。一井同汲，數廁同便，一區畫地收糞，一條開溝流穢。慶弔相通，出入共門，一門備百不虞。俚歌所謂路次六限，例趁酉牌上鑰。儒釋工商，紛雜賃居。炊飯之煙，朝來雲凝，鼓櫓之聲，晚間雷轟，爰寫一裏店，略示其一偏，萬裏店可推矣。

日影近午，乞鉢僧歸，揖鄰尼，曰：“妙閑姊歸早。”尼返揖曰：“方纔脫鞋，今日鉢米何如？”曰：“少少少，因米價翔踊，不唯米少，錢亦從少。聞葬禮強飯，亦無投乞兒。可嘆噫矣。”曰：“聞奥羽北越，皆破水患，然天下言之，蓋十之一，猶曷這樣貴。”曰：“全係米賈之爲，非實米少也，鄰儒嘗言：‘無三年蓄。曰國非其國。’官置粟倉蓋爲此爾。粟倉之建，今已四十年。雖有堯水湯旱，府下民庶，決不至餓，是我貧民，所以今日浴賑給，一人言之，十日纔支。不知御倉所出，一日幾何萬鍾，大也矣哉德政。聞切姦商私漕數万包於上方。事覺下獄，令其漕返之。其他占穀，今亦並見沒。嚴哉刑也。快快堯舜之仁，民從之。鉅商大賈，今皆歸厚。彼米此錢，莫一人不義賑。妙妙妙！人氣時雍，天氣從美，想知明歲有年。逆祝逆祝，遇賊絢索。都人今食麥啜粥。好，此小凶，使人始悟粟粒至貴，追悔昨日之奢，漸趣侈靡大平之習。貧道發願，庶使都人麥粥之儉，用諸平生。”

忽聞問壁有聲：“這般老大，嗷嗷嗷，全道僧陋談休爲。米價雖貴，非百兩買一升，悸悸勿爲，煩煩煩煩。莫適而非論米價。如予，世有飢饉，我無飢饉，有酒則足，朝亦既倒五合，痛快痛快。米之有無，我不管。不聞乎芝翫^{優人}之上方，留別一場，驚天閙地，矗矗連中齷之。一夕百金，一日千兩，千兩千兩，兩兩兩。成田不動，比之無炎，水天宮較之莫影。入則啜粥，出則賑芝翫。是江戶

人所以爲江戶人，孰道儉約儉約，楚人遺弓，人拾之。抛千擲萬，畢竟不之天地
外。如汝等不知世有大算計，口氣腐儒樣，動説儉，陋陋煩煩。”忽聽路次頭，
鐸音鏘鏘，蓋神道者流，還晝膳也。

　　數牝一團，負兒抱穉，喧嘩林立于井邊，適見魚商擔魚叫過，牝等呼住，
叩值，商便卸擔倒尾，言：“這般老大，一貫錢外，一文難減。”一牝道：“食
御救米身分，一貫難上牙，如遇撿飯籮司至，何以應之。八百則食。”推論數
番，值定刲血，作膾作炙。恰好小廝叫酒，牝頤命曰：“趁早提一樽來。”恰好
聞得吹角鳴鐃，叫聲錫錫。牝等皆付兒四錢遣買。於焉乎環坐相依，大椀仰
醇，阿松道：“大屋^{呼伍長
曰大屋}那話，朝來早出，不知何之。”阿梅道：“聞往戲場，阿
松娘不識知乎？彼向人言：‘使兒仕某侯家。’誕誕其實某商外妾，且不似侯妾
面目，那幸皙白，藉晳掩醜，如使他鬵，也沒三分顏色。然看他自悦，驕慢越
度，非公家落胤也。到底大屋之女，大笑大笑。”松使手言：“低之，聲高，恐
達。”梅反目言：“叱何管？其樣母畏，算錢借居，要大屋者，我輩所役。名主^{閭長俗
曰名主}
亦我傭之也，彼宜畏我，我曷畏彼。”松道：“聞否，本鄉婆婆卒果免身^{本鄉元坊商某妻
年七十生男，實}
^{在天保
四年}，豈不生憎。稀有稀有，千古奇孕，桓武以來未聞。想所生兒不鬼則天
狗。”梅道：“蹴人療病，不亦鍛冶坊天狗童乎？那童亦怪，毒庵老言：‘天狗與
人雜居，縱治病殆無人魔之別，妖莫甚焉。’不説不已藥賣，唯妬童子脚。但如
然，那天童不獨蹴疾，可謂亦踏醫面。好笑。”阿竹道：“那典舖老婆，不煩高
與，每遇混堂，鼻以應人，叱叱五一三六，店無表裏，何容貴賤。要以有我貧彼
生活，百錢征四文捐利也，時貸也，年中供奉，皆自此方。咄何揚氣，臍下沸
茶^{俗
語}。那寺社亦然^{寺者儒者音近，
兒輩多謬}，看人如看犬，常言治癲癇治癲癇^{癲癇音
近天下}，然彼藥籠
亦沒有。寺社者寺社也，藥籠不持^{俗
語}，是不那輩之謂乎？”喧嘩方酣，主人擔空
籃歸，牝叫：“如何早歸？”夫道：“今日造化高，一餉賣清，贏亦不少。因爲卿
買鯖。”出一籜苞，放在婦前道：“一浴歸。”婦道：“先操一汲往。”夫便提軍
持出。

　　間壁二盲人方覺，伸一伸曰：“宮市^名何時辰？”曰：“昨之今時。”曰：“舍
舍，昨夜何如？有穫乎？”曰：“有有，造化高大，出則徑按了二肩，出則又被
呼，連摩四脚，出即呼其家逆旅，五肩六脚，偷手略按，歸就寢。東方已白。”
曰：“予熟睡不知汝歸，汝連夕好運，而其往二三年内，撿挍^{聲
官}可取。”曰：“舍

之，汝辯佞善屈善忍，妙取人意。思如汝必撿挍，豫買祝酒。"曰："叱休調。"曰："聞汝近多周旋家，須勤須勤，如士人謁抬舉，不唯善屈，且苦人事。我曹比之，十分利害。我出身全因他人錢。"忽聽小婢推戶，曰："恕恕。"曰："奚自？"曰："自橫坊堺舖，火急，請貴療。"曰："不亦家娘苦癲歟？"曰："不然，家丈從場所^{其家通語}還，痼疾偶動。"曰："諾，先去，隨即至。"宮問曰："堺舖誰？"曰："那日算賃商耳。"偶簧鼻孔，低昂嗅空。曰："佳馨佳馨，誰家命鱣炙。"又傾耳朵曰："好響，河漏畫送來。"猛聽得外面刮喇，風波人起。盲等周章待走。會一商至，一擔兩個脩匣，匣外畫書金山寺^{醬名}，曰："休駭休走，今日表面酒店始開肆，乃賣索人來要錢也耳。"

只見一個個，一樣打扮，負箱荷傘，喧雜歸至，一同揖主人。主人道："列位勞矣。"又見一手下走還，主道："今日牌數幾許？"手下蹙眉曰："又從昨減，今番駱駄不復如前番，甚沒景氣。"作者按也，所謂山師者，蓋是。原來無常産，藥也，菓子也，勸物開帳，相時出業，乘變下手，這般商賣，都下繁昌亦可見。

路次窮處，最後一戶，有一浪人住焉。有鄰德孤，戶闃竈寒，酒廝魚商，認得不過及此所。獨見大屋屢來責宿錢，今日亦踵。伍長自外問："先生在乎？"生曰："在在，請入座。"伍長上席，從容言曰："果知所約宿賃，今日辦了。"生曰："未矣。"長少作色，而不言，有頃曰："君不誓乎？今日決辦，今日而未，抑何日算得？延日延月，延至今日，今日而未，地主面前我更粧何一句？我進退亦谷，噫。"生搔首曰："僕實無辭，然君子之窮^{正大自許}，借令延十年，償決不欠一文^{曰然豈能然乎}。所不信者，猶有如皦日。"長曰："君皦日予素照知，但奈地主不亦若乎？"生默矣^{四時行萬物成，我又何言乎}。長沈吟有間，曰："君皦日知者則知世間難通，爲君籌之，無如出仕，雖小禄云。禄則有力。予姻族女子，現奉仕君舊藩，且侍醫某亦予舊知。豈不好因緣乎？此手請援，飢寒或赦，君如少屈，予亦從宜贊成。"生少作色，曰："休休，厚意誠可拜，奈平生所學，外賄內謁，死亦難爲。枉尺直尋。古賢戒之，如見內之疚有欺己，三百雖免宿錢責，一生遺憾，萬劫難消。人間萬事，天天命命，不知命無以爲君子，守命樂天，此間着多少妙味^{菜羹麥飯}。"長哂曰："如君天命，我未肯解，以予所思言之，窮手可下之所，極足可容之地，屈可屈之首，折可折之腰，屈屈折折，然而弗成矣。斯之謂命歟。袖手俟命，想不然矣。伯夷叔齊我不與也。"生亦哂曰："俗論俗論，世間如君，概以爲叔齊無用於世，大非矣，殊不然矣。千載之下，使頑夫廉，其有用也不止一世，士不用則亦若是而已。且如僕繁昌太平之民，就爲夷齊之行，決不至夷齊之餓，勿煩尊慮。且君言僕袖手，丈人不悉，僕亦可爲之分盡焉。不獨依內謁已。聞今君英明好學。世言明君復出，僕乃前者再上書執事某^{韓氏幽靈}，書入不報^{麴坊井戶}，遂立門抗疏。不報。草木現有。”便就機上抽一草文，示之曰：“是第二書，我讀君聽。”起讀曰：“某頓首再拜，謹奉書執事某左右。夫人之思舊者，情也矣，理也矣，賢乎愚乎？孰得不眷戀於此也哉。禽鳥無知，其歸猶尋舊巢，人而忘舊，非情也，非理也。則非人也矣。生深山窮谷，而與水石麋鹿居而遊者，一日聞都下繁昌，興曰：‘盍適。’其來往數年，僅嘗大都會土之風味，便謂：‘故國者陋矣。丈夫開業弘術，出身顯名，舍此何之？’不遂定終焉之志也，蓋少矣。然而雖其人既已貴，其家既已富，莫爲而弗成，莫思而弗遂，身體強健，子孫繁滋，氣盈神王乎？然猶弗動一點思舊之情，於觸事感物之際也。蓋亦決不能矣。況乎其貪且病者，情之所然也，理之所然也。且人之求生，而避昏就明，蓋亦情也矣，此亦理也矣。伊尹負鼎，鄒陽背淮，理之所然也。情之所然也，鳥猶擇木棲焉。人而不擇，斯戾理反情，非人之所爲也。某亦人也，鳥之不如乎？安爲獨戾理反情，忘舊就昏之爲。雖某不似，亦飾固陋之心，于東西于南北，未必可言仕難求也。然尚不之，然尚不于，俛三十年來不俛之首，屈一萬餘日不屈之膝，謁之于執事之門者，區區之情，欲就舊與明，而不爲戾理反情之爲也。前日上書後，待命子日之長，一刻信爲三秋之思，然于今三十日，猶未得宜得之命，是所以不俟宜俟之命也。顧執事之意，爲時猶不可耶？今則朝庭興廢繼絕，將有爲之秋，豈曰不可而可歟，抑猶疑某位人耶？請自白之。某弱冠前放達不羈，不擇所交，太平之世，雖未至刦人掠物，可爲之惡，亦莫不爲。然一旦改志，勵志以來，行顧言，言顧行，廿年孜孜如一日者。鄉曲所知也，知識所見也，鬼之所睨也，天之所鑒也。又蓋執事所略聞而知也。請幸不疑焉。若今日而不舉，萬劫卒莫可起之理矣。某則蹈東海之波，飲恨死而已。伏冀哀此情察此理，蒙一言之薦。嗚呼！ 使朝庭繼絕而共天職，某立身而食天祿者，實在執事一出入息之間也耳。是以犯罪忘愚，今復敢進此言，亦惟少垂憐焉。惶懼無已。”

曰：“某既如是，猶爲未下手耶，猶爲未容足也。若是而如此，僕於是乎浩然知莫與爲，草莽期死，簞瓢樂道，笑而止焉。乃去歲者謁先塋于故國，爲文謝之，有祭文，我讀君聽。”長謝曰：“好好好，吾過矣，莫讀可也。”生曰：“如何然？以此證之，不可不讀，不可不聽，聽聽。”更恭捧一紙，讀下曰：“不肖某譬首再拜，奉祭于先考某府君之靈，某尚孩。君以病歸老于本國，某以鞠於舅氏之故，不得與共從。某尚提矣，赴至告凶。然千里之路，三尺之童，舅氏之私愛，星行不容。生離別，卒爲死離別乎。嗚呼哀哉，恩情永終某已長矣。聞之於親戚與知識，君氣温度大，克孝于家，與人交忠。其出而仕，特辱某廟之知，禄位暴崇。以職在錢穀，故奔命四方，善交大賈與豪農。鞠躬當公之家之急，于官干事，不爲無功。嗟夫，君而有斯不肖之子，豈某氏之餘福，鑿乎君躬耶？某局量褊淺，愚且侗，雖好讀書，道未有所通。不孝于家，無用于世，三十餘年之今，獨極一身之窮。然其不自量，庶幾立身起宗，此心難死，每思之冲冲焉。聞今君賢，世稱復見某公，某便以爲繼絶興廢，宜在其初政也。去年三月，立門抗疏，恭訴愚衷。書入不報，命乎時之難逢。"長又欠又言："後文猶長？"生言："僅數句，且少勉之。"曰："清朝豈謂有人掩明乎？顧係吾瞢瞢也耳，志雖不成，不肖之事畢矣。果知晝錦之榮，卒無以慰神之襟胸，便忍恥於故國，不敢醜身之龍鍾，來祭以此言。而清酌是供焉。伏冀在天之靈，釋慍愍愚曰：'不肖之子，猶善守飢寒，不忝祖先者，纔有不與人子同。'惟慈是眷，翻然下于蒼穹。"長坐睡不覺，生絶叫拊案曰："讀畢矣。"長瞿然眼明曰："好好好，我過矣。"適聞間壁樓上撲撲爲響，靜中有動，遠送機聲。生曰："那響何？"長爲不聞，曰："我耳沒物上。" 生曰："長戒之，無或誤子乎。西鄰婆家亦多女履舃，或深夜同門，戒之哉，無誤子乎。大屋之鑑不遠，在今年妓獄。本巷俗殊惡，東鄰西舍，奢侈過分，晝而鱣炙，夕而河漏。乃去歲官粟賑疫，或言這般陳不下喉，雜精炊之，至甚舉以換之。不畏官乎？不畏天也。今日之賑，咸言始知天恩之大，晚矣知之，長戒哉。長率以正之，孰敢不正。君謂末如之何者，我亦不肯解，以予所思言之，窮手刻下之所，極足可容之地，孜孜矻矻，斃而止而猶弗正也，斯之謂末奈云乎。袖手尸職，唯責宿賃，唯貪樽料，貪貪我不與也，且如長與名主，身雖賤職重，須少學問。苟爲人上，不解大義，亦誤人，亦誤己。如君勸僕内謁即是也。昇平文運之盛，寒鄉僻地，稱名主者，莫不皆學。然江戶則反不然，那名字者，大概薄鬢鉤髮，半掛短披。幇閒耶？名主耶？殆無分別。表者德之符，照面知臟，可不慎乎？"時見一丁男，頒送蕎麵，直推戶徑措而去，長顧曰："今朝有新賃人^{新僦居者例送河漏通親。}"生色喜，肚裏暗謂，今晚免飢。 驟看雪花唾窗，風刀剥壁。 長出，仰天曰："祥瑞屢臻，來年豐豐。"

繁昌記三編終

江户繁昌記四編

江户繁昌記　靜軒居士　著

　　予嘗謂孔子修《春秋》，一字一哭，老子述《道德經》，一字一憤。《孟子》則一章一嘆，《莊子》則一篇一笑，《離騷》亦一哭一筆，《太玄》亦一嘆墨。韓柳之墨，李杜之筆，亦皆莫弗爲一憤一嘆矣。則後之讀者以孰弗一憤一嘆焉。雖然乎，讀者焉得如作者自嘆自憤，則讀其書而知其人，焉能悉。豈止不悉，或誣焉。是以讀老子者，謂："偏説無。"是未知老子之意也。讀孟子者，謂："或戾經。"是未知孟子之時也。以大瓠嘲莊子，亦未知周言者也。以滄浪論屈子，亦未知平地者也。然則聖人而知聖人，賢人而知賢人，莊周而知周，屈平而知平。然則知我者吾而已，人莫知我，我奚恨哉。《繁昌記》第三篇者，亦予獲麟絕筆也。乃嘆曰，罪我者，其唯斯篇乎。誓不復操此譴筆也。然而數月之支已盡，七日之飢又來，於是乎大哭，孰憐食誓支飢，倚馬筆爲米驅，一字一哭，四篇立成。可嘆矣，譴譴之訕，遂不遑辭。嗟夫聖賢而知聖賢，靜軒而知靜軒。我奚恨哉。

　　假　宅

　　吉原於日本也，可謂昇平樂國中之一大樂天，欲界仙都內之最上仙洞，長生方法，蓋出斯洞，不死藥種何求乎海。天保乙未正月廿五夜，雲淡風靜，一刻未至千金天上，五街已着三分春色。解語之花，自然覺新，不言之花，何恨未植〔三月植花，此間常例〕，放參亥柝，柝柝打更〔往打四點，歸打九點，一時並報二辰，此亦常例，是與人間異者〕，戒火鐵棒，鏘鏘警夜，天頓向寂，人始認月。但聞唾壺擊憤〔有心哉擊磬手〕，廁屐淨手之響耳〔苟日新又日新〕。一洞房賓主未眠，低低説，密密款。殘樽未涸，乾肴猶香，妓擁火桶，置鍋煏羹，使紙當扇，撲撲有聲。烏玉潑紅，獸炭吐香。郎抱膝沈吟道："日光易流，榮華難常，憶起去年來月大災〔二月七日〕，背煙遠買林木，造化高商賈三倍。次糴米，更占利〔賜不受命而貨殖焉〕。是我親卿，因緣所由〔福兮禍之所伏〕，競豪花時〔三月〕，極奢燈節〔七月〕。何思全盛早逝，奇福隨來，射飢買米，却遇豐年〔今之商賈三王之罪人也〕，且歲晚罹火，數庫一灰〔魯人不能爲長府〕。時未周，噫〔五噫，〕

巨資索，噫〔三大息〕。已矣通街地券，一旦奪人〔沒齒有怨言〕，痛哉一切什具，湊送典舖〔回也空廛〕。土着地主，遽爲天竺浪人，賃居寄脚，且送蟄蟲世涯，抑苦抑苦。噫，我福低，鄉之薄命，今則連鴒兒丫鬟，恩波衣着，並辨於鄉手。噫，梅花苦操，却是春寒粟肌，我慚我慚。"説了泣下，妓暗暗飲淚，故意含哂道："愚狀休説，言之何益，推君流落，原出於妾，究竟原委，一條清濁有時。二人一身〔己欲立而立人〕，何立差別哉？志之不遂，唯有死耳。借遭富豪贖，紅袖翠裾，象箸金碗，呼夫人尊姐，不欲伴拙夫眠。情願只望，自親朝晚操汲提鍋，有無論炊米，春秋謀更衣。是甘是樂〔賢也哉回也堪其憂〕，勿復言，勿復言。"時羹定四箸共一鍋，已飽已醉。愁悶掃除，即揚眉道："諺所謂臥俟果報，未必一生做個苦景。湯島六百〔初篇所謂千人會〕，兩中千金可得。安知死灰不復燃。幸少得意，因屏跡墨水，買一庭園，構一茶寮，並棲偕老，優游卒歲。雙蝶睡花，鴛鴦顧波。永語當年，長談今日。"妓屈指道："算來妾放期已縮，不贖亦脫，登門有日，遂非池中物。記十二年前，妾甫七歲，始鶯陷泥。適當假館繁昌，不如今漸寂寞。諺言遇火暴富〔按，凡物經火歸土，土則生金，此言蓋此理〕，斯土久無災，或有却好，庶經火復熱。"言未畢柝聲急飛，叫報角街火起，吶喊翻海，鐘鼓驚天。蝴蝶夢邊愕，海棠睡安熟。鳳倒時解頸，鸞翻處分翼。衣不及帶，履豈及門，四散五走，七轉八倒。恰是萬樹花爛，飄於顛風；百群鷗輕，起於狂瀾。西施脫姑蘇軍，楊妃迷馬嵬麓。想見三千妃嬪，逃阿房煙，數百妾媵，放王氏閤。兵法曰："始如處女，後如脫兔。"娼妓有焉。聞初庄司氏經營法傚八陣，五街四達，十字九通。往而如復。入覺難出，一門北開，溝環三方〔脂粉流膩所謂鐵漿水者〕，板橋吊溝，以備不虞。便吊橋發於火，妓等遑惑，向溝誤步。桃花流水，蓮華拔泥。大姊隔煙喚小妹，樓婆踏火導丫兒，兒嘤嘤叫苦，不復如平生喚對門人聲也。所謂一炬焦土，可憐。瞬息間，百千紅樓，一掃歸灰，假宅繁昌，於焉乎在。

筑波峰白，野雲含雪，膾殘魚細，江風尚冷，禹廟鎖水，游舫罕繫。母寺孕春，梅花始香。距墨田川，可數百步，一個村莊，某氏別業，竹樹綠密，自然成籬，井泉玉溢，自由通池。聞得婉轉一聲，新鶯洩春，數丫兒相招閃出。左顧右盻，躊躇覘筐。一丫兒反唇道："可恨汝高聲封了那音去，此往假寓自異本館。喚人應事，高調何須。"一兒豎眉道："汝屦音急，叱曷却責我。"絮絮喃喃，執爭不已。忽聞鴒兒喝道〔洩秋〕，兒等錯愕，一閃無影，真是鶴唳一聲，群雀收噪〔封了那音去〕。"

角枕夢回，梅送暗香，銀爐火軟，瓶起幽聲。蘭房畫靜，蕙帳春暖，一位名姝，方始起身。海棠抹紅，睡思未消，牡丹迎煙，嬌容猶懶。梳攏丫鬟，筐錦襏繡，奉盥獻嗽。已茶已飯，恰報蘭湯已薰，姝起身臨浴，磨磋理玉，絺綌拭光^{禮云浴用二巾，上絺下綌}。遂令一粉姝梳翠鬟去，黟雲盈手，握餘垂地。酥雨濡櫛，薰香滴衣。分得鏡中面，嬋妍相照，形影爭真。可謂梅花描月，蓮華倒水。兒捧金筒供煙，朱唇一吹，嬌面乍迷，真是晚煙遮踈影，曉靄罩潤香。紅粉勻施，靚粧始新。恰好衣篝煙足，便起更衣，忽看小妓等搬贈，件件色色，又陳又實。金玉山堆，幣帛川至。跪道："君某，郎某，使者並言，聊候災表些寸志^{使哉使哉}。"姝一一點頭，令收納去。忽報："師匠在門。"姝命兒向案上點書冊，理筆硯。丫兒未迎，師人早至^{禮云士於大夫不敢拜迎}，磕頭道："祝祝。大娘足下，無恙逃火，就此閑處，泉石生色，福及池魚^{顧謂子路曰：取束帛以贈先生}。"姝微笑道："脫命爲幸，他不足言。非經那火，焉得這閑富貴。侍講於靜僻，却是不勝喜。"會幇某至，聲高辨捷，仰身拜，使手言。顧師人道："先^{幇家好罵言先者先生罵}間如何，小可先火起，一個時辰，舟行陪官，送到駒方^{在淺草}。方纔賜告，顧時看北天煙起，紅炎看漲，錯愕狂奔，到則已焦。如小可家，原來個小燧匣，一煽付空，看看灰飛。灰飛蝶驚人不知，先何如。"師大笑，早看丫兒排一酒肉，諧謔一會，謝醉而去。

夕陽西昃，松移靜影，野寺鐘動，煙染長堤。姝待約間，倚案弄筆，情流賦就。令兒磨芳墨，展花箋，一氣掃破，雲吐煙生。詩云：

> 睡起鉤簾日欲沈，當檐寶塔出蕭森。金龍山隔墨河近，坐拜前頭觀世音。
> 坐拜前頭觀世音，爲憐罪業染身深。慈悲何使從郎去，占此幽清弄素琴。

書畢更拈新詞，把琴舒歌，纖指輕下，拂歷鏘然，詞云：

> 深院靜鳥聲幽，不似街塵車馬流。日昃粧成人未過，孤琴低理遣閑愁。
> 雙雙蝶過憶情郎，簾外風微庭草芳，新燕尋栖繞畫梁，欲夕陽，復向鸞臺整晚粧。
> 春色春色惱得幽人，惱得從來花月多思。月上簾花影移，移影移影，春惱得人思永。

宮羽穩叶，詞意清妍，得中散遺音，弄伯牙之妙巧，杳渺淒婉，商調入破①，如若人言語。時聞雁聲遠遠，高低下雲，蓋不堪清怨也。姝停手傾耳，而雁聲早落門前，莊內頓生一段春，佳人不用詠秋扇。

好異好奇，人情自然，聞火心已熱，望煙神早馳。乃至狎客親人，走信訪恙，踐爐爭先，趁灰恐後。私覿有禮，役志千享，小年狂大，大年從亦顛。與祭禮節同樣同趣。且其破格求沽，勢不得不然者亦有焉。假宅之茸，西目本願寺傍始之，田原坊廣小路，至雷神門而絕。而東續之于花川戶，樓榭至斯漸盛，從茸橫築，斜達曲施。北到今戶橋而止焉，五街散為十三所。品流無次，大小雜居，競棲爭住，其枕墨水，水碧紅欄，注射發揮，真個龍宮湧，蓬島浮。洛神手招，湘妃目挑，水路之便，灣灣為港。況假②茸之初，遇東岸花開，呼吸通芳，花與花對。觀花人，觀花，醉花人，醉花。棹花舟，棹於花，策花馬，策於花。痴蝶也，愚蜂也，莫弗風顛乎花，莫弗狂奔乎花。雲山道人有詩云："翠閣紅樓連水涯，少年遊冶競豪奢。嬌葩妖草春多少，誰賞長堤十里花。" 風光可想。九十春光，花謝未久，三伏夏令，世已尋涼。東橋風拂，人影跨波。墨水夜深，櫓聲凌虛，刈岸邊簇花，夏而益艷。西瓜皮翻空，砂糖水傾雨，天早屬悲秋，然此間無秋棹月，舟亦棹於花。趣堂道人詩云："繁弦嬌曲拂江頭，又是東③方假虎邱。閑却金龍山畔月，嫦娥幾隊現紅樓。"絲竹沸騰，肉屏圍繞，綾瀨^{墨水上流}吟蟲，秋而無聲，白髭^{神祠}曉雪，冬而不寒。假宅限以十月，蓋舊例也，謫居有期，洞天復新，仙妃辭塵，假歸于真，新宅繁昌，可知可想。

仙家逃洞，假寓劇術，往來顧眄，眼炫腳躓。僧微笑過，非因拈花。士欺策曰："馬不進也。"貴人在輿亦不得不內顧，命婦繡人，微行取觀。況妻況妾，麋至蟻群。農推商推，與觀祭禮一般也似，車馬不能衝圍。行人就因者多，問："何如就囚？"曰："下品家為要強也。"要強者謂之引手。捉祛執帶，諄諄誘，懇懇勸。其已甚者紛手奪足，諜而抱上。言："請喫茶去，食煙去。"兒早供茶，快奉火。妓便奔把手，不待其聘^{已過仲春不禁其奔}，道："酌一盃去。"生口道："既見虜，又何言。腰下些盤纏，和囊獻之，伏望姐姐大恩，救生一命^{南牟女菩薩南牟女菩薩}。生，前年隨母遊江戶，不幸母病，遂斃客舍，道途遼遠，不能歸葬。殯廣德寺而去。今乃奔忌拜奠。臨行家

---

① 破，批校作"格"。
② 原作墨丁，據早稻田藏另一本補。
③ "是東"二字原作墨丁，據早稻田藏另一本補。

嚴誡曰，聞，客冬吉原火，想今假宅，汝如出其途，須戒要強，中道速趨。主一無適，勿少誤顧哂。然而生訓誨不奉，戒慎不至，雖心非其心，狼顧蟹行^{悔虎視不眈眈}，脚少施，眼少斜^{道心惟微，人心惟危}，早被那夥活捉了。祭期有日，豈忍飲酒^{水漿不入口者半時}。"因泣下。

大家則並放下簾箔，不欲自炫。韜玉待賈，護花怕風，或聞其聲，不見其形。恰是柳堤烟淡，深藏鶯羽。梅村水隔，時送暗香。醉客望門牆欲問梅，樓丁遮闌道："謝謝，今日賓滿，親狎以外，一切拜謝。請快去。"客艴然作色道："何道理，如何遮？汝疑我乎？僕某藩人氏，去冬參府以還，職務紛冗，不得寸暇。今日方纔得閑，而天又美，行樂散鬱，酣眠尋夢。待聘一夕妻，豈欠十金備。盲若曷不認這兩刀，視人開口，叱若盲^{某在於此某在於此}。"丁搔首道："時不瞞官等説，賓盈席縮，奈莫個娘可奉陪話，請謝問鄰家。"客喝道："若何等不敬，我問鄰曷待指南。僕生來，點未受屈。盲若如何把我辱倒去。且吉原是公花街，汝公賣我公買，何着一句。"丁道："我公賣固是，未知官等公買亦是否？無事則已，萬惹利害，豈莫誤官等，曷不自認兩刀，視刀開口。"客喫理辭塞，搔首道："是是，顧是顧是，謝汝忠信，今日只今如欠君忠，僕恐誤半世，感感，請由是去，前言失敬，庶不係思。"

綠陰先生，江頭春詞十首，鈔其二，證繁華。詩云：

嬌桃艷李錦成陳，風暖江頭種種春。蝶使蜂媒栖不定，翩翩戀着看花人。
簾上鉤時日脚收，燭籠伴客過橋頭。丫鬟來報劉郎至，歌吹洶洶動玉樓。

村婆連臂，佇立樓外，一婆道："阿呀，這個真是生活雛樣^{本邦呼小偶姬謂雛樣，樣尊稱}，可謂辨財天。消魂消魂。"一婆指着道："那位大娘，豈不似吾保正殿娘樣^{殿樣並尊稱，殿比樣賤一等}。這座小娘寸分不異於毛野村六助先妻，實實剖瓜爲二。"一婆："昨日拳螺堂所拜觀音樣並悉立，今仰活觀音樣，並皆座。且連座模樣與昨謁五百羅漢樣一樣亦似。"數牝一連，指點低聲道："那個甚肥，這個甚瘦，彼此調和便好。取那眉與這目，亦一穩當。拔這鼻種那口，亦一全美。右座一位，半面壁朝，蓋眇一眼。左座一位頸粉濃塗，必定抹痣。萬縷一色，大約伯仲，亦難爲桃，亦難爲李。個出色亦沒見，如何使老奴顛若是。"作者代老奴道："孔子登東山小魯，歸家見老婆，些顏色沒有。不唯我已，略觀世間亦然。大約伯仲，試舉此厠彼，影亦沒有。”

那一邊擊節高歌，光頭數個， 手舞足蹈，所謂住吉舞是也^{詳於《太平志》}。個一邊搖鼓彈絃，狙公使狙也。他百般演戲，往回售伎，際晚始散。天已暗，各樓樓疏外炤毬燈，疏內燒華燭。萬星一連，光明欺晝，可謂不夜城，或是水晶宮。蕩子少年，嘲弄紛謔，攀疏挑之，夜間尤多，叫道：“那位上頭，嚴曷若此。諸少解嚴，微哂何費，上頭上頭，汝如微笑，我與買餳。那緋衣上頭，想汝前生果是半田稻荷^{僧着赤衣巾，執赤幟，道路售舞，世謂之半田稻。半田地名，稻荷稷神，世言稷祠狐依}。狐媚想巧，否則達摩大師^{俗間大師捏像皆緋衣}，苦界十年，本來無一文，作麼生，作麼生，紺衣上座，汝每夕磑茶^{妓不遇聘，坐肆守夜，謂之磑茶}，側微可憐。早晚我把汝登用，因叩汝能辨得禮錢否，千請萬謁，此爲第一義。我有旨欠錢亦已，汝言守道亦已，枉尺伸尋汝豈無意。錦襖首座，汝莊以臨之，何其然帝，却想君子者乎，色莊者乎？面貌①雖莊，胸界無墨，地位雖高，丹田無毛。汝三十字札簡能自草得麼？一部大學能會得麼？千媚萬佞，唯是冶態惑世。錦衣駭愚，暗夜瞞客，白日驕人。醜醜，何上頭何上座。借人手爲字，倩人口作詩。射利不足，更名是繳。此座可惜^{妓曰公真大醉耶}。如古妓高尾、揚卷等，而真上頭。此座可容，高尾蒦封侯，揚卷罵伊人^{院本所謂千金人氏}，千載美談，一代龜鑑，綠裳上頭，汝倒妓，汝落娟，汝爲那郎沒年，自鬻典衣及褌，却是那人原來奪汝與他，汝何不悟。真倒妓，真落娟。”作者曰：“吉原言語，古今一口，其與世異者，固人所能知，而且有時言行其間。近日時言謂戀曰落，謂好曰‘大嗜’，妓受客騙曰‘倒’，客避妓怨曰‘鼻撮’，因嘆。予亦落儒，何戀聖人，何好好讀書，沒半年自鬻典衣及褌。雖戀聖人，實行未立，雖好讀書，經義未②明，被避於國，見忌於俗，亦鼻撮爾。亦鼻撮爾，噫。”

一人道：“那位眉目位置均適，十分出色，猶何他讓上座。”一叟道：“開門見山，安悉其幽，此位原不容易，肌膚白而光滑，眼則黑白分明，懸鼻脩耳，髮玄而長，朱唇 皎齒，眉濃而曲，肩殺腰細，手嫩指纖，足小若無骨，體具不可增減，加之以態，識見高，伎藝精，然而上頭可稱。武仲之智，莊子之勇，文之以禮樂，而可以爲成人一般。有宋朝之美，無祝鮀之佞，善美未盡。溫而勵，威而不猛，此是態度，小子記之。”

---

① 即“貌”。

② 原誤作“末”。

　　聞今日冶遊少年，爭踏新桐屐，不得以爲辱。以故其製精良，大幾如俎，且多爲兩頭袋，盛碎銀子，繫綬貼肉，一體爲風，乃得二絕云：

　　　　有約不來過晚天，江風吹悶倚欄邊。碎銀盛贈雙頭袋，或恐蕭郎欠屐錢。
　　　　開步來時嘎嘎鳴，斬新俎大踏爲榮。華燈暗處珠簾動，早有阿娘知屐聲。

　　假館狹隘，比之本館十居一。然遊客狂奔，比之常時一加之十。是以屏障畫席，衆客混夢，俗謂之割床。管氏割席同樣，戴氏重席異趣。如遇和氏專座，或引嚴氏之足。右屏內，妓道：“自避近適願來，或有鳥不鳴日，莫夜不夢君。恨不爲連理木，與君並茂，恨不爲比翼鳥，與君共棲。願爲影依形，君東則妾亦東，西則亦西。願爲意隨心，君樂則妾亦樂，哀則亦哀。願爲領接君髭^{虎髭蝟毛}，願爲襪纏君踵^{足縮縮如有循}，爲帶攀腰之願，爲褌貼臍之願。妾是之願，然或聞君別園尋春，落花委泥，曷俟秋風。誠然妾死，凡桃色薄，夏深實熟^{碩果不食}，望君舍色取實，牡丹姿艷，春晚空枝，願不寠故。”欷歔假泣，把玄髻置他膝上^{此膝可惜}，看地運指，送唾上眶^{密雲不雨}，自惡鼻爲之阻，薰得膏香衝鼻，客不覺噎下^{此噎可惜}。軟手撫脊，道：“吾娘曷遽爲此言，吁不悉。此事或有交遊爲誘，天神臨頂，誓非僕旨。聞士爲悅己者死^{斯人而有斯誤}，僕亦將爲娘死，奈何如負之。士沒二言，愧個腰刀^{割雞何用牛刀}。願揚眉安眠。”妓朝眉道：“誠然哉，心肝可愛。”

　　左屏裏客道：“娘誠有意，我決贖去，却是堪麥飯否？”妓道：“何不堪，奴家原生都下，性惡喧雜，安心唯期。庶老畎畝。奴家叔母亦嫁在田舍，去江戶十數里。奴家幼時寄食，記得春則野采紫蕨，水漉香魚。秋而山尋黃蕈，林打熟柿。螢落涼園，團扇趁流，雪壓寒篁，蓬窗上峰。團欒擁紅爐，情話負心暖，煨栗聞煙香，炙肉覺火軟。白雲無心，幽禽有情。田家福村野興，真閑清，真安心。不唯此已，江戶多災，入冬便發。東火西煙，又鼓又鐘，安眠不得，一歲居半。去年那災，奴家家初馬喰坊而延燒，翌寓卷坊^{在日本橋南}，席未暖，當夜復燬。遂賃京橋。竈未炊，間一日又灰。數日間三遇火，焦髮爛手，脫身爲幸。什具衣着，芥莫存，豈不苦。聞如主鄉雖鄙，亦一都會，自由自在，不甚異江戶。”客道：“殆然。且祭禮盛，遠近所無。例屬幼小，數日演戲。鼓手吹口，並取備江戶。予亦妙年嘗扮櫻丸^{院本《天神記》所謂菅公衛士}，容冶伎熟，自盡一場^{在第五齣}，使女兒悅，使父老泣（自西自東，無不思服）。適遇江戶客遊（一遊一豫，爲田舍度），言：“今度櫻丸優梅幸。”宗族稱奇，鄉黨稱妙，迄今爲口實。頃木挽坊觀秀朝訥升等所爲，眞兒戲場。”妓道：“奴家小少嘗住和泉坊（在堺坊東），以故與簑助（今三津五郎）、松之助（今紫若）、源平（今訥升）、照世（今白藏）等識，西河岸也（地藏佛），藥研堀也（不動尊）。每每見堤往賽。聞今皆名譽爲家，却顧奴家身，沈此苦海，未遇人綱，中流之舟。託身無岸。”忽聞枕頭有人，微吟詞云：“短艇不維潮落遲，蘆花深處任風吹，醉歸撐取向前岸，方是漁翁試夢時。”又歌云：“在天願作比翼鳥，在地願爲連理枝。”

前屏間妓道：“所唱不識何咒，所挾不知何簿。”客哂道：“卿不學何甚，這個白氏《長恨》，不佞亦要與卿如是，卿肯否？這本韵府，日用難欠，這册抄録，緊要物件，今世不尚實行，博識爲主，考證穿鑿，巧屬辭賦，此爲學者。乃不佞亦將以此爲射禄釣官捷徑，嫁名娶利方便。掉三寸舌，揮一本筆，早晚我將爲黑頭公。思卿堪夫人未，然此是遠到未可遽期。目今可期有有，近貨常路家某，託數口周旋米（與之釜），此託十分可期。即日得報，先送數金壽卿，決不食言。卿若謀異時榮，庶幾不厭今貧窶。聞卿放期亦近，豈不好時節？糟糠妻子不下堂，長卿青雲，卿勿慮白頭，且卿原長煙花，後來無嗣，然是固其理，安例置七去中，萬不幸壞那期，誤這到，從卿四方，安心一所，擇地立命，交頸偕老。我以村夫子終，卿亦配食卿先祠中。”妓收襟道：“胡説休費，何等醜恥。婢今雖賤，非生爲之。婢父親亦某一藩士，以道去國，求志老家。婢不幸幼見背，遂墜此火坑。家慈在時，兒亦略受誨膝下，曰：‘用之則行，舍之則藏。’又曰：‘得之不得曰有命。’若向言貨某請託，何等不學，曷不自愧之甚，若《論語》亦未會得。守死善道，世借不尚實行，何如隨世上下，博識爲主，巧屬辭賦，於道何乎？若狗若豕，不堪受汝涴。恨割席無地。”聽得後邊有聲：“南無阿彌陀佛。”

後屏有客，孤臥無聊，又欠又伸，安眠不得。右屏之啼衝心，左屏之笑聒耳。枕聲送急，紙聲洩微，前後攪睡，夢魂幾驚。聞得前屏間妓猛陳道義，因照身陰慚，也汗出，也背刺，浩嘆道：“南無南無，臭體從狎，淨財全盡。乃至先師所貽祠堂金，今不復存一鉢，迷矣迷矣。綿裏火丸，悔悔悔悔。併失衣裏珠，那魔早察我金身冷，已轉了法華，始知從前説法，盡屬方便。南無南無，阿耨多羅三藐三菩提。”

當中一客，被酒已僵。醉氣勃勃，如何眠得。醉語高低，忽怒忽笑，時發許

邪聲。妓掩他口道："四方八面，莫不爲賓，汝少爲意，請一睡解醒。"便把衾被
之，連頭掩得。客爭膋，欲撇，醉力不勝，衾內有聲，低而遠。道："佳，佳，
眠，但欲一盃，請命一個肉。"妓極力壓了，道："汝愚。爲何時辰，天向曉，草
亦眠，其處命肉，誰邊令酒？弟眠，弟眠。"客道："諾諾，曉得。獨奈小便臨
淵。須臾爲褪。"妓不得已，丟衾扶起。客便浪蹌欲出。然屏障爲圍，左衝右
觸，手沒所下，足沒所投。困得腹急，喝道："叱，如何把我置獄。叱，汝畜生，
汝欲我負撲乎？我生正直，攘羊未曾，叫梟未曾。叱，不祥。何爲這凶模樣。"
早飛一脚，左右倒屏，怡是騰瀾倒山，魚龍躍空，猛林驚秋，鳥雀翻風。皆以爲
火發，姊妹叫喚，衆容相踐。

　　鵬之徙於南也，萬里而足以運身。鳩之搶榆枋也，一朝而足畢志。此大小
之辨別，勢不得不然也。豈大特好大，小特好小之所爲乎。國而家，而於人於事
亦然。其殊之之異，爲之乎不得已勢爾矣。扇亭於吉原，亦鵬也。勢以異鳩故，
直就焦土而假葺，而客亦盛往。然而蜩也鳩也，或以爲好異，乃笑曰："奚特此
而假爲。"吁，是與迂儒或議國之大政同一轍。大人所爲，小人固不知也。北冥
而鯤遊焉，野馬也，塵埃也，雖繁雖昌，於鵬其何？聞大文亭亦傚鵬，可謂大字
不虛。乃二館假本所也。豬牙依舊抹待乳山，雁聲比常落日本堤。豪客原厭紛
雜，名姝怕浣塵埃。主客相得，如水如魚。風月情知存寂寥中。丫兒也雛妓也，
何爭會其趣。一向羨他，皆訴不平。共倚樓蘭，南望指點。一小妓道："那一方
燭光燒天，果是假館，鬧熱可知，他焉知寂寥至斯。昨夜殘更，睡偶醒，遠遠聞
得狸鼓腹聲。遂不睡，忍便至明。"一丫兒道："喜助丈言，今度假宅尤繁昌。住
吉踊，狙演戲，太神樂，角平獅子，其他百色，往回呈伎，朝際晚，豈不羨哉？
不但此，開帳佛來，葬，禮人往，鞍馬走，槍戟過，兒輩何不合，一年爲此田舍
住。"呶呶說痴，時更欲闌。月落天黑，小塚原頭犬吼聲，猖猖遠聞。

畫 島 一名金龜，
　　　　 在相州

　　我且問汝："畫島去江戶四十里，記中有何關係？"曰："夫有非常人，而有
非常事。有非常事，而有非常筆。勢不得不然也。原來假館者，非常繁昌。今轉
非常筆，勢亦不得不及非常地。客亦非常豪客，妓亦非常名妓，然而畫島固非
常勝地。非常客而乘非常機，攜非常妓，而爲非常遊，豈不一大非常哉。請亦非
常視之，勿復論非常。嗚呼，繁昌波及，四海何限。然而獨畫茲畫島，亦非常筆

之波及，偶然勢爾。”

島距瀨可一里，周廻數里，形圓頂平。拔波不甚高，削嵒不甚險，瀨而望之，譬如一大亀仰潮，然金亀之號，蓋取諸此。島之南天，萬里一波，杳無際涯。風帆出雲，釣艇没煙，輕鷗逐波，乍低乍高。東峰西巒，如屏如障，婉婉舒翠，疊疊攢黛。遠者淡而若逃，近者濃而若媚。島嶼點綴，或歌或側。富峰突兀，擎雪於翠螺之西。雪光螺色，上下交射。東瀨則所謂七里濱也。白沙平布，皎如展素。潮之呼吸，潑雪刷霜。人之往來，點墨滴粉，真一大活幅，畫島之爲畫，豈虛也哉。遊客賽島，一葦直達。如遇潮退，履沙可走。島口屠沽櫛比，一酌可買。石徑曲折，幽樹疏密，行數百步，而仰樓門。宮殿布置，金揮碧射。天女廟壯麗，使人爲遊蜃樓之想。據嵒頻瀾，瞰石怒水渦，黿出黿没于峭絕壁下。膽寒毛豎，不可久留。壯觀可知。下天女洞，怪嵒繞洞，左右鬪鋒，激浪，碎嵒前後噴珠，洞内暗黑，揚燭照步。爽氣挾霜，冷液滴漿。人咸恐燭爐，遙拜而出焉。島在東邊，漁蠻古嵒，人煙憷懏，步舟曝網，自爲一小漁落。風光可愛。夫向之與背，自然異景，出島望之，山若易位，海似改容，向之舟去，今之舟來，西之雲流，東之雲疑。可謂活筆，畫則倒矣。

傳日：開化六年，四月某日，天驟陰，海暴鳴。怪雲流墨，乾坤不辨。魔風捲雨，江海將覆，雷奔電掣，天樞折，地軸碎。閃電中看千百鬼神，叱咤戮力，撈海抽嵒。或負或提，承投相助，一夜間，捏造個靈島。翌雨霽風收，彩雲搖曳，琴音拂空，只看天女跨龍抱琴，和彩降島。海濱人民，伏沙拜彩，歸依渴仰，莫弗起大信心。爾來建祠安神，威靈千載，今如一日。

爰天保六年二月某日，天氣殊美，風軟海貼。一位天女，來降遊島。不復跨龍，不復踏雲。卸副笄，脫襲衣，粧着並淡，真是蟬羽始脫，蝶翅猶濕。想天上亦學時世粧，妙姿不勝衣，徐徐運蓮步，不慣履土，焉堪踐沙。六武七武，且止且行。方是鳳雛未習飛，鶴脛移步遲。善男善女，前導後押，從衛照步，相顧相答。轎夫昇空輿，唧煙管，遙殿於後。稺兒走報：“天女今復降。”翁嫗額手仰靈，莫人弗起信心。就轎夫低聲道：“不知來降之妃神號何？是姊是妹，屬我天女耶？抑女子子歸寧去？”夫笑道：“非非，前月吉原罹災，假館未就，吾官便拉所親上頭遊。”皆道：“阿呀，從視橫觀，猶是天女。”豪客意氣揚揚。金筒吹煙，火頭朝空，撫腮道：“好笑。”

仙姝原來困踐沙，況陟險。或引或推，見扶而進。既已賽祠，幫間執帶，歌妓攬袂，姝乃據嵩角，俯幽宫。幫人指着道："目下即龍宫，上頭試喚。乙姬隨即出現俗謂龍女曰乙姬。"姝道："浦島太郎豈由是行俗傳，昔，太郎者，遊龍城。"幫道："爾爾，安德帝亦帝入海此而投下，桃太郎亦自此上帆小説太郎征鬼島。"又指一方，道："那邊便是友盛所現靈之所。"豪含笑道："快去，幽魂恐襲。"遂下洞。妓等喫畏，初不甚欲入汝洞穴不知容幾萬金，畢竟可畏者，在此不在彼。買炬焰洞，遂纔移步，幫前導，道："昔者，仁田氏探富洞，邂逅拜天女，遂直達此。爾時，天女跨龍弄琴，聞那龍今尚現蟠，琴音時有聞。"故意揮火照窈，低低道："若有所見，若有所聞。"妓等小驚大怪，屏息走出。遂至前嵩，課蜑探魚，早看蜑女打筋斗。兩股朝天，垂髮倒海，少間無信。忽看瀾倒處，抽頭噗潮。客顧兒道："那是所謂人魚。"波瀾起伏，看足看手，若有所見，早已挾數大石決明出。

學　校

謹按，應神帝十五年，百濟儒者阿直岐，來師太子，翌，王仁來獻經典，儒學始開，文道爰行。至繼體帝，特徵五經博士，大學之建，蓋在斯際，而大寶元年，文武帝幸學，始行釋奠禮，然未詳其所在。及臻桓武帝遷都于葛野，國學在于朱雀東，鄉學蓋始於吉備公建太平府學，而弘仁中，冬嗣公，挩勸學院，次行平公起蔣學院，且清和帝詔頒新修釋奠式于五畿七道，則可知天下鄉學皆建，而文教盛行，世漸騷亂，武威日張，文道永馳。射日之弓，權歸武人，倚馬之筆，職之釋氏。寺其地，僧其人。逮聖人起，名儒林先生從出焉。其人而其政舉，其世而其教布。聖人繼生，重道尊儒，率由舊章，爰開府學。初在上野，元禄三年，改卜今地，立廟奉至聖，分舍館書生。地位廣大，堂宇深嚴，以崇天下之觀，以勵多士之心。爾來歲時，丁祭祗行，選舉例課。於是乎列侯傚德，競起學校，世道歲明，人心日新。賢能駢進，英才並育。宣德之化，昭文之成，科舉不及民，鉅儒應世生，或延爲王公師，或聘爲侯門客。泮水餘沫。濡我鮆生，文字爲生，呫唔卒歲。豈得非右文昭代，化成教澤所由也哉。於戲！

或云："今學校戾古制，而今釋奠違古禮。"愚竊謂禮從宜，使從俗。斯道之行，何必泥古。制，取便可，禮，取義可，今之不古，豈獨我已。雖彼亦然，乾隆詔云："考古帝王，立學之制，不同，六經所載，儒者之説，亦復互異。王者惟當審其道之同，不必強合其制之異。"此詔可證。且其三代邈矣。今之論古，安能知其果古？古人論辟廱，毛氏言："水，旋邱如璧。"鄭氏言："築土壅水之外圓如璧。"一則因自然之邱而引水環注，一則因自然之水而外束以圓隄。漢時既然，況今古之不古，此亦一證。但愚鄙人未會國典所在，因疑吾後代養老尊賢之禮，未聞其如何。《記》云："有虞氏以燕禮，夏后氏以饗禮，殷人以食禮，周人脩而兼用之。"豈爲飲食乎？以孝悌之義存於此也。吁！

文運之王，於今爲盛。人物之會，古所未聞。乃官學外，儒門義塾，林如叢如。生徒薈萃，雲似雨似。四方負笈六十列之生童，一都鼓篋。七十子之學問，坐中無仲尼，回也皆如愚。群居混雜，假宅也似，割床也似。一所義塾裏，書生十數名，或專考經義，或好攻史學，或研子類，或務該博。有正音訓，有鑿字義，有搆文，有練詩，各由性近，精于勤，成于思。看，一個狂生，機下畜一壺酒，翻書爲下物。碗幾碗，如飲湯也似。既而醉，玉山將頹。慷慨高歌，歌未畢，忽望空呵道："咄咄天下第一等人品，落魄曷若是。世間最上乘奔逸，飢寒奈至此。驥將老櫪，痛無伯樂，龍臥艸廬，將軍不願見。"放碗忽笑，拋書忽哭，忽怒乎喜，若傍無人。然，衆生不堪，左叱右吒，皆道："這廝狂疾亦發。曷弗懲之甚。妨我熟思，攪我默識，利害不細，罪案極大。"生若不聞，引壺支頤。楊目道："今日天氣好，我將浴沂，汝等蜾蠭，欲扈從否。舞雩詠歸，不亦樂乎。何必讀書而爲學。經公，汝聽。汝每言，經義爲任。好，好，甚好。却視汝所以，口說經義，躬欠經行。從我視汝，若未嘗讀《大學》，若未嘗讀《中庸》《論》未會，《孟》未會，試言如何，汝喻利，汝餒氣，汝欺己，汝愧天。豈不那所謂讀了後全然無事者，惡在經義爲任。聞，汝送迎不用，視書生如狗，奈何如然。送迎者人道也。人道不辨，謂儒可乎。禮士不迎大夫，爲其答己爾。不知書生道義之尊，孰稱汝儒。又聞汝好爲跌坐，貴人面前猶不戒。夫跌坐則釋氏之法。然已生日本，雖僧猶戒。況儒，況士。我哀汝等後來，生而無脚。夫子溫良恭儉讓，聖猶然，汝何物。思聖人之罪人也，何儒何儒。聞汝近欲干某侯，人事求緣，楢木爲脚，方纔拜家老，思是鉤斗禄意所爲，汝曷不羞。媚奧媚竈，並獲罪於天。往役者義也，見者不義也。若快取《論》《孟》來，經義所在，我說喻汝。且聞汝梳櫳女弟子，何等醜。閨門不治，曷談經義。却是世間多少愚人，猶拜汝等仰儒，猶指汝稱經生。我侫而不仁，雖知受憎，爲道爲世，爲愚爲若，欲鉗口得哉。

那文人，文人。汝動言：'文章文章。'文章其何物。親玉不云乎：'有餘力學文。'汝猶欠行，焉得有餘。學校規條云：'爾諸生'其敬聽之。從來學者，先品行，次及文章。學術事功，原委有敘，汝則倒之。豈不惑歟。

詩人，詩人。汝，死人。古人言：‘詩比文章又一塵。’汝費思於塵，因胸中塵堆。飲酒爲帚，掃愁不掃塵。若詩會者，酒会也。若酒会者，銖會也。何風流何風流。

子類先生，汝亦可謂務，校管攻墨，討荀論呂，讀不可讀，會不可會，却是無益。不如讀論語得一兩句。

歷史家。汝論歷代，歷歷如見，論正統，靡靡可聽。然異方統論，我何關係。

該博者流，我服於汝莫弗識。但憐汝未識人。所以爲人。

字義博士，汝鑿亦深，惡智爲鑿也。聞汝亦有字説，可謂今王氏。

音訓大人，汝亦自今呼稱陸氏。

好古主人，汝好言，宋板元板。汝何不尊道而尊本。按板本行世，起於周顯德年中，則宋板爲古，古則古。然雖古雖新，無損益於聖言賢語。嗚呼，爾等學問，無益於世道，無用於人心。猶爲和熟思，猶爲何默識。妨之何害，攪之何罪。且不此而已，我更有所戒，穿耳謹聽。汝等近夕所爲，爲我未知乎。觀花爲託，訪假取樂。花字則花，不醉墨田川花，眠花川戶花，作詩立證，自然不免粉氣。刮眼張臂，遂卒不禁坐睡。若曷無懲，若奈不戒。汝則蒙君恩，汝則依父慈。衣食之給，用度之費，一切取之於此。斯恩不戴，斯慈不省，衣着鬻盡，與及書籍，冶遊無賴，侮及聖言。挾假宅細撿簿。懷新内節^{曲名}新翻，何等醜何等愚。惡惡子衿桃達，經義所戒，邯鄲學步，子書所嘲，苟行止有虧，雖讀書何益。嗚呼，朕用嘉惠爾等，故不察反覆，惓惓頒茲訓言，爾等務共體朕心，恪尊明訓，一切痛加改省，爭自濯磨，積行勤學，以圖上進。大笑大笑，猶有猶有。我昨假寐之夕，偷眼認得，汝等相依，取偶進膝，密密撫手，低低爲語。我聽得，餘野沙，阿爲古丁勢。箇衣濃時，欲宇加井那，是不那時世拇戰乎？此所是塾^{小便無用}，無禮何至此。夫國有學家有塾，原以興行教化，作育人才，典至渥也，可不慎而戒哉。”時聞刻漏八點，闕黨童子，遑忙來報：“先生既臨。趁早參講。”衆生一發，挾書而起^{晝睡無用}。

新梅園

園，在墨水東，鄰白髭祠。幅員萬畝，地形如環。槿籬屏内，水繞其外。土橋甚窄，柴門殊卑，入則豁然景寬，自覺趣別。又過一門，漸入佳境。南面皆植梅，槎枒林立，橫斜交枝。據西起樓，創亭建榭，連接延北，並潔以待遊客。迫東引水，水之遠近，蒔七秋草^{聞七秋草目出萬葉集，萩、芒、葛、蘭、瞿麥、敗醬、牽牛花凡七種，或以桔梗爲牽牛}，水心種蓮，水涯種花菖蒲^{未聞漢名}。東交南雜木扶疎。衆草蔓蔼，一年四時，莫半日不花開。而園主以梅爲第一生計，媒花賣茶，養子爲諸。乃梅之發，遊人最多，戀香慕影，清賞閑吟，至晚而去。比其飄零，適遇墨水櫻開。園雖滌香，客烏波及。水上春流，園放牡丹。姚黃魏紫，富貴逞相，然富貴難保，異乎梅苦操，算日而哀。於是乎人跡稍罕，四面綠昏，梅子始青，幽禽占陰，各鳴得意。所謂遊人去而禽鳥樂也。清樾間薔薇沁紅，猶携餘春，石榴夜合，幽花續綻，紫菖蒲墜，白蓮花發，水清香潤。金氣遂冷，秋草吐紅，錦織於雨，繡卷於風。秋猶如春，遊人復盛。蟲聲悽咽，露光嬋妍，使人目爽心淨。凌霄翻雲，桂香熏月，蟬吟欲嗄，而菊正芳。所謂隱逸，香色堪久。不如牡丹易凋也。菊枯天寒，霜飛樹紅。拒霜茶梅，補粧於梅未开間。前主菊塢嘗言：“新闢，迄今纔餘廿年。花木之富，繁昌至斯。”今園主平平庵，善繼樹業，不隕花聲。卉木歲繁，客烏日昌。予謂：“江戶繁昌，亦可以候焉。”

寒葩冷蘂，點雪綴珠，巢父操烈，飛燕肌清。奇香遠飄，通信墨水，妙枝逞影，起思孤山。一亭，士人數個，湊頭仰眉。皆道：“妙妙。四時多花，竟莫梅若。僕本國亦這般梅不爲少。然不屬民家委蓁莽。湯亦無所飲，況茶況酒，況得覿那他美人翱翔花間。有梅無酒俗了人，有酒無女不精神。”一個道：“未未，有女無錢猶欠精神。今日何嘉時候。職事閑暇，天氣美晴。飲酒問梅，遇梅喫茶。然後多少見這麗人。因想起，向所閱假館尤物，僕眼去彼眉來，彼魂招僕魄挑，十分有情，百兩那惜。卿等心下何如。亦見所悅否？”一個道：“有有，固有，然非我悅之。我爲他所悅。且卿前言有女無錢欠神，未未。如僕，則所到之處，費皆辦於彼，何苦無錢，但恐損陰德耳。”彼此紛謔，頻喚梅花湯，解醒醫渴。

一席，占座一夥坊丁，一個仰頭道：“雪雪，真雪。玉玉，真玉。玉而有香，雪而不寒。妙妙。八^名，汝，聞汝爲平京。快吐一句。”八笑道：“七^名汝無學，徘諧爾，非平京也^{徘歌謂之徘諧}，汝低言之，外聞甚惡。”七道：“八，汝聞乎，裏坊貧乏之寺社，能作火。近頃每日烈風，汝等用心。”八道：“汝宜言：‘貧乏儒者，能作詩。’儒者職分，於我何用心，何戒之？”七道：“汝學者，請問。聞我坊名主，善讀馬鹿^{國音，鹿音歌，且叶愚謂馬鹿}。馬鹿亦可讀耶？”八道：“可言讀和歌，豈馬鹿？

國歌謂之和歌。" 七道："然乎。如然，比富本、清本^{並曲名}曲孰優？未聞名主喧名，汝知乎？名主馬鹿名何？" 八道："舍之，外聞殊惡。" 七道："何惡何管？聞者一時之辱，不聞末代之辱^{俗間通語}。" 一丁道："墮理破興，學問待明日，且汝等今人，雖作詩，雖賦歌，安能踰古人^{卓識}。觀梅談字，所謂殺風。汝等畢竟馬鹿，馬鹿。"

數個書生，花底借席，出行硯舐筆，運思尋句。或埋首或支頤，手爲了字，眉爲八字。若睡若愁，若病若愚。一生道："佳句拈得新奇。思驚汝等^{烈風用心}但以酷佳苦對。" 一生道："好詩佳作，自覺李杜可攀，至宋明諸家遠不及。" 一生道："弟作思驪珠，兄等勿復費工夫。" 各自競誇，吟了數遍，與喚羅漢堂建立聲，一般也似^{馬鹿馬鹿}。

一席則和歌者流，數輩亦相共鞭思。一人低聲道："叱。鄰家唐人，喧雜聾人，那亦日本人，何如却學唐人。字句縱巧，原來假物，如何得調。二十八文，惡得如我三十一字^{二十八文三十一文並不足於百者遠，以此費思，以此互軋，謂之馬鹿，實哉}。"

一亭則徘歌人家，相依探句，一家低低道："我十七字而足，曷用多爲。餘韻之妙，全在不言到處^{所謂不可解}。" 忽覺清風送香，送得別是一種妙香。人人顧時，看一位名姝，微行問花。數丫兒前後護香，蓋以其寓於近也。姿貌端麗，神思幽閑，有正冠之嚴，無嚙袖之陋。緩立花底，顧望自尊。恰是羅浮美人，忽然入趙氏夢。衆位喫驚，呆得魂飛，却是如夢醒一般。

鉅公之淵，豪商之藪，佳園名莊，千百何限。花木之淵，泉石之藪，勝景清賞，四時奚之。好梅者富於梅，愛菊者豐於菊，富於竹，豐於蓮，奇樹妙草，豐富爱極。且如梅園之富，權貴一舉，半日得之，何待廿年哉。然而鄙人不遊公卿之間，寒士不結富豪之交，以洛陽名園之筆，予非其人也，今且記斯一區小園，以爲美觀。顧笑可記之園本無限，然所記之人自有分。且新梅園比之乎古梅莊，則爲第二園。古梅莊古矣，而滿園與梅，不取別木。野梅也，官梅也，緗梅綠萼，千種百色，莫不具備。蒼蘇封身，粉鬚垂枝，臥龍橫地，鴛鴦^{多葉紅梅}翔空，疏瘦老怪，何所不有。何乎舍一記二，取新略古，曰，古園既已出太平志也。

馬喰街客舍

日脚西眷，人影鬧忙。婢，向各房裏叫聲："晚膳已具，請各位就餐。" 衆客便一齊下樓，一字兒坐下，舉箸者。長幼固無序，羹飯豈有算。主人不侑，賓不告飽。時聞門前譁譁雜雜，看時，看村婆十數，連臂來投。手巾裹頭，單衣襲身，草鞋竹杖，行粧一色。看傖父數名，披雨衣戴晴笠。看僧侶幾位，負打包，挾如意。看醫，看行縢。看商，看行李。早看，婢奉盤請沃，搬行李，收杖笠。看看泥鞋疊積堆山。新客坐定，已茶已煙，已浴已飯。亭主出拜叩頭道："列官，迎歲萬福，遇春千祥。奉賀奉賀。貴裝無恙，長塗無隔。奉祝奉祝。貢臨照舊，謝，謝。得覯又新，感，感。"客道："主家多祥，貴業益昌，却是幾番火災，厄難，察，察。然隨燬隨築，新構愈華。"主道："實如鈞旨，丑年以還，五期三災。加以凶飢，實苦實苦。所仰天道不殺人^{俗間套話}，去秋一豐，衣食纔保。要亦出官等賜顧不棄，豈堪謝，豈堪謝。"客道："聞今春假宅殊極繁昌，聞三巡^{在墨田川}忍池^{在下谷}開帳數所，淺草從繁，兩國從昌。想所見勝所聞。"主道："極繁極昌，實如尊論。因聞拐子從蕃，各官省之。"客道："諾諾，銘在心，顧是大都會之物，如吾田舍賞之不襯。"主道："冬旱交春，麥苗如何？"客道："危槁，幸幸前日一雨天，真雨珠。"主道："年之順成實難得。客臘大根^{蘿蔔俗曰大根}極貴，比常三倍^{百本一桶十二銖金}，即今時疫流行，病者並發痘^{俗謂三日疱瘡}。貴地亦然麼，都下一體傳染，家人輩數個猶在蓐。風藥醫奔走，汲汲鬻藥^{百服一人十二銖金}。"婢報："賓臨。"主納頭道："少間告暇，請寬心安歇。"

一客趺坐，按摩師從後拍肩，摩背。摩有法，拍有節。客道："博士，汝住甚處。"摩師道："淺草近邊。"客道："聞醫人出身，自非按摩下手，大家不起得，察察汝等辛苦。"師道："小可其實窮儒，今爲之出於不得已^{可憐}。"客道："如然，卿手可戴。"師道："曷然，彼舉於士，此舉於市，天將降大任，苦心志，勞筋骨，固其所，固其理。且比他鬻身五羊，我賣手五十^{按摩料通例五十錢}却是過分。"客道："先生^{可憐}唐土亦有按摩麼？"師道："有有，自古有之，所謂導引，即按摩。《孟子》所謂：'爲長者折枝。'趙注以爲按摩，依予^{先生}所觀，按摩博士，始見《隋史》，按摩字亦貴，不如今卑。"客道："背已覺輕，先生及脚。"便把身側臥，道："今日賽青山^{京師清水觀音開帳于長谷寺}，遠方脚麻，先生戴手，請更少緊。"師道："諾。"便偏袒，極力按^{待以先生。欲不爲左祖得哉}。客道："先生，想汝浪士，籍係何藩？蓋有舊主？"師道："有若無，原來我先公之制，人苟學問，雖庶人升于公。今則不然，百日説法，屁一放屁。一篇文章，錢半文錢，學問誤人，所以按摩^{可憐}。噫！”

一客在傍道：“先生可惜，汝有學，然無錢。如我國主，以好學故，去年歸藩，下車之初，首點國中學童。我兒等數名，並蒙選拔，大恩賜月俸，差江戶就學，要亦以我富豪有錢爾。他甘羅、張童不爲不多，然終不擢，全緣無錢。先生，汝無錢而學，如何見擢，亦汝過耳。聞過而不改謂之過。汝自今改之，不謀道而謀錢，學也餒在其中，有錢無類，子亦在錢上曰：‘逝者如斯夫。’謂之錢‘君子哉’。舍錢又何取。自有生民來，未有盛於孔方夫子也。”師笑道：“諾諾，爾爾。因思武王伐殷，亦是虎賁三錢人，取天下亦錢哉。太甲亦密邇錢王，於天子亦錢哉。嗚呼！ 錢錢錢錢，小可自今改之，庶他時以錢生見稱。”

甲向乙道：“問動，今日堀金話頭，聞係貴州，果然麼？”乙道：“是是，實然。”便出一紙公文示之。甲受讀。文云：“準擬，上列河內郡本吉田村農，伊澤氏孫右衛門者，係故結城晴朝家臣，伊澤平大夫七世之孫。而聞當初晴朝臨死，遺命，瘞黃金九億八萬，及重寶珍器。其地實當伊澤氏園。以故，先是正德三年，始請掘之，爲水所沮，半途虧功。次享保廿年，次天明三年，次元文二年，凡四鑿之，並不畢功。今乃次右衛門者，以伊澤氏疏屬，首募同志人等，與共捐資戮力，請繼前功。因令地方官點檢督之。而其所計劃，設蛇腹車輪水，役徒一日七十名。結課約百日爲期，如竣其功。所獲黃金二分呈官，一分納邑。一分之四付伊澤氏，餘盡歸於其人等手。儻或不獲，籤覆如故，毫勿傷其地，且所算之費，概當四千金。因先用其半交割，立證在保正手。餘從辨之，少無遲滯。證據戇實，今允其請。地方吏民，一體知之。”甲道：“今果出麼？”乙道：“事，在我発足時分。 後未聞何消息。”甲道：“或出世間有益，不出其地有澤。”丙哂道：“知否？ 府下目前有一大奇出，比彼更妙。”乙道：“固陋未聞，何出？”丙道：“不是別所，市村戲場。梅幸機技，出活幽靈於懷。且人化爲貓，貓復化爲人。出機入機，又幻又怪。那優巧思，古今一人。春戲一番，鬧天驚地。今度繁昌，近年罕見。”丁冷笑道：“那他是輕葉師，不徘優本色。豈足爲奇。從弄機已。”丙道：“世失本色，何獨責倡，得錢便足，此爲上手。”丁道：“世不稱齊景稱伯夷，上手秒人豈在錢。”丙道：“汝村學，不知時變，不會權宜。”丁道：“我固村學，汝亦村學，汝如會權宜，今度一件，曷初不行貨。我誠汝，勿惜一文破百錢。汝不聽。以是至此。遠走府下，長煩公衙，累彼累我。瓜時仍畏簡書，出於汝，出於汝。”丁道：“胡亂休説。原談演戲，惹此議之，有理猶非。”丙道：“理無二本，爭奈何非？”乙故意堆笑道：“愚，汝等愚。豈不所謂常談出駒^{都俗謂戲言起爭，曰出}。出金出鬼並好，出駒甚惡。”相視閧笑。乙道："南蠻樓上^{河漏名肆}，一酌洗惡。因走淺草趁假宅，何如？"皆道："好。"一發出去。

畫間寂寥，逆旅常況。倦客五六，或困睡，或沈吟，或讀書，或圍碁，以消白日，以遣無聊。借本兒至，放在數本，道："這是《八犬傳》，那是《八笑人》，並是新板。"客道："《繁昌記》嗣刻否？"本兒道："《四篇》已出，《五篇》續出。然那他漢字本，非我手物。"客道："何不爲汝手物，那猥雜大方孰閱，却是醒睡莫之如。我待以此醒天下之睡。"兒道："何謂天下之睡？"客道："當今太平，閑暇无事，公侯睡于邦，大夫睡于家，儒睡於道，佛睡於法。于門犬睡，于穴狸睡。便欲使之讀之絕倒醒睡。"忽看一客自外歸，道："不可思議，不可思議。今日兩國觀脚伎，真不可思議。一女子年紀廿上下，顏色亦七八分，初上場雙脚平伸，把紙展卷，屈得貼了。遂挾剪刀進功，自由自在。全不異於使手。放剪紋成。又把篏線施技。觀者不覺其爲脚。遂坐胡床，弄箏，按宮拂羽，律協調和，伎進乎手，聽者忘足。《繁昌記・初篇》記《脚伎》。作者言："天下獨步。"何思天又出此脚。夫子云："後生可畏。"真然真然。聞那女臂短，半於人，不足使用。或然。因知造化之妙，無全廢無棄才。便是那脚，無用却是有用，亦粧繁昌一物。如靜軒手亦然，短半於人，却能寫昭代之繁昌，未可必言無用。可憐在，一奇手一妙脚，雖不爲全廢，並使天下廢人。以妙於脚，曝羞世間，以奇於手，流醜天下。惡惡不動脚，便飢其腹，不動手便欠其米，思所以《繁昌記》嗣出。"客翻彼翻此，道："這也猥，個也雜，想並出靜軒手。"居士曰紂之不善，不如是之甚也。天下之惡，皆歸焉。自《繁昌記》出來，都下遇諧謔新本出，或從言，悉成予手。知識，走予，忠告且戒。因取其本閱之，意巧筆健。並莫有似我拙者，然而聞此誣。嗚呼，身居下流，而口給禦人，內自訟己，有感於聖人之語焉。顧有心之人可憐之，有眼之人可辨之。然世間少有心有眼之人，則我如之何哉。頃者觀名家評判記者，亦新本也，何思予名亦併載在其中。嗟，夫何物狡兒，把吾編號以外人，置之其次。吾陋豈得與名家諸先爲伍乎？且以其新本故，或恐世間無眼之人，亦復疑予，我豈欲于諸先爲伍哉。 且其選貶真儒，遺實學，褒贗儒，擢虛名。 次非其次，評非其評，蓋阿所好之爲非公評也，二三子，莫錯其人。

麴　街

麴街者，西郭劇地。東西如髮，直貫郭門。十在內，三在外，合爲十三街。

帛舖則有升亭之巨，而食物則助宗燒，於鐵牡丹餅，並稱名物。彼豬鹿屠舖之源，亦濫觴于此，三四街間，六通八達，繁會最劇，平川祠在第三街之南。

平川天神者何？亦菅公靈廟也。以祠在平川坊，謂之平川神。云，菅公祠滿天下，而其在江都最顯者，曰亀戶，曰湯島。曰何曰何。百祠不竆。公以生時能書，俗仰爲書神，學童禱請依焉。乃每廟忌廿五日，咸放業而賽。所所在在，參拜極繁。況平川祠當劇街，賽兒納頭祈念道："南無天神樣，天神樣，請教兒手上（俗間謂筆進曰手上）。阿爺言：'手如快上，汝所望以賞，十件也容，百件也依。'果然，鼓也可得。笛也可得。養也飽。果也飽。奉依奉依。且願月增廿五日，年加正月（正月放學），恣意縱遊，一日飛紙鳶，一日乘竹馬，一日放淺草，一日觀兩國，今日打陀螺，明日爭錐鑿，朝承蜻蛉，夕弄金魚，且嗷所愛黑犬（黑犬），牙白犬（犬）爪赤犬（犬），贏得勢猛。更請兒近日拋石，誤手某門。門監那廝，執棒嚇兒。伏冀使那廝脚麻手軟，不能復執棒。情願是望是望。"廟前神樂臺上，一祝打鼓，一祝鳴笛，一巫女白衣緋裳，右手揮鈴，左手運紙（剪紙挾柄祝家謂之幣），且揮且運，一往一回。圈豚而行。神樂錢雨點爭擲，只看一錢激過。向那祝頂門上落將去，祝念道："願本月牌落，亦如此（平川亦有千人會）。"

西關以西，水利欠便，千運萬漕，唯馬是任。以故新宿抵關間，馬往馬來，馬嘶馬驚。咤咤叱叱，加以牛以車，又推又推，又驅又驅。向關輻湊，而一半直驅入關，一半外而四散。莊周曰："萬物一馬也。"予亦曰："四谷一馬也。"一馬一人，一連十數。甲叫乙應，隔馬行談。爲頭一甲，不顧高叫："舍弟汝（舍兄弟親疏一口，彼此通用），能飲能食，前夜婚禮不倒者唯汝。推知那一件亦健，如我今休。傾那一斗盃後，前後忘却，暈倒等死，今休今休。但酒中妙味，爭忘得，平生之望，醉中蓋棺。且我今而就木，想他多少義，男女大約十里四方，奔喪遣奠。因思我不求冥福，死後香奠，無益乎我。庶幾臨挽忽甦，千奠一飲，萬奠二飲。飲盡復死。"乙叫："如然，叟今晚快死，弟則候甦奔奠何如？前夕初把一斗盃，先連飲十盃。次又揮四五盃。比少覺醉，酌已無數敵，遂就盛饌。十碗放飯，十碗流啜。及殯，那新田老婆害氣欲我困，緊緊盛得山似。我亦欲他驚倒，勉強爲氣。忽崩五山，乾乾一粒不餘。婆遂呆了去。既而歸家，會遇鄰舍贈牡丹餅。點心十塊，方始就眠。"甲叫："咄咄，何等健食。可知睡後一件亦十塊，我休矣。那時半酣，我以爲未醉，偶如厠，一氣快通，却怪不送些響，且覺尻邊重，伸手摸之，何思襌初未開。”丙叫：“可憎，那新六，近年福蓋高，不復照前日。錢以尊面，金以使氣。步步不讓，事事凌人。前番亦犯次。快矣，老爺一喝叱退。那廝先人原來是氓，不知何所馬骨。”丁叫：“馬骨牛皮，有錢則貴。舍兄，汝亦稼錢。”丙叫：“貨殖有命，我輩真與錢儺敵？”戊叫：“前頭，搶來搶來。須堅執轡，快避步休爲，向藩見責拽。公家爭然，從吏張威，自家心地以爲工薪。跨途乘人，視我如牛馬。不知民爲重^{吏爲貴，君次之}，吾輩生賤，豈不尊貴，雖彼不喝，我固可避。胥吏愚頑，使貴失貴。心服不避，避亦非避也。我如辭稼穡，彼半粒何食？遇凶遽駭，逢飢急戒。平生，不知農重。農是邦之本，得丘民爲君，如何牛馬視民。動言武士武士，不知果會武麼？跨劍其術未必會。立槍，其法未必習。何武士，何武士？頃一武人至，乃輿乃馬，又槍有劍。使人迎使人導，衣袴美麗，容兒尊嚴，及來宿，陪話間，我故意試叩壁間字。所書詩，那“主人不相識”耳。他却不知一字^{客人不相識}。顧左右言他，咄咄何士人。”癸①叫：“大概是是。多一筆啓上己，足兵足食。食最在重，他曷輕我，我農決不讓昔。兵能勝古否？且今士屈金，奴視農，君視商。商倨傲由士屈，商今却奴視士人，況農。乃我往酌圍。或方其食，言：‘汝好來食時。’燒香下簾，忌臭亦至。不省其屎出於己，不思其食生乎我。嗚呼，屎之可貴，想一勺共之，夫子則可三嗅，必言如蘭。”最後一人指挾龜頭，行弱。繩繩溺過，不絕如絲。放生歌。詞云：“四谷新宿馬糞邊，燕子花開尤可憐。”後邊有附節者，不是別人，馬放屁連放有聲。

市谷八幡

殿宇翼然秀于鞠街北者，市谷八幡祠是也。祠據丘爲位，對市谷官門，上有小戲場楊弓肆，下則屠戶酒肆雜比，亦爲一繁昌所。丘面東南，茶店連架，數個士人，眺望啜茶，一人道：“按陽開陰闔，自然之理，地開東南，大都通邑皆然。江都亦開於下坊^{東南卑濕，通謂下坊}，闔於山手^{南北高燥，通謂山手}，乃至神叢佛刹，從寂寥，如無三大藩之宏壯^{尾紀水三藩}，妙法寺之繁昌，山手之寂，蓋不止此。吾輩住山手，真個不幸。”一人笑道：“兄不幸却是幸，使兄住下坊，即今假館，桃李在近，兄等行樂，豈得終春。”茶嫗挾口道：“官等實幸幸，且山手安心，不似下坊患火。豈唯

---

① 底本为“癸”，或应为“乙”。

此。此方新驛之盛，與深川一樣。館亦美，玉亦美^{謂妓曰玉，通語}，風俗家法，一倣吉原，可謂小北里，假宅狹床，豈如新宿廣帳。”士道：“確論，確論。却想嫗亦少艾，定美，胸亦定達。”嫗堆笑道：“如婆山王祭禮，麴街出象時候人等，自意不妖，却爲怪。”士道：“嫗汝翁尚在乎？”嫗道：“猶存猶健，去年已出米符^{俗間人至八十八，必頒壽符，謂之米符}。今年又得曾孫，婆奔於翁，當田沼公盛時。”士拊手道：“果然，果然。我前言，汝少艾，定達。” 嫗哈哈笑道：“亦偶然爾，嗣後朝政革弊，侈靡一掃。爾時如官等士人，劍皆跨長，褐皆穿短。朝讀五經，夕講七書。”士顰眉道：“好好，休說古風^{漸迫人}，請問汝夫婦並壽並健，必定養生有主。” 嫗道：“古所謂伐性之斧^{斯婆而知斯語，可想革弊時分風俗}，嗜欲知節爲第一義。”士道：“確論想然，但汝等絕欲，幾年時分？”嫗道：“七十以來，此道全絕。”士皆笑道：“謹奉誨。”

角 乘

“鴻漸于木，或得其桷”者，蓋爲巽順得安之象。如角乘則不然，得角居危，乘木特危。來之坎坎，可謂動乎險中。伎極危險，然未曾見其夷左股折右肱，所謂厲而無咎者。一面水戲場，忽看鉤出一材木，伎丁突如着屐乘木，操棹撐出。遂用屐齒，斡轉材角，轉轉斡得，揚波漣如。往謂陽波，來謂陰波。一陰一陽，大往小來。材木則直方大，彼齒則跛能履。利涉大川，木道乃行。既而豎梯子于木上，一浮一沈，隨水上下。其象似船建檣。丁便上行，貞吉升階。履之錯然，觀者惕若。棟方欲撓，遂晉其角，把身平伏，腹與角垢，則四足並開，可謂揚于王庭，豈不高尚其事乎。亢龍有悔，碩果不食。旋閞足而直立焉。四顧額手，爲遠望之狀。虎視眈眈，臲不困于株木。乃降一階，手足復開，變作大字之形。大字之義，亦大也哉。又復伏翻身顛趾。象曰：“金魚倒尾，却履校滅趾，遂抛神於前。”恰是旌旗靡風，可謂豐其沛。忽反身倒乎後，取謂顛頤。有隕自天，真是初登于天，後入于地。其他數伎，或扛大石，或舁肩輿，益奇益危。今其鳴於都下，不止雷震百里，觀者自八卦來。

世漸窮奇，人漸好奇，奇伎淫巧，追時是極。角乘所以最奇出也。雖然乎周因於殷禮，殷因於夏禮，三綱焉絕，五常曷變。況乎當今古無比之盛世，雖不無奇變追時，斯道也者則常存焉。今秋七月十五日，姬藩孝女山本氏報不共之仇，是便斯道不磨目前之現證。小伎之奇，世雖窮焉，人雖好焉，曷害斯道，要繁昌之奇觀，亦可以睹盛代之餘變。獨異近年地震洊至，今茲亦，以六月廿五日大震，越廿七日詰旦，又震，午後復震，翌廿八夜，又震。聞奧州殊甚。其占蓋爲陰盛乎下。豈女不爲女，臣不爲臣之所致邪？方今無此事，然有此變，思亦堯水湯早，天道不可得而測也。敬之而已，戒之而已。夫致中和則天地位，而誠意正心者，致之之功夫，學問舍之又何。然而觀世之書生，一切局文字間，此心欠此功夫。證古之學，辭賦之業，雖勤雖巧，奇變之小伎，何辨焉？奇變作行，角乘爲伍，害斯道者不無矣。豈謂之盛代之餘便可乎？噫！

好　好

行商百色，追時出奇，雖物不異然異樣，則占贏。繁昌世間之勢然。都下今日有鬻炒豆者。其人張晴傘，踏雨屐，一口唯叫好好。我以好好賣，人以好好買。好好，好好。街間，一日莫不聞好好之聲。昔者司馬化聞死稱好。其心豈一死生歟？因思今斯商叫好，蓋亦一是非意所有。便教人忘是非爭買，妙也哉，好好。嗚呼，居士亦是筆商耳。出奇唯求，占贏唯欲。贏意之運，奇筆之激，觸人者想不無矣。寄言世間讀者，庶幾司馬氏爲心，聞罵亦稱好好，爭買。

繁昌記四編終

江户繁昌記五編

江户繁昌記　靜軒居士　著

昔者平氏也、源氏也、北條氏、足利氏、其相代盛。當時孰不謂繁昌莫過焉。平氏焉知有源氏之盛，北條氏焉知有足利氏之繁昌。何也，無有一人記之。思其人皆將俟其極而記之。而其世遂向式微，所以無記歟。嗚呼，四氏又焉知今之盛，至乎三百年之久，而更益繁昌。可謂古無比矣。想二百年前之人，亦孰不謂繁昌莫過焉。百年前之人，亦孰不謂古無比，何復無有記之。蓋人俟其極然耶？天俟其人然耶？何不記宜記。予謂，今之盛將歷千百年而繁昌無窮，奚俟焉。於是乎記，然而我豈天所俟其人哉？則後之讀者，將有感於斯文，而有感於斯人，而謂："記之不如無記與。"

千　住

落月啣山，雞聲催曉，店煙未揚，橋霜始白，早聞馱鐸之音，擔歌之聲，驚殘夢，喚懶眠。驛樓上客割愛待去。妓道："尚早，請且徐徐，恐怕那小塚原犬。"客道："今復孰畏，淨土寺外更新葺法華堂，賽報趁夜，香火薰曉。今日經宗之盛，延及這地，寂寞之野，化作閙土。要亦江戶繁昌之餘波。但比感應寺不足言。聞否？那築廣大，去秋作基時分，幾萬善男信女，隨喜信心，執役運土，不日功成。始知不庶民子來之虛語。兒女狂顛，並裁新衣，飄紅揮紫，鬥豪競奢。祭禮節一般光景也像。"妓道："聞，聞。未知其地在何方。"客道："雜司谷鬼子母神之西，不上半里，距妙法寺數里而遠。三刹頡頏，可想，他日繁昌。"妓道："怎生這等繁昌，全出祖師妙德，去歲此方開帳^{帝釋}也翻天覆地。"客道："真個翻天，贔屭連中，朝賽趁曉，打鉦打鼓，攪人家眠。呫呫古怪，信心歸依，大抵有度，我亦爲他攪殺。每晚安眠不得。一夜，怒氣激發，把桶水望那鼓聲，潑潑濺送，還被那夥忿嚷，煩大家累名主，騷擾一會。"妓道："君宗門何？"客道："累世，淨土新宗是也。如我親鸞上人，德更高，功更廣。那東西御堂，通兩都並壯麗，他宗少見。誠知功德之驗，每歲御講時分，天必牢晴，可仰。功德無天，所謂御講日和是也。"妓氣色頓甚不佳，道："去去，窗欲白。"客出些銀子道："留充使用。"妓推辭不肯受，道："無用，勿爲。" 客道："今日怎然？"妓道："去去去，勿爲，除非要收，君須改宗旨。"客始曉其意道："南牟阿。"口中急更道"南牟妙，南牟妙"。

飯甑炊熟，酒爐煙足。個驛店裏，一面祖席，衆位圍坐，盃酒始下，當中一位先生，眉軒席次。一人執盃朝進，壽且歌曰："賢君以義兮取先生，先生任道行，先生以學兮取顯榮，賢君卑禮迎。千載一遇兮道義合，君臣一揆兮德政明，堯舜之君兮堯舜之氓。梧桐兮將茂，鳳凰將鳴。"先生喜色可掬道："所謂業精于勤，勉哉諸兄。不佞，原來魯鈍，豈如兄等有才有識。但是務讀書，精力過人，蓋纔有之。以此有今日。何幸爲檜一本之主，辱粟九百之俸。錦衣晝行，輕肥歸鄉。憶起青年筆耕，擔飢時分，一碗夜發蕎麵，待喫欠錢，況百錢局妓。或偶獲錢，四文一合薄酒一合，直二十四錢，直，僕射大臣賤店內客飲榻，大概安一脚垂一脚，其橫甚似衙前所置捏像大臣，俗因有此語，青州從事，爭奈到臍。"時酒已數行，一友人大醉，特洗一大白，壽以爲別，道："經天緯地，濟世救民，才識如此，學問如此，世其有幾。可惜屈兄大學，就這小禄。然仕依義，多少何算禄。庶幾，兄使其君爲堯，是期，是期。庶幾，正風化俗，是望，是望。一草一木勿偏於窮理村學，良知良能，勿陷於野狐禪學，勿爲徂徠學之粗漏，勿爲闇齋學之偏固。考證勿局，訓詁勿泥，勿內虛文而外實行。惟精惟一，允執其中，四書研究，石禄永終。"

士卒排列，喝道啓行。大國某侯朝覲參府是也。雙箱燿金，長槍揮毛，弓矢張武，鳥鉋揚威，濟濟擺擺，照步止齊。公擁節在輿，扈從之士，蜂簇護輿。幾個大臣騎從殿之。金鞍朱纓，又驪又駱，虎韔豹韇，又榮又戟。人物之壯，武具之美，存軍國之典刑，爲清世之黼黻。令嚴不囂，只聞人馬之行聲。却是多少從臣，有忠有佞，人心不同如面目，一個個異思。一人肚裏想道："水涉山跋，經歷千里，雖太平世，豈無不虞之畏。公輿無恙，從者不痛，今日只今，無事入都，祝祝何喜如之。今晚上館，今夜安眠。真個肩上卸却個重大擔來。却所患又在繁華內，紛雜送日，劍也十分試不得，馬也十分馳不得。嘆嘆，又是一年閑却此好日子。"

一人腹中暗算道："今日何等好辰，壯健到着，身入劇地。奇觀妙遊，明日爲初，又撒興又暢鬱，口將飽甘美，眼將眩佳麗。妙妙快快，獨恨不追着假宅時節。僕每每不幸，來後去先，半生未嘗一喫割床風味。想起前番知音，那貨無恙逃火否？當時臨別痛哭言，折指俟信。他極貞實，決非假哭，決非僞淚。雲想衣，花想容，知使他每日斷腸。今日只今汝情郎至，汝良人來。雲是真雲，花不復假。計應他卜筮偕，會言知近。"

忽聞美馨襲鼻，看時看鰻鱺店濃煙輕走，薰香益嚴。古語所謂"過屠門而大嚼"，雖不得肉貴且快意。他暗暗吞唌道："亦是江戶香，明日須嘗矣。"都俗呼鱣炙謂之蒲燒，割有法，燔有巧。蔑用美酒，染用佳醬。炙割之妙，酒醬之美，田舍所無，因題曰江戶前。今乃江戶前之行，到處湧煙，其香極佳。遠人所以呼做江戶香。

千住有一大橋，即曰大橋。橋北曰上宿，橋南曰下宿。由下宿至山谷間，人戶中斷，一面田野，所謂小塚原是也。官用此閑原爲刑場，重罪大犯，尸以鳴其罪。囚建淨土寺，且置露石地藏佛，使厲鬼有依。念佛之聲常不絕，香火之煙日夜薰，德刑並流，可不仰哉。去歲鄰淨土寺，更創法華寺。乃都人繁賽，原野改觀，今不復荒涼也。下宿人戶稠密，繁華歲加。郭內爲準，亦有所謂寄者，于晝于夜，交番演伎。一個會樓，今番揭落語牌，聽者疊肩。一位伎人，坐下高床，謦一謦説起道："看官且聽，近今法華宗之盛，眼前那一寺，亦數在新蓋中。却怪落成來，每夜五更時分，向那兩刹間，一夥六字，一夥七字，妙號並顯靈，兩陣相接，呐喊爭銳。木魚之聲震天，錫杖之響裂地。苦戰例至曉止，只是今日經風之競。且六之與七，衆寡不敵，淨軍漸困。那地藏佛欲勸解息兵，然元來石身重大，甚難周旋，方便不得。投錫嘆息，於是淨家計議，將去增上寺借援兵。却思：'道途遠絕，比援至軍或潰，不如乞之總淺寺，權屈一介拯危急。'則個一靈道：'台家原來朝念題目，夕唱念佛，如錯遣題目來，猶何爲我用，却是利害。不如往總淺寺。他是禪宗，原不立文字，決不立異同，於六七之間，乞之必應。'衆議一決，一靈衝圍，徑走總淺寺。參大和尚案下。九拜拈香，告訴道：'兩家交兵，難奈衆寡不敵，我軍屢困，一利之念佛，危將陷入無間地獄，伏請鄰寺之好，借數字拯急。'那時大和尚微微笑着，拂一拂道：'些少作用，何惜一字。却是佛法無多子，我門原來一物沒有。請辭，去去去，勿復費饒舌。喝。'"一坐哄笑撫手道："新奇新奇。"

淨土寺後邊有一所化場，繁昌之餘煙。不知日火幾多屍。夜火起煙，朝風吹灰。今日則回向院，明日則永代寺，何寺何院，皆轉送於此。便亦從錢之多少，上下其熾方，錢多則連棺爲灰。因謂其所曰別火屋。少則直火屍，火屋內剜地作壙。深可尺，廣恰容人身。中藉巨薪以待買火者。日影已斜，有人送屍，數個族人從棺入屋。管火問性名，受棺置之壙側。忽看一脚揚處，棺木破碎，急抽屍投薪上。抽時遲，那時早，把薦掩之。方纔吹火，謝送客出去，明日族人趁曉收骨。可憐一塊血肉，只是數寸。灰溫，便用箸拾骨，粉碎一掬，盛之小壺。皆道："乾乾淨淨，結果得好。"豈於人心無忮乎？我亦欲此乾乾。且既如此，地獄雖有，極樂雖有，連可攀可陷之手足，既已無有，於我安心，安心。

梟得木上一個凶首，面青黑，又如眠，又如哂。數個管照乞兒，警備守木，一人走淨土寺香火所，掠一把線香來，傳火食煙。説道："聞去冬，鈴森在品川之梟，觀者傾都，那方遠近屠沽，莫不的餘贏，豈不亦繁昌都之事。希有希有。不思今世猶看此梟。今番仙字一件，何其似前番仙字樣子，奇談奇談，可仰。官，公正明斷，刑一人千萬人慶。小人貶斥，君子愈顯。實吾輩萬民之幸福，祝祝快快。世人常言：乞兒乞兒，以賤我曹。却是他暗夜乞貨，孰若我白日乞食，何殿樣，何殿樣？可殿樣而不如乞兒乎？好笑。聞初那忠臣臨刑，晴天暴陰，疾風飛石，怒雷劈木，便是彼蒼了了感通所然，豈可不畏而戒。"但看原頭紙幟搖搖，摽出撥人，漸漸前來，幟後馬上捆縛一個妙年美人。正是雪約梅花，雨虐海棠。看時一雙淚雨，滴霑五花鬉來。鎖眉埋腮，又羞又咽。馬子把手巾，替他拭淚。獄卒數名，前後隨從，撿吏跨馬，儼威押之。觀者雜遝，爭先趁着。那美人將就刑，方纔矯眉轉晴。欷歔說起，道："君等且聽，聞人將死，其言善。臨死一言，請煩君等轉說，奉勸普世間嬾娘娘。奴一念錯了，迷魂顛倒，不待父母之命，媒酌之言，待奔無路，戀戀之極。妄意弄火，犯這般重罪。昊天之罰，爭奈逃得。不孝之責，懊悔無及。要平生癡情，好觀演伎，徒愛倡優。婀娜欲人悅己，塗抹要他羨我。冶貌誨淫，聖訓不奉，以此致之，以此至是。不獨娘等宜以奴爲鑒，抱兒人家，更須鑒照。君等幸不責奴前途，見憐瀕死善心，請一句念佛，教奴免萬劫苦惱。"說畢泣下。萬人一口，南牟之聲，震動千住來。

原上茶店數客，啜茶吹煙。皆道："可惜，今日火罪人。嬌面冶態，看杜若^{岩井氏}一樣，分寸不差。想他人父母如何爲心。何等痛傷，何等苦楚。"一客待還錢去。摸索腰間道："晦氣，也爲那拐子施伎。"茶婆問道："無被掠多少銀子？"客道："賤佩不足惜。錢也些少。"一客道："小可也先刻險抽懷袋，幸早覺悟，那輩大膽，向刑場猶爲這等衣食。"客道："要也繁華中之物，都會何方保無之。嘗讀《檐暴雜記》，云：'都門繁華之地，偷子拐子，有非意計所及者云云。一少年以銀易錢於市。方諧價，忽一老者從後擊而仆之。且罵曰：父窮至此，兒有銀乃私易錢，不孝孰甚。遂奪銀而去。旁觀者謂是父責子也。少年悶絕良久，始甦。云：吾安得有父也。而銀已去，不可追矣。又有藏利刃雜稠人中，剪取腰間雜佩，或至割衣襟一幅去。混號謂之小李，被剪者覺而獲之，雖加歐辱，弗怨。或旁人指破，則必報矣。有女郎坐香車，一書生行其旁，兩美相顧有情。小李者伺書生後，將下手，書生不知也。方回顧，女郎不便語，但以口頰隱示若有人伺於後者，書生覺而斥之，小李遂去。未幾，車轉曲巷，女郎口，忽爲小刀劃破。'小可當時拊案言。何其彼此相似之甚。此方大都通邑，亦有此伎爲生，而江戶則最甚。嘗聞之道路，其使刃剪佩，謂之'巾着剪'，空手向進，抽衣中物，謂之遑。按施伎於遑行之際也。初立人後伺之，遂繞出前，下手於其間，謂之立。大抵甲剪傳乙，丙抽送丁。相助爲之。乃或獲其人，物則已逃。倒受之罵。或一人而掠走謂之飛，以其飛走也。揮刀劫奪謂之度須。按國語怛訓媼度須，即其略。以怛奪也。且其隱語，紙曰楂志，夾袋曰大，腰帶曰茄子，煙管曰

鐵鉋，又曰伽追豐禹。按楂志者，楂志發沙夢之略，夾之懷抱也。大者以受用之
大也。茄子、鐵鉋以象言之，而伽追豐禹者，僞謬轉其音也。"衆客皆道："君何
等博識，不讓《繁昌記》作者。"客含笑道："纔好讀書，何説博識。然豈傚那曹
鄙儒所爲。乃所願則學孔子。"

　　一客道："近日街上見一傖父爲拐兒所眼，我往彼來，肩纔摩，傖父便覺被
抽，然不睹其手，就辭曰：'緊要文字挾在中，伏請憐察完璧，銀子從命。'拐笑
曰：'汝得非錯認乎，我豈敢。'傖曰：'憐之。'拐曰：'猶疑乎？'便解衣振示
之，而所奪之袋，挾在尻邊褌紐處，爾時衆既環之，傖曰：'果然我死。'因泣
下，辭氣願欹，誠意動人。拐亦不忍欺之，曰：'拜伏乞之於天，我能爲完。'傖
即泥首，而袋早自天隕。拐微吟，披裘去。"

　　品　川

　　品川者，江戶之咽喉也，爲天下第一之巨港，爲東海五十三驛之初程，繁
會可知矣。御殿山櫻，春而遊人如湧；海晏寺楓，秋而邀客如織。泉岳寺香火，
四時風薰。牛坊車輪，早晚塵起。如來寺之高敞，眺望魂飛，東海寺之幽邃，閑
吟神逝。宿檣森立，爭江下錨。妓館稠密，奪岸起樓。風蘭露簾，又宜納涼，又
宜賞月。七月則拜月二十六夜，八月則玩月十五夜，並爲一大佳節，當夜妓樓鬧雜固也。
高輪在品川也十八里間，遊人傾堵，六月則天王祭，鼓謀舁神輿入海，壯觀可想。南
而酒樓之大者曰三間茶屋，北而茶店之小者曰八茶屋。其間屠沽之多，不勝算
數也。六七月之交，都人例賽富山、大山二神，發行並由此。乃送往迎來，雜遝
比常，不翅三倍。予嘗戲作品川竹枝，原一百首，今鈔十餘首，標繁昌云。友人
蘭汀波多野氏，亦賦品川竹枝詞，題曰《江上漁吟》，予序。今茲壽梓，世人如
要盡品川風月之情，其集盡焉，非如予辭無風趣也。

御殿山櫻

櫻花開遍簇晴空，一坐春山枕海東。奇絶無人不道盡，紅雲方映白帆風。
一擲千金拉妓遊，三杯好耐洗春愁。山頭因試花前醉，早約江樓觀月秋。

如來寺櫻

車馬紛紛瞻載馳，櫻花映出碧浮屠。如來也合拭慈眼，西土斯花一本無。

海晏寺楓

一從楓樹染新霜，多少遊人趁夕陽。古寺秋深却鬧熱，晚風無地著荒涼。

泉岳寺四十七義塚

香火百年今尚餬，貫虹義烈日爭輝。如將義冢比疑冢，唯數英雄奸賊非。

東海寺

纔入山門禪味清，風塵不似世營營。西來意屬東江上，滿院松濤物外情。

妓館

萬里茫洋水接天，泊檣爭繫碧樓邊。此間也有西施住，送了吳船迎越船。
浪拍前灣樓影漂，去來之舶去來潮。阿娘嬌養黃郎慣，更向身邊下鐵錨。

二十六夜

天等更深益爽涼，露簾捲盡醉風觴。一欄共倚兩般意，客遲月升娘遲郎。

十五夜

此地中秋作福天，弦歌如海酒如泉。世間今夜十分月，七八分都在品川。
岸岸潮回浪漾金，萬樓遊客豁胸襟。高歌深酌醒還醉，自月升時到月沈。
三世憑欄誓夫婦，嫦娥脈脈海之東。只期比翼翔天上，惡聽孤身走月中。

天王祭

似把江舟陸地推，金輿顛倒碧瀾披。阿妹休言身世苦，天神沈海不無時。

八山下茶婢

鶯聲燕語小神仙，説水談風度妙年。一啜茶湯豈解渴，兒郎與擲百文錢。

三間茶屋

例唱陽關三疊歌，一盃送別意如何。不知日坐幾行客，酒暈渾和淚暈多。

富山賽客

欣喜阿誰不面開，旅裝無恙自山回。酒亭早已迎人滿，撫掌先呼軟脚盃。

牛坊牛車

牛坊坊裏萬斯牛，無復田家燕尾頭。太平氣象繁昌畫，米鹽緩挽駕梁輈。

赤穗諸士復君仇，或有少可議，然節義之所在，可不貴哉。乃世俗皆是之，然世儒多非之。揣摩巧論，唱和毀之，予嘗竊憤焉。今茲泉岳寺開帳，陳其遺物，爲靈觀也。賽客殊群，可見人心感激存于今。今者會記及其遺墳，因論此附之。未知我果是耶？彼果非耶？然苟貴節義，我甘心於讀者斥爲俗論焉。嗚呼，與儒而不貴節，寧俗而貴義也耳。

傳曰："父之讎弗与共戴天。"言不及君者，以資事之敬其道一也。是以居其喪，斬衰①一之，其就養左右一之，弑君弑父，其罪同之，以道之一然矣。國家復讎之禁，官代誅之，亦不使之共戴天也。庶人或犯，官蓋"以殺人者死"之法處之，不以不孝不忠罰。雖則被刑，其爲孝爲忠者猶有焉。君父死於人，事不出於一。或因傷而死，或受辱以裁，斃於其藥，陷於其讒，死有差別，然所由出乎彼，則所怨皆一之於此而已矣，曷共天而立世也哉。凡爲臣子者，唯知其君父而已。"兄之仇不反兵。"情之所急，心之所激，不暇於較死之差別，顧國之法禁者有焉。赤穗諸士復讎乎吉良氏，亦唯知有其君而已，可不謂之忠義之士乎哉？

官蓋以忠義自盡賜之，而世以忠義感激仰之。而儒者異論多不与之，要不過於欲立異見以抗俗耳。世有從唱其説者，謂予曰："官賜候死，其刑過當，諸士宜背城一戰而死。反報怨於吉良氏，是不知所怨也。"予應之曰："侯不忍小忿妨大禮，刺私怨于公朝，官便照法賜死，或過當不出其範圍，諸士縱有憾，豈其所怨乎？官以法處其君父，然爲臣子者，舉歸怨於官，國家之制法，不立于世也，侯固當死矣。然其所由出乎吉良氏，則所願焉非所願，如據城拒命，復益累君耳。"曰："如原其所由，由於侯不重幣以請其指揮，亦自我爾。侯生事於私，然諸士從之，可謂繼其私。"曰："幣之不厚，有司之吝。不過侯不周事之過已。使侯不忍於私者，則本吉良氏之私，吝指揮於不腆以激之也。侯死出于此。諸

---

① 即"衰"。

士之怨將何之。如論其主，豫讓亦非義士也。”曰：“弄凶器，破國憲，擅殺朝臣。”曰：“不共戴之讎，唯見其所仰已，何暇顧焉。”曰：“撮徒結黨，緩緩謀之，洶洶爲之，事不發露亦幸，讎不先死亦幸也。”曰：“同藩忠義之士，其志誰不同。己欲立而立人，不得不与之共。且彼重門備難，敢死養士。不得不緩緩謀之，不得不洶洶爲之。事脫覺死法已，讎儻死自裁已。成否天也，我盡吾心焉也耳。”曰：“良雄者國之大臣，輔翼之道，不能格君心之非諸前日，使侯忘社稷，龜玉毀櫝，其責安逃。”曰：“常理固然矣，然以此推之，殷之三仁，亦非仁也。縱令良雄等不免前責，處變甘死，歲寒後凋，猶忠也矣。猶義也矣。”曰：“志既得矣，宜自裁。猶歸命于官，其心謂：‘忠義有名，幸免死，即得爵祿如拾芥。死未晚也。’豈非假義濟欲者歟？”曰：“事濟矣，國憲於是乎始省。謂：‘死者一也，庶幾死順。’是義士所以爲義士，以欲擬之抑鄙矣。小人度君子也耳。嗟，夫官賜之自盡，蓋與其忠也，不則刑當服梟。天授之機會，蓋與其義也。不則志應不遂。道理所有，人情所然，通天下咸感激，仰之。然迂儒曲學，悖情戾理，橫議妄論國典，巧論枉敗善類。亦微以爲知者。孔子曰：‘君子成人之美，不成人之惡’。迂腐何反，弗思甚也。”

深　川

深川繁昌，狹斜爲最，曰土橋，曰中町，新地云石場，云併櫓下，裳繼、鷺坊，凡七所。更細算之，櫓下有表裏之差，石場有新古之別。至妓院之數，不知上幾千戶，其間自有盛衰，旺氣互寄。聞昔者土橋爲盛。今則運於中町。新地漸属冷索，石場却向熱鬧。然其運畢竟不外出，以今較昔，還是爲一大繁昌。一刻豪遊，萬金車載，爭輸其間，可謂盛矣。深川之俗，原來與吉原反。娼家聽客拉妓出，乃每歲元旦，洲崎拜旭之遊爲第一番^{詳于太平志}，龜井戶之梅，墨田川之雪，佃島狼煙，兩國納涼，莫弗往焉，莫弗醉焉。吉原則色爲重，威嚴爲貴，繡衣畫裳，粧色欲濃。深川則藝爲重，洒落爲貴。淺脂薄粉，飾樣欲淡。《初篇》所謂“墨水之花似吉原娼，上野之花似深川妓”即是。乃有色無藝，置之下等。一人兼備，拜爲上頭。其既色爲重，便別畜①歌妓，不許賣色。他爲色者執鞭，藝爲重。雖則色藝有別，然其實兩賣，他爲二者結襪。是以人之鬻子於深川，兩契立

① 當作“蓄”。

文，色亦證賣，藝亦證賣。因俗謂之二枚證文。吉原以在北方，謂之北里。深川以在東南謂之辰巳。北里則客就妓樓，辰巳則聘之酒樓。樓上作成者，北曰若者，並用男子。南曰輕子，並用女子。誘客爲介者，北呼茶屋，南呼船宿。以舟行之便也。然而船宿散居，乃潮退則不能舟者，往往有之。客猶就謀，而船主陸送，遂侍佐興，可謂亦使舵于酒席間。

　　中町街，尾花亭之樓上。一席高筵，水陸並陳，絲竹競起。財主坐中央，白虹吐氣。大鼓^{幫謂之太鼓，按鼓舞佐歡之謂}輕子，左陪右侍，承色媚意，貢戲獻謔。但是坐間只覺春光暖身，外誰知秋意寒。樓外個敝陋小住，破窗紙古，小屏障風，傾軒瓦碎，大盤受雨。一俏郎沈痾始起，雞骨爲瘦，亂鬆如蓬，岑寂無聊，擁衾坐下，聞得外邊趿屐聲，圓滑送響。一娼妓張張跑來，手快推戶，慌忙上前，對郎問道："朝來如何，果益佳麼？"郎應道："勿復煩念慮，元氣則全復，但疏慵爲僻，猶懶健起休怪休怪。千恩萬謝，斷弦復續，枯骨再肉。他百般使用區處，萬端何以報之，何日償之。"妓道："呵呀，主曷做這言，夫婦扶持，世間通義。休說報，休題償，怎這等費閑思。不怕鬱悶釀病。今日晴和，宜少梳洗，必定快活。"便抽取自家頭上金櫛，立郎脊後，輕輕梳去。病髮易脫，鬖半上櫛。妓暗暗追想，當初吾郎揮霍撒豪，那時一呵氣，飛鳥也墜。使太鼓醫者，奉履令輕子女流結襪。何思一旦父親嗔怒，猛被譴責，單身出門。爾來親族也，尺信不問，交遊也，一錢不通。難耐那太鼓輩，看旆倒戈，不復以大將稱。題以窮鬼，目以痴漢。妓感傷不堪，一滴感淚，向郎襟上揮落將來。恰聞前樓上，唱一首月中行，道是：

　　　　寶鸞開匣月團團，皎潔水光寒。鴛鴦照影顧相看，交頸狎輕翰。一毛猶愛郎餘血，捐不得亂鬢膏乾，窮愁為病骨如刊，不覺淚闌干。

妓向懷抱摸出碎銀子，交付郎道："一兩充數日使用，四銖充管家婆傭錢。就裏二銖換錢，爲乞藥脚錢。一番百文，也支八個日，如別有事，須急走書。"分付停當，方纔拈管吸煙。前樓興酣，財主凭闌寄傲。千銀萬金，拋爲纏頭。幫等從傍勸道："大將醉矣，官醉矣。散步江邊，拾興則個。"遂擁簇財主下梯。恰好三月上巳，洲崎之瀨潮，退殊遠。遊客陸續，人影載路。財主跟跟燿豪燿奢，幫間喋喋，撒嘲撒謔。不則數里，早出江濱，看時長天縹緲，綵霞黯淡，神逝魂飛，人人豁醉。潮涸海如滌，舟膠檣如樹。兒女欣欣褰裳走沙。這邊掠蜆，那邊掠蛤，歡天喜地，獲金玉一樣爲思。財主大叫快活，顧幫等道："掠些種來。"幫等應道："不敢不敢。"財主道："好好。"急叫從者，捧一錦囊來，便一把把抓出銀兩，潑散雨拋。幫等怎敢住著脚頭得。並向泥沙土，煙走爭先，這邊攫黃，那邊撈白。我擠汝奪，和泥和沙，顚倒一會，女兒拾貝光景也像。財主手麾叫聲："來來來。"恰好沙嘴樓内湢戶始發。叫衆幫新浴更衣，早看排下一面酒桌。飛白倒罍，猜拳爭籌，飲至日落，掃興出門。看時看沙頭潮回，江天一碧，遠嶼已低，帆影欲無，水禽尋棲，漁舟漾火。一灣新月，遙懸於品川之天。財主東扶西倒步步助醉，汝哦我嘯。早謀過土橋來。橋西個一大酒樓曰平清。深川烹家中之巨擘，財主怎肯空過去。叫衆闌入，樓内幾個使婢，並美麗，並乖巧，清聲呼應，接客掌席。看財主至，一齊磕頭，唱個肥喏。揀一所華潔高樓，前導下榻。又酒又肉，紛紛送來。又杯又盤，整整捧至。嬌模嬌樣，圍繞撒媚。酒器並珍異，莫不古怪，下物通奇味，莫不精妙，教人眩眼，教人落煩。財主更使豪，又叫幾位粉頭至。艷歌冶曲，按竹彈絲。但是銀燭高燒，煙封欄外之花，細腰徐舞，態欺簾前之柳。財主終日連飲昏醉如泥，骨軟氣呆，恍惚如夢一般，粉頭引前，幫間推後，蜂擁下樓，時夜已深。四天靜寂，只是犬聲相和。財主抖擻精神道："那個自今陪我長夜之飲。"皆道："敢敢。"遂向東風菴驀進。聞之東風、石橋二亭，接客便宜，雖深夜亦不謝，雖拂曉亦不辭。且聽其流連，連一句不敢謝，併二句不敢辭。一種別樣妙楼。當下衆客，小呼大叫，一齊並拳打門。正是奇兵乘暗夜襲敵營。他應聲起開門受客，準備停當，輅取不諜。燭光射客，煌如白晝。口未動，手未撫，快送熱羹，快下溫酒。於戲，自非斯繁昌都，天下何處住斯妙樓，自非斯太平世，世間何人弄斯遊。

三伏苦熱，人正眠不得時，十分爽涼，我方快活，欲羽。新地江樓是也。每歲至夏，官照例放烽。恰直新地之前面，治不忘亂，不虞講警。響震百里，烈威四海，火術之精妙，今不讓異域。豈不昭代一大盛事哉。發放有期。海之一面，遊舫競聚，濱之萬樓，觀者爭侯。彈絲調竹，低唱淺酌，把戰場光景。爲遊境奇觀。於戲，太平之民也哉。客憑着風攔，涼酌取觀。粉頭陪話，笑話紛雜。猛響得，連聲火光沖天，客指着道："砲家那煙謂之彩雲，那火謂之虹蜺。這稱黃龍，這稱赤龍，呼羣鳥，呼雙玉，曰玉連星是也。曰水晶連是也。往來火即是，三段發即是紫雲黃雲赤雲。其他云云。"辨識細説，且道："其流，曰扶桑，曰武衛，曰森重，曰萩野，曰何曰何。"遂援筆次放翁觀烽詩韵云：

　　忽聞霹靂聲，連放烽火戰。紅光灼碧天，煌燦認人面。玉宇開明都，雲衢入赤縣。月黑大星零，海明龍燈見。繽紛空中花，發揮巖下電。堪誇太平民，尊酒開襟嚥。歌吹起水中，遊舫萃若箭。豈唯震馮夷，應驚廣寒殿。

客更賦數詩，寫其景，餘已出于太平志。
近日入市，偶然購深川集者，國歌也，俳體也。蓋亦竹枝詞也，予不解爲國歌。然讀之稍覺有趣。因鈔數首附焉。深川風月之態，亦可以考。

葛廬
　　賦歌峨波迺，奈賀禮乃須會能，宇架連嬬，都比迺餘頬勢夜，伊通玖南琉良武。

福麻呂
　　布奈存古迺，真玖良南羅閉天，賦加賀波能，阿曾比破喜也九迺，可寺越巨曾登禮。

鐵雞
　　萬古登奈志鬥，比刀尼伊波留留，美增津良喜，支也勺仁，南左解毛，不加賀波迺左登。

銀雞
　　美阿賀利乎，志天豫父紀夜苦波，多遠耶馬迺，古古呂能宇知母，不加雅半乃瑳妅。

抄餘率意戲和一首，可爲國歌乎？可爲俳題乎？可爲竹枝詞乎？不自知也，我且妄和，汝亦妄聽：

　　麻年嘉類類，媪爬奈伽野登乃，発那鎚麻藥，追由迺南楂雞毛，不加賀波濃阿岐。

東北諸州之船，運米柴，漕魚鹽，又膏又炭，舳艫相啣皆達深川，亦繁也，

亦昌也。一帆船順風趁潮，快走如箭，船內幾個行客，雜話紛紛。一客向小猴子
指着他一船道："那行船怎那樣快？"小猴道："何説快，他是原來繫得不動。"
客道："如然，猶曷快？"猴道："何客疑，是係我船快。"客笑道："去秋究理先
生來言：'人智之發，一世進一世，一歲進一歲，今日比之百年前，發明不啻倍
徙。'宜矣。小猴難哄，且那先説之：'日居其所常，不動世界運拱之。'船之理
推之或然。"利足客^{利足在}_{野州}道："實然實然。如使日輪東西旋轉，流星一樣，宜向
後邊曳一大餘光。"佐原客^{亦在}_{野州}道："我鄉亦信他説多，初聞他大言自説：'吾是日
本之忠臣，可謂楠氏之後身。如教爲僧，即是弘法大師。亦善詩，亦善歌，又解
梵字，又解蘭字。徂徠也，本居也，何足掛牙。'我想是也，窮措大，瞞人套
語，及見其人，却是個老實人家。始知他打這般大話，誘後學方便。遂聽其講，
如龐迪我剌私、亞利斯多、遊子六、黃周道等爭論，地動樣子。説得妙妙，真如
見當時。"桐生客^{在上}_州道："其説通日月五星，一個個皆爲世界。就中日界謂之天
照國。其國有生無死，有樂無苦，且畫夜也。沒有極是無上樂國。人如要生其
界，須守五常，行仁義。"江戶客剪他句道："《繁昌記》所上方役者，其人想
是，其説謊謊。如説天照國，即是我日本，如題樂國，我江戶。即是天照國，怎
別索之。自古言金烏玉兔，欲生日界，無若爲烏，此外沒法。何仁義，何五常，
但其謂金與女做引力，此則實理。"雜話中船既入鎌屋溝，舟師指點岸上笑道：
"這方深川，那方本所，樂國即是，官等速上速上。"

本　所

本所亦狹斜之窠穴，曰常盤坊，曰松井坊，曰何曰何。佳麗互競，繁會交
達。長剛坊云，吉岡坊云，何云何云。是則極賤貨，品流屬下等。此種賤品，古
號居肆。今謂之切肆。藩籬設郭，巷道四達。道甚狹纔容通二人，遊客踽踽，恰
入洞穴。一房棲一貨，房內狹窄，亦容坐二人，飲也於是，眠也於是。背後隔紙
障，主家住妻孥，不止言語相通上耳，連解帶脫衣，窸窸窣窣，一耀一耀之氣
息，了了上手。朝雲暮雨，楚夢幾番，一日商買，算數不遑。
　　叫過一聲放歌，婉轉縈棟，妓聽取惶忙起身，捉聲。嬌挑一會，遂引戶收
聲。一嫩少年，手巾罩頰，悄悄張過。早被老妓一把揪住，少年喫一驚，待一力
脫身去。妓怎爭敢放。緊緊抱搜，棄命拽上，快手閉戶，撲地投鑰。正是點鬣陷

機辟，癡蠅墮蛛網。妓含笑道："此所是關，汝帶路引否？"雙手摸他懷，探出一
索肉帖錢。道："好好。"不依分說，把他打翻。少年喫第二驚，仰天聲不得。妓
便跨得下鞭。間壁①有客命酒令肉，呼蕎麵，喚煨薯。主婆小鬢，並口侍食。客
醉氣漸湧，一發撒豪，拋餅金爲纏頭。婆鬢喫驚，想道："千古椿事，一生沒
有，今歲何等福分，遇着這般纏頭。"喜喜歡歡，弄摩得掌生熱。起去障後發包
■■②，何思掌中之珠，便是新鑄百文錢。

　　人間世界，命之末奈，貧也有等，富也有等，貴也無極，賤也無極。鈞是女
郎也，同是賣色也。然而等差雲泥，貴賤特異。上曰晝三，下曰夜發。上往下
間，上之上，下之下，不可勝算數也。然如其情，則豈二之哉。上下各有敵，其
樂者一也。是世所以有夜發。自古言，夜發至晝三，不買徧，則未足稱真知風情
者也，蓋或然矣。本所吉田坊者，夜發之窠，粉粧趁晚，四出鬻色，《初篇》所
謂："有物呼人，若泣若訴。"者是也。且以其爲下之下。故老妓流落擔惡疾者，
猶守故轍，以送餘生。今則不必然，青年妙齡，頗有姿色者，往往有之。亦出於
命末奈歟？幕天席地，倚木作廬，懸下薦箔。纔遮傍觀，他倚箔呼喚求售。可憐
双袖帶霜夜，使人動悽惻之情。可憐粉面照月時，他自呈含羞之態。不似局妓，
扯住力賣，不像上頭，矜色張威。然而人之無情，人之好事，襯近迫面，揭起行
燈，品鼻評口，喝粉采紅。客衝入，然尚傍觀不動。作者譬之小廝作成管犬交
接。一霎時客來客去，雲煙過眼。不比犬兒幹好事移刻。聞之一野客要買初番，
便設一法趁早入那廬內俟爲。俟間自以爲："此策新奇，世孰出之。使他喫一
驚，且足以示我慇勤。"何思他至。唱箇大喏道："謝謝。今晚著鞭，趁早如
法。"其人喫驚暗想道："世間不無人矣。"

　　猛聽妓叫。廬內驟走出一蒼頭。一漢子趁上，不依分說，把蒼頭踢翻。罵
道："空手幹好事，汝潑皮，何等大膽。"早遇旁人來助，亂顛亂推，洒拳如篩。
原來有箇管場男子，備這等之變。世呼這漢曰牛。居士欽按，此職極賤。非人所
爲，便牛馬視之。之目，又按職幹于野，亦牧牛馬義之所名。因憶所嘗聞，遊此
場者，謂之之野。宜併考焉。

　　晝三者，通晝夜賣之名，夜發則唯夜是鬻。世有二八蕎麵者，又有夜發蕎
麵者，二八亦連晝夜賣之，而夜發亦唯是夜鬻。可知世有夜發女郎，然後有夜
發蕎麵。夜發之名，亦舊哉。聞二八者，昉于寬文四年，距今百七十三年，河漏

────────────

①　批校作"壁間"。
②　原文以墨丁。

之繁昌爰極。又有手打者，蓋出於二八之後。其製精細，家亦從華，器亦從潔，愈出愈精，益多益行。而此二家，雖連晝夜賣，夜則以亥時爲限，是所以有夜發也。乃夜發亦出鬻，裝作兩擔，擔頭懸鈴，鏘鏘送響，循行鳴售，因又呼風鈴蕎麵。東市西井，郭外橋頭，揮月鳴雨，莫處不鳴。風鈴亦賤品，位屬下等，乃其有夜發之名，不止夜賣，彼此同品，以其似極似然矣。嗚呼之二物，色食最輕者，猶且繁昌至此。聖人云："飲食男女，人之大欲存。"宜哉。

演武場

古人言："北斗爲兵象，而此方地形自然似焉。乃我俗老武所以宇內無比也。"蓋然矣。聞軍陣之法，起於神武帝。然初立五陣，後作七陣。蓋亦陰陽五行，以寓二五之妙用也。逮神后之朝，漢人來獻太公八陣法，后以其書傳之，應神帝。然帝以爲後世或爲亂人資本，乃臨崩火其書，爲灰啖之。後因祠帝爲軍神，世所謂八幡宮是也。後，吉備公入唐，受陣法歸，亦未傳之世而薨。及至醍醐帝故遣大江維時求之于唐，實延長元年也。維時歸朝，傳之其家。乃至六世孫匡房，蒙敕傳之源義家。爾來子孫相受，傳之于源氏云。輓近，兵家者流騈出，訓練立教，弓馬爲家，槍劍作法。盛也哉其講兵乎治世焉。官於郭外四方置弓場，設馬埒。有壬有林，士大夫往。執射執御，講習是極。御不失馳，發矢如破。騎射最爲壯觀。蓋聞國初，天照帝創造弓矢，弓曰天鹿兒，矢曰天羽羽。其品有四，曰座陣、曰發向、曰護持、曰治世。及至神武帝，製作始備，然後來，武人隨意出巧，弓有重藤、側赤、塗籠藤、三所藤等明目。矢有雁股、蠆目、神頭、上指、鏑等品數。而騎射三科曰笠掛、曰犬射、曰流鏑馬，且遠馳馬曰櫻狩千裏，馳至六百裏之遠。 連發箭曰大矢，數發及九千之多。槍亦振古有之，然用之盛，蓋自楠氏。其品有直槍、管槍、鐮、鍵、十字、大身_{一曰舟槍}等之別。雉刀亦屬槍，女人多用之。且使棒揮鐮，拋錨投石，其他武用莫弗悉備，莫弗盡課。獨至劍術，則庶人亦得學之。是以劍家門分派，其流殊夥。武備志亦收我新影流劍法，可見夥而且術之精練。然而術中原有居合、起合之方。本末相須爲用，然後世分爲二，乃居合亦別列武之一科。弓馬槍刀，家家流流，競磨其術，爭琢其法，何其盛也。然猶世之慣治，間有武而文者，乃其歲首之會，亦倣文家發會，騁妓佐酒，按曲撒興。思夫有武者必有文，豈不示以柔能制剛之理耶，非歟？

先生儀服謦咳上場，羣弟子以次上前。嗑頭道："杖履萬福，康健迎春，奉祝奉祝。發會照例，好是新晴，奉賀奉賀。"一一禮畢反位。只見一人抽班進出道："請衆位兄弟誰肯一刀見誨？"一人應聲跳出道："敢請敢請。"二個一拜了，並把樸刀相迎。一來一往，一鎖一閃，大咤小叱，刀聲叮叮。鬭了三二十合，勝負未分間，但看一位粉頭，整整擺擺，蓮步來進。向先生長揖道："今日萬福，依舊賜招，多多奉謝。"青盻帶喜，紅頰堆笑，恰是武庫降天女，劍山迎觀音。一坐呆得魂飛魄飄，那二個爭免不手軟足柔。扭扭捏捏，立站不穩。先生道："好，好。舍之。曷必論勝負。刀頭殊銳，足見平生練磨。好好好，快飲祝酒，暢達春襟。"早看排筵席，陳盃盤，粉頭囀鶯聲，唱一齣賀曲。一稱三嘆，先生穆穆，已無算爵。酒酣興濃。一人攘臂起舞，衆皆彈長鋏打節。遂卒杯盤狼藉，或操刀牽繰，寫"春駒"舞，或冒武面試"惡玉"踊^{春駒惡玉}_{並舞名}。只見粉頭，揭起紅袖，抽出玉臂，左手先折一指，預保勝，向衆道："來來來，快試一拳。"一人應聲道："請一栂見誨。"抉袂來鬭，一往一來，一叫一閃，恰是敵石火迸，裂巖電掣。交番競戰，然粉頭逞本事。那個一人抵當得。女將軍氣得鷹揚。何數漢土木蘭。不讓日本巴姬。他便乘勝乘醉，向衆誇説道："君等平生所學，不知何學。如實學可學之所，熟可熟之所，刀之與拳，何見差別。手練原來不如心練。説劍術之奧義，亦是在一心不動。陰陽無二，指劍一理。心之太極既定。眼曷不快，手曷不快。夫撫劍疾視，匹夫之勇，君子鄙之。暴虎馮何，聖人不與，以奴視之。君等所爲，纔手頭之伎，爭奈臨敵保勝。確是平生揚武，長劍等身，短袂露背。只是但像使刀賣藥漢子模樣。三冬立課，體費閑汗，萬本敝撲，掌生胼胝。也是與春米人同樣。"先生顧左右道："好好好，以束帛贈女先生。"

茶　店

當今茶店之盛，亦與酒肆爭多。乃至繁會所比戶可啜。或借祠地，或賃寺域，所在開寵，而大者高樓華麗，名茶待客，小者今不復奉碗茶。茶瓶茶杯之良，從可知矣。然而煎茶宜磁，末茶宜瓷。磁此曰瀨戶，瓷此曰樂燒。按，樂者以宗慶爲祖^漢_人，男常慶^{通稱吉}_{左卫门}繼業。爾來子孫相嗣，綿綿不覺。今至十餘世。世住在京師。江戶則以乏其植，故古無業此者。及近歲，漸有而漸盛。繁昌都之勢然矣。今乃寶來氏龍山^{通稱}_{吉六}爲名工，其人賦性淡泊，甚有雅致。河濱之陶不窳，雖非同日之論，器因人成之理者一也。乃以自然見良之故，需者極多。然其造其少。是以常貧，亦龍山所以爲龍山。其舖在淺草馬道街，以厭雜遝。寓金龍山中人丸堂，令二弟子右六左六，看本舖，近日名益高。以天保甲午歲，官賜台觀，可謂名不虛。予嘗戲題其所造風爐。有二聯。贅以證古無之物，今莫不有焉：

> 代僕親吹火，學仙坐起風。
> 須烹新葉茗，曾吸落花風。

二十五弦

十五弦，三味線之行，其伎爲業者，瞽師曰檢校、曰勾當，曰何曰何。其流曰山田、曰生田，曰誰曰誰。互立門戶，各爭微妙，女師其流，長歌也，豐後也，又何又何。每街開門，前篇所謂楊花者，亦其一也。然而琴瑟古矣。世會之者少，去冬優人市川九藏，自浪華歸，善彈二十五弦，是古所謂瑟也。言長崎行中所學，但以其爲最古故，曲調甚少，因就予請製新詞，予乃賦此付之，亦昔日無之物，莫復不有之一記證。嗚呼，如使九藏爲三郎，我取翰林一官，應得百文錢一般，巴調，獨有慚於謫仙。

續長恨歌

玉容寂莫淚痕新，只記長生殿裏春。一股金釵寄作信，三郎底事老風塵。
鞞鼓轟天動帝宸，峨眉委地馬嵬塵。當時爲擔三千寵，別恨長牽在一身。
三世誓成歸帝都，九華帳裏夢魂孤。多情要走人間上，不似嫦娥負老奴。
紅塵長隔白雲卿，金鑰重重鎖玉房。堪恨方家欠手段，致魂不使見君王。

鳶烏雀犬鶴

昔者孟軻氏，稱齊之繁昌，雞鳴狗吠以證。其盛可想矣。江都蟲類之萃，珍禽奇獸姑且舍焉。鳶極多舞，雀極多躍，鳥儘多鳴，犬儘多吠。夫以此爲繁會之證也，則豈不太平之一大禎證乎？漢土自古麟鳳爲祥，然彼則以少見罕出爲祥，此則以多見極蕃爲瑞。然而彼方五代之際，麟鳳多萃于蜀。歐陽氏論之："以爲多出非瑞物也。"便彼以爲多非祥，而我則以多爲瑞。多多益祥，蕃蕃愈瑞。乃今之治平，以予言之，勝堯世遠矣。此種之蕃，比之鳳皇來儀可也。何必仁麟靈鳳，然祥瑞論之哉。

數鳶，衝雲戾空，盤舞一番，鳴一鳴道：“快快，好天氣。富士山頂，半點沒雲。哩，嗚呼，不自我先，不自我後。五風十雨，生此太平世，三市五街，翔此繁昌天。我與汝皆幸幸。豈不福高運好。諺所謂‘江戶人倒於食’，屠肆歲增，酒店月息。剩籑殘胾，又飽又饜。我輩莫一鳶不得所，殊喜近年鰻鱺店之繁，山鯨棚之昌。食足神王，使食指不暇動。可憐山翟澤雉，與我同是鳥類，却是年中乏餌。一飲一啄，平生多飢。豈遑擇食。如鰻鱺連香不能聞，且如豬鹿肉，却是山澤，今爲饑饉。嗚呼，世自古言，鳳凰鳳凰。自我言之，何必算德。那輩獨珍西土，深藏高舉。何不向東方一出，見德輝不來。繁昌之味，至死無識，何等愚，真凡鳥，真凡鳥。他言：‘非竹實不食。’咄咄，竹實帶何風味。豈如油豆腐厚味。”當下街間，一婢携竹籃，呆呆來過。衆鳶一顧一睨，咸道：“好東西。”油豆盛得有數。爭嚷一會，待我逝汝往。一老鳶道：“汝等不要爭，那婢山出田舍婢始出都，俗稱山出，取之容易，探囊中物一般。一鳶足。”便叫小鳶：“往，汝欽哉。”他直倒翼。説時遲那時早，囊中之物，早已掠取上喙。那婢女吃驚一跌，滿頰潮紅，仰空怨望，衆鳶一齊，撫翼哄笑。老鳶道：“凡物欠兩全，繁昌世間，物漸小，值漸貴。比五十年前，油豆腐亦未減過半，喫着不足。”時聽蓬蓬風起，四方八面，風箏冲空，鳶等掩耳道：“又喧又雜，然可謂粧繁昌天，鳴太平世。奇觀奇觀。那邊數大風箏，係貴公子等頑耍。何等豪奢，頑弄倦來剪絲任飛。一日一兩千里無跡，自非此間如何得見。殊嚷殊嚷，但比夏天烽火，鬧天震空，時時使我驚殺，猶好猶好。”

一個屋上，鳥對鳥道：“近頃如何？有獲否？”一鳥道：“多獲多食，每日十分飽了，却是患下利。”顰蹙道：“又送通氣，好好。前頭那士頭上便好。”一直起身，向他頂門上點點撒下。士吃驚，望天摸頭，知爲鳥屎。滿心歡喜，微笑道：“常言爲鳥糞涴，其人造化，妙妙心願成就，今歲可期。先刻算命先生言：‘今年春夏交運極旺。猶且須竭人力助天命。如然諸事萬端莫不如意。’想此古是也。”鳥揶揄道：“癡奴愚漢，世間多是此蠢。脅肩諂笑，舐痔吮瘍，脫使那曹，蠢兒誤升干公，以貨動，以媚從，諸事萬端，莫不如愚。將不潔汙西子，於心不安，吾一一擇此輩頂門，當廁穢過。”高望低瞰，聽得笛聲亮亮，個虛無僧有婆塞來過。鳥道：“那人等並是武門不遇之士。忠不事二君，孝不忝祖先，悲歌慷慨，寄跡禪門。英傑莫非其人，去年一件亦足以振士風。安浼之，使不得使不得，好好。”後邊紫衣僧至。“那禿驢上亦好，僧其頭，士其心，粧武樣，戾佛意，擎跪曲拳，捨身武門。且平昔甘受後庭之汙，吾屎却是清淨。"時見白鳥一隻，翩翩尋路，鳥道："朝鮮鳥來，朝鮮鳥來！"仰空一嚇。

數雀跳躍，皆道："可喜可喜。米艘百萬，今亦又泝。盛哉官庫。千瓦萬壁，長城也像。富哉御藏前光景。九十六個豪商，高棟撲地，鼎食鳴鐘。聞當初那豪等先人，倚木賣茶，何思今爲此素封。聞之寬永年間，有井上喜庵者。言：'都下四個豪商，今各蓄三千金。'蓋驚其富也，何也驚？想當日士富而商貧，以不知今士亦富，商亦富歟。嗚呼，使他復起，想應驚死。三千金商今復孰算之。吾曹何福。一啄萬粒，湊三農辛苦之膏，濡一生遊翼之味。不棲都下，安得此飽。天恩可思。可鳥而不如人乎？"一雀道："昨晚一奇話知否？那儒靜軒，住在西福寺，西新堀之岸。福寺後邊着那貧儒，好笑。那儒昨晚殘坊^{在新堀側}買米，大約可二升，褚以攜歸，可憐褚底有穿，粒粒漏玉。他曾不省，呆呆吟詩行。我尾之，隨漏隨啄。大概喫着二合許。他比到門，方纔覺悟，顧我嚇。喃喃自恨，真個化僧錯撒鉢米樣子也似，好笑好笑。"一雀道："那方一院，南燭極多，想熟。盍一遊嘗新。"一雀道："敗敗，我已撿之，今度和尚極吝，燭子纔紅。早已一枝枝袋罩去。無復看半粒。禿驢那廝，不唯不分鉢米，却更奪我食，連自己欠賞觀。"一雀道："世間守錢奴並是，是何獨那廝。"時看承①鳥人執竿悄悄伺去，雀等認得，錯愕決飛。

有坐豎前脚，呆然望空。有起揚後脚，跑土爲勢。有悄悄向側屈腰，撒屎。有步步嗅過，揭一脚溺。或伏地貼首，把身投地，昏昏引睡，轉轉自娛，曲臂抓蚤，使喙驅蠅。黑白赤駁，群犬聚而居焉。看，一小廝麾去。叫聲："白來白來。"白突起，惶忙搖尾走進。赤黑相顧道："他造化，又見招，必定好餌。"白去未多時，浪浪還。眾犬看時，看他面上黑黑抹畫爽眉，相視哄笑。白嘆口氣道："也被那廝騙，自非經數雨，此墨爭轍消。叱復幾日爲人笑具。"又聞急叫："黑來黑來。"黑顧白道："今番造化運我，不知飽何東西。吾生得黑身，一生免畫眉之弄。"急速尋聲去，何思那人家叫他侍小兒溺，投些煨薯皮爲報。黑快快失意還。只看赤一聲叫了，錯愕跳避道："叱，潑皮。這盲，幾番使我吃驚，前日疙，今未消。"白笑道："今番造化運汝。"

縞衣玄裳，翼如車輪，長鳴一聲，鶴踏祥雲，翩躚回舞。東翔西翱，吃一驚道："吾不來儀纔可百年。何思這等更益繁昌。前回吾來，深川本所，並是大半

---

① 原文作"豪"，为"承"的俗字。

汙萊，人煙希疏，草棘荒涼，只看野水之縱橫。不思大藩劇街，爲此都會。殊驚根岸、向島，並爲此繁鬧。後世可畏，焉知來年不如今。不意教坊女師，若是添多，筆道師匠，若是加多，卜賣先生，街佛道場，典衣舖，骨董肆，筐戶，混堂，若是增多。醫亦夥，儒亦夥。但思徂來死後無徂來。雖多則多，學醜德齊。儒者與役者不異，醫者與藝者甚似。人物之卑，風俗之改，使鶴感時世之便。想，又百年而來，更見何如繁昌。吾將又來又來，更看無窮之昌。却思靜軒死後，無靜軒，他日誰記後之繁昌，未知後來斯鄙儒天更生否。"

靜軒居士卒

　世人試思天地爲原爲始，而果有果無，我未可知其如何也。況人物稟生于其間，自有觀之則有，自無觀之則無。況身外之富貴，眼前之貧賤。榮枯也，顯達也，共是鏡花水月。孰是非，孰優劣，吾將何樂①耶？吾將何悲耶？何也？世人得之而驚，失之而驚。樂適來之時，悲適往之時，甚矣，人之不曉。靜軒居士病劇，遽然且死。妻哭倒在地，搥胸道："吾向説今年所謂前厄^{四十二俗謂之厄歲，}^{一爲前厄，三爲後厄，}庶幾禱禳除之。子偏執，不回。今累果難起，豈不遺憾。且吾適汝來，未嘗睹子祭神念佛，算起冥路必定陷地獄。受用多少苦，子苦不爲苦，於妻子如何哉？"居士微笑道："死生有命，神佛豈得私。禱請免死，世間無復見死。如然地獄亦甚閑暇，天上亦甚寂莫。且近歲米價之昂，人如無死，天下益困。思天先令我遊手蠹國人等，趁早結果了。奪無用之口，與有用之腹，理宜然。且使吾免買米苦，我亦自此安心，豈不兩便。且吾佛緣之深，年來衣食多依浮屠。三千之佛，孰不認我。八宗之祖，孰不憐我。我墮阿鼻，他安束手坐視，必定拯之。汝放心，勿費思。"妻道："恐不然，子雖恃他，自彼言之，亦可謂平昔剝佛箔。"居士道："好好好，或不見援，一觀地獄變相，不亦善乎？劍山血池，寫取爲續篇，以付汝，猶支數月之飢。不但此已，吾老艸莽，不能起家。不肖之責，不孝之罪，身受苦楚，固其所也。生無功德，死後爲馬也其所，爲牛也其所。牛馬受生，孰與爲貧人，孰與爲浪人，孰與爲不肖不孝之子。何爲着些遺憾。獨所恨汝不幸何緣嫁我，糟粕苦攻，未報，永爲牛衣中之訣，我不無愧於汝。夫婦之情，我亦算免汝生前之苦，因遺言誡汝。汝無姿色，未滿四十。世未必無偶。決不要

---

　① 原作墨丁，"樂"字據批校改。

守寡。此字代休書立證，任汝改嫁。須擇個不解一字人才，再醮託餘生。他日之福，果可期。"妻道："如他日姑舍，目今家中沒一錢，買棺材修好事，何如處置？"居士道："奪鳶與蟻，原來吾所不欲。然太平世間，不得不葬埋。好好，汝須就親知，人乞百文錢一枚，桐棺三寸，何苦難辨。"弟子近前道："《靜軒一家言》十卷，一卷僅刻成，經說多未定。今而師逝，如何便好？弟子等遺恨莫甚之。"居士道："何恨何憾？士君子之論，蓋棺而定，吾今知免矣。實行已立，何問緒言。如著本，梓不梓，任兄等他日便宜。但切誡，勿值諱年刻遺稿，書畫會釀香奠，以累交遊。勿建碑銘，誣功德，諛墓中之我。"遂歌曰：

> 此生昔至自何來，此死今歸何所回。不生不死兮我何樂，不至不歸兮我曷哀。

妻便拊盆，兒便鼓碗，弟子皆舞。嗚呼樂哉。以天保七年某月日卒，享年四十有一，寺則小石川西岸寺是也。宗旨代代淨土宗，決非耶穌宗也。只聽門前喧鬧，米商爲第一番，連書賈、薪商、古衣賈、菜根商一齊闖入。並供薄證債，催促爭先。家人狼狽，不知所措。居士在棺中忍不住叫聲："靜軒今日實死，不復以外出騙君等。連罪連償，自此休自此休！"

西國獲猩猩

天保六年，猩猩自西國至_{小濱村}^{出于豐前}，可謂珍也。按，此物古未詳其果有否。今安辨其真假。但不止頭髮，連眉毛皆赤，真異物，真奇種。善舞、善歌、善言、善飲，而我邦自古爲禍物也，散樂中有猩猩舞，乃賀筵慶席，演此祝之。於戲，此世而出此物。我雖未知其真僞何如，要亦爲太平之祥可也，爲繁昌之瑞可也。古語云："猩猩笑猩猩。"靜軒亦笑靜軒。笑投筆云。

後 序

韓氏言："觀古人，得其時，行其道，則無所爲書。爲書者，皆所爲不得乎今，而行乎後者也。"予謂，此則古聖賢人以道自任者之所爲，非是此等人所宜爲法則也。後世又有憤世而爲之，有傷時而爲之，是亦君子之流也。及世愈降，爲者

不復如古。其爲，大概不爲名，則爲利。是皆鄙事，非君子所爲也。而憤世之爲，
自然不免荒誕不經，自放者有焉。傷時之爲窮愁幽思，不得不洩其哀者有焉。然
而間庶幾於道之言，使讀者興起也亦有之。至爲名者，則博記遠索，稽古證今，而
自衒。於爲利者，則奇幻百出，架空構虛而極譴。爲名者安得一言之庶幾，況爲利
者乎？然猶孺子之歌，夫子有取焉。陽貨之言，孟軻氏引焉。要亦在讀者之如何也
爾。則謂荒誕爲高，謂窮愁爲驕，驚其博，愛其譴也，亦不無矣。

　　予爲斯篇，非憤世傷時也，固矣。又非爲名也，唯出乎射利之爲而已。其既已
經射利。曷名之顧爲。既已名之不顧，何物不可筆之，何事不可寫之。亦有荒誕之
語，亦有窮愁之辭。間亦有稽古證今者。然作者以爲，世之驚不驚，人之愛不愛，
毫無損益於己。豈善戲譴而已，要利而已。而讀者觀其荒誕也，或誤謂“是憤世之
謂”。觀其窮愁也，或誤謂是“傷時之爲”。不然也，則又或誤謂“是全係售名之
爲”。吁，今世何憤之有，今時何傷之有。但是射利，又何暇繳名也。然而利亦有
分，有大矣，有小矣。占大利者，一生受福，澤溢子孫。射小利者，眼前救急，醜
累一生。然而大利也者，則亦非售名者也，雖獲矣。何也，名利相須。古人云：
“汲汲於名者，猶汲汲於利。”便爲名之爲，爲利之大者也。然而世人觀其言，即謂
“斯學而君子也，斯德而賢人也”。公卑辭聘之，卿厚禮招之，士庶，執贄爭拜門
下。乃其人儼然跨馬帶僕，其往濟濟，其還皇皇。人望其塵曰：“盛也哉。”名勢燿
世，金玉萃堂，買田遺子，購宅棲妾。我雖未知其果爲賢人君子否，一生受福，澤
貽子孫。果有之。而生也容死也哀。天下莫不惜之，弟子銘其德，傳之於不朽。我
故曰：“爲名之爲，爲利之大者也。如射小利，名亦從小矣。”世人讀其語，便
謂：“鄙矣斯人。放矣斯人。君子何肯爲之。非儒者所爲。”公鑾卿唾，士庶過
其門，恐浼其醜。嗟，夫生前之福，孰不欲也。金玉萃堂，情所欲也，猶且舍
此取彼，不忍之於眼前，而一生之福自損焉。不暇顧於其求之者爲失之之始。
誠可憐也哉。

　　予乃今大悔且愧而自憐。是斯篇所以閣筆於此。江戶之繁昌，豈此而盡焉
乎。或曰：“子既悔之，豈其心亦將欲自今射大利而繳大名，而得跨馬帶僕，田
遺子，宅棲妾之實耶？則陋矣。”曰：“陋矣，汲汲於名，猶汲汲於利。學道然未
免置意乎斯二者間。安得稱賢人君子，又不足以語學者也。其既悔小利之唾，
惡傚大利之鑾哉。且我愧之，恥於戢影林下，吞聲嵓穴，獨善其身，而默默以自
樂者也耳。彼跨馬帶僕者，與我是此等人，何恥他之爲，乃將欲自今亦爲默默
而已矣。”又曰：“道在於我，然不得其時，猶默默而可耶？”曰：“亦默默哉，不

得乎今而行後者，衰世之言也。聖賢之任也，今則道行于上，而學行于下。今之太平，今之繁昌，有何所言而書之哉。且借以今爲衰，吾固是此等人，猶尚宜默默矣。嗚呼，既已悔之。庶幾後來外彼二者，然爲太平繁昌中之一默君子耳。"

繁昌記五編終

图书在版编目(CIP)数据

日本幕末儒者与江户生活 / 徐川著. —南京:南京
大学出版社,2017.8

ISBN 978-7-305-19302-6

Ⅰ.①日… Ⅱ.①徐… Ⅲ.①日本文学—文学欣
赏—近代 Ⅳ.①I313.064

中国版本图书馆 CIP 数据核字(2017)第 233292 号

出版发行 南京大学出版社

社　　址 南京市汉口路 22 号　　　　邮　编 210093

网　　址 http://www.NjupCo.com

出 版 人 金鑫荣

书　　名 日本幕末儒者与江户生活
著　　者 徐　川
责任编辑 荣卫红　　　　　　　编辑热线 025-83685720

照　　排 南京紫藤制版印务中心
印　　刷 江苏凤凰通达印刷有限公司
开　　本 718×1000　1/16　印张 19　字数 331 千
版　　次 2017 年 8 月第 1 版　2017 年 8 月第 1 次印刷
ISBN 978-7-305-19302-6
定　　价 66.00 元

网　　址 http://www.njupco.com
官方微博 http://weibo.com/njupco
官方微信 njupress
销售咨询 (025)83594756